因为他，她能成为那些小说漫画中的女主角一拥有一个贴心深情的爱人，拥有一个幸福美好的结局。

年少时，她无意间播下的一颗小小的种子，在她不知道的时候，悄悄发芽生长。

爱情，往后余生直到我们双双陷入长眠，我将永远是你至忠诚的骑士和王子。

他知道，无论他今后将会做出什么样的选择，他都会得到她的全力支持。

言卉卉，从前我在感情上并不优柔寡断，也并不害怕麻烦，你如今看到的一面，都是因为我从来没有那么喜欢过一个女孩子。

世间无情百转千回。
又有一篇情书只为你书写。

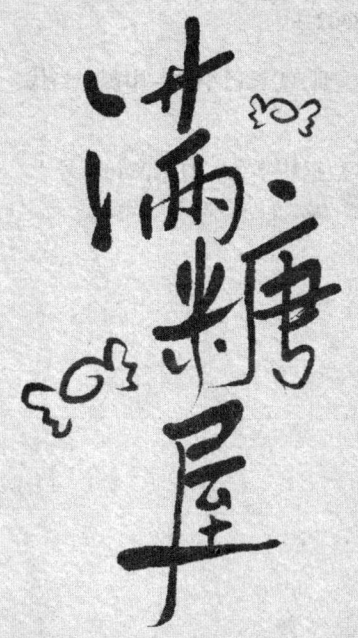

满糖屋

桑玠 著

重慶出版集團 重慶出版社

图书在版编目（CIP）数据

满糖屋 / 桑玠著. — 重庆：重庆出版社，2024.5
ISBN 978-7-229-18602-9

Ⅰ.①满… Ⅱ.①桑… Ⅲ.①长篇小说—中国—当代
Ⅳ.①I247.5

中国国家版本馆CIP数据核字(2024)第084651号

满糖屋
MANTANGWU
桑玠 著

出　　品：华章同人
联合策划：航一文化
统　　筹：康天毅
策划编辑：张铁成
责任编辑：王昌凤
特约编辑：丁娓娓　赵　婷
营销编辑：史青苗　刘晓艳
责任印制：梁善池
责任校对：彭圆琦
装帧设计：光学单位　罗佩佩

重庆出版集团
重庆出版社 出版
（重庆市南岸区南滨路162号1幢）
三河市嘉科万达彩色印刷有限公司　印刷
重庆出版集团图书发行有限公司　　发行
邮购电话：010-85869375
全国新华书店经销

开本：880毫米×1230毫米　1/32　印张：11　字数：372千字
2024年5月第1版　2024年5月第1次印刷
定价：49.80元

如有印装质量问题，请致电023-61520678
版权所有，侵权必究

目录 contents

第一章
四合院　001

第二章
鲸鱼座　012

第三章
浓塞冬　043

第四章
七彩雨　075

第五章
柠檬派　105

第六章
草莓糖　135

第七章
蝴蝶园　163

第八章
岁平安　191

目录 contents

第九章
缘相聚　220

第十章
水蜜桃　244

第十一章
四叶草　264

第十二章
春鹿溪　292

尾声
愿你我永远　318

番外一
满糖情书　324

番外二
婚礼大团圆　331

番外三
俞家小公主　337

后记　343

第一章
四合院

七月，陆京市。

言布布今天上的是白班，下午主任来查过房，她和同事做了交接班，便动作迅速地回值班室换衣服去了。

护士长郭扬和她关系不错，这时走进来看到她神色匆匆，已经准备要走了，便随口一问："布布，你今儿这么着急下班，是有什么事儿吗？"

言布布应了声："我今天和房东约了要去拿钥匙。"

郭扬问："找到满意的房子了？"

她笑嘻嘻地点头道："而且离医院很近。等屋子整理好，我就喊你去玩。"

普安医院坐落在陆京市寸土寸金的市中心，普通人要在这片儿租个房，一般还真租不起。但言布布这人贪睡，不想在通勤上花费太长时间，因此来来回回找了很久——没想到上个星期居然还真给她在这附近找到了一个闹中取静且她能负担得起房租的好住处。

出了医院大门，她沿着主马路笔直地往前走，走到一个路口时，忽然听到有人在身后叫她的名字。

她狐疑地回过头，发现一辆造型拉风的黑红色摩托车正停在她的左后方。摩托车上的男人戴着一个黄绿相间的头盔，穿着白色T恤和黑色长裤，很是亮眼。她盯着对方看了好几秒,也没认出来这人是谁,直到对方将头盔上的护镜往上轻推了下。

她顿时愣住了:"惠,惠医生?!"

这双漂亮的眼睛,她是绝对不可能认错的——眼前这个可不就是他们普安医院最出名、最年轻的外科医生惠熠吗?

言布布定睛看了他几秒,心里十分意外。惠熠平时在医院里都是以斯文、稳重的形象示人,没想到私下里居然会开这么夸张的摩托车。

惠熠生了一双相当好看的桃花眼,说话时眼尾微微上翘,似是在笑:"我记得你家不是往这个方向的。"

言布布往他那边走近了几步,脸颊泛着红,讲话的声音也不由自主变轻柔了点儿:"我租了新的房子,今天去找房东拿钥匙。"

"你新家在哪儿?"

"文清路附近。"

听到这话,惠熠目光轻轻一闪,伸手从尾箱里翻出另一个头盔递给她,说:"我也要去那儿,顺路送你过去。"

她垂眸看着那个和他头上戴的一模一样的黄绿色头盔,心脏一下子跳得很快。

惠熠见她捧着头盔不动,将护镜重新推下来,低声提醒她:"这里不方便多停车。"

"啊……好的,好的。"她听罢,红着脸戴上头盔,急急忙忙上了车,"谢谢,那就麻烦你了。"

言布布和惠熠平时在医院里虽然常有接触,但到底还是没有熟稔到可以毫无心理负担地去抱住他的腰。于是,她用两秒钟思考了一下,最后选择用两只手抓住了他的T恤下摆。下一秒,惠熠便发动了摩托车。在她的一脸蒙中,夏风迎面朝她呼啸而来。

这是言布布从小到大第一次坐别人的摩托车,她着实没有想到原来会是这样的感觉。原来摩托车的车速这么快吗?在这种车速下,她发现抓着他的T恤下摆没有半点儿用处,她手指头都要抓烂了还是感觉自己快要飞出去了!

于是,这摩托车开出去不到一分钟,言布布就从矜持、小心地抓着惠熠的衣服,变成了两手从后猛抱住了他的腰身。

罪过,罪过。她一边在心里默念自己是迫不得已而为之,绝不是为了吃他的豆腐,一边又忍不住感叹惠医生的身材未免也太好了点儿。平时看他穿白大褂的模样,就能隐约感觉到他的身材很好,此时隔着薄薄的T恤抱着他,指腹下更是能无比清晰地感受到他坚实粗壮的肌肉线条。

想到这儿,言布布在头昏脑涨之中,假装自己是因为惯性,不小心多碰了几下惠熠的腹肌。天知道医院的那些单身女同事平时有多么地垂涎惠医生,要是被她们知道自己现在的所作所为,她应该会被活埋吧……

摩托车一路前行,被言布布抱着的惠熠不动声色地控制着车速,嘴角在头盔下几不可见地翘了起来。

令人难熬的十多分钟过去,摩托车终于停了下来。几乎是车一停下,言布布就从车后座猛跳下来,甩着头摘下了沉重的头盔。

她后悔了。

她真的后悔了!

她刚刚就不该贪图美色和便利,就不该那么不过大脑地答应坐惠熠的摩托车过来。虽然她感觉到对方在行驶过程中已经刻意降速了,但她的胃现在依然在翻江倒海。看来这种刺激惊险的交通方式,一点儿都不适合她。

惠熠这时也摘下了头盔,坐在摩托车上,扒拉了一下被头盔压得有些散乱的黑发,笑着看她道:"抱歉,让你坐得难受了。"

言布布虽然胃里在翻江倒海,但面对这张脸,她还是努力地挤出了一个笑容,说:"没有,没有,惠医生,谢谢你载我过来。"

医院里大部分单身女性或多或少都对俊朗、随和的惠熠心存好感,言布布也不例外。平时有事没事,她总会多多留意惠熠的行踪,找各种机会和他搭上话,也听说了,他目前是单身。而现在,算是他们第一次在除了医院之外的地方有所交集,其实是个千载难逢的和他拉近关系的好机会。她大可向他提出如果晚上有空,她就请他吃顿晚饭,或者喝个小酒之类的。

但她今天……实在是有点儿冲不动了。

"那我先走了……明天见。"言布布忍着内心的万般不舍跟惠熠告别,头晕眼花地往前走去。

她这次要租的房子,有些特别。因为这房子并不在传统的住宅区或独栋公寓高楼里,而是位于一座四合院中。这座四合院,就像是一处世外桃源,巧妙地隐藏在高楼林立的陆京市中心。听中介说,四合院的房东是个女孩子,年纪应该和她差不多,为人亲和友好。院里除了她和房东之外,还会有另外三名租客。

经过了两个住宅区后，言布布往左拐弯，眼前顿时出现了那套四合院的红棕色大门。此时，大门外站着两个人，一个穿着西装、背着双肩包的男人她认得，是中介小李；而小李身边，则站着一个容貌相当姣好的女孩子，应该是房东。那女孩子留着棕色中长发，穿着白色连衣裙，一看就是那种很干练的职场精英。

"言小姐。"

小李几步朝言布布迎上来，刚叫了她一声，又偏过头，笑着去叫她身后的人："惠先生。"

惠先生？言布布的心猛地一跳，诧异地回过头。

七月盛夏，日落较晚，在这个点依然明亮得有些发白的阳光下，她看到惠熠就站在她身后两步远的地方，扬着唇角对她说："不用明天见了。"

葛星宜今天跟老板请了个假，提早从律所回了四合院。她年纪尚轻，朋友和同事都好奇地问过她为什么要固守着这座在外人眼里颇有些年头的老旧四合院，而不是卖了去置换一套像模像样的公寓来住。

她听到这问题时总说："住习惯了，不高兴挪地儿。"

从懵懂学步，到后来入学，逐渐长大成人……她从小到大所有美好或不美好的记忆都停留在这里。而且，起先这座四合院里还住着不少人，到现在，却只剩下她了。大学毕业之后的那几年，她一直都是一个人住在这座偌大的四合院里。直到去年年底，她才终于下定决心将整座四合院做了翻新，然后委托中介挂牌出去招租。

四合院共有五个屋子，彼此独立，互不受干扰，很适合独身的人来住，这样既能有自己的空间，也能和其他租客互相照应。她自己也是个打工人，所以还将心比心地定了个比较良心的租价。这不，前几天中介把四个租客都谈妥了，签完合同想来找她拿钥匙。她想了一下，还是决定请个假自己亲自来做房屋交接，毕竟以后大家都住在一个院子里头，抬头不见低头见的，她也想亲眼看看每一间屋子的租客究竟是什么样的人。

东厢房的租客孟恬到得最早，女孩子样貌生得相当好，瓜子脸、杏眼、挺鼻子、小嘴，放在人堆里头一眼就能看到。而且大美人不仅人美，性子看着也很温顺、好相处。只是她人太瘦了，看上去都瘦到有些营养不良，显得精神也没有那么好。

葛星宜将拖着两个行李箱的孟恬带进院门，对她说："葛星宜，以后可以喊我宜宜。"

孟恬点了点头,说话时嘴角的梨涡若隐若现:"我朋友一般都叫我甜甜,就是'酸甜'的那个'甜'。"

葛星宜心里想着"确实很甜",看着她道:"听你的口音,好像不是陆京人。"

孟恬说:"我是长川人,最近有事来陆京待一阵,所以就短租了你这儿。"

葛星宜将孟恬带到东厢房门口,将钥匙递给她道:"虽然咱们这地儿不像个小区或者公寓群的样子,但是从各方面来说都还是挺适合居住的。"

"我住在院子正中间那屋,就在你斜对面。"她又拿出手机,和孟恬交换了微信,"以后安心住着,有问题随时找我。"

西厢房和倒座房的租客比孟恬晚到了十分钟左右。西厢房的租客叫言布布,娃娃脸、小虎牙,长得非常可爱。倒座房的租客叫惠熠,身材精壮有型,长相十分英俊,嘴角始终挂着笑,看着很开朗外向。而且巧合的是,他们俩竟然都在普安医院工作。

进了院子后,言布布全程像条小尾巴似的缀在惠熠身后。等参观完院落,言布布在倒座房的门口探头探脑道:"惠医生,你这屋感觉像是我们这个院的保安室。"

葛星宜听了这话忍俊不禁。

不过确实,按照院落的格局分布,其他所有屋子都在院子的里面,唯独倒座房在院子大门的旁边,窗户还是直接正对着外面的。

"这不挺好?"惠熠手里把玩着钥匙,似笑非笑的,"大老爷们儿就该住在最外头给大家当保安。"

言布布眨了眨眼,转向葛星宜问:"宜宜,请问另外两个租客是男生还是女生?"

葛星宜说:"东厢房住的是个女孩子,最里面后罩房的租客好像是个男生。"

"那他们都到了吗?"

"姑娘到了,后罩房的租客好像要迟到一会儿。"葛星宜拍拍她的肩膀,"等明后天你们把东西陆续搬过来住这儿了,大家可以到我屋来相互认识一下。"

结果没想到,后罩房这个租客迟到得不是一星半点儿。原本说好的是五点过来，结果等到六点也没个人影。"

葛星宜洗了个澡出来，见小李还等在院门口，问："他有回音了吗？"

小李摇了摇头说："葛小姐，真对不住啊！今天早上联系的时候，俞先生明明说得好好的，一定会准时到，也不知道他那边到底是个什么情况……"

"没事，你让他到了直接联系我就行。赶紧回家吧。"

小李感激地朝她连连道谢，背着书包快步离开了。

葛星宜拿着手机回屋，低头看那租客的微信名片。这人的微信名字一个"也"，头像是马里奥系列里的角色嘿虎。

就这个年代，一般年轻人手机都不离身，近三个小时不回微信，不回电话，也着实有点儿奇怪。

添加了对方微信，葛星宜便把手机放到一边，拿出电脑继续研究最近手头在跟的一个新案子。半个多小时后，小李回到家给她发了条微信：葛小姐，我忽然想起来，俞先生的作息确实有点儿异于常人。

小行星：怎么说？

小李：之前他都是凌晨让我带他看的房，每次那个时间点，我其实还挺害怕的。

小李：感觉跟进房间通灵驱鬼似的。

小行星：……

没想到到了八点多，葛星宜还没有等到俞先生，却等来了不速之客。她接到电话出院门的时候，那两张不算陌生的面孔在夜幕之中，仿佛妖魔鬼魅般可怖。虽然这早已不是第一次见面，但每回依然让她感到十分厌恶、抵触。

和以往有所不同的是，今天院里可不止她一个人。葛星宜反手背过身，将院门轻轻合上，才大步走到那两个男人面前，蹙着眉压低声音道："我不是说过，让你们不要再来了吗？"

为首的那个男人留着平头，左眼角有一处刀疤，看着就很瘆人，他说："葛小姐，都已经是老熟人了，还这么不欢迎我们吗？"

葛星宜面无表情道："还款日还没到。"

另一个油腻的黄发男人用手轻抹了下下巴，笑得不怀好意地说："对，我们就是来提醒你一下。你每个月还信用卡，银行不也会一直给你推送还款提醒吗？"

"提醒以后请发短信。"她望着他们，薄薄的嘴唇抿成了一条直线，"我上次就说过，如果你们再来，我就要采取法律措施了。"

那两个男人对视一眼，平头男笑着朝葛星宜走近一步，反问："既然葛律师这么有能耐，怎么会落到在这儿被我们追债的下场？"

平头男浓重的口气和烟味因为距离近的缘故，劈头盖脸地朝她这儿传来，葛星宜想要往后让，旁边的黄发男已经伸手扣住了她的手臂："我早就想说了，你一天天地搁这儿装什么呢？"

男人的力气比想象中更大，她用力挣了两下没挣开，脸色有些发白，想要打开手机报警。

就在这时，葛星宜忽然感觉到抓着自己手臂的力量消失了。一道瘦高的身影挡在了她的面前，将她和那浓稠的黑暗完全隔离开来。

下一秒，她听到一道陌生又富有磁性的嗓音在夜色中响起："在我报警前，你们有半分钟时间离开。"

她原本想走出来，结果刚动了下步子，身前的人就伸出右臂往后轻挡了下，意思是，让她站在他身后别动。

也不知道为什么，那两个男人本来气势汹汹地在那儿骂骂咧咧，但不到半分钟，他们的脚步声还真的就从这一块儿渐渐远离了。葛星宜闭了闭眼，忍不住用力搓了搓自己的手臂，才将刚才那种仿佛浑身都被冰冷禁锢住的不适感挥散去一些。等他们彻底离开后，她身前的男人才轻轻转过身，她原本想向这位路过的救命恩人好好道个谢，结果定睛一看，愣住了。

这位恩人……有点儿奇怪。

说他奇怪是因为——大夏天的，他穿得从头到脚一身黑，而且竟然还是长袖长裤。不仅如此，他兜帽衫的帽子套在头上，脸上还戴着黑色的口罩，整个人裹得严严实实的，浑身上下只露出了一双黑漆漆的眼睛。

她从来没见过有人会在陆京的七月把自己捂成这样。陆京市可是有"火炉"之称的地方啊！夏天真的是热到让人穿短袖短裤出门都感觉自己要交待在外头。

她现在有点儿猜到那两个人刚刚为什么会离开了，也许是……被他的扮相吓到了？

和男人大眼瞪小眼了几秒，葛星宜深呼吸了一口气，认真地说："谢谢你刚才帮了我。"

男人"嗯"了一声，却没有要离开的意思。她心里思忖着，他难道是想让自己请他进屋喝杯茶再走吗？

下一秒，她就听到男人低冷、清亮的声音响起。

"抱歉，迟到了这么久。"

葛星宜张了张嘴，才反应过来："你是后罩房的租客？"

他点了下头，说："俞也。"

葛星宜盯着这个迟到了近四个小时的男人看了好一会儿才道："小李还以为你是出了什么事儿，他给你打了一个多小时电话。"

俞也沉默片刻，说："我刚才一直在睡觉，手机静音了。"

顿了顿，他又自己补充了一句："早上定好的五个闹钟也没能把我闹起来。"

您这是睡得有多沉啊？猪都不至于如此吧？

葛星宜忍不住问："那你后来是怎么醒过来的？"

"饿醒的。"

"……"

葛星宜原本以为俞也会像言布布和惠熠那样，今天拿了钥匙，明天再开始搬东西住进来。结果不到半个小时，一辆搬家车就稳稳地停在了四合院门口。

夜幕下，搬家师傅井然有序地抱着一个个大箱子往最里面的后罩房走，孟恬听到动静，忍不住从屋里走出来探头张望了一下。

葛星宜也在院子里，见她出来，便说："是不是吵到你了？但他东西没有很多，搬完这些应该就结束了。"

孟恬摇摇头说"没事"，目光自然而然地落在一身黑衣、抱着手站在后罩房门边的俞也身上。

"宜宜，"孟恬凑近了些，和葛星宜咬耳朵，"他这样穿，真的不会中暑吗？"

"我也想知道。"

"你看到他的脸了吗？"

"没有，他一直戴着口罩。"

看孟恬的眼神，估计也觉得这个神秘的后罩房租客有点儿异于常人。

俞也的东西不算多，但感觉最开始那几个大箱子还是挺沉的。搬家师傅放完东西后很快撤离，眼见俞也长腿一迈就要往屋里走，葛星宜便快步走到他身后叫住了他。

俞也回过头时,她借着他屋里的灯光才发现,他原来长着一双非常好看的眼睛——浅浅的双眼皮,睫毛浓密,瞳孔颜色有点儿偏棕。

葛星宜望着他问:"小李告诉过你吗?因为后罩房的朝向,白天日光照进来会比较晒。"

俞也轻敛了下眼眸,回道:"无所谓,日光最晒的时候我都在睡觉。"

"还有那屋的空调我已经给换过了,要是你觉得热的话,温度可以调低点儿。"

"我怕冷。"

葛星宜垂了下眼,觉得自己要是再跟他多说几句话,可能会因为心肌梗死见不到明天的太阳。于是她耐着最后一点儿性子,对他说:"明天等其他两名租客都住进来了,我会和大家商量下大门的门禁时间。你等会儿还出去吗?不出去我就锁门了。"

"不出去。我几乎不出门,所以门禁对我来说没影响。"

她深吸一口气道:"好,那晚安。"

俞也盯着她看了几秒,低声道:"晚安。"

锁上大门回屋后,葛星宜在沙发上坐下拿起手机,发现自己发给俞也的微信好友请求被通过了。她忍不住点进这人的朋友圈——

好家伙,竟然空空如也,什么都没有。不仅如此,这还是一个甚至连个性签名和朋友圈背景都没有设定的当代奇男子。

葛星宜将他的备注改成他的全名后,想了想,编辑了一条消息发给他。

小行星:谢谢你刚才帮我解围。

俞也在替她解围后,自始至终没问过她那两个找上门来的男人是怎么回事。或许是他情商高,又或许是他根本不关心她的事——但二者无论其一,都让她感到自己的不堪和隐私被尊重保护了。

她作为四合院的房东,如果让租客们知道竟然有这样不善的人找上门来,必然会引起他们的恐慌和担忧。万幸,在她彻底解决这件事之前,目前这一切仅止于她和俞也。

在葛星宜关电脑洗漱的时候,小李给她发了条消息,说俞也八点多的时候给他发了个红包,为自己的迟到表达了歉意。

倒是她那条消息发出去之后,直到关灯睡觉,都没有收到俞也的回复。

东厢房。

孟恬其实十点多就关灯在床上躺下了。但她睡眠质量向来不好，又认床，所以换了新环境，一般第一晚都很难入睡。哪怕今天赶路坐飞机来陆京加上整理东西很疲累，可她刷了会儿微博、又看了会儿小说，还是觉得毫无困意。

又在床上挨了半个多小时，她从床头柜摸来耳机戴上，点开手机音乐播放器里的ASMR（自发性知觉经络反应）歌单。在很多个她失眠的夜晚，ASMR助眠音乐对她而言，比起药物或其他方式更有奇效。

在缓慢流动的音乐声中，她好不容易培养起些微的困意，忽然感到手边的手机振动了起来。孟恬深呼吸一口气，睁开眼睛拿起手机。看到屏幕上显示的那个名字后，她咬了咬唇，很快就按下了接听键。

"睡着了吗？"一道低柔的男声从手机里流泻出来。

"托你的福，"她伸手打开床头灯，"今晚最接近梦乡的一次机会就此破灭。"

男人低笑了一声说："没事，今晚你不需要睡。"

孟恬心一跳，眯了下眼："啊？"

男人的声音更轻柔了一点儿："我就在你住的四合院外头。"

她用大脑消化了这句话三秒钟，从床上猛地弹坐起来，惊道："你在开玩笑吧？！"

"你出来看看不就知道了。"

孟恬瞬间翻身下床。她连外套都没披，穿着睡衣就推开门往大门的方向狂奔。等一路跑到门口的时候，她忽然想到一个问题——大门不是早就被锁上了吗？

之前葛星宜是和她确认好才锁的门，她哪里能想到某人大半夜会突然发疯，大老远从片场郊区跑来她住的地方？

夜深了，空气里都弥漫着安静的氛围。孟恬摸了摸带锁的大门，深呼吸一口气，试探性地隔着大门唤了一声："江挽川？"

"嗯。"

他竟然真的来了！

孟恬揉了揉太阳穴，把音量控制得很低："房东小姐姐把大门锁了，我出不去。"

他一开始没说话。

她叹了口气继续说:"这个点她肯定已经睡了,我不忍心去吵醒她。"

门外的男人低低咳嗽了一声,这才缓缓开口道:"所以你的意思是……让我现在打道回府?"

孟恬双手扣在一起,轻捻了下有些泛潮的指尖。和江挽川见面这件事,原本就不是那么容易。以往各种复杂艰辛的见面经历暂且不表,此时此刻,他就在离她一墙之隔的地方,她无论如何都是想要触碰到他的。

孟恬一纠结,就不吭声。江挽川怎么会不了解她的脾性,过了片刻,他在门外低声说:"等等。"

孟恬一开始不知道这个"等等"是什么意思,只是自顾自地往后退了几步,想着到底要不要去吵醒葛星宜来开门。

结果,大概不出两分钟,她一抬头,忽然发现大门顶端的砖瓦上,多出了两条白皙的手臂。

"江挽川!"她瞪圆了眼睛,音量也忍不住拔高了,"你翻墙干吗啊?"

在她的惊呼声中,某人两只手臂有力地一撑,已经灵活地从砖瓦下翻上来,在门顶上露出了半个身子。

孟恬快被他吓傻了:"太危险了,你快下来啊!"

他却置若罔闻,整个人借着手臂的力量攀爬上来,半蹲着往前走到靠里的屋檐边,眼看着就要从她面前落地了。她仰头望着他,一时之间不知是因为紧张、害怕还是惊喜,一阵心跳如雷。

江挽川戴着黑色鸭舌帽,穿着白T恤和黑色牛仔裤,就像个十几岁的年轻男孩一样,半蹲在屋檐上方朝她露出微笑。

"甜甜。"

他用那副被无数人追捧和魂牵梦萦的嗓音低声唤她。

第二章

鲸鱼座

恍惚之间，孟恬觉得自己仿佛回到了高中的时候。

那会儿江挽川已经很出名了，接连被国内知名的大导演相中邀请去拍戏，也因此很少来学校。学校里十个女生有九个是他的粉丝，就算他人不在，每天课余闲谈的话题也都是围绕着他。

那天，学校举办运动会，孟恬的项目不多，跑完四百米后她有点儿头晕，于是从体育馆偷溜出去，想回教室偷会儿懒。谁知，她刚在课桌上趴下，就听到有人在敲窗户。她心想这也太快就被抓包了……刚垂头丧气地准备起身认错，侧头看到窗外的人时，一时之间呼吸都停滞了。

只见许久未见的江挽川戴着一顶鸭舌帽，手里捏着一瓶矿泉水，正半蹲在窗台边看着她。

她看得心"怦怦"直跳，赶紧抖着手从里面打开窗户。

"刚想给你发消息。"江挽川抬了下鸭舌帽，自然地用手里的矿泉水瓶轻轻地碰了下她的脸颊，"没想到被我在教室里抓到了一只偷懒的小猫。"

孟恬望着他，脸颊有些发热："你怎么来了？"

她记得，他现在在拍的这部戏还有两周才会杀青。

"女一号耍大牌人跑没了，拍摄被迫终止，导演说放我们一天假。"他目光一动不动地注视着她，"我本来想去看你跑四百米，结果从片场开过来的路有点儿堵，没能赶上。"

"不舒服？"他观察到她的脸色有点儿发白，细心地替她拧开了瓶盖，再把水递到她手边，"脸色看着不好。"

她接过水，喝了几口，说："没事，就是刚跑完，有点儿头晕。"

江挽川认真地端详着她，问道："你最近是不是又瘦了？"

孟恬知道自己瞒不过他，于是试图生硬地扯开话题："我发给你的考试内容你看过没有……"

"甜甜。"他忽然轻轻地用手指抚了一下她小巧的下巴，压低声道，"好像有人来了。"

孟恬正专注地在同江挽川讲话，压根没有闲心留意教室外的情况。一听这话，几乎不疑有他，整张脸都绷紧了，紧张地问："那怎么办？"

"你过来。"他直起身，朝她伸出双手，"到我这儿来。"

少年身穿白色短袖，整个人在阳光下看上去格外清爽又夺目。她咬了下唇，红着脸伸出手去钩住了他的脖颈。

窗外的江挽川轻松地托着孟恬，将她整个人从教室里抱起来，而后稳稳地让她跨过窗台落地。

"小心。"

下一秒，他一只手放在她头顶避免她撞到窗框，而后轻轻地将她往自己的身边压过来。

因为窗台比较低矮，此时他们两个人都是半蹲在地上的状态。而孟恬则和他挨得紧紧的，肩抵着肩，一同缩在这窗台之下的小小空间里。他身上有着好闻的气息，非要形容起来，就像是阳光下青草的清香。

"人走了吗？"

过了片刻，孟恬竖起耳朵，发现教室里似乎没有人声和动静。

"还没有。"

她"嗯"了一声，只能继续靠在江挽川身边，感受着他的手有一搭没一搭地把玩着自己的头发。

又过了片刻，她总觉得哪儿有点儿不太对劲："还没走吗？"

"嗯。"江挽川漫不经心地应了声。

孟恬这时才看到他的嘴角挂着一丝若有若无的笑："你是不是在骗我？"教室里其实从头到尾根本没有人来过。

他对上她的视线，顿时忍俊不禁，闷闷的笑声从他的胸腔里传出。孟恬又气又羞，想要起身，却被轻轻地扣住了手腕。

"我说过，我不在你身边的时候，你要好好吃饭、好好睡觉，不能掉秤。"江挽川捏了捏孟恬的手腕，又松开，"你不听话，所以惩罚你。"

孟恬小声嘀咕道："这算什么惩罚……"

下一秒，她就感觉到有温柔的呼吸擦过脸颊，江挽川贴在她的耳边轻轻地说了一句话。孟恬的脸颊瞬间变得一片绯红。

夏风轻轻拂过，却没有带走少男少女的夏日秘密。

思绪重新飘回来，孟恬匆忙往屋檐下走近两步，仰着脸朝他伸出双手，说："你往我这儿跳。"

江挽川笑了，调侃道："你接住我？"

她回答得特别认真："我接住你。"

他弯着唇角，眼睛一眯，从上方以一个安全下落的姿势轻轻巧巧地落在她面前一步之遥的地方，连一根头发丝都没让她接到。

孟恬无语地弯下腰，想替他拍拍沾上灰的裤子，一边拍，一边说："你也太乱来了……"

"看来武术老师这段时间的指导没打水漂。"江挽川制止了她的动作，一把将她拉起来重重拥入怀中，亲了亲她的发丝，"我们已经整整两周没见了，你不能怪我今天乱来。"

男人有力的拥抱和体温，让孟恬整个人都有些发软，而且不知怎的，眼眶也无端开始发热。

江挽川抱了她一会儿，微微松开她，借着月光注意到了她略微泛着波光的眼角，打趣道："现在就开始哭，好像为时尚早？"

孟恬红着脸瞪了他一眼。

"你住哪个屋？"

他刚想带着她往里走，却忽然感觉到一束手电筒的光朝他们的方向直直照射过来。白亮的灯光在黑暗中显得格外突兀、刺眼，孟恬忍不住用手挡了下，就听到葛星宜略带警惕的声音响了起来："是谁在那里？"

她一惊，立刻上前一步，将身后的江挽川挡了一半，回道："宜宜，是我，孟恬。"

葛星宜拿着手电筒走到了他们的近处，看到孟恬身后还站着个人，顿时一愣："甜甜？他是……"

虽然院子里乌漆墨黑的，照着手电应该也看不太清楚，更何况江挽川还戴着帽子，但孟恬还是生怕他被认出来，正在犹豫着措辞时，就听到身后的江挽川大方地开了口。

"你好,我是甜甜的男朋友。抱歉,因为她不想惊扰你休息,所以我刚才擅自翻墙进来了。"

葛星宜也不是一个好奇别人隐私的人,一听对方这么说,便很识趣地道:"没关系。我还没睡着,刚才听到外面有动静,就出来看看。"

"甜甜,以后再有这种情况,你直接来我屋敲门就好了。"回屋前,葛星宜深深地看了一眼孟恬身后戴着帽子的男人,"让你男朋友翻墙也太危险了。"

孟恬赶忙说:"好的,好的,不好意思!"

等葛星宜回屋后,孟恬也立刻拖着江挽川的手回到了东厢房。一合上门,她才松了口气,嗔怪地拍了下他的肩膀说:"幸好房东小姐姐豁达大气,要不然都不知道今天要怎么收场了。"

江挽川开了灯,将帽子摘下来扔在一边,把她整个人打横抱起来就往浴室走,边走边说:"你经历过的刺激惊险还少吗?"

孟恬匆忙之中抱住他的脖颈道:"话是这样说没错……"

因为他职业的特殊性,他们俩每次见面都搞得跟拍谍战片一样。有时候为了防狗仔,她甚至会和他的助理穿同样的衣服,在酒店里进行交换再和他见面。最惊险的那次,是前脚他们俩刚上车,后脚狗仔就跟上来了。到目的地时,她只能躲在座位底下,让江挽川和他的团队先下车把狗仔引开,等过了半个小时,她才换了身衣服从后门收垃圾的小巷进餐厅。

"所以我最开始就不建议你租在这儿。"

进了浴室,江挽川把她放下,将自己的T恤兜头脱去,露出精壮有型的上身。

"虽然各有各的屋,但毕竟在一个院子里,以后保不准会被谁撞上。"

他因为这段时间都要待在陆京拍戏,为了能常和孟恬见面,便给她买了来陆京的机票,还给她订了片场附近的酒店。但孟恬不愿意老让江挽川破费,执意提出要自己在陆京找地方短租。

孟恬咬了下牙道:"我喜欢这儿,这个院子让我很有创作欲望。"

江挽川伸手将她搂过来,低下头亲了亲她,唇齿之间含糊不清地喃喃道:"好……我现在也挺有创作欲望的。"

她忍不住要往后缩:"我洗过澡了。"

江挽川动作不停:"那就陪我再洗一遍。"

她一向是拗不过他的，等反应过来的时候，已经被他抵在淋浴间的玻璃门上，细细密密地亲吻着。

等孟恬被他抱着从浴室出来的时候，已经累得连眼皮都抬不起来了。而反观拍了一整天戏的江挽川，这会儿看上去依然神采奕奕。

她实在想不通这个男人为什么能这么有精力？被他抱上床的时候，她忍不住嘴里嘟囔了一句："江挽川，你怎么这么行啊……"

江挽川将她塞回被窝，似是很满意她这句抱怨："谢谢夸奖，再接再厉。"

孟恬无语地横了他一眼，余光瞥见自己的床头柜，忽然神色一变，佯装向他撒娇道："我口好渴。"

江挽川替她盖好被子，立刻起了身。

"我去帮你倒水。"

他前脚刚出卧室，后脚孟恬就忍着浑身的酸疼弹坐起来，旋风一般将床头柜上摆着的几个药瓶抡进了最底下的抽屉里。

等他拿着水杯进来，她已经乖乖地缩在床的一边，问道："你等会儿还回去吗？"

"不回。"江挽川将水杯凑到她唇边，低垂的眼眸里都是温柔，"我看着你睡着才安心。小叶清晨会过来接我。"

孟恬望着他，鼻尖蓦然有些发酸。

他和她提过，这部戏的导演十分严苛，每天很早就要开工，然后一直拍到深夜。是因为知道她睡眠质量不好又认床，所以他才会在这么繁忙的行程下，特意从片场偷跑出来，只是为了来陪她在新环境的第一夜好好入睡。

这么多年了，他一直都是这样。将所有不为人知的满腔温柔都给了她，不遗余力地爱护她，照顾她，将她放在心尖上疼。

也正是因为这样，她才更不想让他为自己担心。

葛星宜早上醒过来之后，发现俞也终于回了她的消息。

俞也：应该的。

俞也：抱歉，回屋之后一直在忙，没看手机，所以回复晚了。

一看时间，凌晨四点。这家伙的作息，是真的不免让人怀疑他是不是做贼的。

葛星宜摇了摇头，将手机放在一边，一边弄咖啡和早餐，一边打开平板继续看最近大家都在追的那部大火的都市悬疑剧《双面犯罪者》。开了咖啡机,她眼睛时不时往平板屏幕上瞟,看了几眼,她的目光却渐渐凝固住了。

不会吧……

要是没看错的话,这个都市悬疑剧的男一号,也就是现下红到发紫的男明星江挽川,怎么跟昨晚那个翻墙来找孟恬的男朋友长得那么像啊?

虽然葛星宜一向信任自己的视力,然而昨天她和孟恬男朋友碰见的时候毕竟是深夜,即便借着手电筒的强光,她也不能完全保证自己没有看岔眼。再说对方当时还戴着帽子,脸颊轮廓更有可能给她带来一种视觉上的混淆。只不过,他跟江挽川的脸庞和身材,是真的怎么看,怎么相似。还有说话的声音和方式,也太像了点儿吧……

吃完早餐,葛星宜才将这个荒诞又疯狂的想法扔在了脑后,出门去律所了。

另一边,普安医院。

言布布这一晚睡得不是太好,早上顶着两个巨大的黑眼圈进医院,一直在各个病房忙活到中午,才算是能喘口气。因为没精神,她没有像往常那样同其他关系交好的同事约着一块儿吃,而是独自在食堂买了面,找了个位置坐下来。谁知道,她刚低头扒了两口,就有人在她对面的空位上坐下了。

言布布一抬头,嘴里的面条都差点儿从鼻孔里喷出来。

惠熠在桌上放下自己手里的餐盘,冲她笑了笑,问道:"介意我坐在这儿吗?"

她赶紧一口将嘴里的面条吸溜进去,整张脸都涨得通红,结结巴巴道:"不,不介意。"

惠熠目光往她的脸上轻点了点,问:"昨晚没睡好?"

言布布捏着手里的筷子,尴尬地笑了笑说:"嗯……追剧追太晚了。"

"在看什么剧?"

"《双面犯罪者》。"

"好像之前在微博上看过预告,江挽川主演的那部?"

"对!大家都在看,特别好看!强烈推荐!"

"好,那我也抽空看看。"

眼见惠熠低头开始吃饭,言布布总算是松了口气。

其实,她昨晚根本就没看什么电视剧,她没睡好的真正原因可不就是因为坐在自己对面的这人吗？她是真的做梦都没有想到，自己今后竟然会和惠熠住在同一屋檐下。于是昨晚回家躺在床上，她脑子里不免将今后如何近水楼台先得月攻略惠熠的套路想了几百招，才想得连觉都睡不好。兴奋之余，她还将这事儿告诉了自己的闺密魏然，魏然在微信里回了十个发疯甩头的表情包，以及三个字：这不冲？！

就是啊！她的理想型从今往后就住在她隔壁，她这还不冲，那她不是活该单身一辈子吗？

两人吃着饭，有一搭没一搭地聊着天，快吃完的时候，惠熠忽然开口道："需要我帮你搬家吗？"

"不用，不用，我早上已经让搬家师傅帮我把行李都搬进院里了。"言布布说，"晚上回去我只要把东西整理出来就行了。"

他点了下头，又问："我前面也抽了空把东西都先搬过去了，那下班要我载你一起回院里吗？"

言布布心里纵使从昨天之后对摩托车有千万个抵触和抗拒，但面对着主动提出要带她一起回家的惠熠，她还是怎么都说不出拒绝的话来。

在美色面前，她的喜好根本不值一提！

"好。"她点点头，语气里忍不住带着一丝浅显的上扬，"那下班后见。"

经过了昨天第一次的摩托车之旅，今天言布布有了心理准备，从上了车后就始终紧紧地抱着惠熠的腰没撒过手。

也不知道是不是她的错觉，她总觉得他今天的车速比昨天更慢了一点。也因此，她明目张胆地吃他豆腐的时间也相应延长了。要是回家的路再长一点儿，她可能连他们俩孩子长什么样都设想完了。难怪魏然老说她——言布布，白日发梦的神。

等到了院门口，言布布跳下车，惠熠接过她递来的摩托车头盔，问她："还好吗？"

"适应了。"她笑眯眯地说，"没昨天那么难受了。"

惠熠收好头盔，将车停进院里，眼底滑过一丝意味深长的笑："那你适应得还挺快的。"

"我从小就适应能力强，无论对环境，对事，对人都是。"她吐了下舌头，"这么一想，可能我唯一的优点就是不娇气，好养活了。"

"那我觉得，"他站在屋门口，"'唯一的优点'这话或许有些过于片面

018

了，以后需要我帮忙，随时来倒座房找我。"

惠熠说完，朝她点了下头，便转身进了屋子。留下听这话听得心里一阵小鹿乱撞的言布布，进屋的时候差点儿没把头给磕门上了。

这世上为什么会有这么完美的男人？长得贼帅先不谈，不仅医术高明、阳刚飒爽、随和没架子，情商还特别高。

她一定要拿下他！

晚上，等葛星宜回到家，她吃过晚饭，征询了每个租客的意见，让大家都到她屋里来集合。八点半左右，所有人都准时到了，包括一脸困倦的俞也。言布布和惠熠因为早些时候已经和孟恬打过照面，算是认识了。所以，大家几乎都不由自主地将目光投向了唯一的生面孔——俞也。

葛星宜从厨房倒了几杯水回来，发现今天俞也虽然依旧穿着长袖、长裤，但终于没有像昨天那样戴着口罩和帽子，也因此能够让所有人都看到他的"庐山真面目"。

这是一张非常英俊的脸。没有任何瑕疵，几乎是完美的……她甚至觉得和她在网上看到的别人形容黄金比例的帅哥脸差不多。而且，他的肤色非常白，是那种透亮的瓷白，甚至比在场的几个女孩子的皮肤更好。

葛星宜弯腰把水杯放在俞也面前的茶几上时，深深地疑惑了：长成这样，为什么还要整天把自己裹成木乃伊？她抬下眼，和昨天看过他木乃伊扮相的孟恬对上视线，给了彼此一个只有对方才懂的眼神。

此时，在明亮的客厅里，长沙发上坐着言布布和孟恬，惠熠和俞也则各占一张单人沙发。不得不说，在座这些人的颜值俱是一等一地高，光这么看着，就令人赏心悦目。葛星宜从来没有一刻比现在更觉得这个四合院是块风水宝地。

她盘腿在沙发前的地毯上坐下，笑吟吟地说："我真的很高兴大家能选择我这个四合院住，也希望今后你们住在这儿的日子都是开心、舒适的。其他我没什么特别要说的点，主要就是安全问题。咱们院跟小区公寓楼比起来肯定算是比较老旧的，也没有防盗门什么的，而且墙也不高，这些我相信小李之前都已经跟你们说过了。"

大家齐齐点了点头，而后言布布问："宜宜，你之前一个人住在这儿，有遇到过什么问题吗？"

"没有。"葛星宜摇了摇头，"咱们这一片治安确实还挺好的，院子前面就是住宅区，后门的保安叔叔跟我认识很多年了，值班的时候也会帮忙看看院子这儿。"

惠熠这时忽然说："不知道你们发现没？咱们院门口拐个弯儿，左手边就是个警察局。"

葛星宜点点头道："可能这就是这么多年一直没人敢过来犯事儿的原因。"

大家都笑了。

"但不管怎么说，大家晚上睡觉的时候门窗一定都要锁好，之前翻新的时候我都让工人加固过了。"

"唯一可能会给大家造成不便的是，我得给咱们院的大门定个门禁时间。"她说，"为了保障大家的安全，我想周一到周五每天晚上十二点锁门，早上六点开门，周末两天根据当天实际情况另议。大家觉得这样可以吗？"

以前她一个人住，回到家要是不出门就会顺手直接把大门给锁了。但现在有了其他租客，她想了想，还是觉得应该定个统一的时间点锁门，不然要是大门一夜不锁，万一有外人贸然闯进来麻烦就大了。

言布布率先开口道："我应该没什么问题！我一般从医院下了班就会直接回家，要是值班我就早上六点后回来。"

孟恬说："我也没问题，我晚上一般都不太出门的。"

到最后大家的视线都聚焦在了惠熠和俞也的身上。

惠熠和言布布同属于医院体系，按理生物钟应该相差不远，却没想到惠熠托着下巴似乎是在思考，过了好几秒，才淡淡笑了笑道："不在医院的时候我可能经常会外出，但我会尽量配合大家的门禁时间。"

言布布听得一愣，她望着惠熠，眼神里充满讶异。

在她的印象中，惠熠平时在医院里展现的都是稳重、合群的形象，他的年纪在那些精英医生里算年轻的，但看着却比同龄医生要成熟很多。

她以为他私下里也会是那种闲暇时会喜欢安静地宅在家看书、看剧的人。毕竟他们在医院工作，其实工作强度很大、很辛苦，只要轮到休息，她必定是累到瘫在家里的床上连动都不想动。更别提他这样在手术台一待就是大半天的主刀医生。

可他却说，他闲时会经常外出，甚至归期不定。

言布布望着惠熠英俊明亮的侧脸，突然萌生出了一种奇怪的猜想——眼前这个男人的身上，或许有着不为人知的双面性和违和感。

葛星宜听完惠熠的话，点了下头道："行，你可以私下跟我商量。"而后，她便将视线转向了俞也。

俞也感受到了她的目光，揉了下眼角，嗓音里还带着困倦的沙哑："我白天、晚上都不出门，所以门禁对我来说没影响。"

整个客厅顿时陷入了诡异的寂静。

葛星宜瞥了一眼在座的其他人，感觉他们的内心一定都有不少腹诽。

俞也看着她，又问："还有其他需要讨论的吗？"

她摇了摇头。

"那我就先回屋了。"

他从沙发上起身，冲其他人点了下头，便大步离开了葛星宜的屋子。

等他走后，言布布一个没忍住，脱口问道："这也哥长得是真的帅，但是怎么给人的感觉那么奇怪啊？"

温柔如孟恬，也小声跟了一句："不知道他到底是做什么的……我总感觉他不是什么寻常人。"

确实，葛星宜心想，简直像个外星生物。

无论是离奇古怪的生活作息，还是四十摄氏度的天穿长袖、长裤……感觉俞也这个人身上哪样都和"寻常"这俩字沾不上边。

惠熠弯着唇道："我倒觉得他还挺有意思的。"

从地理位置上来说，西厢房和倒座房挨得最近。等大家从葛星宜的屋子离开后，言布布走在惠熠身后两步，视线一直落在他宽阔的背脊上。不知道为什么，即便已经察觉到了他私下里或许和她平时看到的样子截然不同，她还是按捺不住自己想要靠近他的冲动。想了解他更多一点儿，也想知道真正的他，究竟是什么样的。

等走到西厢房门口，惠熠停了脚步。他转过身望向言布布，在夜色中，嗓音很低柔："晚安。"

言布布看着他，咬了下唇，也轻声回道："晚安。"说完这两个字，她便转身朝自己的屋走去。

她走得很慢。她总觉得，在这个四合院的第一个夜晚，自己不应该就这样平凡如常地度过。

在童话故事里，每当午夜，灰姑娘便会穿上水晶鞋，前往华丽的宫殿和王子共舞。她做梦都想成为那个灰姑娘。

就在她拿出钥匙准备开门的那一刻，忽然听到惠熠的声音在身后响起："言布布。"

她猛地回过头。只见惠熠还是站在与她分别的地方，瞳孔在月光下折射出细碎的光。

"要来我屋吗？"

这句话就像是南瓜马车的邀请函。水晶鞋的诱惑势不可当，就算明知道之后的事会如潘多拉魔盒那样不可控、不可预知，她依然满怀憧憬。

言布布几乎连犹豫都没有，她将钥匙一收，迈步就往惠熠那边走，应道："要。"

反倒是惠熠被她的果断给搞愣了，过了几秒，才嘴角带笑地说："夜黑风高，孤男寡女独处一室，你不害怕吗？"

言布布站定在他面前，笑起来时两颗小虎牙若隐若现。

"那你会对我做什么吗？"

惠熠低垂眼眸，朝着她做了个邀请的手势，声音里仿佛都透着诱惑："去了才知道。"

等进了屋，惠熠打开玄关灯，而后像是突然想起了什么，说道："我这里没有女式拖鞋。"

言布布听这话听得嘴角忍不住向上翘。没有女士拖鞋，一说明他家只有他一个人，二说明平日里应该也没女孩子来他家拜访。于是，她摆了下手，弯腰脱鞋，道："没事，我穿着袜子，可以直接踩进来。"

惠熠屋子的客厅布置得相当简洁，几乎只有一张吃饭的桌子加沙发和电视机，整个大色调都是由黑、灰、白组成的，没有任何一点儿多余的色彩。她环顾了一圈，还没说话，就听到他说："让你见笑了，我这里看着多少有些寒碜。"

言布布忍俊不禁道："看着像是没活人在住。"

惠熠开了空调，走进厨房，边走边说："我待在家里的时间确实很少。"

言布布猜测他应该是去厨房给她倒水喝，但她不想坐在沙发上干等，便起身沿着客厅逛了一圈，礼貌地没进里间。只是，让她感到略有些奇怪的是，他这里所有房间的门都是大大敞开着的，唯独只有一间牢牢紧闭着，上面还挂着一把老式锁。不知道为什么，她总觉得，那间屋子里应该藏着他的什么惊天大秘密。

"想进去？"

因为想得入神，言布布完全没察觉到惠熠不知什么时候已经从厨房走出来，静静地来到了她的身后。她一愣，转过身撞进他的视线里，脸颊不自觉有些发红，讷讷道："呃……我……"

"现在进去有些为时尚早。"惠熠意味深长地笑了下，将手里的水杯递给她，"我怕你被吓跑。"

言布布接过水杯，大眼睛忽闪忽闪地看着他，忽然没头没脑地冒出一句："小黑屋？"

惠熠用一言难尽的脸色看着她，言布布立刻尴尬地猛摆手道："你当我没说吧。"

两人回到沙发边坐下，她目光一闪，看到他捏在手里的高脚杯问："你喝的是酒？"

惠熠点了下头。

"那为什么我得喝白水？"

他冲她举了下自己手里的杯子，说："小朋友晚上不能喝酒。"

言布布整张娃娃脸顿时涨得通红，反驳道："我都二十四岁了！哪里是什么小朋友？"

"是吗？"惠熠话说得很慢，似乎是在故意逗她，"我一直以为你连二十岁都不到。"

"我只是长得显小而已。"言布布看着他杯子里轻微摇晃着的酒液，斩钉截铁地说，"我也想喝酒，我酒量不差的。"

他定定地看了她几秒，忽然伸出手，将自己的酒杯轻轻递到离她唇边近在咫尺的地方。

她完全没想到他会这样操作，一时有些愣怔。但看他面色沉静的模样，又觉得自己要是不接这茬儿，就会显得特别没用。毕竟刚才吵着闹着要喝酒的不就是她自己吗？

酒精淡淡的清香飘散在空气中，挥发着诱人的暧昧之意。还未品尝，就已让人感到微醺。片刻后，她眼睫微颤，低下头，嘴唇触碰到了冰凉的酒杯。清甜的酒味扑面而来，就在她想要伸手握住杯子，往上抬一下去喝的时候，惠熠忽然把酒杯抽走了。

言布布有些不知所措地看着他。惠熠就着她嘴唇碰到的杯沿喝了两口，而后轻轻一笑道："留到下次你再过来玩的时候喝吧，我们来日方长。"

谈完租房的安全问题，孟恬本来已经从葛星宜房间里出来了，结果想了想，她又退回去几步，压低声对葛星宜说："宜宜，抱歉啊，昨晚我男朋友……"

"没关系。"葛星宜抬了下手示意她不用说接下去的话，冲她眨了下眼，"以后有什么特殊情况，你直接微信私我。住一个院里，互相照应帮忙都是应该的。每个人都有自己的秘密和界限。"

孟恬吸了下鼻子，用力点了点头道："谢谢你。"

回到屋后，孟恬拿出手机，发现江挽川刚才给她打来了电话。因为有大清早的拍摄戏份，他今早五点不到就离开了。走的时候也没舍得叫醒她，她迷迷糊糊之间只是感觉自己的额头被温柔地亲吻了好几下，一度以为自己是不是在做梦。

不过，每次和江挽川待在一起的时间，她都感觉像是在梦里。如果不是梦境，为什么会如此短暂又甜蜜，还让人万般不舍？

怕江挽川这会儿有事，孟恬没敢直接回电话过去，只是给他发了条消息，告诉他自己刚刚在葛星宜屋里。

过了五分钟左右，江挽川的电话便打来了。

孟恬握着手机，打开电脑，盘腿在椅子上坐下。她问道："你休息了吗？"

"嗯。"江挽川说，"刚才你没接电话，我就去洗了个澡，这会儿已经躺床上了。"

"累不累？昨晚睡那么晚，今天又起那么早。"

"不累。"

"你之后拍戏行程太紧的时候可千万别过来，一般人哪扛得住这么来回折腾？"

那边的江挽川顿了下，低笑道："我是不是一般人，你还不知道？"

孟恬张了下嘴，还没应声，就听到他又说："我昨晚的表现是多么地不一般。"

这人平时无论拍戏、上综艺节目还是接受采访，给所有大众带去的形象基本都是稳重、少言，让大家专注作品的态度，在镜头前连开玩笑都很少。甚至常有和他相熟的主持人，调侃他是娱乐圈里屹立不倒的"老干部"。

但事实上，他在私底下和她说话的时候，时常妙语连珠，甚至还会给她扔一些根本接不住的情侣之间的私房话。

"江挽川……做个人吧。"

孟恬被这么一说,脑海中条件反射地联想起昨晚的一些细节,不禁揉了下不自觉开始发烫的脸。

江挽川笑了一声,温柔低语:"要开始赶稿了吗?"

"嗯。"孟恬将画板打开,拿出笔,"还有好几个商稿没交,快到截止日期了,已经被编辑追问了好久,我这两天得专心搬砖了。"

"听明白了,我这几天就不过来烦你了。"他尾音上扬,带着浅显的宠溺,"大设计师,不要赶到太晚,起大早也比开夜车好。"

"知道啦!"

两人又聊了一会儿,江挽川跟孟恬约定了这周日下午派助理小叶过来接她,准备忙里偷闲带她去陆京近郊泡个私汤温泉,共度一个美好的夜晚。

挂断电话,孟恬开始专心画画。几张要交的商稿风格都截然不同,有的是品牌广告,有的是待出版的小说封面,还有电影海报,要画出甲方对应的感觉都不是易事。但一想到周末就能和他去泡温泉,她瞬间燃起了斗志,决定这几天好好闭关工作。

画到十二点左右,她伸了个懒腰,起身边刷微博,边去厨房倒水喝。

孟恬从大学开始就在做设计,因为年轻又有天赋,很早就在设计界打出了一定的知名度,她的微博账号已经积累了好几百万粉丝。很多拥有许多粉丝的博主一般都不怎么看私信,但她平时比较宅,有事没事就喜欢和粉丝聊聊天,私信箱也是经常翻看的,并且每条善意的留言都会耐心认真地去回复。

结果,还没走到厨房,她的脚步就停住了。

在翻今天的未关注人私信的时候,孟恬忽然看到了一条很奇怪的留言预览。

"我知道你所有的底细。"

那是个没有头像的账号,一看就是个特意注册的小号。发信者的微博昵称叫作"mengtianbiss"(孟恬必死)。

她看得有些心惊,抖着手轻点开对方的对话框。一打开,一连串大段大段的话立刻跳了出来。

"我知道你是谁,你长什么样,也知道你的父母是谁,以及你所有的生平履历。"

"最重要的是,我知道你是江挽川的女朋友。"

"你知道吗?像你这样平庸又患有中度抑郁症的人,根本配不上江挽川。

"他是付出了多少努力和刻苦才走到今天的,他这么年轻,就已经这么出色,未来他还会更璀璨夺目。他是像光一样的人,身边不应该有任何黑暗和阴影阻挡他前进的步伐。

"你不配站在他的身边,也不配拥有他的宠爱。

"我给你一个星期的时间,如果你不和他分手,我会将你所有的底细曝光给全世界。

"孟恬,你还有六天。"

孟恬看完这段私信的最后一个字,手一松,手机轻轻地砸落在流理台上。她想要去把手机拿起来,却发现自己的手在止不住地发颤,眼前开始泛起熟悉的大片漆黑,脑袋一阵阵眩晕,空气似乎都变得稀薄起来。她重重地喘了好几口气,踉跄地靠在流理台边,试图用双手去抓台子的边缘,却抓不住,整个人瞬间颓然地跌坐在地上。

即便孟恬和江挽川的地下保密工作做得非常好,但这世界上没有不透风的墙。这么多年,总会陆陆续续地有一些营销号来扒他们。再加上,他们俩在高中时都很有名,也无法去控制那些和他们不相识的高中同学传播八卦。

江挽川的工作室虽然每次都会以最快的速度去压这些新闻,但还是会有不少他的狂热粉闻风跑过来辱骂她。成百上千条私信层层叠叠地堆在对话框里,江挽川有好几次都悄悄替她卸载了微博,不让她看,不让她听,也不让团队跟她提一个字,像保护温室里的花朵那样保护她。

但人的恶意和善意一样,往往都是与生俱来的。尤其在互联网的催化下,恶意通常都会迅速长成参天大树。

这其实已经不是孟恬第一次收到类似的私信和人身威胁了,但今天的这段,却格外超出以往的程度。对方似乎对她的一切都尽在掌握,最细思极恐的是——她确诊患上抑郁症这件事,除了自己和她的主治医师,连江挽川和她父母都不知道。

那对方究竟是从何得知的?

缓了好一会儿,她才浑身无力地强撑着从厨房的地板上爬起来。

孟恬握着水杯一路摸着墙壁回到卧室,然后抖着手拉开床头柜的最后一个抽屉,把昨天不想让江挽川看到的药从里面翻出来。她吃完那些药,靠在床头柜边,眼眶渐渐红了。

其实,她的主治医师曾问过她,为什么不将自己得病的事告诉她的男朋友。一直以来,他都是她最坚实的依靠和后盾。她对他从未有过一丁点儿的怀疑,和他的感情也始终非常牢靠、稳固。

但有些事,不是说了之后就能解决的。这么多年江挽川都把她保护得很好,从没让她受过一点儿委屈。只是,那些恶意就算被他尽力挡住了,还是会有一些细小的部分悄然渗透进来。

只要一点儿,便能致命。

孟恬不止一次想过,觉得和江挽川谈恋爱这件事,或许从根本上就是已经犯了原罪。

——因为她的心智,根本没有强大到可以拥有他。

短短几天的时间相处下来,葛星宜对这四个租客都有了一定的了解。

西厢房的言布布个性直爽开朗,活跃可爱,好奇心旺盛,似乎对倒座房的惠熠抱有好感;倒座房的惠医生随和仗义,很有男人味,但似乎私下里又有着和外表完全不符的另外一面;东厢房的孟恬漂亮温柔,平时整天宅在家,拥有一个和娱乐圈大明星江挽川神似的男朋友。

至于后罩房的俞也,自从那天他们到她屋里商量完门禁的问题后,她就再也没见到过他。她甚至怀疑这人是不是蒸发了。因为她从来没看到过他出来拿外卖、倒垃圾……而且他屋子的窗帘一直紧紧拉着,也看不清楚里面到底有没有开灯。

言布布有次晚上出来拿外卖时碰到她,聊起天的时候,神秘兮兮地跟她咬耳朵:"宜宜,我知道后罩房的也哥究竟是干什么的了。他是吸血鬼,所以他才怕冷、畏光、嗜睡,大白天从不出门,只在夜深人静大家都睡着的时候偷偷摸摸出来行动。你的屋子离他最近,你得小心他晚上翻窗进来吸你的血。"

言布布同学,你怕不是有什么大病?

葛星宜被言布布的言论整无语了,觉得这小姑娘绝对是平时美剧看多了。但回到屋后她细细一想,又觉得言布布的疯言疯语好像也不是没点儿道理。毕竟正常人哪会像俞也那样生活得跟个隐形人似的?

陆京市的盛夏有很长一段时间都是晴空万里,也因此,葛星宜早上习惯性地没看天气预报就出门了。晚上从律所出来的时候，天空却开始下起了毛毛雨。但律所楼下就是地铁站，她也不以为意。快速冲进地铁站后，她想着这雨估计就是阵雨，应该很快就会停。

结果，等她坐完地铁走到出口，外面却是倾盆大雨。雨水像瀑布一样从天上倒下来，"噼里啪啦"的雨声震耳欲聋。身边经过的路人有的带了伞，有的则抱着手臂站在地铁口等，想等雨稍微小点儿的时候再冲出去，还有的在等车。

葛星宜转身走回地铁站里的便利店想去买把伞，却被告知伞已经卖完了。

其实这边的地铁站离四合院很近，没几分钟就能走到。但就这雨势，恐怕出去之后哪怕只走两步，都会从里湿到外。葛星宜拎着包站在地铁口，发愁地想着自己究竟是要冒死冲锋回家洗澡，还是再在这里等上半个小时。

"葛星宜。"

就在这时，她忽然听到有人叫了一声她的名字。

她抬起头，怔住了。只见在她的正前方，一个身材瘦高的男人正站在地铁口外，一身黑衣，手里还举着把黑伞。单看对方的着装不看脸，她都能猜到这人是谁。因为她觉得整个陆京市除了俞也，应该不会有第二个人在盛夏中这样着装。

葛星宜朝俞也迎上去，疑惑道："你怎么来坐地铁了？"

俞也摇了摇头说："我不是来坐地铁的。"

铺天盖地的雨声中，她蓦然撞入他深邃的眼眸中。

不是来坐地铁的，那他打着伞来这里……

"你是来接我的？"说出这句话的时候，她连尾音都有些打飘。

俞也没说话，手里的伞却往她的方向轻轻倾斜了一些。她惊讶地望着他，一时都不知道该说什么了。一个大白天都不踏出房门半步，整天活得跟吸血鬼一样的人，却在这么一个突如其来的大暴雨天出了门，一路从四合院走到地铁站……来接她。

怎么想都想不通！

葛星宜虽然整个大脑还处在极度震惊之中，但她也不想让俞也站在雨里太久。于是她一咬牙，微低头钻进他的黑伞里，声音略带紧绷地说："谢谢你……"

俞也点了下头。

他的这把黑伞很大,即便葛星宜有意和他隔开了一点儿距离,也完全可以容纳他们两个人。

夜幕开始慢慢降临在陆京市。黑伞外充斥着噼噼啪啪的雨声,黑伞内却是别样的安静。走到十字路口的时候,葛星宜终于率先打破了沉默。

"你怎么知道我在这个地铁站的?"

四合院附近有三条不同的地铁线路和站点,且完全分布在不同的方向。俞也的目光落在前方,过了几秒,他薄唇轻启,扔了两个字:"猜的。"

"……"

行吧。她本来还想问问他究竟是怎么神算子般预测到自己今天没有带伞,又是怎么能在这个时间点准确地出现在地铁站……见状索性就不问了,反正用鼻子想他也肯定会说是猜的。

还有,她最不能理解的一点——他为什么会一声不吭忽然来接她?

怎么说,他们俩都不能算是熟人吧?甚至几天加在一块儿说过的话,连十个手指头都数得过来。

葛星宜侧过头看了他一眼,心想这应该是她长这么大见过的最神秘、最神奇的男人了。

快要到四合院的时候,雨势终于渐渐变小了。她忽然听到俞也开口问:"那两个人后来还来找过你吗?"

葛星宜一怔,过了好一会儿,才反应过来他说的是之前那两个在家门口围堵她的男人。

她摇了下头道:"没有了。"

"那就好。"

等他们走到四合院门口的时候,天空已经完全放晴了,甚至隐约在天际的云层,还能看到一道颜色很淡的彩虹。

见状,俞也收起雨伞,迈开步子推门走进院里。葛星宜走在他身后,看到他另外半边的衣服、裤子全都淋湿了,而她自己身上却几乎没怎么淋到雨。

她看得心里有些发胀,吸了吸鼻子,忍不住开口叫道:"俞也。"

他回过头。

"谢谢你今天……来接我。"葛星宜顿了顿,又说,"这周末,要不要来我屋吃个饭?我会叫上甜甜、布布和惠医生他们一块儿。"

俞也静静地看着她,一开始没说话。葛星宜虽然觉得自己突然这样开口邀请有点儿唐突,但对比他突然冒雨来接自己,好像又算是小巫见大巫了。

"你如果有事要忙或者要睡……"

他忽然低声打断她:"周末的晚上可以。"

"周末见。"没等葛星宜再说什么,俞也已经直直地往自己的屋子走去,"我回去补觉。"

普安医院。

午班的时候,言布布跟郭扬一块儿去食堂吃饭。等打了饭上了桌,郭扬在对面看了她一会儿,忽然冷不丁来了句:"言布布,你是不是谈恋爱了?"

言布布彼时刚把一勺汤放进嘴里,听到这话,直接一口汤呛在喉咙里,当场憋红着脸一通乱咳。

等她好不容易咳嗽完平息下来,用纸巾抹了把嘴,有些心虚地瞪着郭扬道:"想害死我?突然之间说什么鬼话呢?"

"还说我说的是鬼话。"郭扬抱着手臂,一脸审视地看着她,"瞧瞧你这张脸,没在工作的时候就在那儿一脸思春地发呆。"

"我哪有?"

"还跟我嘴硬。"郭扬这时微微往前倾过来一些,还煞有介事地把嗓音压低了,"我都看到了!"

"你看到什么了?"

"你这几天每天下班都是跟惠医生一块儿走的吧?"郭扬说,"他会在医院后门对面的咖啡厅门口等你。"

言布布听得心里一跳,她下意识地低头把饭往嘴里送,眼神开始四处游移。

"是不是好奇我是怎么知道的?"郭扬索性连饭也不吃了,筷子一拍,在那儿眉飞色舞地说,"你最近每天溜得比球还快,我昨天下班的时候,本来想找你说件事儿,看到你溜了我就跟上去了,没想到正巧被我撞见你在跟他幽会。"

言布布满脸红晕:"郭扬你好好说话!"

"我看到你脚步轻快,一路小跑过了马路,然后迎上了咖啡厅前的一个大帅哥……仗着我可以当飞行员的视力,我定睛一看——这不是惠医生吗?!"

言布布都无语了:"你在表演脱口秀呢?"

030

"而且就你们俩那个并肩走路的熟稔样,绝对不可能只是第一次一起走了。"

"你给我从实招来。"郭扬紧盯着她,"到底是什么时候偷偷摸摸背着你姐妹我勾搭上普安'院草'的?"

郭扬既是言布布的前辈,又是她在医院里最好的朋友,两人平时几乎无话不谈。既然郭扬都看到了,她也不可能再睁着眼睛胡编乱造,只能双手合十地将她和魏熠目前"同居"在一个屋檐下的来龙去脉全盘托出。

郭扬听完,眨了一会儿眼睛,说出了和魏然一样的话:"这不冲?说实话,要是你让咱医院里的其他人知道这事儿,那帮姑娘得把你的皮都给剥了。"

"我知道。"

"你知道有多少人想跟惠医生搭上话找他约会吗?就今儿早上,我还看到一个心血管内科的医生想约他看电影。"

"然后呢?"

"被他干干脆脆地拒了。"

"……"

"言布布,"郭扬说,"要是惠医生对你半点儿兴趣都没有,他应该连机会都不会给你,更别提主动提出载你回家,或者邀请你去他家了。"

听到郭扬这么说,言布布一直在七上八下的内心终于得到了一丝抚慰。

确实,惠熠如果真要和哪个姑娘接近,实在是简单得易如反掌。医院里甚至别的渠道有那么多漂亮姑娘想追他,但他从始至终连个深入了解的机会都不会给。

那这是不是再次证实了她这个灰姑娘……真的可以幻想一下童话梦?

"你得相信,你言布布是拥有过人的魅力,才会让咱们'院草'为之折腰的。"

郭扬这时终于拿起了筷子,目光却不怀好意地在言布布身上四处游走。

"你看你,长得呢……还算可爱,皮肤也白,身材也很不错!"

言布布还没来得及骂出去,就听到郭扬语调一转:"不过,我听说过惠医生的一些坊间传闻,仅供你参考。"

她立刻竖起耳朵问道:"什么坊间传闻?"

"具体是谁、从哪儿传来的不得而知,我也不保证真假啊!"郭扬说,"我就是之前无意间听到他们在八卦——惠医生这人的口味比较独特。"

"有多独特？"

"好像说是……他之前的感情史都是年上。"

言布布不以为意道："年上不是挺正常的？女大三，抱金砖呢！"

郭扬顿了下，继续说："听说他之前念书那会儿，好像交往过比自己大十多岁的，还有外面认识的比他大八九岁的职场精英姐姐。"

言布布心中一动，思索了片刻道："他本来在同龄人里就比较成熟，喜欢比自己年纪大的熟女也不算是什么伤天害理的事吧？"

"最重要的一点……"郭扬欲言又止，"这些姐姐最后都是受不了他奇怪的癖好和他分手的。"

直到晚上回到家，言布布的脑子里还在想郭扬所说的那个"奇怪的癖好"。

她也颇有些庆幸今天惠熠要值班，没有和她一起回家，要不然以她这个藏不住事儿的性子，说不定会直接当场在他面前捅穿这件事。

自己随便弄了点儿吃的当晚饭，言布布盘腿在沙发上坐下来，给魏然打了个电话。刚接通电话，就听到魏然那边传来了游戏系统的播报声和解说声，言布布翻了个白眼，语气略带嫌弃："你又在看你男神直播了？"

魏然激动地连着"嗯嗯"了两声。

"每天看都看不厌？"

"一辈子都不会厌！"

"你先暂停下，你闺密的终身大事现在急需你的参谋。"

魏然见状，只能依依不舍地关了直播视频，说："行吧，那我晚点儿再看回放。"

言布布虽然和郭扬关系亲密，但她们到底在一个工作单位，有些太私密的事也不太好讨论。尤其是关于她私下里了解的惠熠，她今天对着郭扬只字未提。这些事，她觉得讲给自己最铁的闺密、还不在医院体系的魏然才最合适。

等魏然开始专心听她讲话，言布布便将这几天观察到的情况，还有上次去惠熠屋的所见所闻以及惠熠说自己休息时经常不在家的事情统统都说了出来。

等听完后，魏然沉默片刻，对她说："我觉得，你同事跟你说的坊间传闻应该不太会是无中生有，就算可能有编造的成分在，但有一点能肯定的是，真正的惠医生跟他平时表现出来的截然不同。不过，真实的他究竟是什么样的,只能靠你自己去探索了解了。"

魏然说的其实和言布布自己想的差不多,她觉得听再多别人的耳语,都不如眼见为实。

"至于那个小黑屋,你找个机会把锁撬了偷偷进去看看吧。"魏然开玩笑说,"进去前记得跟我说一声,万一你过了很久都没出来,我也好及时找警察来救你。"

"我真是谢谢你了。"

挂断电话之前,魏然顺口又提了一嘴:"你们这个四合院我真挺喜欢的,要是有哪个屋子的租客要搬走了你跟我说一声,我现在租的房子过段时间也要到期了。"

言布布看中这地儿的时候,第一时间就同魏然说了。谁知等魏然联系中介小李的时候,小李说其他几间屋子的租客都已经付了定金,没有空房了。但魏然还是一直对这四合院念念不忘,想和她做邻居。

"行。"她一口答应下来,"东厢房的美女姐姐是短租,等她退租了,我立刻通知你。"

跟俞也确认了周六晚上在她家聚餐之后,葛星宜也分别发微信问了下言布布等人的意见。言布布和惠熠都一口答应了下来,反倒是之前回微信一直回得很快的孟恬始终没有回音。

葛星宜知道她是个自由插画师,想着她可能会因为画画而生活作息颠倒混乱,也一直都没催促。奇怪的是,过了一天一夜,到了周五的晚上,孟恬那边还是没有消息回过来。葛星宜想了想,在睡觉前又发了条微信给她。

周六早上起床后,葛星宜出了屋子打开院门,看到言布布也打着哈欠从屋里出来了。

"布布。"她走向言布布,"你这两天有跟甜甜在微信上聊过吗?"

言布布摇了摇头。

"有看到过她出来拿外卖吗?"

"好像也没有。"

葛星宜轻蹙了下眉道:"我从周四开始给她发微信,她一直都没有回过我。"

言布布听到这话,猛地转头看向东厢房,声音一下子拔高了:"甜甜她不会是出什么事儿了吧?"

因为大门就在惠熠的屋子旁边,可能屋里的惠熠听到了她们俩说话的声音,这时也推开门走了出来,问道:"怎么了?"

言布布原本还有些没睡醒,可当她一看到穿着深灰色居家服、扣子松松垮垮只扣了两个、白皙的胸肌若隐若现的惠熠,整个人瞬间就精神了,差点儿连鼻血也给喷出来。

言布布觉得自己是真的没救了,看到惠熠本人后,她瞬间就把昨天脑子里所有的纠结和探究全部抛之脑后。管他屋里是不是有小黑屋,还是他本人有什么奇怪的癖好呢!她艺高人胆大,依然还想冲!

葛星宜将孟恬的情况大致和惠熠说了下,惠熠提出说:"要不我们一起去看看她?"

三人一拍即合往东厢房走,等到了门口,葛星宜先是轻轻敲了两下门,问道:"甜甜,醒了吗?"

大家耐心等了一会儿,屋里毫无动静。

言布布这时重重地拍了两下门,大着嗓门喊了两声:"甜甜!甜甜!"

依然没有回应。

三人对视一眼,惠熠肃容道:"可能她真的发生了些什么情况,只要她在屋里,是不可能听不到我们这样喊她的。"

言布布指了指门问:"但她从里面锁着门,我们要怎么进去?"

四合院每间屋子的门都是从里面上锁的,外面没有锁扣。开锁的时候只能从里面开,不能从外面开。

葛星宜看了眼东厢房的窗户,正在试图想办法的时候,忽然听到有急促的脚步声从院门口由远及近地传来。

三人齐齐回过头,就看到一个身形精壮,就算穿着随意的运动装也显得气质绝伦的男人朝他们大步走来,身后还跟着一个中年男人和一个年轻姑娘,看着面色都不怎么好。

男人戴着口罩和帽子,看不清脸,但葛星宜却一眼就认出来了,这男人就是那天晚上翻墙来找孟恬的,她的男朋友。

"你好。"男人在她面前站定,"甜甜的房东是吗?我是她男朋友。"

近距离仔细一听这个声音,葛星宜几乎完全肯定了自己先前疯狂的猜测。

她点了点头道:"葛星宜。"

"葛小姐。"男人的语气虽沉稳,但饱含着掩盖不住的焦急,"你这两天有看到过甜甜出门吗?"

"没有。"她说,"我给她发微信她也一直没回,所以我们三个现在才会过来找她。"

男人轻点了下头,而后果断伸出手指了下东厢房的窗户问道:"你介意我把甜甜这屋的窗户砸碎吗?我之后一定会加倍赔偿给你。"

葛星宜用力摇了下头说:"人比什么都重要。"

男人听完二话不说,伸出手就要直接一拳朝那玻璃窗户挥过去,却立刻被身后的中年男人和女孩子一左一右架住。

中年男人甚至忍不住爆了粗口:"你是不是疯了?你当自己是江湖大侠啊,直接用手砸窗?"

女孩子焦急大叫:"川哥,我们去借个工具再来砸,你手要是受伤了,导演会把我们杀了的!"

男人板着脸,努力想要从他们的手里挣开,甩下一句:"借工具来不及。"

他这明显就是心急如焚得有些失去理智了,葛星宜刚在想自己屋里有什么坚硬的工具可以用来砸窗,就听到惠熠扔了一句"稍等",而后快步走回了自己屋。

不出一分钟,他手里便拿着一块巨大的黄绿色冲浪板朝他们走回来。在所有人惊异的目光中,他将那块冲浪板递给男人。

"用这个。"

男人冲他点了下头,抓起那块冲浪板就重重地朝孟恬屋子的窗户砸过去。

"砰——哗啦——"尖锐的玻璃碎裂声瞬间响彻整个四合院。

大块窗玻璃碎裂后,男人快速地用冲浪板将还残留在窗框上的碎玻璃铲去,而后伸手进去从里面将窗户的插销打开,猛地推开窗。

"谢谢。"他将冲浪板递给惠熠,下一秒,便猛地翻身从窗户跳进了屋里。

"我进去开门。"惠熠接过冲浪板搁在一边,也紧跟着爬上窗户。不出十秒,他就从里面将东厢房的门打开了。

葛星宜他们全都急急忙忙地冲了进来。一进屋,言布布就对着卧室的方向大喊:"甜甜怎么样了?"

"清醒着,有些虚弱,但没有生命危险。"

过了好一会儿,男人的声音才低低地从里面传出来。

大家循声往卧室走,还未走进去,从外面一看到卧室地板的场景,所有人的脸色就变了。

只见整间卧室的地板上几乎一片狼藉,大堆绘画草稿飞得满地都是,还有乱七八糟的零食快餐、摔碎在地的水杯……以及散乱一地的药瓶和药。在整体是暖色调的屋子里,显得格外触目惊心。

屋子里没有开灯,惠熠伸手将灯打开后,大家看到男人坐在床边,怀里则抱着面色苍白的孟恬。孟恬这时慢慢地侧过脸看向他们,想要努力扯出一个笑,看上去却比哭还要难看。

"甜甜。"

葛星宜他们以及跟着男人来的中年男人和年轻女孩都立刻围了上去。

"我没事。"孟恬看着大家,声音很轻,几乎虚弱得有些听不清,"就是几宿没睡,刚刚好不容易睡着了,睡得太沉,所以没听见你们叫我。"

站在最后面的惠熠这时弯下腰,不动声色地将散落在地上的药瓶捡了起来。他对着瓶身上的药物名定睛一看,眉头一下子蹙了起来。

言布布站得离他最近,这时不经意间回头看了一眼,便立刻走到了他的身边。

惠熠将药瓶递给她,言布布看完后猛抬起头,两人对视一眼,面色都变得更加不好了。原来孟恬患有抑郁症。这个看上去总是春风拂面、温柔恬静、对人没有任何攻击性和敌意的女孩子患有这样的心理疾病……他们竟然谁都没有察觉到。

"抱歉,让你们为我担心了。"孟恬这时眼带歉意地望着他们,而后转向中年男人和年轻女孩,对他们道,"亮哥、小叶,川哥他还有很多事,你们快把他带回去吧。"

中年男人胡亮叹了口气道:"你这样的情况,别说他了,连我们都放心不下来。"

名叫小叶的姑娘眼圈红红地说:"甜甜,你的健康和安全最重要,是我们疏忽大意了。"

孟恬摇了下头,语气虚弱道:"你们已经为我操太多心了,快把他……"

"有多么重要的事情会忙到连自己女朋友的身体和心理状况都察觉不了?"言布布这时板着脸,目光锐利地射向床上的年轻男人,"甜甜她会像现在这样绝对不是一天两天了,你为什么直到今天才来救她?"

她之前接触过不少抑郁症患者,他们通常除了自己的医生外,没有其他发泄口,很多时候闷闷不乐甚至悲痛欲绝,全都只有患者本人知道。

他们就像被困在井里的青蛙,一直望着外面的天空,却没有办法触及地面。这种时候,如果有至亲的人陪在身边,情况就会好转很多——至少可以说出口,得到安慰和关心,这对他们来说就像是救命稻草一样的善意。

卧室里一下子变得很寂静。葛星宜、胡亮和小叶都略有些讶异地看着言布布,觉得这姑娘是真的敢说。而惠熠侧目望着她,眼神里浮现起了一丝淡淡的赞赏。

他觉得这姑娘简直有趣极了。

孟恬目光颤了颤,刚想要开口说些什么,所有人就看到抱着她的男人抬手轻轻摘下了头上的帽子和脸上的口罩,随手扔在一旁,抬眸看向言布布,淡声说:"你说得没错,确实是我的问题。"

而当原本满肚子气的言布布看到他的脸时,整个人都不好了。

眼前这个长相绝伦的男人,可不正是她现在每天都在追的《双面犯罪者》的男主角、"国民老公"江挽川吗?

她从来没有那么一刻,这么痛恨自己这张管不住的嘴。

以前念书那会儿,教她的老师总说她江湖义气重,眼里非黑即白,喜好打抱不平。虽然这算得上是个好品质,但也极有可能给自己惹祸上身。就比如现在——

言布布喜欢温柔的孟恬,觉得这么好的姑娘值得最好的对待。所以当她看到孟恬的男朋友匆匆赶过来解救已经濒临崩溃状态的孟恬,心里立刻就起了火,觉得这男人不负责任。而且看对方的表现,明显也是不知道孟恬患有抑郁症的。

现在那么着急有什么用?那之前那么长时间都干吗去了?而且这么个大热天里还戴着帽子、口罩,装什么装呢!

结果谁知道,孟恬的男朋友,竟然是目前娱乐圈最红的男明星江挽川。江挽川虽然年轻,但风评是一等一地好。在众多现在当红的明星中,江挽川算是为数不多她比较欣赏,还会整天追着他的剧和电影看的人。

言布布记得上次江挽川的电影首映礼恰好在陆京市,她还想托人给她弄票来着。

这可怎么办啊?冲动害死人,她居然一不小心得罪了大明星!

旁边的惠熠看着她风云变幻的脸,当场差点儿绷不住笑出声来。

就在言布布在脑中想她到底是直接就地挖个坑把自己埋进去好,还是直接把头对着旁边的墙壁来一下好时,卧室里又走进来一个人。

是俞也。

俞也身上裹着一套秋冬才会穿的家居服,似乎是刚被吵醒,一脸困倦,整个人从上到下都带着低气压。和所有人大眼瞪小眼了三秒后,他嗓音沙哑地说:"我听到了玻璃被打碎的声音,所以出来看看。"

葛星宜一言难尽地捂了下额头,总觉得这屋里的气氛已经无药可救了。

没人注意到,坐在床上的江挽川看到俞也的时候,眉头微微一蹙,略带探究地深看了他几眼。

作为四合院的房东,最后还是葛星宜出面缓解了房间里无比僵硬的气氛:"甜甜,亲眼看到你人没事,我们就放心了。你跟江……跟你男朋友好好聊聊,我们就先不打扰了。"说完这话,她朝言布布他们递了个眼色。

言布布脚上像踩着风火轮,急急道:"抱歉,打扰了,甜甜好好休息啊!"

惠熠朝孟恬和江挽川点了下头,也说:"关于身体上的任何情况,都可以随时来咨询我。"

江挽川认真地向他们道谢:"谢谢你们。"

唯一不明真相的俞也一脸困顿地戳在后面,似乎还在神游天外,最后是被葛星宜拽着袖子硬拎出了孟恬的卧室。

等走到院子里,言布布腿一软,差点儿当场表演一个下跪。

葛星宜打趣她:"后悔也来不及了。"

她抱住葛星宜的大腿直说:"宜宜!完了!谁能想到甜甜那么勇,竟然找了个超级大明星当男朋友!要是我知道那是江挽川,我肯定把自己的嘴缝起来!你说!江挽川以后会不会把我列入他粉丝黑名单,不让我看他的电视剧和电影啊?"

葛星宜笑了,说:"那应该还不至于。况且,我觉得你说得挺对的,对自己女朋友是否关心和他是不是大明星不存在任何联系。看到甜甜那样,我心里其实还挺不好受的。"

言布布叹了口气:"跟着江挽川这样风光无限的人,或许其中的苦也只有甜甜自己知道。"

惠熠说:"也许其中也有我们外人不知道的隐情,让他们俩自己解决吧。"

葛星宜看了眼孟恬的屋子道:"照甜甜这样的情况,今晚聚餐应该是不会来了。"

惠熠："我们可以等甜甜情况好点儿，改日再一块儿聚餐。"

言布布跟着点了下头。

"我来。"就在这时，一道低冷的声音突兀地从他们后方传来。

葛星宜回过头，就看到俞也揉了下眼睛，静静地看着她道："我晚上来吃饭。"

她满头问号。都说聚餐取消了，你还来干吗？

等葛星宜他们走后，胡亮抓了下头发，对江挽川说："你们聊聊，我和小叶在外头的车里等。匿名留言者的事已经有眉目了，我会继续追查下去，今天就能出结果。"

小叶半蹲在床边，看着孟恬问："甜甜，你想吃什么、喝什么？我去给你买。"

孟恬摇了摇头说："我不是很想吃。"

小叶说："不行啊！哪怕再没胃口，也得吃点儿东西下去，不然身体会吃不消的！"

江挽川这时对小叶说："小叶，去买份甜甜平时爱喝的粥，还有城中那家甜品店的小蛋糕来。"

小叶立马起身，点头如捣蒜。

最后，屋里只余下了两个人。

江挽川略微低着头，他额前的碎发随之垂下来，半遮住了眼。一室的安静里，他抱着孟恬的手臂一寸一寸收紧。

"对不起。"他轻声说。

从前几天开始，他一直都觉得孟恬似乎和平常不太一样。但凡他打电话过来，她都不会接，问也只说是在赶稿，实在没法儿分心，连消息也回得非常慢。

他知道她工作时一向很认真投入，所以一开始大意了，只以为她是进入了工作模式才会这样。但后来还是越想越觉得不对劲，今天一大早醒过来，第一件事就是去登录她的微博账号……然后，便看到了那个这几天每天在用私信威胁着自己女朋友的匿名留言者。

那个人几乎掌握了孟恬所有的私人信息，以及他们之间这么多年的地下恋情。不仅如此，对方还每天从早到晚给她发死亡倒计时，逼迫她和自己分手。

他看得瞋目裂眦，几乎是连滚带爬地下了楼，心急火燎地叫上经纪人胡亮和助理小叶，直奔四合院来。

这几天孟恬究竟遭受了多么大的心理压力，江挽川真的难以想象。更让他对自己感到深恶痛绝的是，自己不仅没有及时发现她这几天的异常，还不知道她原来一直患有抑郁症。

每次见到她、拥抱她的时候，她都对他报以最温柔的笑容。那个笑容，是这么多年来无论遇到什么事，都能够立时治愈他的良药。

可他根本不知道，当自己从她这儿获取了足够多的能量，可以满怀勇气地继续前进、转过身离开她的时候，这个给了他全部善意和温暖的女孩子，一个人会有多么地无助和绝望。她怕打扰他、影响他，怕他担心，所以保持缄默，将那无人所知的痛苦，孤独地封锁在自己的世界里。

孟恬静静地靠在江挽川的胸前，听到那三个字，她的眼睛有些发胀，但还是努力挤出了一个笑，说道："傻不傻，你跟我道什么歉？"

"所有的。"他动了下唇，"没有及时察觉到危险，没保护好你，还有你得……"

"得抑郁症这件事，是我自己的问题。我的医生建议过好几次让我告诉你，也是我自己一直没跟你说。"

"江挽川，你已经把我保护得很好了，我没从你这儿受到过一点儿委屈，你是个很好很好的男朋友。"因为有点儿使不上力，孟恬把话说得很慢，"一直以来，都是我自己能力不足，心理不够强大，没有办法靠自己的力量好好解决这些事，才会屡次拖累到你。"

"你知道吗？"她这时轻轻抬起手，抚了下江挽川俊逸的脸庞，"咱们高中毕业典礼那天，你回学校，被人围在操场的升旗台那边动都动不了的时候，我就在想，你就像是我最喜欢的星座鲸鱼座T星，它是离地球最近的恒星之一，非常明亮耀眼。但距离再近，也有差不多十二光年。"

鲸鱼座的温度和亮度跟太阳很相似，它面对着地球，用望远镜看，状似小而圆，但也是西方星系中最亮的那一个。

孟恬念书那会儿很喜欢研究天文，在那么多星座里，却始终对被西方人称为"奇异之星"的鲸鱼座倍感喜爱。她觉得江挽川就像是她做梦都想要拥有一辈子的鲸鱼座。他唤醒了她，点亮了她，让她也以为自己可以成为这世上独一无二的存在。

但事实却是，她好像无论怎么伸手去够，都够不到能并肩站在他身边的位置。

孟恬说完这些，闭上眼睛，眼角有一滴泪快速地滑落下来，滚入了她的发间。

"江挽川，我觉得，我的勇气可能配不上我的渴望。"

其实，她话里的意思已经很明显了。只要他们俩在一起，像这次这样匿名留言者的事情，以后一定还会发生。他的事业正值蒸蒸日上，不可能每时每刻都盯着她和她身边潜在的危险。她不知道如果下一次再遇到这样的事，自己还能不能撑到他赶来。她也不想总是做那个会让他不顾一切朝她跑来，牺牲甚至葬送未来的人。

好的爱情不应该是这样的。不应该是拖累，而是成全。

屋子里有一段时间陷入了极度的寂静。天色渐渐变得大亮，阳光从卧室的窗户倾洒进来，铺满了房间里的每一个角落。

江挽川一动不动地看着她，似乎是在思考她刚刚所说的那些话。

不知道过了多久，孟恬忽然听到他轻声道："不可能的。"

她一怔，抬眼望向江挽川深邃的眼眸，就听到他不紧不慢地说："孟恬，你是不是以为我会说，为了我们彼此好，我们俩还是分开比较好？为了我事业的发展，为了你生活的安全和平静，我应该适时放手这段感情。你是不是觉得我会这样顺着你的话说下去？我告诉你，那是绝对不可能的。"

孟恬咬了下牙，鼻尖蓦然发酸。她看着他坚定的眼神，忽然想起他们确认关系的那一天。

那天和现在一样，是个盛夏。他们站在她家后门的银杏树下，耳旁充斥着"嗡嗡"的蝉鸣声。那个时候，他也是这样看着她，无比坚决地对她说："和我在一起，我会永远保护好你。"

少年的背后，好像散发着耀眼的光芒。她将手放进他手心里的那一刻，便觉得自己走入了阳光。

时光重叠，当年的少年如今已经成为一个能够独当一面、更加光芒万丈的男人，也如当初那样依然让她着迷不已。

"孟恬，我根本没有你想象的那么豁达无私。看到你因为我遇到危险，我想的根本不是应该离你远一点儿，而是在想，我怎么样才能比现在抓得你更紧一点儿。紧到我能每时每刻都察觉到你的心情和身体情况，紧到你嫌我烦，紧到你觉得你甚至感觉没有自己的空间。

"你感到快乐幸福,只能因为我;就算你感到痛苦难过,也只能待在我的身边。我就是这样偏执的一个人。"

他这么说着,低下头轻轻地吻了下她的眉眼,小心而虔诚。

"所以,我永远都不可能放开你。"

见到我、喜欢我的人,大都以为我豁达开朗,能够平静地面对所有的一切。他们觉得我无所不能,觉得我已经拥有了足够多世俗的贪念和渴求,不会再因为小小的感情而驻足回头。

但他们错了。

偏执与执着的界限是模糊的,当我对你的爱超越了执着,就变成了偏执。这份偏执是不顾一切,是至纯至深,是轰轰烈烈,是刻骨铭心。所以哪怕前方是无尽深渊,我也会抱着你一同坠入。因为就连死亡,也没有与你分开让我的灵魂灼痛。

第三章
波塞冬

眼看葛星宜和俞也两个人因为晚上的聚餐是否继续而在那里大眼瞪小眼，言布布忽然有一瞬间感觉到了什么，冲身旁的惠熠挤眉弄眼了几下。

惠熠也是个聪明人，立刻浅笑着道："没事儿，你和小俞两人先吃一顿也行啊。咱们几个下回再加入，在一个院里，想聚随时都可以聚的。"

言布布跟着做开溜的姿势："对！我先吃早餐去了，忙活到现在，可把我给饿坏了。"

两人也没等葛星宜的回答，转身就走。

等走到惠熠的屋门口，言布布踮起脚瞅了一眼葛星宜和俞也的背影，压低声音贼兮兮地说："我觉得宜宜和也哥有戏！"

惠熠抱着手臂，饶有兴致地问："为什么？"

言布布鼻孔朝天："江湖人称我'布神婆'，你不知道？"

他垂眸望着她，过了一会儿，忽然低下头凑近了她的脸庞。言布布就看到他那张俊俏的脸在自己眼前无限放大，而后他那张好看的唇一张一合："那麻烦布神婆给我算一卦，我今天会做什么？"

言布布吞了口口水，垂在身边的手紧了紧，结巴道："出……出门玩儿？"

他笑而不语。

"在……在家玩儿？"

惠熠偏过头抿了下唇。而后，他抬手轻轻地揉了下她毛茸茸的发顶，语中带笑："算对一半，不能给你钱。"

言布布觉得自己的心跳都漏了一拍。

"今天带你一起玩儿。"他收回手，提出了一个无比诱人的邀请，"你想在家还是出去？"

言布布看着眼前一望无际的湛蓝色海面，大张着嘴，一时之间都还没回过神来。

她做梦都没想到过，有一天，她竟然会坐在一个男人的摩托车后座，和他一起穿越大半个城市，来到一望无际的海滨游玩。

当她提出自己要出去玩之后，惠熠让她回屋拿上泳衣和替换衣物、防晒霜等用品，然后带她去四合院附近吃了个快快的早餐就出发了。

言布布一开始也没问他去哪儿，以为只是去个附近的游泳池或者水上乐园之类的。结果，等她坐在摩托车后座，被夏风吹得有些昏昏欲睡的时候，一转头，便看到了波光粼粼的大海。

作为一名土生土长的陆京人，言布布还真的从没来过陆京市最南边的这片海滨。说实在点儿，她好像小学游泳考试结束之后，就没怎么游过泳。她记得上一次参与跟水有关的活动，还是带她的小外甥去城中一个儿童水上游乐园，那水池的水深大概只到她小腿。

惠熠似乎早已预料到她会是这个反应，这时淡定地拎着他们俩的东西，去旁边的小亭子跟已经很熟悉的老板打过招呼，租了太阳伞、毛巾，又买了点儿水果和饮料。

等言布布回过神来的时候，惠熠已经换上了泳衣、泳裤，手里拿着一块亮眼的大红色冲浪板，笑着站在她身边。

她脸一红，下意识地往后退了一步，讷讷道："抱歉，我……"

"理解。"惠熠笑得露出了一口白牙，"这个'出来玩儿'是不是比你想象中的高能多了？"

言布布不好意思地点了下头。

作为一个从学生时代开始就常年宅在家的人，出去玩对她来说，最多就是和魏然一起吃个饭、看个电影，户外活动简直就是天方夜谭。而显然，来海边玩，已经远远超出了她的舒适范围。

但不知道为什么，当她看到在阳光下，穿着深蓝色防晒泳衣和黑色泳裤的惠熠时，刚来到海滨的那丝害怕和抵触，却渐渐开始消退了。她甚至萌生出了一种"我也可以试试下海游泳或者冲浪"这样疯狂的念头。

"如果你不想下海，可以在太阳伞底下躺着休息。"惠熠指了指她身后，"水果和饮料我都买好了，我去冲会儿浪，然后回来陪你。"

言布布点了点头。

现在时间还早，海滨还没有那么多人，显得比较安静。她坐在太阳伞底下，看着惠熠熟练地拿着冲浪板走进海里，然后以一个漂亮的姿势跃上冲浪板，游刃有余地往前在海上滑行。哪怕她是个外行人，都能看得出来，他水性极好，也深谙冲浪，显然是个中老手了。也难怪，他能从自己家里分分钟就扒拉出一块冲浪板，扔给江挽川砸窗户。

金灿灿的阳光将不远处的惠熠整个人都镀上了一层光，原本在人群中就已经显得与众不同的男人，此刻更是夺目得让人移不开眼。

摩托车、上锁的房间、水上活动高手……短短几天下来，他就已经在她面前展现出了这些此前她在医院根本不可能窥见分毫的真实一面。她知道在他的身上，还有更多的秘密在等待挖掘。她甚至隐约觉得，他好像在刻意引导自己去挖掘。

思及此，言布布似乎是下定了什么决心。她放下了手里的椰子，"噌"的一下从躺椅上站起来，拿起自己的泳衣就往更衣室走去。进了更衣室，她打开袋子，拿出了在家里翻了老久才翻出来的唯一一件泳衣，脸上的表情颇有些一言难尽。出发得太匆忙，她根本没时间去买新的泳衣，所以只有这一个选择。

这件泳衣，说好听点儿是保守，说难听点儿就是老土。通常别的女孩子来海边，都是穿着颜色、样式各异的比基尼，而她手里的这件，却是黑色连体泳衣。

等不情不愿地换上泳衣，言布布才从更衣室里慢吞吞地走出来。却没想到，刚才还在冲浪的惠熠此刻已经坐在太阳伞底下等着她了。他肩膀上披着条毛巾，手里捧着一个椰子，目光不经意间朝她的方向望了过来，然后就顿住了。

言布布心里一紧，简直想冲他大喊一声"别看我"。

等她扭扭捏捏地如同老乌龟一般走到惠熠面前，他放下毛巾和椰子，也没评价她的泳衣，只似笑非笑地说："想下去玩了？"

言布布点了下头。

"会游泳吗?"

"会。"

"好,稍等我下。"他说完这话,就去了后面的亭子。

没过片刻,惠熠手里拿着个游泳圈走来。言布布看着那个游泳圈,没忍住说:"我说我会游泳的。"

"我知道。"他语气温和,"但这里毕竟不是游泳池,还是上个保险为好。"

言布布听得心里一暖。

而后惠熠便带着她往海滩的方向走去。越接近海,脚下踩着的沙子就越松软,言布布看着自己在沙滩上印下的脚印,玩心渐起,还用大脚趾用力地在沙子里踩出了几个形状。惠熠走得比较慢,这时留意到了她的举动,嘴角慢慢地弯起一个笑容。

言布布的肤色本就很白,黑色的泳衣将她整个人都衬托得更为白皙。虽然她身上这条连体泳衣在整个海滩都显得十分另类,但其实她并不知道,有不少人在看她。

有一种性感,叫作不经意间的张力。连体泳衣可以更好地勾勒出言布布的身材曲线,惠熠的目光在她的锁骨下方停顿了片刻,移开视线的时候,眸色已经暗了下来。可言布布本人却对此一无所知,还自暴自弃地认为自己是整个沙滩上最老土、最倒胃口的姑娘。

等半个身子都浸泡在海里的时候,言布布终于开始觉得有点儿慌了。身旁的惠熠这时贴心地将游泳圈给她套上,骨节分明的手轻轻地把着游泳圈的边缘说:"你游,我拉着你。"

她看着他,脸上的表情还是有些紧张。

惠熠看笑了,认真地说:"放心,肯定不松手。"

在日光的照射下,海水并没有言布布想象中的那么冰凉。她抓着游泳圈,轻轻地晃着腿,当那咸涩的海水味钻入鼻间的时候,她感觉到了一丝陌生又新奇的快感。见她逐渐放松下来,惠熠带着她开始慢慢地远离海岸,她近距离看着他的侧脸,心跳又开始变得剧烈。

海边两两一对的男女,基本都是情侣。她做梦都没有想过,她和惠熠会以现在这样亲近甚至有些亲昵的姿态一起在海里玩。平时工作时穿着白大褂、稳重又冷静的男人,此刻在海水中有一种极度的反差感,性感又魅惑,仿若海神波塞冬。

当脑子里出现这个念头的时候，言布布忽然开口道："惠医生，你……"

"惠熠。"惠熠转过脸注视着她，"不在医院的时候，不用这么称呼我。"

"惠熠……"她咬了下唇，"你有空的时候，是不是经常来海边？"

"嗯，很频繁。"

"所有水上项目你都会玩吗？"

"会。"

她点了下头道："感觉你涉猎的领域真的很广泛……也很让人意想不到。"

听到这话，惠熠抿了下唇说："我以为你会问我别的问题。"

她愣住了，问："什么问题？"

惠熠两手灵活地把着言布布的游泳圈，让她转了个身，可以更方便跟他说话。

"比如，"他的嗓音有些低，"我有没有带其他女孩子来海边玩过。"

言布布一怔，脸颊在日光的照射下，热得有些发烫。

她其实是很想问的。无论是下班骑摩托车载她回家，还是请她去他家做客，抑或是带她来海边玩……他在男女之间的相处上显得格外游刃有余，很难不让人顺着那些传闻去猜想，他是不是一个惯常和女孩子交往的老手？

因为她没说话，惠熠也没有继续往下接。

两人又往前游了一段，言布布才说："我问了你就会说实话吗？"

惠熠看着她，说："我不喜欢撒谎。就像每次做手术前，我都会将手术后可能发生的所有后果，最好的、最坏的都一并告诉家属。哪怕听起来很恐怖，让人难以接受，但事实就是事实。"

言布布听到这话，身体往前倾，用两只手正对着他抱住游泳圈。这个姿势格外暧昧，她的手臂和他的手几乎是紧贴在一块儿的。

"惠熠，"清透的海水淌过，她看着他说，"你有没有带其他女孩子来海边玩过？"

他弯起唇角，道："没有。谈恋爱的时候没有，现在单身更没有。"

"言布布，"海水的水珠从他的额发慢慢往下淌，滚落过他坚毅的下巴，"你是我第一个带来海边玩的女孩子。"

言布布瞪圆了眼睛。这个答案确实有些出乎意料，她以为，他至少会带他的前女友们来玩过。按照他这么喜欢来海边的频率，交往期间怎么着都会把女朋友带过来几次吧？

她这时张了张嘴,脸色有些微妙地问:"难道是我长得像会喜欢来海边玩的样子?"

惠熠忍俊不禁,低低笑了好几声。

"那为什么……"

"因为我觉得,"他这时伸出手,将言布布被海水打湿的鬓发轻轻挽到她耳后,"你或许会真的喜欢上这里。"

这是一个很奇怪的答案,她有点儿听不太懂。

惠熠的手指有些凉,触碰到她的耳垂让她无端感到一丝战栗。言布布猛地撞入他的眼眸,看到了他漂亮的眼珠泛着浅浅的光亮。那丝光,让她忽然感觉有些口干舌燥。可能是日光开始变得越来越晒的缘故,又可能是他们之间氤氲着的暧昧,让她身上开始有汗。

言布布避开惠熠的目光,抬手抹了抹自己的额头,低声说:"我有点儿热。"

惠熠将她的表情尽收眼底,故意道:"是吗?"

她快速扫了一眼他身上捂得严严实实的长袖防晒泳衣,问道:"你真的不觉得热吗……"

海滩上的男士,基本上身都是光着的,只有下面穿着条泳裤。也不知道他是怕晒还是什么,将那好身材遮掩得格外严实。

惠熠一开始没说话,只是带着她往回游。言布布抓着游泳圈,看着越来越近的海岸,正在想他们接下去要做什么,忽然听到他轻飘飘地开口了。

"你的意思是,想看我不穿衣服?"

葛星宜实在摸不准俞也的脑子里到底在想什么。明明因为孟恬的身体情况,原计划的聚餐已经取消了,可他却还是说晚上要来她家吃饭。

言布布和惠医生不知何时都已经悄悄开溜了,早晨的院子里只剩下他们两个人,一片静悄悄的。对葛星宜而言,俞也是她的租客,还是两次都在她需要帮助的时候出手相助的人。这么看,单独在家里请他吃顿饭好像也是应该的。虽然是不算特别熟悉的孤男寡女,但多少有些微妙。

俞也见她没说话,这时低声跟了一句:"你晚上有约了?"

葛星宜一怔,下意识道:"没。"

"对了,你不用下厨。"他的模样看上去还是很困倦,"我会叫餐厅直接把外卖送过来。"

甜蝶

花开繁复萃相依,
少时得以遇见你。

寒窗十年春风起
年年岁岁同并进
银杏树下长相忆
初恋的光里是你

你引领日出光芒
你点燃落日夕阳
你笑如万千星光
贯穿我今生过往

我愿乘风化作蝶,
与你融化于心野。

来自房东宜宜的话

很高兴大家能够选择入住"满糖屋"四合院，希望今后你们住在这儿的日子都是开心舒适的。相遇即是缘分，住在同一屋檐下就是相亲相爱的一家人啦！

合租公约

第一条：请大家晚上睡觉时一定要锁好门窗。

第二条：为了保证大家的安全，院子里设有门禁时间。
（周一至周五：每天晚上12点锁门，早晨6点开门；周末两天根据实际情况另议。）

第三条：请将垃圾进行干湿分类，并于每天早晨8点前放置于院子中央的垃圾箱中。

第四条：希望大家尽量不浪费水电煤等公共资源与设施。

第五条：希望大家共同维护四合院环境的卫生与安全，不随意干扰其他租客的私人空间。

她张了张嘴:"啊,这不太好吧……"

"那是我最喜欢的餐厅,我想邀请你和我一起吃。"

俞也似乎实在连多说一句话的力气都没有了,转身就往自己的屋子走去。葛星宜望着他的背影,满脑袋都是问号。

因为工作性质,葛星宜平时其实接触了形形色色的人。有打离婚官司打得头破血流的,有为了争家产在法院门口大打出手的,也有因为金钱纠纷在他们律所差点儿跳楼自杀的……看得多了,她早就已经习惯去面对不同类型的客户,也能做到既富有同理心,又有策略性地去和这些人相处、周旋。

但是俞也和她见过的任何一个人都不一样。他是真的完全不按照套路出牌。先不提他神秘得跟吸血鬼一样的生活模式,他总是很突然地出现,很突然地去做一些事,也因此让她完全不知道该怎么样去和他相处。

但很显然,她好像也不是非要拒绝他,也从心底里并不讨厌。毕竟有一点很现实——顶着俞也这张脸,哪怕行事再诡异,也让人讨厌不起来。

晚上六点,屋子的门铃准时被人按响。葛星宜从超市买了些喝的回来,这会儿刚将东西放进冰箱,便急急忙忙地跑出来开门。打开门,门外站着两个手里提着好几个保温袋的快递小哥,以及身形挺拔的俞也。

"这么多?"她低头看了眼那些保温袋,张着嘴看向俞也问。

俞也示意快递小哥将保温袋递给自己,而后走进来,将保温袋都放在了客厅的餐桌上。将快递小哥送走后,他淡声说:"不多。"

葛星宜沉默地看了一眼餐桌,觉得他点的这些,可能得喊十个人来,才能勉强吃得完。俞也这时自顾自地将保温袋一个个拆开,然后将餐厅包装完好的餐盒从里面一个个取出来。她走近一看,发现餐盒里装的竟然是不同菜系的食物:有寿司、比萨、意面、牛排,还有烤鸭……说真的,满汉全席也不过如此。

而且一看这精致的餐盒,就能感觉到这家餐厅价格不菲,葛星宜注意了一下标签,发现这餐厅的名字她还挺眼熟的。要是没记错的话,好像就是同事们之前偶尔会谈论起的城中最火爆的创意料理餐厅。据说位子很难预约,味道非常好,价格当然也十分贵。

等俞也把餐盒全部摆好后,他拉开椅子对她说:"能麻烦你去拿下餐具吗?"

葛星宜点了点头,走进厨房的时候,恍然间有一丝"怎么感觉他才是这个家的主人"的错觉。

将刀叉、筷子和盘子都放在桌上摆好后,她又把刚放进冰箱里的饮料拿出来:"你要喝什么?如果这些没有你喜欢的,我可以给你点别的。"

俞也扫了一眼,果断拿起了一瓶可乐道:"我就喝这个。"

葛星宜在餐桌边坐下后,拿起筷子,抬头看了一眼已经在用刀叉优雅而慢条斯理地切牛排的俞也,甚至产生了一种恍然隔世的感觉。上一次她和男人单独共进晚餐,已经是什么时候的事了?她居然都有些记不清了。但她知道对象是个人渣。

一想到那儿,葛星宜的情绪就有些不太好,为了不让自己继续想下去,她随便找了个话题去跟俞也聊天:"你平时自己在家一般都吃什么?"

"稀饭、泡面。"

葛星宜:"……"

这么寒酸的吗?难怪他看着那么瘦。

俞也顿了顿,勉强补充了一句:"弄起来方便,不费时间。"

"可无论是稀饭还是泡面,都很没营养。"葛星宜说,"叫个外卖可能都比这俩好些。"

他摇了摇头说:"我平时吃饭的那几个时间点,我喜欢的餐厅都不开门。"

"那你想过请个家政阿姨烧给你吃吗?"

"我不喜欢生人进我房间。"

她忍了忍,还是没忍住问了:"那你一般都是几点吃饭?"

俞也抬头看了她一眼,回道:"晚上九十点,凌晨三四点,白天看情况,饿了就吃,不饿就不吃。"

葛星宜这辈子都没这么无语过。他说的这几个时间点,鬼开的餐厅才会给他营业呢!

俞也又问:"你呢?"

"我就是正常,早上出门前在家吃早餐,中午和同事一起,晚上回家自己烧几个菜,懒得弄就叫外卖。"

他点了下头。

俞也虽然话不多,但是只要葛星宜能抛出话题,他也能顺利地接上。

一顿晚餐算是不怎么尴尬地吃完后,葛星宜将好几份几乎都没怎么动过的食物整理起来,问他:"你要不要带回去放冰箱,明天热着吃?"

俞也说:"留给你。"

"我哪吃得下那么多？"她直接将食物分成了两份，还给他的那份多留了一点儿，"我们一人一份，省得你明天要是睡过头，又去吃稀饭和泡面。"

俞也盯着葛星宜看了几秒，算是默认接受了这个安排。

没想到她刚将剩下的食物打包好，手机就振动了起来。葛星宜拿出手机一看来电显示，脸色微微一变，而后转过身佯装无事地对在客厅的俞也说："你先在沙发上坐会儿，我进去接个电话。"

进了卧室，她将门轻轻合上，走到最靠里面的书桌边，才按下了接听键。电话接起来后，她蹙着眉头问："怎么了？还款日不是后天吗？"

"葛小姐，抱歉这么晚打扰您。"

预想之中那道向来不怀好意的声音今天听起来却颇有些不同，硬要说的话，竟然有些诚惶诚恐的意味。

"我不是来催您还款的，我就是想跟您说下，您的债务已经还清了，从今以后，我们不会再来打扰您。"

葛星宜傻眼了："啊？"

"从这个月开始，您不需要再每个月往我们的账户上打钱了，您的全部债务都清零了。"那人的声音仔细听，简直已经到了毕恭毕敬的地步，"并且，为了补偿我们的员工之前来找您，影响到您的正常生活，我们还会给您打一笔钱作为精神损失赔偿费。所以，麻烦您等会儿将您的银行账户发给我。"

她听得目瞪口呆，连手机都差点儿握不住。

见葛星宜一点儿反应都没有，对方又急急补充道："以前催债时对您造成困扰都是我们的错，希望您千万别举报我们。我马上就将债务还清的说明书电子版发给您，如果您要纸质版的，我明天早上立刻快递给您。"

听到这里，葛星宜都怀疑是不是自己的耳朵出问题了。

开什么玩笑？让她为之头疼、心烦已久的这笔债务，绝对不算是个小数字，再加上债主是所谓的高利贷公司，每个月的利息也不少。她虽然已经还了将近两年，但按照合同上的数目，她最起码还得要再还一年才能还清。怎么一夜之间，她的债务就清零了？

挂断电话，那边立刻就发来了一份扫描文件，葛星宜点开一看，白纸黑字上清清楚楚地写着所有债务已经全部还清。

她目光掠过上面的那些条条框框，定睛在了最底下的落款处。还债人那一栏，除了她先前签订合约时的签名外，此时还多了一个龙飞凤舞的签名。她对着那个签名看了一会儿，瞳孔急剧放大。

抖着手退出邮箱，葛星宜回拨了一个电话过去："替我还债的人叫什么名字？"

对方一听这话，似乎吓得一哆嗦，过了几秒，才磕磕巴巴地说："我们不知道他叫什么，只知道他姓俞。"

"他是怎么替我还款的？没有我本人的授权，你们怎么能接受他的汇款？"

"俞先生今天下午是直接带着一袋现金到我们办公室里来的。"提到这事儿，那人似乎还格外心有余悸，"他说他是你男朋友，不需要你的授权就能替你还债。"

巨大的信息量接二连三地往葛星宜脑门儿上砸过来，挂断电话，她握着手机滑坐在床上，依然是一脸的不可置信。

可能是她在里面实在待了太长时间，等在客厅里的俞也这时在外头轻轻敲了敲她的房门。听到敲门声，葛星宜深呼吸一口气，腿有些发软地从床边站起来。

打开房门，她看到俞也站在屋外静静地望着她问："你身体哪里不舒服吗？"

她摇了摇头。

俞也打量了下，见人没事，也算是放心下来，准备回沙发上坐下。

葛星宜闭了闭眼，跟着他一起走到客厅，在他的身边落了座。坐下后，她正了色，开口叫他："俞也。"

"嗯？"

她打开手机，将邮箱里那张债务还清说明书轻轻递到了他的眼前，问："这是你的签名吗？"

俞也低垂下眼眸去看她的手机，当看到那张说明书时，他神情未变，薄唇轻启，语气十分坦然："是。"

葛星宜咬了下牙，低声说："男朋友？"

听到这三个字，俞也向来波澜不惊的表情似乎终于产生了变化，脸颊上闪过一丝可以称作是别扭的微妙神态后，他很快别开眼，低声道："那个是说给他们听的，不用当真。"

因为依然处在极度的惊讶之中，葛星宜的声音有些打飘："你怎么知道我身上有债务？"

"那天看到那两个人来找你，猜到的。"

"你怎么知道我的债务隶属于哪家公司？"

"猜的。"

一听到他惯用的套话，她这回没有轻易放过："这一般来说应该是猜不到的吧？"

如果说知道她可能欠债可以通过那天的事推敲出来，那么她的欠款属于哪家公司，基于她根本没和他提过的前提下，一般来说只有通过其他渠道调查才有可能得知。那是根本不可能光靠猜就猜得出来的。

俞也眼睫微动，没有说话。葛星宜看着他，问出了从刚才得知真相后就一直困扰着自己的问题："你为什么要替我还债？"

客厅里此刻安静得连一点儿声音都没有。他们并肩坐在一块儿，离得并不远，她只要膝盖稍稍动一动，就能碰到他的。

她已经很久没有和一个男性单独处在密闭的空间中如此之久，这种感觉对于她来说既陌生，又夹杂着一些说不清道不明的感觉。而且这个人还不是别人，是她遇到过的最捉摸不透的人。

不知道过了多久，俞也终于正对上葛星宜的视线，模棱两可地说："因为我不希望你被困扰。"

葛星宜的心一颤。

眼前年轻英俊的男人脸庞上依然没有太多的表情，似乎只是在陈述一件再正常不过的事。但对于她来说，这是一个非常不完整也不够合理的答案。如果说最开始替她从追债人那里解围，以及后来下暴雨时来接她，是他出于助人为乐的情义。那么今天，此时此刻，她被告知自己身上的债务已经被他全部还清了这件事，已经远远超出了他们作为"房东"和"租客"的关系可以提供的帮助和善意。

哪怕是朋友和家人，都不一定能苛责和要求他们来替她还债，更别提一个刚认识没几天的陌生人了。

"俞也。"葛星宜想得脑袋疼，带着探究和不解的眼神望着他，"你是不是以前就认识我？"

江挽川说完那些关于偏执的爱后，孟恬没有再多说什么。她此刻内心无比汹涌的种种情绪，似乎都无法轻易通过言语来表达。

孟恬本就不是善于表达的性子，不知道该说什么的时候，通常都会沉默下来。江挽川那么了解她,也没有逼迫她立刻给出什么回应,只是将她抱回床上躺着,给她盖好被子,就这么坐在床头看着她。

孟恬闭着眼睛静静地躺着,眼角却始终有些濡湿,江挽川看见了,就伸手替她拭去,一次又一次。到后来,她的呼吸终于变得绵长均匀起来,应该是累极了,又睡着了。他在床边又坐了很久,确保她睡得舒坦安心后,才动作很轻地起了身。

合上卧室门,江挽川走到客厅,发微信把在外面车里等着的胡亮和小叶叫进来。小叶麻利地将粥和甜点放进厨房后,神色担忧地在紧闭的卧室门前探头探脑地问道:"川哥,甜甜现在怎么样?"

"现在睡着了。"江挽川示意他们将说话的声音压到最低,"我已经联系了她的医生,等会儿医生会直接来家里查看情况。"

说完这话,他立刻看向了胡亮。

"匿名留言者找到了。"胡亮知道江挽川心急,也是下了狠功夫,"竟然是个还不满十八岁的小姑娘,她花钱雇人全天候跟踪甜甜,才了解了那么多隐情。刚刚警局的朋友已经出发去找人了,人就在陆京。"

都说女孩子总是更能体会同为女孩子的心情和处境,但有时候令人感到寒心的是,当有女孩子遭遇不好的事,所受到的一些恶毒的诅咒却也来自女性。

江挽川听完这话后,脸上并没有太多的表情。但十分熟悉他的胡亮和小叶都知道,他此刻的心情非常不好。

良久,江挽川抬起眼眸,语气锋利:"联系她的监护人,告诉他们,如果今后她还敢继续以任何方式危害到甜甜的身心安全,我会采取一些并不是那么友好的应对方式。年龄不是她可以利用互联网胡作非为的挡箭牌,她要为自己的言行负责。"

在江挽川还是少年明星的时候,胡亮就已经是他的经纪人了。这么多年下来,江挽川在娱乐圈摸爬滚打遇到了不少事儿,但胡亮从未见他有过任何情绪。他面对这些事的态度,更像是旁观者,而不是参与者。

而这是头一回,胡亮看到江挽川在处理事情的时候带上了那么强烈的情绪。可想而知,孟恬对他而言有多么重要。

胡亮经验丰富老辣,听了这话后轻点了点头道:"放心,我会处理好的。"

"我今天不回片场了,明天清晨回去。"江挽川看了眼手表,"等会儿我会和吴导通个电话，对剧组进度造成的损失我来承担。并且接下来，我要加急赶工，将我的戏份提前拍完杀青。"

"小叶，"他又说，"以后每天我拍戏的时间段，你都到这里来贴身陪着甜甜，我一收工就会过来换你，等早上我回片场你再来。"

胡亮和小叶对视一眼。

胡亮斟酌了一下言辞："我已经请了最专业的安保人员，等会儿就到，从今天开始会二十四小时守着甜甜。"

"不是信得过的人亲自陪着她，我不放心。"江挽川摇了下头，"况且，安保人员不进屋，她真实的身心状况我还是不得而知。"

"我在片场就算是自己一个人也没有问题，更何况还有团队的其他人在。"眼见小叶想说什么，他摆了下手，"你只要安心陪着甜甜就行。"

胡亮叹了口气道："别的倒是没什么，我就是担心剧组的其他演员和工作人员，会不会把你这段时间的特殊行径捅给媒体。"

"没事。早捅、晚捅都一样。"

胡亮眯了下眼："你这是打算……"

江挽川点了点头："等甜甜情况稳定了，你和我一起看下接下来的工作安排，商量具体要怎么操作。"

见他一副吃了秤砣铁了心的样子，胡亮和小叶也都决定不再多说什么。

江挽川年少成名，他们都是一路看着他走到今天的。这期间，同期和他一块儿出名的很多孩子，都被时间带走了声音。只有他一个人，一路高歌猛进，直到站在顶峰。他们知道他为今天的成就付出了多少，也觉得他值得拥有那么多的鲜花和褒奖。但其实对他而言，就算拥有得再多，真正在意的却屈指可数。所以，他们于情于理，都不会阻止。

因为一直挂心着内屋的孟恬，江挽川将事情交代完，和导演通了电话，便将胡亮和小叶送走了。

小叶细心，除了给孟恬买了吃的，也给江挽川捎了一份，毕竟早晨他从片场赶过来到现在滴水未进。这会儿在孟恬身边，他也算是安下了心，去厨房热了粥拿回卧室里吃。

可能是粥的香气沁人，江挽川吃了一会儿，就看到原本在床上熟睡着的孟恬有些睡眼蒙眬地睁开了眼。

"饿了吗？"他立刻放下手里的粥，走到床边握住她的手。

孟恬似乎大脑还处在宕机的状态，愣愣地看了他一会儿，才说："有点儿。"

江挽川拿过一旁的靠枕垫在床头,将她轻轻地抱坐起来,说:"我先喂你吃点儿,你再接着睡。"

粥因为刚热过,还是烫的,他用调羹舀了一勺,对着还在冒着热气的粥吹了又吹,才小心地递到孟恬唇边:"觉得烫就和我说。"

孟恬就着他递过来的调羹喝了一口,眼睫微颤地朝他望过去。看上去他精神状态虽不错,但眉宇之间还是有些许无法遮掩的疲惫痕迹存在。

之前有次孟恬去剧组陪过江挽川几天,深切地感受过他的工作强度有多么大,根本连休息的空余时间都很少。但凡空闲,他不是在看剧本,就是在处理其他工作。而现在,为了自己,他原本的工作计划已经全部被打乱了,整个人还被折腾得如此疲惫不堪。

吃了两口粥,孟恬轻声问:"你不回剧组吗?"

江挽川摇了摇头,动作轻柔地给她喂着粥。

"我已经没事了。"孟恬望着他,抬起手轻轻地碰了碰他捏着调羹的手背,"江挽川,我睡一会儿就好了。"

江挽川动作不停,只说:"你好不好,不是你说了算的。"

孟恬一听这话,瞬间不吱声了。

他将小半碗粥都喂给她吃了后,就听到外面有人在敲门。

"是杨医生到了。"

孟恬万万没想到,江挽川会直接将她的心理医生请到家里来。

她的心理医生姓杨,是个约莫三十五岁的温婉知性的女士。看到来开门的人是江挽川,杨医生也一惊,推了推眼镜,格外认真地将他打量了一番。

江挽川将她请进屋,泰然地任由她看。过了片刻,杨医生放下包,长吁了一口气,问道:"你是孟恬的男朋友?"

"嗯。"

"梁毅……"

梁毅是《双面犯罪者》中江挽川饰演的男主角。

"是我演的。"

杨医生倒抽了一口气,感觉快要晕过去了。过了好一会儿,她才状似缓和下来,却依旧难掩激动地说:"我和我女儿还有我先生,我们全家人都是你的粉丝!你的每部剧我们都追着看的!"

他礼貌地点了点头:"谢谢你们的喜欢。"

"你代言的颈部按摩仪,我今天早上还在用。我女儿每天都要喝一杯你代言的酸奶。我先生晚上回家啥事不干,第一件事就是开电视看《双面犯罪者》,喊他先去洗澡也喊不动。"

江挽川忍着笑:"我很荣幸。"

因为卧室门开着,使得孟恬能够一字不落地将江挽川和杨医生的对话听进耳里。她原本整个人昏昏欲睡着,听到他们的对话,又瞬间精神了。没想到在她面前向来稳重的杨医生,居然也会有这样的一面。

杨医生进屋的时候还在说:"难怪孟恬之前一直把你藏着掖着,我问过她你的职业是不是太忙,不方便照顾她,她从来都避而不谈。"

"是我的问题。"江挽川替杨医生搬了把椅子放在床边,"我一直都没有察觉到她的心理状况。"

杨医生坐下后,看向躺在床上精神状态似乎不太好的孟恬问:"这两天发生了什么?你按时吃药了吗?"

没等孟恬说话,江挽川示意她休息,自己将整件事的来龙去脉毫无隐瞒地说了一遍。说完后,他又道:"现在威胁甜甜的人已经找到了,之后的事,我都会处理好。"

杨医生深深地看了他一眼,又对孟恬说:"你现在有其他不舒服的地方吗?"

孟恬摇了摇头道:"真的没有,就是困。"

杨医生检查了一下她的用药情况,还仔细地观察她,才转过身对江挽川说:"我有些话要说,接下来你会一直照看她吗?"

孟恬听到这话,慌忙摆手道:"杨医生,他很忙的,我自己来就……"

"是。"江挽川话是说给杨医生听的,但眼睛却是直视着孟恬的,"从今往后,我和我信得过的人会一直照看好她,寸步不离。"

海滩边。

因为惠熠说的那句"你是想看我不穿衣服吗",言布布一直到上了岸,都像被人突然按了暂停键的播放机那样,处于完全卡壳和静止的状态。

惠熠始终静静地观察着她,心觉十分好笑。

等回到太阳伞下,他当着她的面,放下游泳圈,作势就要抬手去脱已经完全粘在自己身上、湿淋淋的防晒泳衣。

言布布见状，下意识地用手捂住了脸，猛地背过身去，提高音量道："你等等再脱！"

身后好一阵衣服布料摩擦的窸窸窣窣声，她等得心跳加快，忍不住问："换好了没啊？"

也不见他应声。

言布布想了想，又等了一会儿，没等他叫就回过头，心里既期待又紧张。结果，入眼便看到惠熠非但没有脱下那件防晒泳衣，反而还在外头多套了件短袖。他故意摊了摊手，冲她笑出了一口白牙："我好像越穿越多了……让你失望了？"

见言布布一脸菜色，他笑容更盛："这么看，我们俩好像是这片海滩上穿得最多的人。"

她没好气地回："你可真骄傲啊！"

惠熠伸手揉了下她的脑袋，笑意不止："等会儿请你吃海鲜，晚上再请你吃烧烤，怎么样？"

可能是因为气氛刚刚好，言布布整个人也很放松，张口就来："想用吃的搪塞我？"

"被你发现了。"他轻松接上，脸上表情似笑非笑的，"不过，要是你不满意的话……我最后可能还是得靠脱的？"

四合院，主厢房。

在等待俞也回答是否曾与她相识的过程中，葛星宜忽然听到客厅的窗户传来了水滴拍打在其上的"噼啪"轻响。

下雨了，她心想。这一阵的陆京总是这样，应当是一整天的晴空万里，却会突然在某一时刻，毫无征兆地下起雨来。

因为屋子里很安静，所以显得那雨声都能从外头渗透进来，作为他们沉默对坐的背景音。

葛星宜一直静静地注视着俞也。她将他的面容，与自己脑海中的所有记忆做着对比，想要在自己过去的经历中找到他的存在。但是她怎么想，都想不起来俞也曾在哪里出现过。这样一张惊艳的脸和特立独行的行事风格，必然是令人难忘的。如果她曾见过他，和他有过任何交集，她一定不会轻易遗忘才对。

可葛星宜想了很长时间，还是确信，自己此前当真一点儿都不认识这个叫俞也的男人。

不知道过了多久,俞也终于开口了。他单手支着下巴,淡淡的眸光落在葛星宜的身上,就轻轻地给了一个"嗯"字,然后……

就没有然后了。

关于他以前是怎么认识她的、在哪儿认识的、他们之间曾经发生过什么……葛星宜明摆着根本就是不想说。

葛星宜也不傻,等了老半天,知道今天没可能再从他嘴里挖出来更多信息,索性作罢。但她这时正了色,开口道:"俞也,不管我们过去是怎么认识的,有过什么样的交集,还是我是不是曾经帮过你,这些都不是你来替我偿还债务的理由。"

他望着她,过了片刻,说:"这并不是你自己所欠下的债务。"

葛星宜心道一声"果然"。他一定是通过某种方式,调查了解过,所以才会知道那么多关于这件事的内幕。

虽然清楚他在暗中做了调查,但她不知道为什么,心里并没有一种觉得自己隐私被人冒犯的反感。相反,她觉得他不是想要窥探她的隐私才去做的调查,而是因为想要竭尽所能地帮助她,将她早点儿从这片沼泽里拉出来,才去做这件事。

用意不同,给人的感受自然也截然不同。

"那更不是你的债务。"顿了顿,葛星宜注视着俞也,"我已经熬过了两年,还有一年,自然能坚持下来。这虽然不是我的债,但也是因为我自己疏忽大意才会被套上,怪不得任何人,我理应要自己负责到底。所以,我希望你明白,我不可能就这样什么都不做,平白无故接受你的好意。"

葛星宜平时算得上是个脾性温和的人。无论遇到多么刁蛮的客户,都很少生气,又或者说,她是个情绪延缓比较严重的人,说得通俗点儿,就是反射弧过长。最开始受气的时候,她的感觉都不是太明显,等后来反应过来,想生气了,事儿都已经过去了,她就更没有宣泄情绪的必要了。所以,她是律所里公认的好脾气。

也因此,即便感到很不舒服,葛星宜还是硬生生挨了这两年被追债的日子。一般人可能心理防线早就崩塌了,但她这件事从头到尾都是一个人扛的,也没跟任何人提起过。

然而今天俞也替她还债这事儿,显然在她心里过界了,她这话说得格外强硬,似乎没有一点儿可以让步的余地。可能换作有的人,自己身上的债务被这么个拎着一袋现金去还债的隐形富豪莫名其妙还清了,欢天喜地还来不及。但在她的三观里,这是不能被接受的。

俞也看着她沉默片刻,轻轻叹息了一声,难得地坐直了身子。

"葛律师,"他似乎实在无奈,都这么开口唤她了,"那你想怎么样?"

他债都已经替她还了,总不可能再让高利贷公司把钱吐出来。于情于理,他们都不会再和那家高利贷公司有任何交集。

葛星宜思虑了片刻,看向他说:"我想,你现在成为了我的新债主。"

海滩边。

言布布心跳如雷,就这么一会儿工夫,她便被惠熠彻底逗得红了脸,干脆抱着椰子爬上沙滩椅装蘑菇。

她现在越来越觉得这人整整一肚子坏水了。掩藏在他正经的白大褂下的真实一面,居然是这个样子,她此前真是连做梦都想不到。

惠熠却似乎心情很不错,弯起的嘴角就没放下来过:"你在这儿等我一会儿,我去找餐厅老板订中午的海鲜。"

等他走后,言布布立刻摸出手机,给魏然发微信:醒了没?!

魏然喜欢熬夜看直播、打游戏,周末一般都得中午才会起。

见魏然没声音,言布布又接连甩了几个表情包过去。大概是被持续丁零作响的手机提示音吵醒了,魏然终于回了条语音过来,声音里还带着浓重的起床气:"没正事儿我弄死你啊,言布布?"

言布布在对话框里飞快地打字:我和惠熠现在在海滩边玩儿。

小未:哟,连名字都叫上了?

言布布:这不是重点。

小未:惠医生身材怎么样?

言布布:绝了!

小未:言布布,今晚你必须把他拿下……不然别再给我发消息了。

扔完这句话,任凭之后言布布再发什么东西过去,魏然都不回了,估计是开了静音又睡过去了。

也不知道老天爷是不是被魏然收买了,就在言布布和惠熠吃完午饭后没多久,忽然下起了大暴雨。彼时他们俩正在太阳伞底下靠着,一边休息、一边聊天,突然整个天就变了。等回过神来,凶猛的雨势已经席卷了整片海滩,就算言布布人坐在沙滩椅上,也被从太阳伞外铺天盖地砸进来的雨水溅了个半身。

她从椅子上坐起来,搓了搓湿漉漉的手臂道:"我今天看天气预报没说要下雨啊!"

惠熠看上去却很镇定,他说:"这边靠海,和城中的天气肯定会有些差别。以前我来的时候,经常碰到这种突如其来的暴雨。"

"那这暴雨是不是下一会儿就会停了?"

"不一定,有时短,有时一下就是一整天。"

言布布张了张嘴,问道:"那现在怎么办?"

要是这雨一直不停,他们下午根本没办法再在海滩边继续玩耍。而且最大的问题是,他们是开摩托车来的,也没带雨伞和雨衣,要在这种雨势下骑摩托车回家,还不如自己直接进医院算了。

也就是说,玩不了,又走不掉,活活被困死在这儿了。

海滩上的其他游客,这个时候基本都缩在太阳伞底下瑟瑟发抖,要不就是拿了东西冲进旁边的餐厅、便利店避雨,或者直接钻进地下车库开车回家。

惠熠这时站起身,不动声色地将自己的外套给言布布轻轻披上,而后再将唯一一条干净的大毛巾递给她,说:"把这个裹在头和衣服外面。"

言布布接过毛巾,也起了身,狐疑地看着他问:"你有什么打算?"

惠熠说:"我知道这附近有个能长时间避雨的地方。"

"走过去多远?"

"走快点儿的话两分钟。"他这时将他们俩的东西都整理好,一并提在自己手上,"去吗?"

言布布知道只要往外走,淋湿在所难免,但惠熠几乎把所有能挡雨的东西都给了她,自己则是"两袖清风",一看就是准备彻底淋个落汤鸡的架势。她有些担心地问:"要不我们等雨稍微小点儿的时候再冲过去?我怕你这样淋雨,会感冒发烧。"

惠熠垂着眸子看着她说:"我的身体底子很好。"

没等她说话,他又低低地补充了两个字:"绝伦。"

也不知道是不是自己的错觉,言布布总觉得他话里好像还有点儿什么别的含义。只是,没等她细细分辨,惠熠已经朝她伸出了手。他的手本就生得好看,白皙纤长,骨节分明。言布布是个隐藏手控,在医院工作的时候,每回看到他,总会默默地盯着他的手,在心中幻想着哪天可以上手摸一摸。

没想到，机会这就来了。

看着眼前的那只手，言布布一时之间心跳如雷，但她几乎毫不犹豫地就将自己的手递过去，语气十分干脆："那我们走吧。"

惠熠忍了下嘴角的笑，用另一只手将她身上的毛巾围得更严实了些，转过身便带着她冲进了雨里。

在言布布的记忆里，这好像是她从小到大，第一次没有打伞，在那么大的雨里小跑。五感都被滂沱大雨侵占，她应该是感到畏惧寒冷的，但不知道为什么，她所有的注意力此时此刻全都集中在自己和惠熠紧扣着的那只手上。

男人的手掌原来这么大，这么宽厚、温暖，可以将她的手紧紧地包裹在其中。虽然并非十指紧扣，但已然足够燃起她心里对恋爱渴望的火苗。

惠熠对她来说，就像是平静又一成不变的生活中，突然划过的一颗流星。他打破了她一直以来的生活模式，大张旗鼓地将她从规矩平常带到了"离经叛道"。她虽也有忐忑不安，但更多的，却是心动期盼。

这两分钟的时间，其实并不长。

当言布布回过神来的时候，他们已经穿过了那片大雨，进到了建筑物里。惠熠此刻全身上下几乎无一处不是湿的，哪里都在淌着水，连头发丝都变成了缕状。但不知道为什么，她在他的身上却看不到一丁点儿和狼狈有关的痕迹。反而有那种她在小说里看过无数次的、美男出浴时所散发出来的性感又蓬勃的荷尔蒙。

言布布光顾着看惠熠，根本没注意到他已经牵着自己的手，往里面走了好几步，似乎是走到了一个类似于前台的地方。她听到他和前台后站着的工作人员说了几句话，下一秒，就看到他转过身问："你身份证带了吗？"

言布布愣道："身份证？"

惠熠点了下头，墨色的眼珠里闪动着浅浅的光泽。

"开房要用。"

屋外的雨声越来越大。整个陆京都仿佛被笼罩在一个巨大的光球里，而这个光球中的光晕，都是密布的雨水。

葛星宜直视着俞也，理所当然地说："你替我还了债，所以从现在开始，我就欠你的。"

俞也听完这话，一脸的一言难尽。只是，没等他说什么，葛星宜这时已经将手机拿了出来，打开计算器，手指快速地在屏幕上点着，微微蹙起眉头道:"不过,你今天替我一笔付清的钱,我可能一下子拿不出来。如果你同意的话,我能将这笔钱按季度,或者按月来分期付给你吗?"

"那样的话,也只要半年,或者最多一年就能全部还清了。"她这么说着,将手机上算出来的数字给他看,而后又伸出手想要去拿放在一旁的电脑,"我可以现在立刻就草拟一份合同出来给你。"

"等等。"俞也揉了揉太阳穴,长吁了一口气,终于找到机会得以开口,"不用合同,你也一点儿都不用急着还我。"

虽然他一直都没有表达过或者表现过,但葛星宜从最开始就能感觉出来,这笔在她或者别人眼里为数不小的欠款,俞也似乎拿得格外轻松——毕竟,他可是眼也不眨直接提现了那么大一笔金额。由此可想而知,她面前这个神出鬼没的神秘人大概率是个隐形富豪。但无论他的经济情况有多好,有多不缺钱花,这都不是她可以不还钱或者拖欠钱的理由。

葛星宜顿了顿,望着他说:"你不急,但我急。非亲非故忽然受到别人那么大的恩惠,如果不说清楚怎么还,我晚上怎么可能心安理得睡踏实?"

俞也沉默两秒,冷不丁道:"那如果沾亲带故,你是不是就可以心安理得了?"

葛星宜:"……"大哥,请问您是怎样才能通过以上对话,得出这样一个结论的?

"如果是这样的话。"他思虑两秒,纤长的手指轻轻地点了点茶几的桌面,眼眸微抬,"你可以把我当成你的男朋友。"

葛星宜目瞪口呆,怀疑自己刚刚耳鸣了。

俞也说完这句话后,也没有避嫌,就这么直勾勾地盯着她,那姿态仿佛自己只是说了一句"今天晚餐真好吃"一样平静又泰然。而葛星宜望着他,浑身紧绷,整个脑袋高速运转着,却只在思考一个问题——到底是他疯了,还是自己疯了?

就在这个格外微妙的时刻,屋子的门忽然被人在外头敲了敲。葛星宜从沙发上一跃而起,逃也似的冲到了玄关去开门。

打开房门,撑着伞在大雨中站在屋外的人居然是孟恬和江挽川。葛星宜仿佛看到了自己的救命恩人一般,两眼放光地对他们说:"找我有事?"

门外的两个人齐齐点头。

她动作利落地侧过身,示意他俩:"赶紧进屋,先进屋再说。"

063

几个小时前,东厢房。

江挽川看着孟恬,对杨医生说:"在从您这儿得到甜甜的身心状况恢复到正常的首肯之前,我不会有一点点的松懈。甚至她恢复了,我也不会松懈。

"我确实事儿多,但就算我再忙,护好甜甜,在我这里永远都是第一位。所以,有任何的注意事项,请您尽管吩咐我,她的事,就是我自己的事。从今往后,我不会再让她一个人离开我的视线范围。

"当然,这一切都建立在她愿意让我继续做她爱人的基础上。"

听完这些话,躺在床上的孟恬鼻尖一下子就酸了。在这几天被匿名留言者搅得心理防线逐步崩塌的时候,她其实想过无数次,要不要干脆趁着这次的事,结束她和江挽川的感情。

即便他们已经在彼此的生命中占据了整整十年的光阴,即便"江挽川"这三个字已经成为她深入骨髓的习惯,她还是觉得自己真的没有办法再在他的身边待下去了。只要他靠近,他身后的光和暗,便全都会随着他一起朝她聚拢过来,她总觉得那是她无法承受的重量。她也不想让他因为这么脆弱的自己,过得如此辛苦疲累。

那句"我们分手吧"在这几天的日夜里,一直停留在她的嘴边,反复萦绕着。但是,当她今天看到他伴着清晨的光朝她跑过来的那一刻,突然意识到,自己应该还是没有办法把这句话说出口。无论是今天,还是明天,或者说,是永远。因为即便那些重量会让他们彼此都痛苦不堪,但这些痛苦,终究还是轻于从此以后都要失去热爱和陪伴对方的资格。热爱这个人,早已成为了驱使情感的本能,就和生存需要呼吸空气一样。

卧室里此刻很安静,杨医生看了看江挽川,又回过头去看床上的孟恬,过了半晌,才缓声开口道:"孟恬,你愿意让我和江先生单独做接下来的沟通吗?"

江挽川低垂着眼眸看着孟恬,安静地等待着她的回答。他该表达的都已经表达过了。余下的,是他对她全部的尊重和信任。

片刻后,孟恬小巧的脸颊上浮现起了一丝淡淡的红晕,继而轻点了点头。看见她点头的那一刻,江挽川的眸子一瞬间亮了。

孟恬不禁抬头对上他的眼神,虽然他没有开口说话,但却从他的眼睛里看懂了他想要说的千言万语。

杨医生将二人彼此的神情都看在眼里,脸庞上也挂起了笑。像江挽川这样的长相和身份、地位，最后被人揭发一些不良行为后声名狼藉的数不胜数，可偏偏江挽川却是屈指可数的那几个，在所有人面前展现出来的品行与真实一面完全吻合的人。

她为孟恬深感高兴。

杨医生这时从椅子上起身，轻轻拍了拍江挽川的肩膀，示意他跟着自己到卧室外面去。

孟恬看着他俩的背影，忍不住说："我真的不能一块儿旁听吗？"

没等杨医生说话，江挽川已经折回来几步，抬手轻揉了下她毛茸茸的脑袋道："你躺着好好休息，我等会儿会把我们谈话的内容都说给你听。"

也不知道杨医生究竟和江挽川聊了些什么，他们关上卧室门，在外面的客厅里待了很久。起先，孟恬自己把粥喝完了，想靠着看会儿书，等江挽川回来。结果，怎么等也等不来，倒是给她等困了，书上的字渐渐变得模糊起来，她手一松，就这么靠着枕头睡着了。

毕竟她几宿都没好好睡，这会儿事情解决了，和江挽川的事也想清楚了，先前累积的困意便如潮水般涌上来。

等孟恬再次醒过来的时候，她整个人已经平躺在了床上，窗户外的天都黑了。

卧室里的大灯没开，只有一盏床头灯亮着，而江挽川就在这样的微光下，坐在她床边的椅子上，手里拿着一本剧本在认真翻看。他看得认真，但却还是像头顶长眼睛似的，她一睁眼，他就朝她看了过来。

"几点了？"孟恬侧过头望着江挽川问，声音还是有些迷糊。

"七点多。"

她张了张嘴，说："我居然睡了那么久……"

杨医生来的时候才刚过中午，怎么她再一睁眼就已经晚上了？

江挽川放下手里的剧本，坐到床上去，轻轻地握住她的手问："睡得舒服吗？"

孟恬点了点头道："头不晕，也没有那种想吐的感觉了。对了，杨医生跟你说什么了？感觉你俩聊了好久。"

她依然惦记着睡下去之前的事儿，这时揉了揉眼睛，回握住江挽川的手。却不料，他忽然冷不丁问起："你睡之前感觉想吐？"

孟恬"啊"了一声，才反应过来道："是有点儿，可能是因为前几天都没好好睡……"

"上次例假是什么时候来的？"江挽川淡声打断她的话，眸色略有些深暗。

孟恬被他问蒙了，漂亮的杏眼眨巴了几下，才说："就前几天。"

他听罢幽幽地叹了口气，语气里带着一丝几不可见的遗憾，低声嘀咕道："好吧。"

孟恬刚醒过来脑子还有点儿转不过弯儿，但她这会儿回味了一下他的问话，忽然就明白了。也因此，她嘴上没说，却红着脸，用指尖轻轻掐了一下他的手背，说："你在想什么呢？"

江挽川被她掐得勾起嘴角。

被他这么一搅和，孟恬差点儿忘记要问他正事。可谁知道，她后来但凡提起杨医生和他说了什么，江挽川都会找各种各样的话题搪塞过去。最后没了借口，干脆直接身体力行地去堵她的嘴。

孟恬被他亲得气喘吁吁的，奋力推开他，没好气地软声道："男人说的话真不能信。"

明明是他自个儿信誓旦旦地在出去前说，会把和杨医生谈话的内容原封不动地告诉她，这会儿却像失忆了一样，半棍子都打不出一个字眼来。

"真没什么太重要的内容。"他笑着抵着她的额头，爱怜地亲了亲她的鼻尖，才抬起身，"不是你需要操心的事，你只管好好养身体。"

他越是这样说，她却越发觉得他们谈什么了不得的话题。不过，她相信就算自己转头去问杨医生，也会吃闭门羹。谁能想到她的心理医生，居然是江挽川的铁杆粉丝，到头来还和他站在同一战线对付她。

孟恬知道江挽川不想说的事儿，怎么问都问不出来的，搞不好最后还会被他一阵镇压、欺负。她这时从床上坐起来，放弃般地问他："对了，你今天是不是砸坏了客厅的窗户？"

江挽川点了下头道："用的还是你们这儿一个男租客借我的冲浪板。"

"冲浪板？"孟恬听得一惊，"那男租客长什么样？"

"很帅很高。"

"穿长袖、长裤吗？"

"不穿，就正常短袖。"

她更惊讶了："惠医生家里居然有冲浪板？"

"他是医生？"

"对啊，普安医院的金牌外科医生，可厉害了。"孟恬思索片刻，"看来惠医生也有不为人知的爱好和故事嘛！"

江挽川望着她道："确实，我发现你们这个院儿里住的人，还真个个都挺有意思的。"

"嗯？"

"早上来救你的时候，那个个子小小的短发女生，当头就把我痛批一顿，觉得我对你不好。"他说起这事儿来就忍俊不禁，"结果等我脱下口罩，她认出我后，脸上的表情变得比唱戏的还快。"

孟恬怔了一下，也开始跟着笑道："布布真的很好玩。"

"你们房东人也很不错。"江挽川继续说，"感觉都是一群善良又有趣的人，今天见过他们之后，我也能放心让你继续住在这儿了。"

"不过。"他顿了顿，似是想起了什么，"你们还有另一个男租客，我早上也见到了。"

"'吸血鬼'吗？"孟恬笑道，"他本名叫俞也，'吸血鬼'是布布给他取的绰号。"

"为什么叫他'吸血鬼'？"

她将俞也平时的行径给江挽川描述了一遍，感叹道："但不得不说，这个'吸血鬼'先生的脸是真的绝。"

一听这话，江挽川眯了眯眼，嗓音顿时低得让人感到有些危险："有多绝？"

言布布此时此刻站在海滩边的酒店大堂里，嘴巴大张着像头河马。

惠熠似乎早已料到她会这样，这时冲着酒店前台的工作人员打了个招呼，牵着她的手，将她带去了一边。停下脚步后，他慢条斯理地说："这就是海滩边我能想到最近的可以长时间避雨的地方。而且，我想着在酒店房间里还能立刻洗澡换身衣服，这样也不容易生病感冒。也不用担心什么时候会被赶出去，开了房，想待多久就待多久。甚至这一晚住在这儿，明天再回去也行。"

在他说话的时候，言布布的情绪也终于稍稍冷静下来了一些。她原本以为他会带她去个茶馆或者小酒馆之类的地方坐坐，倒是真的没想到直接把她带到酒店来了。

两个浑身湿透的孤男寡女来酒店开房，她第一反应肯定是往微妙的地方想，他什么铺垫都没做，也不能怪自己想歪吧？

言布布这时将自己大张着快要脱臼的嘴巴慢慢收回去，觉得他方才说的那些确实不无道理。

一直仔细观察着她神情的惠熠这时敛了下眼眸，似笑非笑地补了一句："你放心，我们开两间房。"

她愣了下，回了个"哦"，跟着他走回前台。她怎么感觉听到他要开两间房的时候，心里竟然有点儿失落呢？

就因为她刚刚犹豫的工夫，酒店里忽然涌进了很多同样想来避雨的客人，他们不得已只能按照顺序排去了队伍的最后面。等轮到的时候，就听到酒店前台抱歉地冲他们说："不好意思，因为本来就是暑期的周末，再加上大家这会儿都来避雨，现在我们酒店只剩下一间房了。"

听到这话，惠熠沉默两秒，问："更好的行政房或者套房也没了吗？"

前台遗憾地摇了摇头。

言布布捏着拳头，轻轻地倒抽了一口气。他听得清楚，转过头看看她，又往酒店外头看了一眼，低声说："好像雨还是很大。"

外面的雨势在这段时间里非但没有减小，还有愈演愈烈的趋势。要是他们这会儿离开酒店，再去找别的地方避雨，情况恐怕只会更糟糕。

言布布心里五味杂陈，惊喜、紧张、期盼、犹豫……各种情绪都叠在一块儿。理智告诉她，以他们俩现在的关系，开一间房多少还是不太妥；但情感上，她又不免有些跃跃欲试。

其实她明知道，以自己的段位对上惠熠，简直就是青铜对上王者，他真的想要做些什么，一定会有办法让她答应下来。但她却觉得他是打心眼里尊重她，不会逼迫、勉强她的。

见言布布一直没说话，惠熠又耐心地说："我听你的，要是你不愿意住下来，咱们就在酒店的咖啡厅找个位置，点些热饮坐着等，总好过再跑回雨里去。"

"开吧，我想赶紧进房间洗个热水澡。"她这时低下头，从包里翻找出自己的身份证，递给惠熠，"你看你像个雨人似的，人家咖啡厅才不愿意收留你呢。"

言布布虽然大脑一片混乱，但还是庆幸自己平时出门都会把身份证放在钱包里带着，要不然现在可就尴尬了。

惠熠的目光在她的脸庞上点了点，接过了她的身份证。他没有错过，言布布递身份证过来的手指，微微地有些发颤。

拿到房卡后，两人一起坐电梯上楼。他们俩今天一整天都待在一块儿，除了个别特别暧昧难言的时刻，其余时间基本都在聊天。言布布本来熟了之后就是个话痨，惠熠又很会接梗，所以两人话说个不停。

但自从在前台领了房卡，从进电梯到出电梯，他们谁都没有出过声。直到站在房卡对应的房间门口的那一刻，言布布才觉得自己的脑瓜子"嗡嗡"的，好像连嘴唇都在发抖。

谁要是这个时候随手拍她一下，她能原地去世。她真的这一辈子都没有做过那么冲动的事。

惠熠看上去则要淡定很多，他没有多做停顿，直接用房卡刷开房门，绅士地靠着门，让她先进屋。

言布布深呼吸了一口气。五秒钟后，她一脸大义凛然，仿佛要去炸碉堡那样浑身僵硬，同手同脚地走进了房间。惠熠在旁边看得一清二楚，努力用拳头抵着鼻子，才能克制住没有当场笑出声。

等她在房间里站定，惠熠轻轻地合上了门。

一室出奇地寂静。言布布所有虚张声势的勇气，在这一刻已经全部消失。她僵立在房间中央，甚至都不敢回头看惠熠一眼。下一秒，她忽然听到身后的人似乎迈开步子朝浴室走了过去。浴室洗手台传来了"哗哗"的水声，持续时间不长，片刻后，他就从浴室里走了出来。

"言布布。"惠熠站在言布布身后不远处，正儿八经地低声唤她的名字，声音里带着一丝浅显的笑意，尾音上扬，"你要不，先回个头？"

言布布咬了下牙，迟疑几秒，终于动作僵硬地转过身。只见惠熠此刻已经坐在了茶几后的沙发上，手里拿着一条干净的白毛巾。在她的注视下，他将那条毛巾叠成了长条的形状，作势就要往自己的眼睛上蒙去。

言布布看傻眼了，问道："你干吗？"

惠熠手里的动作不停，直到用毛巾把自己的两只眼睛都仔仔细细地蒙起来，在后脑勺轻轻打了个结。而后，他将手放在膝盖上，对她说："我就坐在这儿，你安心去洗澡吧。"

"要是你还不放心的话，"他顿了顿，唇角微勾，冲着她的方向抬起了双手，"可以把我的手也绑起来。"

言布布目瞪口呆地望着，觉得自己的喉头有些发紧。

男人浑身上下没有一处不是淌着水的，因为冷，他的肤色和唇色甚至都有些缺乏血色。但他全程没有抱怨过一句，处处都是在为她考虑。甚至还在看到她因为两人独处一室而紧张、退缩的时候，主动做到这种程度。

屋子里安静了足足有一分多钟，言布布垂在身侧的手动了动，而后转过身，大步朝浴室走去。很快，她从浴室里拿了一条宽大的干净浴巾，走到惠熠面前展开，而后将浴巾披在了他的身上。

蒙着眼睛的惠熠放在膝盖上的手指微不可察地动了动。言布布这时垂眸看着他，深呼吸了一口气，又伸出手绕到他耳后，企图将他刚绑上去的毛巾解开。惠熠打的结有些紧，因此她解的时候，格外费了些力气。

他们一个站，一个坐，身上潮湿的雨气和海风的咸味混合在一起，近乎分不清彼此，微妙又暧昧的气氛急速在封闭的房间里蔓延开来。

等言布布好不容易将结解开，一直没有任何动作和言语的惠熠忽然抬起了手。他将她的手和她手里攥着的毛巾都扣在了自己的手心里，仰头望着她，漆黑的眼珠深不见底。

"为什么？"

言布布心一跳，因为过度紧张，都变得有些磕磕巴巴了："你蒙……蒙着眼睛难受，绑着手就更……更没必要了……"

惠熠眼眸轻闪，又哑声问："那你这么把我放在外头，就不怕我会进去袭击你吗？"

言布布不自觉地吞咽了一下，心跳震耳欲聋，感觉被他握着的手，都有点儿不像是自己的了。

"你……不会的吧？"

惠熠敛了下眼眸，似笑非笑地说："我也不知道。"

他这语气里，有三分真、三分假，还有三分玩笑，她哪能分得清楚？她只知道，自己要是再在这里待下去，就该原地蒸发了。

"我……反正我进浴室会锁门的。"言布布飞快地扔下这么一句，避开惠熠的视线，将手从他的手里用力抽了出来。

"那个，你身上的衣服都湿透了，如果要这么穿着等到我洗完澡，我怕你会感冒，所以给你拿来了浴巾。要是你实在觉得难受，也可以把上衣脱了，柜子里应该还有浴袍可以穿，不够就问酒店拿吧。"扔完这些话，她转过身，逃也似的飞奔进了浴室。

等冲进浴室，言布布锁上门，两手撑着洗手台，大口喘息了好几声。抬起头，她看到镜中的短发女孩此刻脸颊绯红，甚至连脖颈上方和耳根都是红的。因为肤色白，更是显得鲜红欲滴。

刚刚惠熠说话时看着她的眼神,仿佛依然在她的眼前,怎么样都挥之不去。即便她毫无恋爱经验,都能从他的眼神里感知到一丝全然陌生的情愫。这丝情愫,远高于普通同事,也不等于好朋友。单单只是把她看着,就足够引诱到她,让她为之战栗和悸动。

这真的很矛盾不是吗?明明自己那么害羞、那么胆小,但又按捺不住想要离他更近一点儿、突破界限把他彻底占为己有的小心思。

言布布就这么发了老半天的呆,直到后知后觉地感受到身上黏糊糊的衣服冻得自己打了个喷嚏,才回过神来开始开热水、脱衣服。

糟了!她突然发现,自己要换洗的贴身衣物和浴袍都没有拿进来。

言布布将原本脱了一半的衣服再手忙脚乱地穿回去,关了水,跌跌撞撞地打开门锁,一拉开门,人就傻了。

惠熠此时竟然就站在浴室外头,而且——他还没穿上衣!她垂涎了很久的他防晒泳衣下的身体,此刻就在她触手可及的地方。那一大片白得透光的皮肤、肌理分明的腹肌和人鱼线,晃得她一整个目眩耳鸣。

这种漫画男主般的身材,真的是真实存在的吗?!

惠熠见言布布毫不避讳地盯着自己猛瞧,这时勾着嘴角将手里的东西递给她,又说:"原本以为你应该还没洗,想敲门拿给你的,结果突然听到了水声。"

言布布低头一看,是自己装着换洗衣物的包和一件干净的浴袍。

"谢谢。"她接过来,这才想起来要害羞,半低着头说,"你怎么不穿浴袍啊?不冷吗?"

惠熠看着言布布,顿了顿,道:"房间里只有一件浴袍,酒店说库存都发完了。"

"那你问他们再拿条浴巾……"

他忽然低声唤她:"言布布。"

"啊?"

"还满意吗?"

言布布听得一怔,不自觉地抬起了脸问:"什么?"

惠熠轻轻抬脚往前走了一步,说:"你看到的。"

他也不进来,就这么和她隔着一步远,立在门外,在昏暗不明的灯光里,静静地注视着她。那股能从空气里蔓延到四肢百骸的暧昧,又再次被点燃了。言布布方才在浴室里好不容易放下去的心脏,又瞬间跳回了喉咙口,她觉得自己的脑子已经被这暧昧氤氲得完全不受控制了。她脑袋一热，居然抬手指着他的肩膀说："我想看看你的后背。"

灯光下，能够清晰地看到惠熠宽阔的肩膀上方肩胛骨的地方，隐隐约约有一些从后背延伸上来的花纹线条。如果她没看错，应该是属于……文身的一部分。

惠熠听了这话，眼眸微闪着问："真要看？"

言布布咬着牙，点了下头。

他又往前走了一步，和她之间只隔着半米的距离，声音几乎要融进这暖黄色的灯光里："我担心你会害怕。"

言布布蜷了下手指，过了几秒，轻声说："我不会。"

惠熠居高临下地看了她片刻，终于慢慢地转过了身。在房间和浴室投射出来的光线下，言布布能将一切都看得格外清楚。也因此，只一眼，她的瞳孔便急速放大。

男人身形高大，皮肤白皙光滑，身上的每一寸似乎都经过了上帝的精心雕琢，没有半分瑕疵。而在他硬朗的后背上，印着灯塔、海与波塞冬。

这当然并不是言布布人生当中看的第一个男人的身体。她是一名护士，日常就是帮病人输液、换药、拔管、打针……她看到的都是病人最私密、无助的一面，每次工作，想的也都是要尽心尽力多照顾病人一点儿。也因此，在这些时候，就算男病人在她面前脱光了，她也不会有其他反应和想法。

就像帮女病人看诊、开刀时的惠熠一样，他们是医护人员，天职永远不会带上任何多余色彩。

但现在，是她的私人时间。此时此刻，站在她面前的这个男人，是她为之心动的人。当他只是在她面前褪了半身衣物时，她的大脑便已经紧张得一片空白。

更何况，这是她头一次看到别人身上有这么大面积的文身，还是在惠熠的身上。那个在所有人眼里正经稳重，看上去好像完全不会喜好这类的惠医生。脱下白大褂的他，在她的面前，从此又多了一个不为人知的秘密。

"在海边一直坚持穿着防晒泳衣，就是因为这个。"见言布布在后头一点儿声音都没有，惠熠背对着她，低声开了口，"担心你看着会害怕。"

言布布眼睛一眨不眨地盯着那片文身，震惊之余，又忍不住想要凑近看得更仔细一点儿。于是，身随心动，她往前了一步，一伸手，指尖就触到了他后背上的皮肤。

惠熠感觉到了，略有丝愣怔，嗓音更低哑了些："真不怕？"

言布布觉得自己整个人都是发烫的，但好像哪一处都没有触碰他皮肤的手指那样烫。因为在她的指尖下，是他线条漂亮的背上那无边的云图。云图的最上方，是一座灯塔，灯塔上有袅袅烟雾，雾气从塔顶向上蔓延，边缘略微过了界，所以她才会从正面隐约看到。在灯塔的下方，是一片海，海的波浪被文得栩栩如生，浪花弯曲的边缘，甚至还有一只展翅的海鸥。

言布布的手指，随着她的目光所及，一路往下，慢慢点过灯塔、雾、海浪、再到那只海鸥。最后，落在了那个她一眼就认出来的人像上。

她深呼吸了一口气，轻声说："这是波塞冬吧？"

背对着她的惠熠喉结轻滚，"嗯"了一声。

海神波塞冬，长发长鬓，手持三叉戟，面容严肃，身材精壮，带着强有威慑力的气场。

言布布上学那会儿念文科，尤其爱看各种稀奇古怪的传说，什么中国古代野史、北欧神话、古希腊神话……她都有所涉猎。她在看古希腊神话时，就对海神波塞冬印象颇深。

传言波塞冬是宙斯和哈得斯的兄弟，拥有着浩瀚无穷的力量，挥动三叉戟时能轻易引发滔天巨浪，将万物打得粉碎；可只要他有心控制，汹涌的海面又会瞬间变得无比平静，所以他深受海员和渔民的爱戴。

波塞冬是海的主宰。

"这是我从五年前开始文的。"惠熠感受到言布布盯着波塞冬看的目光，低声开口道，"当时我已经有很长一段时间都一直往这儿跑，有天晚上心血来潮，就去找朋友做了这个。"

言布布低垂着眼眸，看得格外仔细，也不作声，难得不像平日里那样聒噪，似乎完全被云图唬住了。

惠熠也不催促她，任由着她在后面细细地看、缓慢地……摸。

又过了片刻，她干着嗓子问："文这片文身，需要花多长时间？"

他想了想，道："一次好几个小时吧，趴得人都麻了。"

言布布听了这话，忍俊不禁，人也没方才那么紧张了："啊？你还不止文了一次？"

"嗯，第一次只文了半个波塞冬。"惠熠说，"你知道的，我随时可能会被叫去做手术，或者开紧急会诊，文身用的都是碎片时间。海浪、灯塔之类的，都是之后再慢慢加上去的。到了今年年初，才形成了你现在看到的样子。"

这片文身，不得不说是极其精致的，几乎和惠熠的每块肌肉线条都映衬得相得益彰，一看就文得极其用心。五年累积下来，也是真的投入了不少工夫和精力。

言布布看着这片浩瀚的惠式云图，冷不丁说："你前面说，文身师是你朋友？"

惠熠很诚实地回道："对，是个女孩子。"

她听到这话，忽然有一种奇怪的专属于女孩子的第六感："前女友吗？"

惠熠眼眸一闪，勾起了嘴角："不是。她是我朋友推荐的文身师，后来也成了我的朋友。她的确向我表露过好感，不过我拒绝了。"他将一切都说得坦坦荡荡，没有半点儿隐瞒。

言布布也是个直肠子，嘴巴永远比脑子动得快："为什么拒绝？"

惠熠笑意更浓了，他说："我不喜欢年纪比我小的女孩子。"说完，他顿了顿，低声而诱人地补上了两个字，"以前。"

这句话音落下，整个房间都陷入了异样的安静。言布布的手指依然落在男人的背后，在听到那两个字后，只觉得他的皮肤仿佛能够因此而灼烧到她的指尖。

滚烫又热烈。

就像是，他内心的所有情感，都通过四肢百骸流动到他的皮肤上，最后再统统传递给了她。她也完整地接收到了。

我以前，不喜欢年纪比我小的女孩子。

但现在不是了。

因为你。

身上的湿衣服这么黏糊着，人应该是感到越来越冷和不舒服的，但言布布已经完全感受不到这些了。她看着面前男人宽厚的背脊，觉得自己浑身的血液都在往脑袋上冲。有时候，人的冲动往往就在一念之间。即便事后想起来，她恨不得咬掉自己的舌头，把自己拍到墙里去。但那一瞬间，已经改变了一切既定的轨迹。

"言……"惠熠刚想叫她进去洗澡，下一秒，他眼睛一眯，眸色以肉眼可见的速度暗了下来。有什么东西，此刻竟轻轻地贴上了他的后背。柔软、湿润、温热，是她的唇瓣。

言布布微低下头，吻上了惠熠背后的波塞冬。

第四章

七彩雨

四合院，东厢房。

孟恬一看到江挽川微妙的脸色，立刻把嘴里原本想形容俞也的那句"黄金比例脸"吞了回去："跟你比那当然还是差点儿。"

江挽川盯着她看了一会儿，忽然俯低身子，慢慢地朝她压了过去，故意问道："差多少？"

孟恬喉头一紧，往床头缩了缩，小声说："差……"

"我本来是想着，你人舒服点儿了，这会儿带你一起去找下你们房东，和她商量窗户的赔偿费用和之后你住在这里的一些事项。"

孟恬被他压得动弹不得，企图挣扎两下："走，我现在就可以去。"

"不过，我现在改主意了。"江挽川漫不经心地挑了一下她的发尾，"既然你现在都有力气夸别的男人了，那是不是也能陪我做点儿别的事儿？"

江挽川虽然表面看上去因为孟恬夸俞也长得好，而有些吃味，似乎是想对她动些别样的小心思，但他到底还是惦念着她的身体情况，最后只是注意分寸地抱着她，去逗弄她最敏感的脖颈和耳垂，并在她耳边说些热烈的、她羞于去听的低语以示惩罚。

但孟恬向来极其怕痒，江挽川只要这么轻轻一逗弄，她就已经招架不住，节节败退，最后湿着眼睛朝他连连撒娇，说尽了好话，才让他提前收手。

"好看吗？"

江挽川匀了匀因为逗弄她也变得有些急促起来的气，伏起身，浅笑晏晏地看着她。

"不好看！"孟恬红着脸，难得声音都大了点儿，"谁都没你长得好看。"

他满意地将人从床上抱起来，搂在怀里亲了亲，嗓音低哑道："乖。"

孟恬在心里流泪。自己的大明星男朋友是个表面看上去正经严肃，实际上却藏着层出不穷的坏心思的大魔王这件事，她是真的有苦难言。痛并快乐着的极致体验可谓就是如此了。

两人一起去浴室冲了澡，孟恬换了身衣服，由江挽川寸步不离地陪着，一起去找葛星宜。

却没想到两人进了屋，迎面就看到俞也正坐在葛星宜家的沙发上。

孟恬一看到俞也，瞬间头皮发麻，想到自己刚才就因为这么随口夸了他一句，便被江挽川压着各种逗弄的情景。而江挽川对上俞也，神色也同样起了变化。他还轻轻地蹙起眉，似乎在回想些什么。

至于在他们俩身后的葛星宜，脸色很是微妙。毕竟，她刚才可是亲耳听俞也说了"你可以把我当成你男朋友"这句话。老天爷，这还叫她怎么冷静得下来？

一时之间，一室四人面面相觑。

葛星宜原本指着孟恬他们俩过来，可以稍许抢救一下她和俞也之间那一言难尽的气氛，却没想到他俩来了之后，屋里的氛围竟然变得更古怪了。她也一时给整不会了。

最后，谁能想到，竟然还是在沙发上的俞也率先打破了沉默。只见他放下了手里的可乐，冲着江挽川一抬下巴，语气又冷又欠儿："我和你有仇？"

而江挽川看着他，居然没有立刻否认这句问话。

旁边的孟恬脸都绿了，刚想说些什么来挽救，就听到江挽川淡声说："没有。"

孟恬刚松了半口气，却听到他又开玩笑似的补了一句："但也算结下了半根梁子。"

孟恬抬手捂住了自己的脸。

俞也眯了下眼，语气更冷了，还带着一丝发自心灵的疑惑："我认识你？"

这个四合院里的人都见过江挽川，也知道他是谁，所以他出孟恬屋子的时候坦坦荡荡，口罩、帽子之类的遮掩物一样都没戴。早上在孟恬的屋里，俞也虽然是最后一个进来的，但也和他打过照面。按理来说，就算不是生活中那种认识，单凭他这张在大街小巷的广告牌上随处可见的脸，也该知道他是谁。

站在后面的葛星宜这时忍不住了，走过来横插在两人之间，意有所指地给俞也递话："你没看现在热播的悬疑电视剧《双面犯罪者》吗？"

俞也摇了摇头。

"《逐风》呢？"葛星宜又报了个由江挽川主演的几乎全国上下家喻户晓的电影名。

"没。"

到最后，葛星宜放弃了，直接没好气地捅破窗户纸："这是江挽川，时下最火的超一线男明星。"

什么出名的电视剧、电影都不看，这么个大明星你都不认识！你是山顶洞人吗？

哪料，俞也这破直脑袋听完后，愣是对着江挽川来了一句："所以呢？我就该认识男明星？"

"……"

请问，这人是怎么能一路顺利地活到现在，没因为这张嘴被人打死一万次的？

旁边的孟恬倒抽了一口凉气，下意识地一把抓住了江挽川的手。见到江挽川的人，反应大都和她的心理医生杨医生那般，激动、崇拜之情溢于言表，恨不得立刻贴上去，和他来个百十张合影。像俞也这样，非但没给好脸，还句句冲着脑门儿来不打弯儿的，她真是头一次碰见。关键是，看着也不大像是故意的。似乎是真没看过任何大热的电视剧和电影，也真不认识江挽川这个人。

那他平时待在家整天在干什么呢？怎么跟个与世隔绝的世外高人一样？

江挽川盯着俞也看了几秒，似乎是被他的反应给逗笑了，这时拉着孟恬在他旁边的那张沙发上落了座。

末了，江挽川和和气气地说："你好，我叫江挽川。你不需要认识我，我只是觉得我好像以前在哪里见过你。"

俞也听了这话，沉默了下来。葛星宜低头一看他那张冻人的脸色，就感觉他下一秒好像又要说出什么惊天动地的话来。于是，她也没多想，直接紧贴着他坐下，在旁边悄悄地给他来了一肘子，示意他赶紧把原本想说的话吞下去。

俞也接收到信号，侧过头看了一眼。两秒后，他抱着手臂往沙发靠背上轻轻一靠，还真闭了嘴。

孟恬将这两人之间的互动看进眼里，心里突然冒出了一个念头——葛星宜好像驯兽师。

葛星宜这时也已经因为刚刚这两个男人之间的对话，暂时忘却了方才自己和俞也之间的修罗场，转而关心起孟恬来："甜甜，你身体舒服点儿了吗？"

"舒服多了。"孟恬笑了笑，"睡饱了，事情解决也安心了。宜宜，谢谢你和布布还有惠医生他们这么关心我。"

江挽川也语气温和地开了口："葛小姐，非常感谢你这段时间对甜甜的照顾。"

"分内事。"葛星宜摆了摆手，"我已经把大家都当作了自己的朋友。"她似乎想到了什么，笑容更暖了些，"现在院子里多了你们在，我觉得很热闹，也很开心。"

俞也原本没什么表情地靠在旁边，听到这话，他目光动了动，继而不动声色地落在了葛星宜的侧脸上。

女孩子笑起来的时候，脸颊两侧隐隐会有酒窝浮现，很是可爱。葛星宜虽然平时看着脾性和气、温柔，对人总是在笑，但当她脸上没表情的时候，又会让人觉得她在忧虑、走神。就像是在内心深处，她过得并不如表面上那么开心。

江挽川带着孟恬过来找葛星宜的目的很明确，主要就是谈东厢房窗户的赔偿费用，以及因为孟恬的心理、身体情况，之后他会采取的一些可能会影响到整个四合院的保护手段。

比方说，日后整个四合院周围，都会有安保人员二十四小时地守着，一旦发现可疑的人，就会立刻采取行动。又如，之后四合院的门禁机制可能得暂时取消，因为江挽川拍戏的时间不定，有时候有夜戏，可能赶到院子的时候都要深夜了，但他当晚又必须要亲自陪在孟恬身边，所以他得进来和助理交接班。

比起让葛星宜交给他四合院大门的钥匙，不如让他的安保人员日夜守着不上锁的大门，保证院里的孟恬和所有人的安全。

葛星宜对江挽川提出的这些并没有什么意见，相反，甚至还觉得他动用了自己的力量替她守了整个院子。

"这么想来，我们大家都沾上甜甜的光了。"

"哪有。"孟恬连连摆手，叹了口气，"宜宜，我真的给你添了好多麻烦。"

葛星宜在说话间，也在微信里问了言布布和惠熠的意见，但他们俩都没回消息，便说："晚点儿等他们回来我和他俩解释一下，他们应该也都会同意的。"

江挽川这时说："葛小姐，因为我的缘故，的确为你和其他租客带来了不少不便，请允许我和甜甜在房租上稍做表示。"

"不要！"葛星宜几乎是立刻答道，"这个免谈。你们真的没给我添麻烦，大家通过租房相识，今后就是朋友了。我只希望甜甜在这个院子住的三个月，留下的都是开心的回忆。"

孟恬听得鼻尖有些发酸。

到了此时此刻，她真的非常庆幸自己当时拒绝了小叶为她推荐的所有酒店和公寓，一眼相中了这个四合院。

她认床又怕生，从不出远门，来陆京就是为了能方便和在这儿拍戏的江挽川见面，只待三个月。等江挽川拍完戏，他们就会一起回长川。即便在有江挽川这样身份的男朋友的前提下，她坚持要住在这个不算隐蔽，还要和其他人一起租住的地方确实是她任性了，但她却一点儿都不后悔。很奇怪，她就是没来由地喜欢这个院子。

她这人性格内向，不善交际，从小到大一直都没有什么特别要好的朋友。上学那会儿可能有几个，但到后来一毕业，因为不擅长和人联络感情，又因为江挽川的那些传闻，最后和这些当时的朋友也都走散了。等后来入了画画这一行，整天宅在家，对着电脑赶稿，和人交流的机会就更少了。如果不是因为短租在这个院子里，她永远都不会有机会认识葛星宜他们这些可爱又有趣的人。所以，人与人之间的际遇，真的是一件很玄妙的事。她打心眼儿里，非常珍惜和葛星宜他们的这场相遇。

谈完正事，大家又聊了一会儿有的没的，气氛格外其乐融融。连一直在做背景板的俞也，也时不时地会插上两句话。

葛星宜望着目光始终落在孟恬身上、几乎是无微不至地在关心着她的江挽川，心里不免也有些感慨，总觉得有些不太真实。原本一直只能在屏幕里看到的人，此刻竟然会来到自己的现实生活中，还坐在自己家的沙发上聊天。

起先她看到躺在江挽川怀里近乎没有任何生气的孟恬时，以为光鲜亮丽的大明星私底下没能把自己喜欢的女孩子照顾好。但当越来越深入了解，却发现感情这回事，外人终究不应该通过表面轻易研判。

单单看江挽川甘愿花费那么大力气布局，还每天来回折腾，只为了让孟恬住在自己喜欢的地方这一点，她便感受到了他对孟恬的极致用心。

甜言蜜语和鲜花烂漫其实最是容易。往往最难得的，是通过生活的所有细枝末节，去传递出自己真正的在意和保护。那需要极大的耐心，也需要极深的爱意。

等孟恬和江挽川离开葛星宜屋子的时候，外面的暴雨也停了下来。雨后的陆京，空气中有一股淡淡的咸涩和潮湿，但气味并不难闻。

夜色中，葛星宜站在门口目送着他们进了东厢房，深呼吸了一口气，转身。然后就看到姓俞名也的大爷依然牢牢驻扎在沙发上，娴熟自然得仿佛已经和她家的沙发融为了一体，半点儿没有要离开的意思。

葛星宜揉了下太阳穴，觉得头又开始痛了。她关上门，回到沙发边，想要往俞也斜对面的那张沙发上坐，却看到他投来一个眼神，又往自己身边的空位上点了点下巴。这意思，似乎是想让她坐到自己边上去。

葛星宜犹豫了片刻，就听到他薄唇轻启，吐出一个字："冷。"

她看了一眼离他十万八千里、还特意因为他调到了26摄氏度的空调，皱眉问道："还觉得冷？要关空调吗？"

俞也没应声。

她低头看了他几秒，突然悟了。所以"吸血鬼"同学的意思是——因为他怕冷，所以想要她紧挨着他坐。

敢情她是个暖炉，能给他取取暖吗？

见葛星宜一直站着不动，俞也因为聊天起了点儿血色的脸，又冷得像要去送葬一样。

葛星宜到底脾气好、反射弧长，迟疑过后，还是顺了他的意。她一坐下，某人的脸色立刻以肉眼可见的速度回暖了。

"俞也,"坐下后,葛星宜深呼吸了一口气,决定耐心地同他讲道理,"一码事归一码事,我们先把还债这事儿说清楚。"

俞也原本懒洋洋地靠着沙发靠背,这会儿稍稍坐直了些,两条长腿轻轻交叠着。

葛星宜说:"你替我还的钱,我肯定得一分不少地还你,无论你是我的谁,这点没有沟通商量的余地。"

听完这话,俞也眼眸微抬,眸色里看不出深浅。沉默了半晌,他又靠回沙发上,低低地"嗯"了一声。

葛星宜松了口气,继续道:"关于还你钱的方式,我也考虑过了。你当时签的租房合同是一年,这一年你的房租将全免,作为我偿还你债务的一部分,我等会儿就把你先前付的押金退给你。"

说完,她又想到了什么,补充道:"如果你要提前退租,我就把剩余的房租……"

"我不会提前退租的。"俞也淡声打断,"如果可以,我甚至会一直住下去。"

葛星宜被他那果断的语气给弄怔了下,完全没有注意到他说的不是"续租",而是"住"。过了片刻,她才说:"那行,反正你要是有特殊情况想提前退租,我也会折现给你。去掉房租的钱后,我每个月给你还这个数。"她在手机计算器上快速地打了个数字,把手机递到俞也眼前,"这样的话,半年之内就能结清了,你看可以吗?"

俞也两手抱胸靠着沙发靠背,虽然他一直一眨不眨地盯着她看,但又似乎根本没在认真听。

葛星宜见他没吭声,又收回手机,重新打了个数字,冲他抬起屏幕道:"如果你觉得这一年的房租作为债务的一部分不合理,我就每个月还你这个数,一年之内也可以结清。"

他还是没说话。

她有些摸不着头脑了,这时放下手机,抬起手在他眼前轻轻摆了摆,问道:"你在听吗?"

俞也单手支着额角,过了老半天,才漫不经心地"嗯"了一声。

葛星宜长吁了一口气,忍不住问:"那我刚刚说什么了?"

他懒洋洋地抬了下眼皮,反问道:"什么?"

"……"

她都给气笑了，本想揪着他再讲一遍，却不料这人直接将她原本捏在手里的手机抽走了，轻轻地搁在了茶几上。

"哪个方案都无所谓。"做完这个动作，俞也静静地直视着葛星宜，语气还是冷冷淡淡的，"我依然不想你还给我。"

年轻男人的眸子本就生得极扎眼，在客厅暖黄色的灯光下，更显得黑亮明媚。

葛星宜张了张嘴，刚想说些什么，就听到他又开了口："但我接受，因为我尊重你的所有想法。"

听完这句话，不知为什么，葛星宜心一下子跳得很快。她好像以前从来都没有过这种感觉，像是整颗心脏都拼命地要从胸膛里往外蹦，口干舌燥，又像是耳旁有狂风呼啸而过，刮得她耳膜生疼。让人心悸，也让人上瘾。

说完这句话后，俞也抬头看了眼她家客厅的时钟。

快十点了。

前面他们刚吃完晚饭的时候，其实时间还早，但后来因为各种状况频出，一眨眼就到这个点了。他收回视线，从沙发上起了身，伸出纤长的手指取了搁在一旁衣帽架上的外套。

"不用再讨论采用哪个方案，按你喜欢和方便的来就好。"

说完这句，他穿上外套，低垂眼眸，声音听起来竟比平时柔和了几分："时间不早了，我先回去，你早点儿休息。"

葛星宜还因为刚才心里突如其来的感觉有点儿发愣，直到俞也在她边上足足站了近半分钟，她才猛地从沙发上起身，干巴巴地道："行……好。"

两人走到玄关，她看着他弯腰穿鞋，咬了下牙，忽然忍不住叫了他的名字："俞也。"

"嗯？"

她嗓子绷着，手指因为紧张，始终紧紧地攥着自己的手掌心。

"你以后……要不要来我家吃饭？"

她也不知道自己为什么会这么说，但她就是一拍脑袋说出口了。

"我反正每天早饭、晚饭都会自己做，谈不上有多好吃，但应该还算过得去。总之……肯定比你从早到晚都吃速食要好。"这些话，很快，也很轻。

说完后，葛星宜觉得自己的脸颊竟然有些莫名发烫起来。屋子的门敞开着,院子里清凉的雨后夏风温柔地席卷进来。俞也背靠着门而站,她看到,他外套的边沿此刻被风钩起了一个上翘的涟漪,就像点在她心头一般。

俞也一时似乎也没料到她会这么说,漂亮的眸子轻敛下来,将她脸上的神情看得格外仔细。安静片刻,他才开了口:"这样不会太麻烦你吗?"

葛星宜抬手摸了下自己的耳垂,摇了摇头说:"反正都要做,多做一个人的份也没什么……不过,你的饭点是凌晨三四点,晚上九十点,白天看心情,对吗?"

"嗯。"

她认真地思索了一下,说:"我可以改变我做饭的时间,把早饭时间提前,晚饭时间往后推,那样的话……"

"用不着迁就我。"俞也忽然低声说,"你就在你正常的饭点做饭,做好了给我发个消息就行。"顿了顿,他干脆地道,"我跟着你来。"

俞也的声音很好听,虽然调子冷,但好在很干净、清透,有时候声音低了,还会让人感觉很有磁性。于是,他最后那句话说完,葛星宜觉得自己的脸不知为何更烫了。

两人谈妥了以后每天一起吃早饭和晚饭的事,俞也转过身就要回自己的屋里。葛星宜看着他的背影,忍不住在他走出门几步之后,又郑重地在他身后追着补了一句:"谢谢你。"

即便这一切发生得很突然,她直到现在也依然不清楚他帮助自己的原因。

但她真的很感谢他。因为他,她从今以后再也不需要面对那些自己招架不了的人,也不用每天都在心里隐隐为这笔债务发愁和焦虑。比起是她的新债主,俞也更像是一个主动包容了她所有不堪的倾听者和恩人,将她从那片淤泥沼泽里轻轻松松地拉了出来,甚至连个名都不想留。

他是她这辈子见过的最奇怪的人。

直到现在,除了他的名字之外,她对他一无所知。但他却总是在她最最需要帮助的时候,坚定地出现在她的身边。这种被人悉心保护着的感觉,她已经好多好多年,都未曾体会过了。

听到葛星宜的道谢,俞也走路的步子停顿了一拍。然后,他在夜色中,回过头看向她说:"我说的那句话,是认真的。"

因为两人之间的距离,葛星宜多少听得有些不真切:"什么?"

他却没有再多言,只点了下头,便径直拐过了弯。

酒店房间。

言布布在吻上惠熠背后的波塞冬文身时，整个大脑一片空白。她这一辈子都没干过这么大胆的事。在此之前，她生命中所有的一切都是按部就班的。无论在哪儿，她都是不出挑、默默隐在人群中，绝对不会做出任何超出正常预期的事。

但是今天，她做了。从跟着惠熠来到这片海滩的这一刻起，她觉得自己的人生就开始失控了。

惠熠的背很光滑，肌肤上依然残留着先前长时间浸泡在海水里的淡淡咸涩味以及雨水的湿气，她吻上去，嘴角便自然地沾上了几颗小小的水珠。水珠让言布布觉得痒，她下意识地伸出舌头舔了下自己的嘴角。而这一舔，被她亲吻着的那个人，自然也被迫感受到了。

也因此，背对着她的惠熠，眸色已然深不见底。

这个吻因为言布布回过神来的慌张并没有持续太久，等她的嘴唇刚从惠熠背后微颤着撤离，他便迅速地转过了身，一动不动地注视着她。

房间里的窗帘拉了一半，外头依然下着暴雨，整个漆黑一片的天幕映着窗户，与屋内的暖亮灯光形成了极致的反差。

言布布平日里的活跃、话痨早已不知所终，此时整个人僵立在原地和惠熠大眼瞪小眼，别说开口说话了，甚至连手指头都动不了，像是在为自己惊世骇俗的举动等待着一个未知的审判结果。

"言布布。"不知过了多久，惠熠终于嗓音喑哑地开了口。

听到他叫自己，言布布居然下意识地往后退了一步。惠熠却顺势往前逼近了些，直接将她半堵在了浴室的门边。

"啊！"

言布布无处可退了，背紧紧地抵着浴室门，浑身冒冷汗，出了声后，才发现自己连声音都在打飘儿。

惠熠被她那仿佛夜半女高音一样的"啊"给差点儿逗崩了，强忍了下嘴角的笑，才不徐不疾地说："问你个问题。"

言布布看着他，喉头吞咽了下。现在要是谁来给她测量个心跳，应该足足能有一百八。

"你是不是喜欢我？"惠熠说这句话的时候，眼角、眉梢似乎都带着光，整个人看上去比往常更让人移不开眼。

言布布反手抓着门边,手指头都差点儿把门给抠烂。她就这么瞪着圆溜溜的大眼睛,看着惠熠,像是被人毒哑了一般。

惠熠可能也没指望过她这会儿能给出什么人能听得懂的回应来。最终,他还是没舍得等她回答,弯着眼眸笑了笑,然后伸手捧起了她滚烫的脸颊。

"我希望,你是喜欢我的。"他一字一句,靠在离言布布唇边极近的地方,说得低沉而诱人,"因为我很喜欢你。"

言布布在这一刻,忽然想起了自己平时没事总爱看的言情小说里写的句子——女主角的脑海中仿佛有千万簇烟花在同时绽放。

她今儿个算是体会到了。但在她这儿不是烟花,是千万挂炮仗!此时此刻,她被自己脑海里那些炮仗,吵得天灵盖都要掀起来了。

这真的不是她在做梦吗?

但奇特的是,言布布不知什么时候竟然练就了一手出色的人魂分离——脑中在翻江倒海,脸上看起来却还是像个面瘫的痴儿。也因此,惹得惠熠只能微微低了头,仔仔细细地观察了她一番,最终哭笑不得地叹息一声。

没想到,这声叹息竟然将言痴儿的魂勾回来了一半,她讷讷问问道:"怎……怎么了?"

"没什么。"

惠熠用指腹轻轻地揉了揉言布布的脸颊,似笑非笑地逗她道:"没有听到你的回应,在想自己是不是自作多情。"

"没!"言布布猛摇着头,这时还用力扒拉着门,企图能让自己站得更直一点儿,甚至费劲地挺直了胸,"没有!你才没有自作多情!"

说完这句,她突然意识到自己好像说了什么了不得的话,瞬间又像嘴上被人缠了胶带一样,紧紧地闭上。还不忘把人又缩回到门上,恨不得和门融为一体。

惠熠是真被她这绝世戏精给逗乐了。他看着她,连着笑了好几声,低低的笑音从他的喉间滚出来,回荡在浴室里。

言布布听到笑声耳根都红了,就在她觉得自己快要因为这无边的美色交待在这个浴室里的时候,忽然感觉到惠熠用大拇指将她的脸颊轻轻地往上推了推。她只能被迫抬起脸,正对上他炽热的视线。

"害羞说不出话没有关系。"惠熠用大拇指捻了捻言布布的下巴,声音听起来已然哑得不成样子,"但是你得张开嘴,不然……"在她疑惑的注视下,他的眸色深不见底,"我可能不方便亲你。"

说完这句话,惠熠下颏微低,偏过脸朝言布布的嘴唇吻了过去。言布布觉得自己的脑子里又响起了新一轮的千万挂炮仗。

还不止。

这回,除了炮仗以外,还有烟花。

所有的感官都已经被这个暴雨天的初吻占据,甜到言布布觉得自己都有点儿迷失了方向。惠熠的嘴唇好软、好热,口腔里的味道也好好闻,好像还带着中午他们吃饭时他喝的椰子汁的清香。还有……他好会亲……

起初因为担心她害怕,惠熠只是耐心地吻着言布布的唇瓣,等到后来感觉她逐渐有了回应,他才慢慢地就着她唇间微微张开的缝隙抵进去。言布布沉溺在这个绝伦的吻里,原本扒着门边的手也不由自主地松了开。因为身体发软,人一下子有点儿要往下滑,却被一直紧紧注意着她所有反应的惠熠及时地钩住了腰身,半托半抱地搂进了怀里。

惠熠不能不说是个好老师,很快就将生涩的言布布带上了道。吻着吻着,言布布甚至都学会了他对待自己的方式,在唇舌间反过来戏弄他了。惠熠没料到她学得那么快,过了片刻,他稍稍退开了些,强忍了下急促的呼吸,将她从地上打横抱起来往淋浴间走去。

言布布还有些晕头转向,等脚踩在了淋浴间的大理石地板上,才迷迷糊糊地、疑惑地"嗯"了一声。

"先洗澡。"

惠熠扔下这三个字,迅速地调节了一下花洒的温度。做完这个动作,他转身就要往淋浴室外走,边走边说:"我先出去,你直接打开开关就能洗了。"

却不料,他一只脚刚跨出淋浴室,手臂就被言布布从后轻轻地扣住了。

惠熠诧异地回过头,看到她咬着被自己吻得已经殷红湿润的唇,轻声说:"就没了吗?"

他蒙了一瞬,喉结轻轻滚动了下,没吭声。

言布布见惠熠不说话,蹙了蹙眉,似乎是有些苦恼地在那儿自言自语:"是不是我的吻技太烂了啊……"

他这才开了口:"不是。你先洗澡,耽搁太久了,会着凉生病。"

言布布总觉得惠熠这会儿似乎不太愿意往自己这边多看,更是拉着他的手不肯放了。奇特的是,在这一刻,比起害羞和紧张,她好像更在意他对于这个吻的感受。她实在是很担心自己这个顶级恋爱菜鸟的拙劣表现,会让他感到食之无味。

毕竟,单从这个吻上就能看出来,惠熠在这方面绝对是很老练了。他以前交往过的女孩子要真都是年上,一定个个都比她会多了。她可一点儿都不想输给她们。

惠熠原本强耐着满身直往上蹿的火,想让她安安生生洗个澡,结果却被堵在这里连出都出不去。女孩子的手细软,扣着他的手臂,就像在他心上挠痒痒一般。他有些挫败地捂了下脸,声音闷闷地从指缝里冒出来:"言布布……我真是败给你了。"说完这话,他拧着眉转过身返回淋浴间,合上了淋浴间的玻璃门。

淋浴间并不太大,因为挤了两个人,更显得空间狭小。但见他折回来,言布布似是很高兴,红着一张娃娃脸,湿漉漉的大眼睛满怀期待地瞅着他。

惠熠闭了下眼,彻底放弃了徒劳的挣扎。他一手撑在她背后的瓷砖上,不再多话,低下头就咬住了她的嘴唇。

这个吻和刚才的那个完全不一样。如果说方才他还留了点儿情面,甚至为了照顾她的节奏,刻意对她体贴温柔了。那么这个吻,他便完全释放了原原本本的自我,又急又凶,如同一个觉醒的掠夺者。

言布布这一辈子都不会忘记这个盛夏的暴雨天。

陆京的暴雨来得汹涌,一度有要吞噬整座城市都不罢休的气势,但到了某个时间点,乌云暴雨又无声地消失,整片天空都陡然放晴了。但她却对此一无所知。因为她被困在这个狭小而密闭的淋浴间里,全身心地沉浸其中。

她还记得,惠熠偏过头亲了亲她的脸颊,扔下一句:"这是装老手的惩罚。"

言布布的大脑如同糨糊,也没有力气回话。等她回过神来的时候,她已经连澡都洗好了。惠熠用手扒拉下湿润的头发,将淋浴间的门推开来,视线在她白里透着粉红的肌肤上落了一瞬,眸色还是很深。

"自己拿条毛巾擦干,把衣服穿好,吹风机在床头柜上。"

言布布依言乖乖地出了淋浴间,拿起一旁搁着的浴巾把自己紧紧地裹上,穿上拖鞋就往外走。等回到房间,浴室里那股热到要让她近乎窒息的潮湿散去,她的脑子也终于跟着慢慢清醒了过来。她就这么站在床边,盯着床头柜上的吹风机看了老半天,总觉得似乎漏了点儿什么,但又想不起来。

顶着满脑子乱七八糟的杂念,直到隐隐约约听到惠熠在浴室里面叫她,言布布才仿佛从睡梦中惊醒般关了吹风机。她扔下吹风机,快步跑回到浴室门口问道:"你叫我啊?"

隔着门,惠熠的声音听起来多少有些模糊:"我的替换衣服在包里,麻烦你帮我拿一下。"

"哦!好。"

她不疑有他,屁颠屁颠地跑去沙发上惠熠带来的包里翻找,完了再抱着衣服回到浴室。惠熠已经开了浴室门,她便顺着门缝直接推开。她还有些不好意思看,只是伸出手将他的衣服递过去,脸颊别扭地侧着,小声道:"拿来了。"

惠熠却迟迟不接。

言布布等了一会儿,发现他还是没反应,下意识地转过头,就看到这人正目光幽幽地盯着自己。

见言布布看过来,站在洗手台边的惠熠陡然出手,连同她手里的衣服和她整个人一同拽到了自己的身侧。他只有腰际裹着浴巾,精壮的上身还在冒着热腾腾的气。因为没有吹头发,他黑发上的水珠正顽皮地顺着发丝滚落到他的肩胛上,再一路蜿蜒往下流淌,最终滚进了他腰际的浴巾里不知所终。

言布布看得一阵口干舌燥,脑袋中叫嚣着她应该立刻、马上离开这个危险的地方,要不然的话,估计就走不掉了。

但实际情况却是——言布布被惠熠扣在洗手台前,像块夹心饼干似的,连动都不敢动,只听到他的嗓音在自己的耳边响起:"怎么还没穿浴袍?"

她眼睫颤动,视线胡乱地晃着:"那个,我……"

"言布布,"惠熠似乎并不想要听她的回答,微微低下了头,湿发下深邃的眼眸直勾勾地盯着她,"我现在算是弄明白了。"

她满脑门儿的惊恐和问号。

"你应该就是那种……"他顿了顿,似乎是在想着要怎么措辞,嗓音便显得格外地低沉、沙哑,"天然小恶魔?"

言布布张了张嘴,终于正对上他的注视,面红耳赤地回道:"我不是!"

"不是吗?"惠熠的语调故意拖得长长的,抬手揉了揉被她吹得翘起来的短发，目光低垂，"我怎么觉得你是呢？"

"亲我文身。"

"明知故问。"

"现在又是什么？"

他偏头亲了下她的耳垂，意味深长地说："蓄意引诱？"

言布布这边正在经受着上刑的同一时刻，那边孟恬也不怎么好过。

从葛星宜的屋子回来之后，孟恬原本想要继续把之前因为突发状况落下的画稿赶紧补上，却被江挽川不由分说地制止了。

"跟甲方说，你这两天身体不太好，交稿时间要往后拖延两周。"他站在书桌边，拿走她手里的画板和笔，"早上还不省人事，这会儿稍微恢复了半点儿就想继续工作，疯了吗？"

孟恬叹了口气道："我现在睡饱了，也吃饱了，浑身上下哪里都没有不舒服……"

江挽川没说话，这时微微俯身，轻快地点了两下鼠标，直接将电脑关了机。

孟恬撇了撇嘴道："江挽川，我这拖延症都是晚期了，已经拖了好久了。还要再拖两周的话，我是真怕甲方爸爸冲过来把我给撕碎了。"

"他们敢。"江挽川手指轻敲了两下桌面，语气里没有丝毫商量的余地，"有什么意见，让他们都冲着我来。"

孟恬无奈地叹了口气，没有再坚持，给几位甲方认认真真地发了道歉消息，然后乖乖地从书桌前起了身。她知道他忽然起了那么强硬的态度，都是因为太过担心自己。

将心比心，她将自己代入到他身上，想到今天早上他砸碎窗玻璃冲进她房间，看到她近乎毫无声息地躺在地上的模样，会是什么样的心情。这种恐惧和担心，在那一瞬间，一定是深入骨髓的。也许他今后很长一段时间内，都不会忘记那一幕，甚至在心里都留下了阴影。

想到这儿，孟恬胸口一阵阵地发酸，忍不住伸出手，从他身后轻轻将人抱住。

江挽川正在替她调试空调的温度，感觉到她抱过来，他放下遥控器，转回身将孟恬从正面拥进怀中。

"怎么？"他浓密的睫毛下，眼眸低垂，盛了一湾的温柔，"企图用怀柔政策,让我松口放你去赶稿?"

孟恬将头埋在他的胸膛里,摇了摇。

"那是想干什么?"江挽川用手挑了她的下巴,嗓音更低了,"嗯?"

"我现在无论想干什么,不是都要经过你的允许吗?"

"觉得我招人烦了?"他揉了揉她长长的发,"把你从头管到脚。"

"才不会觉得你烦。"孟恬勾起唇角,露出浅浅的小梨涡,"长官大人,我能不能申请看个《双面犯罪者》?前几天都没看,一下子落了好几集呢。"为了说服他,还特意加了一句,"看电视剧不动脑筋,也不费力气。"

江挽川思索了两秒,说:"梁毅本人就在你面前,你确定还要看电视剧吗?"

"要。"她拉着他就往床边走,"我还要拉着梁毅本人,陪我一块儿看。"

卧室里就开了一盏床头灯,光亮不是太盛,但足够温馨又安逸。江挽川靠坐在床头,孟恬则坐在他的怀里,整个人以一个完全被他从身后怀抱着的姿态靠着他的胸膛。平板电脑被搁在一个抱枕上方,放得离他们俩坐的位置靠前一些。

孟恬嵌在江挽川怀里,看得格外津津有味,时不时还会紧张兮兮地攥着他的衣袖。这毕竟是个悬疑电视剧,他的演技又好,一整个代入感极强。每次江挽川在和凶手周旋的时候,她都会屏住呼吸,甚至还会吓得用手半蒙住眼,倒抽一口凉气。

江挽川几乎都能把这电视剧的剧本倒背如流了,自然不会看得太认真,注意力完全停留在怀里的人身上。她那些因为看得入神紧张而做的小动作,看在他眼里,每个都是满分的可爱,无意之间处处透着对他的诱惑。

于是,看着看着,孟恬忽然觉得自己的睡衣边缘多了只手。她刚将视线从屏幕上移开,还没来得及控诉他干扰自己看电视,四肢百骸好似就已经开始沸腾了。

"江……"

他细长的手指捻过的地方,仿佛都带了电。孟恬的脸庞迅速升温,伸手去抓他的手指,但又松了劲儿,似乎也不舍得真把他从上面拽开。

江挽川凑过去吻了吻她的嘴角,哑声低语:"看得这么认真,这电视剧能有我好看吗?"

孟恬看着他眼睛里闪动着的淡淡光泽,哭笑不得地说:"你怎么连自己的醋都要吃?"

她看得这么认真,还不是因为那是他演的。

"你还不知道吗?"江挽川的手轻轻地滑过去,"我啊……因为你,疯起来连跟自己都要较劲儿。"

这话江挽川自己说出来觉得没什么,但听在孟恬耳里,却又是另外一番滋味。她不禁联想起自己之前因为心理压力实在太大,竟然有那么多次动过要和面前这个男人分开的念头。当时的她,只是沉浸在自己的一厢情愿里,满脑子想着的都是自己的痛苦不堪。

要是他真的答应了她分手的请求,事后再来想,一定会觉得自己罪不可恕吧?孟恬忽然无比痛恨起那样懦弱的自己来。当他对她的爱,已经坚持到如此执拗的地步,她难道不应该更勇敢地去拥抱他,以及他身后的所有光明和黑暗吗?即便被刺痛、被伤害、被侵蚀又何妨?她都拥有了他全部的偏爱。而这些偏爱汇聚成的力量,已然强大到足够她去抵挡那些她原本觉得自己承受不了的重量。

他曾认真说过,她身上有足够明亮的光和热度,无数次都治愈了他。因此,她更应该相信自己能够与他并肩,甚至当他的臂膀。她再也不应该继续当那个胆小鬼了。

江挽川其实原本并没有真的想要对孟恬做些什么,毕竟她身体还虚弱着,稍微闹一闹权当是情趣,闹完了他还想催着她赶紧睡觉。却不料,世事难料,只要沾上她,自己的理智便会功亏一篑。

等洗完澡、回到床上躺下,孟恬满脑子都只想着要睡觉。因为记恨又被某江姓大魔王摆了一道,上床之后,她直接翻了个身,背对着他滚到了床的最边沿。

江挽川替她倒了杯温水放在床头,然后忍着笑把人往里面捞,提醒道:"再往前一点儿,你就要滚下去了,到时候撞到地板别哭着喊疼。"

"我现在已经够疼的了。"孟恬闭着眼睛,缩了缩身体,没好气地嘟囔,"也不差那一下。"

"那可不行。"江挽川将人搂进怀里,把玩起她的手来,"只有我才能让你疼。"

孟恬的语气无奈中又透露着丝丝甜蜜:"江挽川,你可真是当代法西斯。"

"既然你感觉到了,那我就直言不讳了。"他的话听起来像是漫不经心在开玩笑,但眼底又透露着无比的认真,"往后可能会一直这么法西斯,只会越演越烈。"

孟恬注视着他，过了半晌，温柔地叹了口气："行。"

"真能受着？"

"能。"

"不觉得委屈？"

"不委屈。"

江挽川静静地看了她一会儿，然后抬手关了床头灯，重新躺下来。黑暗中，他凑近她的脸颊，轻而虔诚地吻了一下她的眼睛，说："睡吧。"

今天一天的确足够漫长，发生了那么多事，情绪又是各种汹涌起伏，所以像是过了一整个世纪般。孟恬虽然白天就已经好好睡过一觉，但前几天到底是被那匿名留言者伤到了，这会儿又和江挽川腻乎过，是真累极了。

"想睡多久就睡多久，什么都不用想，什么都不用担心。"她闭上眼睛，便听到江挽川在耳旁说，"我一直在。"

孟恬点了点头，瞬间被睡意席卷。就在她快要睡着的时候，恍惚之间，好像听到身侧的人说了一句话，因为说得很轻又很快，她只听到了几个零星碎片的词，好像是……很快、新身份、陪伴。

言布布背靠着洗手台，望着面前男人带着侵略性的眼神，喉头不由自主地吞咽了下。她这个思维极其跳跃的脑子，在这一刻，忽然想到了普安医院里的那些护士和医生，先前每回聚在一起评价起惠熠，都一致认为他是草食系男友、温和稳重、体贴斯文、谦谦君子，要是谈起恋爱来，一定是那种温柔又顺从女朋友、绝不会强势迫人的。而她现在，特别想拿个大喇叭到医院中庭去大吼一声——你们真是太天真了！

"我没有。"

言布布这时正对上惠熠的视线，抖着嗓子再三声明："我才不是什么天然小恶魔，我就是刚才吹头发，吹忘……"哪料话还没说完，就被他直接低头堵了嘴。

惠熠一边亲吻着言布布，一边手从她的背后向下扣住了她的腰身，将人轻松地托抱上了洗手台。整个浴室的气氛，再次被暧昧和旖旎点燃。

就在这时，惠熠放在外面的手机忽然铃声大作。言布布还一门心思沉浸在他的吻技里，就像没听到似的。却不料，手机铃声只是持续响了两秒，惠熠的动作就停了下来。接着，他便从她的唇齿之间撤开，几乎毫无停顿。

言布布被迫停止时一脸呆滞，脸庞和身上还泛着片片的红，就看到他缓了两下粗重的呼吸，动作利落地将她胸前浴巾打的结收紧了。

"我去接个电话。"

然后，他将她从洗手台上小心地抱下来，扔下了这么句话，抬起步子就往外走。言布布望着他的背影，有些恍惚，只知道跟着他一块儿往外走。

惠熠从包里取出手机，看了眼来电显示，迅速接起："老沈，怎么了？"

她走到近处，发现他的脸庞上依然残留着因为刚才的事而燃起的欲气。可电话那头不知说了些什么，等惠熠再开口时，言布布发现那抹欲气已经荡然无存："好，我现在立刻赶过来，大约需要半个小时，你们先开始做准备。"

挂了电话，他放下手机，走到言布布面前，正色道："沈医生打来的。"

"沈慷医生？"

"嗯。"

沈慷是他们科除了惠熠外，另外一名医术高明的男医生。

言布布也渐渐从刚才的气氛里恢复平静："发生什么事了？"

"有个七十多岁的老人正在救护车上往普安赶。"惠熠这么说着，走到床头柜旁拿起吹风机，"因为情况比较棘手，所以他们希望我过去主刀。"

这话说完，他已经打开了吹风机。

惠熠头发短，吹干只需要片刻，等屋子里重新归于安静，他拔了插头，转过头看向言布布道："抱歉，我现在需要立刻赶过去做手术。"

夜晚的道路很是畅通，几乎不到半个小时，惠熠的摩托车就稳稳地停在了四合院的门口。言布布下了车，摘下头盔递给他。惠熠将头盔收起来后，抬手揉了下她的头发，说："快回家好好休息，今天玩累了早点儿睡，明天一早要上班。"

言布布感受着头顶他手掌心温热的触碰，一咬牙，抬起头问出自己憋了一路的话："要我陪你一块儿去医院吗？"

惠熠听到这话，没有犹豫地立刻答道："不用。你不是今天的值班护士，如果忽然这么跟着我一块儿去医院，其他人会觉得很奇怪。"

"也是。"言布布装作不经意地笑了笑，"那你快去吧，路上小心，手术顺利。"

惠熠冲她摆了摆手，推上护镜，便发动摩托车飞驰而去。

等到摩托车的声响彻底消失在小巷的尽头，言布布才松懈下来，露出一脸颓丧的表情。拎着手里的湿衣服，她推开院子的大门，慢吞吞地拖着步子往西厢房走。等进了屋，她打开灯，将包往地上一扔，然后朝着沙发上猛地一扑。

不知道为什么，她的心情突然就变得不怎么好了。明明白天在海滩边还是那么地开心，每分每秒都仿佛沉浸在未知的惊喜中，到了酒店之后，更像是在体验一个刺激绝伦的梦境。

但自从医院打来电话之后，这所有的快乐都仿佛变成了气泡。就在她还沉浸其中无法自拔的时候，对方却早已无比迅速地抽了身，甚至连一点儿残余的暧昧气息都不带，便能立即投身于工作。

就算她知道事情的轻重缓急，更知道他不让自己一块儿去的理由都是正确的，但她还是高兴不起来。因为，她很害怕等明天一早醒来，今天发生的所有一切都是自己的臆想。无论是他对自己所做的极尽亲昵之事，还是他亲口说的那句"喜欢"。如果这些，全都是他的一时兴起和随着气氛而迫不得已为之该怎么办？

恋爱菜鸟言布布，突然萌生了一个疑虑——如果惠熠对她只是玩玩的，那该如何是好？毕竟，他从头到尾没说过要自己做他的女朋友。

想到这里，言布布忽然一个鲤鱼打挺从沙发上坐起来，给魏然打了个语音电话过去。这个点是魏然活跃的时间段，所以那边电话接得很快："放。"

"魏然，我问你个问题。"

一听言布布这略带沙哑的声音，对面的魏然先是沉默两秒，问道："你对和惠医生的关系又产生疑虑了？"

魏然虽然同言布布关系好得仿佛能穿一条裤子，但其实两人性子截然不同。她俩内里确实都有"沙雕"（网络用语，现多指有趣、搞笑）因子在，不然那么多年也玩不到一起去。不过说起来，言布布其实算是那种活泼可爱类型的，而魏然无论是长相还是性格，都极其女王，就是那种浓颜系的大美人。

念书那会儿，就有一堆男孩子追在魏然屁股后面，长得帅的、学习好的、家里有钱的都有，魏然却一个都看不上。问起来，就说这些人都太娘，还不如她自己有男人味，她根本提不起劲儿。

所以言布布一直觉得，自己从未谈过恋爱是因为她普通又宅，而魏然就纯粹是挑。她作为好朋友，心底里其实特别羡慕魏然那种由内而外散发出来的自信和果决，所以很多时候她遇到问题，最先想到的就是去咨询魏然。哪怕魏然也没恋爱经验，她都觉得魏然会从她的立场出发，给出最一针见血的建议。

果不其然，等言布布将今天发生的所有事以及她现在这种失落、沮丧的心情，都事无巨细地跟魏然说了之后，魏然几乎都没怎么多加思考，就说："惠医生的真实想法先不提，反正我能看得出来，你现在是真的很上头。"

听到这话，言布布靠在沙发靠背上，捂了捂眼睛，发现自己连句反驳的话都说不出。

"但这不能怪你，你既没恋爱经验，和喜欢的男生待在一起冲动、恋爱脑也很正常。"魏然又接着道，"人家惠医生又的确有让你迷恋的资本。"

言布布咬着唇，抬眼看了下屋里的窗户。西厢房的窗户正对着惠熠的屋子，他那里此刻黑洞洞的，什么都看不清楚，就像她还不了解的那部分惠熠一样。一个小时前，他分明还抱着她，冲她笑，在她耳边说话。全都仿若大梦一场。

"而且，我反倒想说一句，我还挺欣赏惠医生今天的态度的。"魏然的语速很快，"要是他接了医院的电话，还在那儿和你依依不舍、缠缠绵绵，他还担得起'普安金牌外科医生'的称号吗？"

言布布叹了口气道："你说得都对。"

这确实是她所认识的那个惠熠，在工作上专业、稳重，永远不会出纰漏。他让她产生好感的开始，不就是因为她在医院里亲眼所见的种种吗？

"人命关天啊，言布布，在天职面前，跟你的情情爱爱肯定得往后搁。"魏然这时话锋一转，"不过呢，惠医生能那么快冷静下来，除了他本身对职业有担当，也确实变相说明他的自控力极强。换言之，他对情感的拿捏相当驾轻就熟。"

言布布一哽，终于语气紧绷地问出了最开始就想问的那个问题："小未，你说他……会不会只是想和我玩玩啊？"

也不是她想怀疑惠熠，但毕竟他，看上去是真的太会了。比起惊慌失措、被他一个小动作就引得晕头转向的自己，他从头到尾都表现得实在太游刃有余了。

言布布明知道自己不是惠熠的对手，可当她真的和他亲近起来，越来越了解他,继而真心喜欢上的时候,她却开始贪心地想要更多了。想要和他正式确立恋爱关系,想要当他的女朋友,也想要那不可言说的未来。所以她才惶恐恋爱这种事,对她而言是奢侈品,但对惠熠而言,会不会就只是消遣品而已?

惠熠说过,他之前的女朋友都是年上,那他为什么会和那些女朋友分手呢?还有,又为什么会喜欢上比他年纪小的她呢?——如果那句"喜欢"是真话。

魏然这一次并没有立刻给出答案。大约过了片刻,她才在电话那头说:"言布布,这个问题,你不应该来问我。"

言布布一愣。

"你应该直接去问惠医生。"魏然的语气有些意味深长,"你总说自己胆子小,但你觉得能和惠医生发展到现在这样的地步,你真的胆小吗?"

第二天是周日,本该是个全员都安排上懒觉的日子。

孟恬睡眠一向浅,她难得睡得那么好,江挽川即便因为生物钟早就已经醒了也没起身,就这么侧躺在床上看着她睡。然而好景不长,他还未看够她的睡颜,四合院门外的声响就将孟恬吵醒了。

"怎么回事?"

孟恬揉了揉眼,还一脸睡眼惺忪,就看到江挽川已经下床去拿衣服穿了。

"我也不知道。"他蹙了蹙眉,"感觉好像是保安和什么人发生口角了。"末了,他又转回身,低下头吻了吻她的额头,柔声说,"你在屋里待着,我出去看看。"

江挽川推门出去的时候,言布布和葛星宜也正从她们的屋里走出来。

葛星宜冲他自然地打了个招呼,而言布布看到他先是眼睛一亮,继而大概是又想到了自己昨天把他一通说的事儿,想朝他招手的动作就那么卡在了半空中,看上去十分滑稽。

江挽川觉得这姑娘很逗,便停下脚步,主动对她说:"言布布,早上好。"

言布布看着他那张大清早就容光焕发的俊脸,静了两秒,用大拇指掐了掐自己的人中,才磕磕巴巴地回了声"早上好",瞬间把葛星宜和江挽川都给逗乐了。

葛星宜这时看向江挽川，问道："甜甜恢复点儿了吗？"

"好多了。"他温声回道，"昨晚睡得很踏实。"

"原本她应该还能再多睡一会儿，不知道门外是怎么回事。"葛星宜说着，看了一眼倒座房，"惠医生昨天晚上是没回来吗？"

倒座房就在院门边，有什么动静，惠熠应该会第一个出来看。

"他昨晚送我回来之后，就赶着去医院做手术了。"言布布应了声，圆溜溜的眼睛下面坠着两个大大的黑眼圈，声音听起来也不如平日里那么活力十足，"估计手术结束后就直接睡值班室了。"

"这样啊。"

葛星宜走在最前面，这时刚伸手拉开大门，就看到江挽川那边找来的保安正牛高马大地挡在院门口，还有几个陌生人站在保安对面，似乎想要进院里来。双方都气势汹汹的。

保安是江挽川找来的，他便直接上前拍了拍保安总管的肩膀，低声问："怎么回事儿？"

"江先生。"保安总管回过身，神色尊敬地回道，"很抱歉把您吵醒了，是这样的，这几个人非要进四合院来。问他们是谁、来干什么的也不愿意说，这我们肯定得把他们拦下来啊！"

言布布这时悄悄地从后面探出了一个头，看了看保安对面的那几个人。而后，她像是想到了什么，拉了拉葛星宜的袖子。

葛星宜朝她凑了过去。

"宜宜，"言布布小声和她咬耳朵，"这些人都穿着黑衣服，看着表情都很冷酷，你有没有联想到他们可能是来找谁的？"

葛星宜也顺着保安们肩膀上方的空隙往前看去，过了片刻，她的眉心跳了跳，语气迟疑道："你想说他们是来找……"

言布布斩钉截铁地说："'吸血鬼'。"

葛星宜："……"

她抬手捂了下额头，这时冲着江挽川递了个眼神，从后绕到前面去，对着那几个生面孔说："你们好，我是这个四合院的房东，请问你们是不是来找后罩房的俞也先生的？"

为首的那个长着一张娃娃脸，看着年纪也不大，却满脸老成。细细一看，表情竟颇有些和俞也一样的欠揍。他和葛星宜大眼瞪小眼了好一会儿，才不情不愿地回道："是。"

众人："……"

行，这就破案了。

葛星宜刚一言难尽地回头冲言布布抬了下大拇指，就看到一道熟悉的高挑身影从后罩房推门走了出来。不知道为什么，看到俞也的那一瞬间，她的心突然跳得非常快。之前几回见到的时候，她都没有这种感觉，但自从昨天他来她屋里吃了顿饭并发生了那么多事后，再去看他，就总觉得哪里和以前不一样了。明明还是这张脸，明明还是那副睡不醒又寡淡的模样，却偏偏让她发自内心地觉得想要多看他几眼，甚至还想要多听他说几句话。

俞也虽然今天依然满脸困倦，但精神感觉上要比工作日的时候稍许好上几分。他跨过院门，朝言布布和江挽川看了一眼，而后目光在人群中搜索几秒，准确地捕捉到了站在最前头的葛星宜。接着，他脚步不停地直接走到了她的身边。

那几个穿着黑衣服的小伙子原本一脸不配合，但一看到他出现，脸上瞬间全部换上了乖巧的表情，葛星宜甚至觉得他们想集体立正朝俞也敬个礼。

"娃娃脸"这时冲着俞也恭恭敬敬地喊了声："也哥。"

"嗯。"他偏过头算是应了声，目光却只落在葛星宜一人的身上，"怎么起那么早？"

葛星宜撞上他冷静、清澈的目光，脸颊不自觉有些发烫。她指了指他身后的"娃娃脸"，委婉地回道："你的朋友和保安在门口说话，声音有点儿大，所以布布他们也起来了。"

一听这话，俞也沉默两秒，转过身看向"娃娃脸"。

"吴瑞，"他看着"娃娃脸"，语气冰冷，"谁让你那么早来的？"

叫吴瑞的"娃娃脸"顿时吓得脸色发白，摆着手慌忙和他解释："也哥，不是你跟我说，让我早点儿来找你的吗？平时这个点你不都还没睡吗……"越解释，吴瑞的声音就越小，到最后根本连听都听不见了。

俞也面无表情道："我说的'早'，是指中午十二点左右。况且，你不知道今天是周日？这个点我肯定已经睡了。"他蹙了蹙眉，看了眼身后站成一排的保安，"还有，我昨天是怎么跟你说的？"

吴瑞哽了下，脸颊涨得通红："低调地来找你。"

俞也冲着他抬了抬下巴，示意他看身旁一脸戒备的保安们和被吵醒的大家："这叫'低调'？"

吴瑞企图做最后的挣扎："我也不想惹事的，但因为你以前说过到哪里都尽量不要提你的名字，也不要张扬表露自己是干什么的。我们什么都不说明白，保安肯定觉得我们很可疑啊……"

"你就不会拐个弯儿去说明白？"

葛星宜："……"

大哥，请问你有资格教训他吗？她突然就觉得，这些人可真不愧是俞也的朋友，"直球"脑简直同他别无二样。

因为他们在门口耽搁的时间有些长，被吵醒的孟恬在屋里等得百无聊赖又睡不着了，也从东厢房里走了出来。她悄悄地走到江挽川的身边，用手肘轻轻地顶了下他的手臂，压低嗓子道："所以，搞到最后，这些人是来找也哥的？"

江挽川自然地将她拥进怀中，亲了下她的额头，点了点头。

孟恬忍不住低声感叹："看着和也哥一样令人摸不着头脑……真不知道也哥整天都在忙活些什么。"

旁边的言布布耳朵尖，听见他们的讨论了，这时朝孟恬凑过来一个脑袋："甜甜，你有没有觉得，也哥活得好像个神奇宝贝啊？"

孟恬和江挽川双双点头认同。

眼见吴瑞已经被"神奇宝贝"那几句训话吓得腿都在打战了，葛星宜实在于心不忍，最终还是主动上前做了和事佬。

"没事，现在反正弄明白你们是来找谁的了，误会也算是化解了。"她给吴瑞递了个安抚的眼神，又转回身对江挽川说，"川哥，麻烦你了。"

江挽川是何等聪明之人，接过暗示，便对保安总管低声耳语了几句。不过片刻，保安们都回到了自己原本的位置，大门口瞬间空出来了一大片，方才那股剑拔弩张的气氛也随之消散了。

葛星宜看着吴瑞，语气温和道："好了，你们可以进来了。"

谁知，吴瑞和其他几个一块儿来的黑衣小伙却都跟聋了一样，戳在原地一动不动。

而江挽川、孟恬和言布布这几个人也不回屋，就这么大大方方地站在后面看戏。尤其言布布，顶着一对硕大的黑眼圈，人看上去蔫巴巴的，哈欠一个接一个就没停过，但看戏倒是比谁都认真。

葛星宜似乎是察觉到了吴瑞他们不进去的原因，这个时候微微偏过脸，看向她身边神色困倦又浑身冒着冷气的俞也。

099

她开口叫他:"俞也。"

俞也敛了下眼眸,倒是应得很快,语气也没有对着吴瑞他们时那么冷硬:"嗯。"

"你把他们吓坏了。"

俞也听了这话,过了几秒回了句:"他们没那么脆弱。"

吴瑞和其他人:"……"救命啊!我们就是有那么脆弱!

虽然在今天之前从来没有见过葛星宜,但不知道为什么,吴瑞打心眼儿里觉得这个气质温雅中又透露着干练的漂亮小姐姐,似乎可能会是他们的救命稻草。即便认识俞也那么长时间,他们从来没见过有谁能治得住他。别说治住了,就连能让他稍微听进句话的也屈指可数。

于是吴瑞壮了胆,指了指身后其他人手里提着的小黑箱,捏着嗓子说:"也哥,我们昨天都认真准备过了,现在能进你屋里和你说吗?"

"不能。"

吴瑞抖了抖手,继续问:"那在你屋外面说,行吗?"

"你说呢?"

吴瑞快哭了,他求助似的将目光投向了葛星宜。即便他很清楚,葛星宜也不一定会帮他们说话;就算帮了,也不一定会起作用。

谁知道,下一秒,奇迹发生了。

只见葛星宜叹了口气,望着俞也,语气不徐不疾的:"大热天的,一大清早就在门口这么罚站着肯定不好受。既然他们来都来了,也把大家都吵醒了,就让他们进屋里去说吧。"

就在吴瑞和其他人一致以为俞也会回一句"关你什么事儿"的时候,他们的也哥居然……沉默了。

过了半晌,俞也竟真的微微侧了身,冷冰冰地冲着吴瑞他们道:"进去最里面那间屋。"

所有人如蒙大赦,拎着手里的东西,跌跌撞撞地赶紧往院子里冲,生怕他又改主意。吴瑞走了几步,还不忘回过头,吸了吸鼻子,特别大声地冲着葛星宜喊了句:"谢谢你,小姐姐,你简直就是观音再世!"

言布布等人在后面瞬间爆笑如雷。

就当葛星宜以为俞也会跟着他们一块儿回屋的时候,他却站在原地,一动不动地盯着她。她被盯得有点儿摸不着头脑,忍不住问道:"怎么了?"

俞也说:"你还困吗?"

100

她顿了顿，说：“不怎么困了。”

这大早上的，被吵醒的时候葛星宜四肢百骸都还透着懒劲儿，但经过俞也和他的小跟班们这么闹了一出，她反倒彻底精神了。

俞也神色几不可见地变温和了些许：“那我们一块儿吃个早饭？”

葛星宜着实愣了一下。

他的目光一如既往地清冷，看过来的时候，却让她的心又开始不明所以地加快速度跳了起来，跳得她一阵口干舌燥。

见葛星宜一直没说话，俞也又问：“太早了吗？”

"不是。"她不自在地抬手挽了下耳旁的碎发，微偏过脸，"你朋友不都还在等你吗？"

俞也回过头去看了一眼吴瑞那几个傻愣愣地戳在后罩房门口的情景，语气非常干脆："那就让他们继续等着。"

等葛星宜回到屋里，在厨房煎荷包蛋的时候，她咬着唇侧头看了眼客厅沙发上坐着的俞也，还是觉得有点儿不太真实。

昨晚说好今后要每天一起吃早饭、晚饭之后，她以为怎么着都得等到周一再开始。却不料，周日的早上七点都不到，他就已经坐在她屋里了。而且，在等她做完早饭之前的这段时间里，他就始终这么干坐着。明明自己进厨房前说了让他自便，还把电视遥控器放在他面前的茶几上，他却根本没有一点儿想要打开电视的意思，也不玩手机。

葛星宜早就发现了，作为一个年纪看上去应该同她差不多大的人，俞也完全没有一点儿依赖手机和互联网的症状。要知道，当代年轻人，个个都是手机从不离身的，吃饭、睡觉全都搂着、抱着。要不是两人发过微信，她都要怀疑他到底用不用手机了。这个人，怎么会那么神奇啊？

葛星宜一边用小锅铲将荷包蛋翻了个面，又不免想到了方才拎着黑箱子来找俞也的吴瑞等人。其实比起朋友，那些人看到他怕成那样，她感觉他们似乎更像是他的下属。她很好奇，俞也究竟让吴瑞他们帮着他做些什么呢？难道他们也和他一样，生活作息如此日夜颠倒，活得像个吸血鬼，成天睡不醒吗？

于是，那个一直以来都困扰着葛星宜的问题，再次通过今早的乌龙浮出了水面——俞也到底是做什么的？

因为想得实在太入神，葛星宜将火关了之后，还一直盯着锅里的荷包

101

蛋发呆，直到一道低冷、好听的男音在她耳后跃然响起。

"怎么了？"

不知什么时候，俞也已经从客厅走到了她的身侧。葛星宜听到声音才蓦然回过神，手里的小锅铲下意识地一松，"哐当"一声掉落在了地板上。她侧过脸对上刚刚脑内所想的正主的视线，目光不禁有些许的慌乱："啊，没什么……"说完这话，她就想要去捡地上的小锅铲。

却不料，俞也已经先一步弯下了腰。他将小锅铲捡起来后，长臂一伸，顺手就打开了流理台的水龙头。水声"哗哗"地响起在了安静的厨房里，他低垂着眼眸，将小锅铲递到水流下，骨节分明的手拿了旁边的海绵去细细清洗。

因为两人挨得很近，葛星宜能很清楚地闻到他身上清爽好闻的味道，也能看清他好看得都有些不太真实的面容。每一毫，每一寸，都完美无瑕。

她向来不是个痴迷美色的人，和人相处时也从不以貌取人。但那一瞬间，她的脑子里忽然闪过一个令自己都倍感惊讶的念头——面前的这张脸，应该算是她的理想型了。不过，谁的理想不是找一个长得那么好看的男朋友呢？

下一秒，"男朋友"这三个字，忽然将葛星宜一下子拉回到昨天俞也离开时最后说的那句话上。

他说，他先前说的有句话是认真的。

如果没记错的话，当时他们在谈还债的事情时，他说的那句让她当场人傻了的话应该是——你可以把我当成你的男朋友。

反射弧终于派上用场的时刻，葛星宜的脸颊登时热得一塌糊涂。她其实很想去揣测他当时的语境是不是在开玩笑，但又觉得，面前这人的身上，可能连一点儿开玩笑的因子都不带。毕竟这人连话都不爱多说几个字。

俞也冲洗完了小锅铲，关上水龙头，用小锅铲将锅里的荷包蛋一一装进餐盘里。葛星宜就这么静静地看着他，直到他将小锅铲放下来，才深呼吸了一口气，缓缓出声道："俞也。"

他看向她。

"你……说话算数吗？"

话音回荡在厨房里。

葛星宜觉得自己其实算不上是一个特别勇敢、胆大的人。应该说，年少时的她或许曾是那样的，明亮耀眼，跑起来的时候身上仿佛都带着光；但后来因为某些原因,她发生了些许变化,比起出挑,她更想深埋在人群中不被发现、注意。

虽然成年后在工作上,她总是能够给出最果决的方案和想法,快速地做出决策。但在情感生活中,她却并非如此。说得透彻点儿,就是她有些畏惧感情,也有点儿情感滞后,甚至觉得自己并不是那么地招人喜欢。但当真的拥有了感情,她又比谁都想要去抓住,因为她特别害怕失去。也因此,先前她有过一段非常不好的感情经历,那段经历之后,她就变得更恐惧和男性产生情感联系和信任了。

但随着俞也忽然闯进她的世界,她发现,即便这个人那么神秘又奇怪,浑身上下哪里都是谜团,自己好像也一点儿都不害怕他,还愿意和他慢慢熟稔、亲近起来,甚至主动提出要和他一起吃饭。他说话每每都是那么直接,她竟也不觉得讨厌,同时还觉得挺安心的。因为她觉得他那些直接的表达,都是他心中真正所想,不存在丝毫欺骗和隐瞒。他敞亮亮地将自己放到她的面前,任由她看,一点儿都不怕让她看到自己最真实的样子。

所以,她渐渐产生了一种想要看到只有自己才能看到的他的想法。

俞也望着葛星宜,墨色的眸子在窗外透进来的日光里显得格外熠熠。过了片刻,他才开了口,语气听上去竟有些别样的温柔:"算数。"

葛星宜听到后不禁咬了下唇,感觉自己的脸颊变得更烫了点儿。

"但我其实还不是很了解你。"沉默片刻,她手指轻轻地撵着流理台的边角,蜷曲起来,"应该说,是根本一点儿都不了解你。"

俞也注视着她,问:"你想了解哪方面?"

她想了想,说:"所有。"

"比如?"

"你的职业,你具体在从事什么工作,为什么你的生物钟会那么特别?"

"嗯。"

"还有你的喜好,平时都喜欢做些什么。为什么你不太玩手机,也不看热门电视剧、电影那些,以及……我们以前是怎么认识的,在哪里认识的,有过什么样的交集?"

原本她其实还想问,为什么要这么帮她,但想了想,总觉得这个问题问出来似乎哪里有些奇奇怪怪的。

俞也一一听了进去,似是将她的疑问思考得很认真。过了良久,他开了口，声音又温柔了几分："还有吗？"

葛星宜眨了眨眼，有些不好意思地说："你的朋友或者情感经历？这些你想不想说都可以。"

俞也轻敛了下眸子。

下一秒，在她的注视下，葛星宜忽然感觉到他的身体微微前倾，几乎将自己整个人都笼进了他的影子里。而后，她就看到他低了头，漂亮的眼眸一眨不眨地看着她，薄唇一开一合："这些要是我都回答了，能得到什么奖励吗？"

第五章

柠檬派

目送着葛星宜和俞也进了主厢房后,言布布激动地拉着孟恬的手,一阵上蹿下跳。

"看到没有?我就说也哥对宜宜绝对有兴趣!快叫我'国服第一预言家'!"

孟恬笑得前仰后合,连连朝她竖大拇指。身旁的江挽川望着主厢房紧闭的屋门,冷不丁地来了句:"我想起来了。"

孟恬回头看他,诧异道:"什么?"

"我终于想起来,以前是在哪里见过俞也了。"

两个姑娘听了这话,都瞬间提起了兴趣,异口同声地问道:"在哪里啊?"

江挽川弯唇笑了下,不徐不疾道:"几年前,在长川的一个慈善晚宴上,要是我没记错的话,他好像是当天那个慈善晚宴里最大的富豪。"

言布布和孟恬听了这话,双双瞪圆了眼睛。

俞也是最大的富豪?这怎么可能啊?先不提他平时那个大门不出二门不迈,和人碰见的时候不是刚睡醒就是在要去睡觉路上的作息,也不说他成天把自己裹得像个木乃伊、活得像吸血鬼一样的奇怪行径,单单就说他住在这个四合院最里面的那间屋子,他就怎么看怎么都不像个富豪啊!

富豪的生活,不应该都是住在金碧辉煌的顶级公寓里,身旁有美人陪

105

着，面前摆着满汉全席，手拿红酒杯，身穿华贵服饰，笑看落地窗外的风景吗？就算没有那么奢华铺张，也至少该是住个独栋别墅，身边不乏各种人好生伺候着吧？

孟恬冷静了几秒，一把抓住了江挽川的手问道："你确定没看花眼？"

言布布就更直接了："会不会是同名同姓的另一个人啊？"

江挽川哭笑不得道："我虽然年纪不算太小了，但至少还没有到老眼昏花、耳朵也不好使的地步。"

江挽川名下有一部分做慈善的版块一直在运营，所以他这些年慈善活动参加得不少。而之所以依然能够想得起来当时的事，是因为那一年在长川举办的那个慈善晚宴，算是他历年来参加过规模最大的了。

当天娱乐圈里有头有脸还和慈善搭边的明星几乎都来了，不仅如此，主办方还请来了国内最有名头的慈善家，以及各界数一数二的大亨。江挽川当时在开场前和人寒暄过后，就基本隐在餐桌边没怎么动过。酒过三巡，他却观察到有络绎不绝的人都在往最靠前的那一桌涌过去。

当天他身边坐着的，是圈里为数不多和他私底下关系十分交好的顶流男明星芮疏予，以及他的太太桃心，这对声名显赫的夫妻算是现在全民都喜欢的超人气明星夫妻。

闲来无事，他便随口问了一嘴："他们这都是上赶着去跟谁搭话？"

芮疏予向来性子冷又鼻孔朝天，耸了下肩表示毫不知情，倒是桃心从丈夫这边凑过来半个脑袋，热心地给江挽川解惑："他们都是去拍一个顶级富豪的马屁。"

"顶级富豪？"

"嗯。"

"有多顶级？"

在这个场子里的，就没有不富的。随便拎一个出来，身家报出来都能吓死人。

"有钱到几辈子都花不完。"

桃心估计也是从别人那儿听来的八卦，讲起来头头是道："关键是，这富豪不是靠祖上基业，也不是靠爹靠娘，真真是白手起家、靠自己本事赚来的，而且听说他年纪还跟我们差不多大呢。"

跟他们差不多大的年纪，却已经赚完了几辈子都花不完的钱？

江挽川听了也略有些讶异。

"你猜猜,他赚到那么多钱,才花了多长时间?"

"五年?"

桃心比了个"V"说:"两年。"

江挽川直接竖了个大拇指:"他是做哪方面投资的?"

"具体怎么赚钱的我不清楚,因为这人平时特别低调,一年到头都在做慈善也从不拿出来宣扬。这好像是他头一回出来露面,听说主办方是费了好大的劲儿,好说歹说才把人请过来的。"

桃心说话时,还顽皮地用手指拨弄着芮疏予的鬓发。

"说得夸张点儿,能见他一面好像比登天都难。我估计这些人都是从主办方那边听到了风声,所以才抓紧机会去和他搭话,想看看能不能谈点儿合作,或者从他身上捞点儿什么好处。"

一直默默旁听着,没有开过口的芮疏予这时终于冷冷淡淡地开了金口:"他叫什么名字?"

桃心想了想道:"好像叫……俞也?"

江挽川朝主桌的方向又看了一眼,压低了嗓音:"找他谈合作我能理解,但为什么有那么多女明星也往他那边挤?"

别说其他桌了,就他们坐着的这一桌,有一半以上的女明星都往这个叫俞也的顶级富豪那边去了。

桃心乐不可支地捂了捂嘴:"抱歉,我还漏了个关键信息没说。"

江挽川和芮疏予都朝她看过去。

"这个俞也,"她伸出食指,朝他俩轻轻点了点,"长得啊……跟你俩比,都难分上下。有颜有钱还低调,你说她们能不往那儿挤得头破血流吗?"

江挽川其实不是个对外界很有好奇心的人,但或许是因为桃心将这个叫俞也的顶级富豪描述得着实非同一般,在离席之前,他还是特意往主桌的方向绕了个圈儿去停车场,想看一看对方究竟是个什么样的人。

也真是凑巧,这位顶级富豪大概是被人围疯了,也不想顾面子。江挽川走过去的时候,对方恰好冷冰冰地扔了餐布,从座位上霍然起身,也要提早离席。会场敞亮的灯光下,江挽川侧目看过去,便看到了一张面无表情但又精致绝伦的脸庞。

然后,这个叫俞也的男人,便不顾众人的围堵,迅速消失在了会场里。

因为就只见过那一次,之后的几年里,在任何一场慈善活动或晚宴上俞也都没再出现过。所以一开始在四合院里和他碰上,江挽川也一直没认出

107

来，只是觉得好生眼熟。

孟恬原先听江挽川说对俞也眼熟的时候，其实一直觉得他是把俞也和哪个男明星搞混了。但直到今天听完了整个故事的来龙去脉，才开始真的相信，原来他们心里的"吸血鬼"，还真是个隐形富豪。

天底下怎么会有像俞也这样的大富豪啊？

言布布性子直，这时托着自己已经快要掉下来的下巴，瞳孔地震地说道："我现在脑子里只有一个问题，为什么大富豪要和我们一起在这儿租房子住？"

孟恬和江挽川对视一眼。

对，为什么啊？

主厢房。

葛星宜此刻被大富豪半拦在流理台边，进退两难，半张脸都红了。

刚刚俞也问她想要了解他什么方面，自己也没多想，只是把心里憋了好久的疑问都一股脑儿地扔了出来。想着无伤大雅，也算是朝彼此走近的必经一步。却不料，扔完之后，他直接给她来了一句——我要是把这些都告诉你了，你愿意给我什么奖励？

这位俞也先生，你是幼儿园小朋友吗？怎么回答个正常问题，还要找老师要奖励呢？

不知过了多久，葛星宜咬了咬唇，终于轻声开了口："那你想要什么奖励？"说这话的时候，她竟然发现自己都不敢同他对视。因为话音落下的瞬间，她觉得听在耳里简直暧昧极了。

俞也目光一眨不眨地落在葛星宜的脸上，顿了几秒，他说："我每天想要的奖励都不一样。你想要知道的，我都会慢慢告诉你。"他今天似是心情极佳，嗓音听起来又更低、更温柔了些，"但你得先想好给我什么奖励。"

俞也的手臂撑在葛星宜身侧的流理台上，和她挨得极近，她只要稍稍动一动，半个身子几乎就能靠到他的手上。但即便他们现在都没有触碰到彼此，她都觉得他身上的气息已经完完全全融进了自己呼吸着的空气中。

这个很长一段时间都只有她一个人的私密空间里，如今突然出现了这样一个男人。他就这么在她的默许下一步步侵占进来，慢慢在各处留下自己的痕迹，等她反应过来的时候，却发现自己居然都已经适应了，且一点儿都不反感。这事儿还真不能细想，再细想下去，她耳根都要烧起来了。

过了半晌，葛星宜深吸一口气，不自在地将脸侧了侧："我想不出来。"

"那我替你想。"俞也顿了顿，终于往后撤了一步，而后将流理台上装着荷包蛋的餐盘端了起来，"今天的奖励，等我送走外面那帮笨蛋，我还想和你一起吃午饭。"

这话听起来，好像也不是什么特别过分的要求。她没多加思索，便轻点了下头。

见葛星宜答应下来，俞也脸上的神情看起来似乎更松快了些。

等两人回到客厅的餐桌边，葛星宜刚在他身边的椅子上坐下，就听到他冷不丁开了口："我先回答你最后那两个问题。"

然后，在她看过来的同时，俞也抬起手，往门口的方向指了指："朋友，外面那几个傻子算一部分。其他的，未来有机会我都会介绍你认识。至于情感经历……"

他放下餐具，抬眼要看她的时候，忽然将脸庞凑近了过来。葛星宜一动不动地看着这张简直可以用来"杀人"的俊脸凑到离自己如此近的地方，觉得一瞬间呼吸都要停止了。

这样的距离，让她能将他鸦羽般的睫毛、明亮黝黑的眼眸、挺拔的鼻梁，还有又薄又翘的唇……无一不看得清清楚楚。而且，这人的皮肤也太好了吧？说是吹弹可破也不为过。可是，一个作息那么颠倒的人，怎么能不长痘、不长皱纹，也没有黑眼圈呢？这不合天理啊！

在葛星宜已经被近距离的美色"杀"得魂飞魄散的时候，更刺激的来了。只见俞也伸出了两根手指，往她左脸颊靠近耳朵的地方轻轻捻了捻。他的指尖有些凉意，触过来的时候，她不自觉地往后缩了缩，但也没有完全躲开。他手指的温度通过她的皮肤传递过来时，葛星宜觉得自己全身上下的每个细胞仿佛都能感知到，开始了无声而又肆意的叫嚣。

这个靠近的过程其实很短，大约是她脸颊上沾到了什么灰尘或者碎毛那样的东西，俞也取了之后，手便松开了。但葛星宜浑身僵硬地坐在椅子上，依然能够听到自己的心在那边狂跳不止，甚至连个停顿的间隙都没有。

而下一秒，始作俑者却仿若无事发生那样拿起了自己的刀叉，不慌不忙地续上方才还没有来得及说完的那半句话："我没有。"

我没有情感经历。

刚被撩得半身发麻的葛星宜："……"

你觉得我信不信呢？

因为跟江挽川和孟恬在大门口八卦俞也是隐形富豪的事情太投入，言布布差点儿都忘了自己今天是要去医院轮班的。等她发现时间已经快要来不及的时候，只能匆匆忙忙地跟他们道了个别，几乎是飞奔回西厢房洗漱、换衣服，而后冲出家门。

上了车后，她拿出纸巾擦了擦自己额上的汗，神色又不自觉地颓丧了下来。

其实昨晚和魏然打完电话后，言布布失眠了一整晚。作为一个从小到大都没心没肺，甚至连高考的那几天早上都睡得哪怕旁边敲锣打鼓都吵不醒的人，她算是头一回体验到了什么叫作"恋爱催人老"。因为一直在不断地想着惠熠的事情，她连觉都睡不着了。

等到了医院，言布布马不停蹄地换下衣服，便一头扎进了工作中。

也不知道是怎么的，今天他们科室一连收了好几个住院病人，且都是排队等着明天一大早做手术的，前期一大堆准备工作需要忙活。工作的时候，她还悄悄地伸长了脖子到处找惠熠，找不到人，又因为心里有鬼，不好意思问别人他在哪儿。

就这么一直忙活到了午休的时候，言布布才发现，自己好像一早上都没看到过昨晚一夜未归的惠熠。

回到护士台后，她接了个电话，就看到郭扬过来了。

"你来了。"她从座位上起了身，冲郭扬摆了下手，"你来替我一会儿，我外卖到了，得下去拿一下。"

谁知，平时一直都笑嘻嘻的郭扬，今儿的脸色似乎有些许的微妙。

言布布倒是没看得那么仔细，拿了卡就要往电梯间走，却被郭扬一把从后拖住了手臂。她被扯得一顿，狐疑地回过头问："怎么了？"

"那个……"郭扬欲言又止，"那个，你先等等再下去拿外卖。"

言布布满头问号。

郭扬的眼神往电梯间的方向接连瞟了好几次，干脆将人连拖带扯地弄回了护士台。言布布差点儿都被她弄得绊一跤，无语地看着她问："你到底要干什么？中邪了？"

郭扬见四周没什么人，才幽幽地叹了口气说："我让你别过去，是为了你好。"

"为什么？"

"因为你男人在那里……和别的女人一块儿。"

那个"你男人"听在耳里,言布布一时还没反应过来,过了片刻,才意识到郭扬指代的对象是惠熠。

"惠熠和别的女人在电梯口?"

"嗯……"

"那又怎么样?他又不是只能和我这一个女的说话,医院里每天有那么多病人和医生呢。"

"但现在在跟他说话的这女人既不是医生,也不是病人,算是病患家属。"

言布布用她一宿没睡的猪脑子思索了几秒后问:"所以呢?"

郭扬抬手抚了下额头,只能将事情从头说起:"昨天晚上,有个老爷子被送到医院来抢救,因为情况有些复杂,惠医生被临时叫来主刀。手术进行了很长时间,幸好清晨人总算被救回来了。不过老爷子年事已高,即便人暂时脱离危险了,但各种老年病堆积在一块儿,能坚持的时日也不多了。"

言布布将这些话消化了一下:"惠熠应该直接把情况都跟家属说明白了吧?"

"对。"

"然后呢?"

"然后家属的心态就崩了呀……"

这事儿其实在言布布听起来没什么特别的,毕竟惠熠这人确实如他自己所说,在工作中向来喜欢把好的坏的都说明白,哪怕家属不能接受,他也从不喜欢撒谎。

于是,她耸了耸肩道:"病人家属心态崩了你扯我干吗?我又没崩。"

郭扬抛下一句:"病人家属是惠医生的前女友。"

言布布:"……"

郭扬你是真会断句啊,最关键的信息喜欢放在最后说是吧?

上一秒言布布刚说自己心态没崩,下一秒听到这话,她就感觉自己自从昨晚以来本就摇摇欲坠的心态瞬间崩得四分五裂。和郭扬大眼瞪小眼了片刻,她不死心地问了句:"你怎么知道那是他前女友?"

"因为那姑娘一冲进医院就想往惠医生身上贴,被他挡了之后,沈医生开玩笑地问了句是不是前女友,他点了下头。"

言布布静默五秒,转过身就要往电梯间走。

郭扬疯了,死命地拽住她道:"言布布,这里是医院!你可别乱来!"

"我不会乱来的。"她这个时候居然还有心情扯着嘴角笑了笑,状似冷静地将郭扬的手从自己的手臂上慢慢拽开,"我就是想看看……"

她就是想看看,他以前喜欢过的所谓年上的姐姐,究竟是什么样子的人。是不是既漂亮又有气质,是不是笑起来春风拂面、哭起来梨花带雨?是不是和她之间存在着鸿沟一般的差距?

她只是想看看而已。

郭扬似乎也感受到了她心里的情绪,没敢再拉,满脸担心地目送着她拐过弯儿。

言布布走着走着,越发觉得自己头重脚轻,到最后勉强抬起手,用工作牌刷开了门,走进电梯间。电梯间里此刻有几个病人在等电梯,而在电梯旁的几张休息椅上,坐了两个人。其中一个是惠熠,他头上还戴着进手术室要戴的无菌手术帽,神情看上去多少有些疲惫;而在他身边,正坐着一个巴掌脸、黑长发的大美人。此刻大美人半低着头,"啪嗒啪嗒"地掉着眼泪,纤细的手则紧紧地攥着自己的膝盖。而她的身体,有意无意地在往惠熠那边晃。

这种事在医院里几乎每天都有发生,稀松平常,言布布也不是没有看到过惠熠安慰病人家属的模样。只不过,因为知道面前这个病人家属同他并不是完全单纯的医患关系,这场面看起来就多少有些刺目了。

惠熠这时看了眼身边的女人,说:"生老病死都是人生常态,我知道你和你爷爷感情好,但结果还是要接受。"

女人吸了吸鼻子,身体又更往他那边靠了靠,声音里还带着娇嗲的倔强:"我不想接受。"

他往旁边让了让后,干脆直接起了身。

女人感觉到了,仰头看着他问:"你要走了吗?"

惠熠的语气虽然听上去是温和的,但细听又和平日里有些不同:"你应该去病房和你父母交接班,他们已经陪你爷爷很久了。"

女人眼圈红了红:"惠熠,你就不能再多陪我一会儿吗?我心里是真的很难受。"

惠熠垂眸看着她,刚想说话,就听到一道声音横插了进来:"医院里并不是只有你爷爷一个病人,惠医生还有很多事需要处理。"

两人同时侧目望过来,说话的言布布就站在离他们几步远的地方。看到她的时候,惠熠的眸子几不可见地一亮,不自觉地往前走了几步。

黑发美人看到了他的动作,有些不高兴地咬了咬牙,从椅子上起身,语气不太好地反问道:"稍微再耽搁几分钟也没什么不行的吧?难道他现在是有什么紧急的事必须要去做?"

"你不在医院里工作,自然不知道时间就是生命。"言布布捏着自己的手心,额头上在不断地冒着冷汗,"每分每秒都要争取,没那么多奢侈的时间可以耽搁在这儿陪你聊天。"

黑发美人听了这话,蹙起眉头,连声音都拔高了:"我找的是惠熠又不是你,你在这儿替他瞎操什么心?"

"袁菁。"惠熠这时直接打断了黑发美人的话,面色也完全不同往常地彻底冷了下来。

名叫袁菁的黑发美人看到他的脸色后一怔,顿时更委屈了,手指着言布布,脸冲着他说:"难不成你和她有事儿?"

惠熠没说话,一副完全默认的模样。

"惠熠,你怎么现在连同事都搞了?"袁菁本来心里情绪就多,这会儿简直完全上头了,什么话都不经大脑思考地往外冒,"而且,连这一挂的你都要?"

因为他们说话的声音有些大,旁边等电梯的病人都朝他们看了过来,在那交头接耳。

言布布感觉到自己的眼前已经开始慢慢地散发出大片的黑,因为一晚上没有睡,再加上一早上都滴水未进,她的身体已经在发出最后的警报。但她还是强撑着,站在原地挺直背脊,不想让袁菁看低自己。

喜欢这种情绪,会把人变得像花儿一样艳丽绽放,也会像泥泞一样黏稠不堪。因为太过在意,所以才会产生种种不那么好的情绪,比如嫉妒,比如占有,比如固执,比如冲动。比如,此时此刻,明知自己看上去哪里都不如面前的黑发美人,明明还未曾得到过惠熠一句对他们关系的确认,她却还是想要站在这里,倔强地与对方交锋。

喜欢一个人有错吗?哪怕曾经他对她而言似乎是那种永远不会有交集的人,但现在既然他已经给了她南瓜马车的梦想,她就还是想要喜欢他,还是想要他成为自己的。她想要勇敢地去实现她的童话梦。

"你没有资格在这儿说她一个字。"袁菁话音刚落,就见惠熠直接面无表情地抬手指了指电梯,"请你离开这里。"说完这话,他似乎连看都不想多看袁菁一眼，抬步就要往言布布那边走去。

言布布张了张嘴，一阵心跳如雷。

袁菁气急败坏道："惠熠你说清楚，你和她到底是什么关系？"

言布布看得着急，也抬了步子，想要过去帮忙。结果谁知道，她刚往前走了一步，就觉得一阵头晕目眩。下一秒，她便眼前一黑，身体一歪，朝地上跌了去。

四合院，主厢房。

葛星宜坐在餐桌边，用刀叉吃着餐盘里的荷包蛋，整张脸还是滚烫滚烫的。她能感觉到身边的人和她一样在慢条斯理地吃着盘子里的荷包蛋，同时还用漂亮的手拿了牛奶在喝。细细一听，还能听到他喝牛奶的时候，喉结轻滚发出的"咕咚"声。

周末的早上，和一个非亲非故的男人在自己家里共进早餐。天哪！她当时怎么会脑袋一热，向他提出这样的邀请的？

得亏是碰上这么个直脑袋，要是换作别的男人，指不定会把她这个邀请往旁的地方去想，到时候真要发生点儿什么，还都得怪她自己了。

葛星宜恨不得就地挖个坑把自己埋进去。

好不容易将这顿磨人的早餐吃完，俞也替她将餐盘和杯子洗干净，准备回去和吴瑞他们谈事情。她眼看着他走到玄关，想到他过会儿还要来吃午饭，晚上还要来吃晚饭，下意识地就说："等会儿你想出去吃吗？如果你不想在家里吃，出去吃也行的。毕竟我厨艺也就这样，怕你多吃觉得不喜欢。"

其实她很想说，要不你行行好，自己出去吃两顿呗？毕竟他从早到晚待在这儿，她烧菜倒是不累，就是小心脏真的被撩得有点儿受不了。

俞也回过头，看着葛星宜言简意赅地扔了三个字："在家吃。"

"还有。"他顿了顿，又低低说道，"无论你做什么，我都会觉得好吃。"

葛星宜听完这句话，觉得自己刚退去热的脸庞又迅速开始升温了。这人方才斩钉截铁地说着自己没有情感经历，但是也就这么会儿工夫，她已经被他撩得晕头转向好几次了。偏偏说这些话的时候，某人都是冷着张脸的，跟他说"我怕冷"用的是同一个表情。看上去，也并没有一点儿在调情的意思。

见她对自己说的话没有反应，俞也也不介意，这时自顾自地穿上鞋打开了屋门。葛星宜望着他的背影，张了张嘴，最终挫败地叹了口气问：

"那……你有什么特别想吃的菜吗？我等会儿去超市采购的时候顺便买了。周末的早上，附近超市正巧有大减价，早点儿去排队的话，可以多买到点儿。"

她在工作上确实算是做得挺出色的，也幸运地遇到了好老板和好团队，工资给得不少，养活自己一个人绰绰有余。但后来因为身上背了债务，多富余的工资减去债务后，也基本所剩无几。所以这两年，她过得算是挺拮据的，能省下来的地方就尽量省。在生活上，也会多动点儿脑子盘算一下，开源节流。

听了这话，俞也往外走的动作忽然顿了顿。他回过身，沉默两秒，开口问道："超市大减价几点开始？"

葛星宜看了眼墙上的挂钟说："九点。"

俞也点了下头，走出屋门，却没有立刻把门合上。

吴瑞他们几个在院子里顶着大太阳等了老半天，满头大汗，后背都全湿了，也没人敢去催俞也。先前俞也就这么在他们的眼皮子底下，跟着那个漂亮的房东小姐姐进了人家屋子，然后……就没有然后了。他们虽然很想过去敲门问一句能不能让他们先进屋子里等，但转念一想俞也对于室内温度的要求，他们又觉得还不如等在太阳底下。

有俞也在的房间，和外面的大热天能有什么区别？反正死活都是中暑，还不如死在外头，至少招不到某人的嫌弃。再说了，这可是他们这么多年以来头一回，看到他们也哥和一个女孩子说超过两个字的话。不仅如此，他甚至还愿意听进去对方讲话。这种天方夜谭发生在眼前，他们真是不想活了才会敲门去催他啊！

这时见俞也终于从主厢房出来了，吴瑞等人立刻一阵欣喜地迎上去："也哥，你居然出来了！我们还以为你……"

"还以为我什么？"

另一个黑衣小伙朝吴瑞的手肘猛撞了一下，吴瑞赶紧把嘴边那句"还以为你和小姐姐玩得乐不思蜀"咽了回去，磕磕巴巴地换了句："我们还以为你没忙完呢……"

俞也站在主厢房门口，扫了几人一眼，淡声说："给你们半个小时能讲完吗？"

吴瑞听得一怔，和旁边几个兄弟面面相觑了几秒，回过头，表情有些为难："我们昨晚准备了挺久的，有好些个要说，不知道半个小时能不能说完……"

"你们那些破计划，半个小时足够了。"

吴瑞等人："……"

俞也这时回过身，对屋里的葛星宜说："给我半个小时。"

葛星宜一脸茫然。

"我陪你一起去抢大减价。"

辛辛苦苦等了好久、以为终于可以安安心心谈正事的吴瑞等人心态直接崩了。

原来你只肯给我们半个小时的时间，就是为了陪小姐姐去逛超市？

言布布在电梯间晕过去之后，觉得自己的状态有点儿像是喝醉酒后的断片。因为其实有几个瞬间，她好像是能够短暂而又迷迷糊糊地看到面前的场景，也是能大概听到耳旁他人说话的声音的。

其中有一个场景，是她看到惠熠和郭扬都蹲在她的面前，焦急地叫着她的名字。她很想开口回应一声，却发现自己根本连说话的力气都没有。后来没过多久，她就感觉自己好像被人温柔地抱了起来，身体随着跑动略有些颠簸后，她就被从冰冷的地面移动到了一个较为柔软的、应当是床铺的地方。

言布布尝试了好几次，很努力地想要把眼睛多睁开一些时间，却发现自己的眼皮仿佛有千斤般沉重。而且，她觉得自己的衣服已经被虚汗全部浸湿了，身上一阵冷一阵热的。

她很想知道，那个叫袁菁的黑发美人是不是还在缠着惠熠，但她实在没力气了。她真的好饿又好困。

彻底失去意识之前，言布布似乎听到了一道低沉又好听的声音在她耳边对她说："没事的，安心睡，我在这儿守着你。"

不知道过了多久，等言布布终于彻底恢复了清晰的意识，入目处就是值班室白花花的墙壁。她轻轻动了动自己的手指头，发现右手上扎着针，正在输液，抬头看那药瓶的包装，似乎是补充营养和糖分的葡萄糖。说来也是无奈又好笑，平日里每天都是她给病人打针，到今天却轮到了自己。

"你醒了啊！"下一秒，原本坐在一旁玩手机的郭扬听到了窸窸窣窣翻动的声音，立刻从椅子上蹦了起来，紧紧地握住了言布布的手问，"人感觉怎么样？有没有好一些？"

言布布点了点头，声音还是有点儿虚："好多了。"

"因为已经给你输了一大瓶葡萄糖下去。"郭扬说，"惠医生说，你应该是晚上没睡好再加早上空腹，犯了低血糖，所以才会突然晕过去，不是什么大问题。"

听到惠熠的名字，言布布动了动唇，似乎是想说什么。

郭扬一看她的表情，秒懂："你家惠医生刚下去给你拿粥了，就两分钟之前。"

言布布听了这话，心一跳。

"而且，在你醒过来之前，其实一直都是他在陪着你，是为了要帮你拿粥，才喊我出来暂替一下的。"郭扬回忆起来，也忍不住勾起了嘴角，"我认识惠医生那么久，好像从来没见过他像刚才那么着急。就从你晕过去开始，他的脸上就没出现过半点儿笑意和平时的从容。"

说到这儿，郭扬回头指了指值班室的门说："咱们这门根本没台阶吧？但他抱你进来的时候，差点儿凭空绊一跤，把我吓坏了，生怕你俩同时栽地上去了。"

言布布听笑了，问道："真的吗？"

"千真万确。"郭扬长吁了一口气，"从头到尾啊，都是他陪的你。替你把脉、开药，帮你打吊针，还亲自去护士台交代替你班的事儿。"

听完这话，言布布忽然产生了一种不祥的预感。她猛地低头看了眼自己身上的衣服，发现穿的不是原先的护士服，而是自己的私服。

郭扬感受到了她的眼神，顿时笑得一脸贼兮兮的："因为你出汗一下子出太多，护士服完全湿透了没法儿穿，所以帮你换了衣服。"

言布布问："谁换的？"

郭扬的嘴差点儿咧到耳朵边上去："你说呢？"

"我倒是想帮你换啊！"郭扬托着下巴，装模作样地模仿着惠熠的声音，"可是你家惠医生说了，用不着，他来就行。"

言布布觉得自己的头又开始痛了。谁知道，下一秒，郭扬又扔了句让她恨不得直接死过去的话："对了，你晕过去之后，沈医生他们也刚好坐电梯上来。大家都看到了修罗场，还有惠医生一路抱着你进值班室、忙前忙后照顾你的场面。"

言布布沉默片刻，直接抬起手捂住了自己的眼睛。

沈慷医生也算是她的老熟人了，虽然人是很好又仗义，但是有一个缺

117

点——他是普安医院知名的"大喇叭"。不管什么八卦,只要被他知道了,不出半天,整个普安上下所有科室,甚至包括搞后勤的大叔大妈也全都会知道。

言布布觉得自己现在还不如直接睡过去,永远都别再醒过来了。

就在这时,她听到值班室的门被人打开的声音。

随着郭扬那句高亢的"惠医生,你回来了,那我先走啦",然后就听到她"啪嗒啪嗒"飞速离开值班室的脚步声。随后门又被人合上,室内重新恢复一片安静。

言布布感觉自己此刻捂着眼睛的手都有些发颤,但她又不敢把手放下来。

耳旁这时传来了惠熠将手里提着的粥放到桌子上的摩擦声,随后是他轻慢的脚步声,以及他拉开床边的椅子坐下的动静。

闻着鼻息间粥的香气,言布布打算继续装死。只可惜,她只装了不到半分钟,她的肚子就发出了"咕咕咕"的叫声,回荡在整个值班室里。还特别响亮。

下一秒,她就听到了惠熠狡黠带笑的声音:"饿不饿?"

你这不是废话吗?

言布布哪里是沉得住气的人,立刻气鼓鼓地放开了手,面红耳赤地看着他道:"全世界都知道我饿了!"

他笑意更浓:"是吗?可我不知道,我什么都没听见呢。"

言布布的娃娃脸瞬间涨得通红,她摆弄着手上的吊针,挣扎着想要从床上坐起来:"那你得去找五官科看看耳朵了!"

没等她直起身子,就感觉到惠熠忽然倾身朝她靠了过来。

在言布布讶异的目光中,惠熠伸出手,将她靠着的枕头竖起来放在床头,而后把她正在输液的手放在了一个相对不会碰到的位置,再轻轻地抱住她的腰背,帮助她在床上坐正了身体。但等她稳稳地坐起来之后,他也没有松开手,而是就这么俯低着身子,将她拥进了自己的怀中。

惠熠此刻穿着白大褂,身上还带着她最熟悉的医院消毒水味儿,她却忽然有一种不太真实的感觉。

其实昨晚熬到凌晨三四点的时候,言布布心里就已经做了最坏的打算——就当在海滩边发生的一切都是一场梦,无论是他的拥抱、亲吻,还是告白。当回归到正常生活后,如果发现他对自己真的只是玩玩而已,那么她还是要摆正心态，继续当他的好同事。

可是现在，他们已经离开了海滩，身处在每天工作的医院里，他却还是像昨天那样，温柔又有力地抱住了她，搞得她都以为自己还停留在昨天。

言布布闭了闭眼，忽然感觉到鼻尖一阵阵发酸。她靠在惠熠的肩头，抬起手指，轻轻地攥住了他背上的衣服褶子。

"惠熠，"一室的安静里，她喉头有些发哽地开口道，"我是真的会误会的。"

如果你不是认真的，那就不要再继续对我释放任何会让我心动的信号了。

南瓜马车的钥匙，我也会还给你。

我会还的，哪怕我再不乐意。

见他不说话，她又说："我是个很贪心的人，我想要的很多。"

过了片刻，她终于听到惠熠低低地开了口："你有多贪心？"

听到他轻柔的声音，言布布觉得自己的眼前又渐渐开始模糊起来："比你想象的更贪心。"

她听到惠熠低笑了一声。而后，她就见他松开了自己，抬起那只纤长好看的手，轻轻揉了揉她发红的眼尾："那真是太好了，因为我只想要你一个人全部的贪心。"

言布布感受到惠熠的手指温柔地抚着自己的眼角，忍不住问他："什么意思？"

惠熠看着她，笑着说："要不要边喝粥，边听我慢慢讲？"

她看了一眼自己的肚子，生怕过会儿房间里又响起奏鸣曲，只能不好意思地点了点头。

惠熠将桌上粥盒的包装拆开，拿了勺子过来。言布布想用那只没有输液的手去拿勺子，却被惠熠侧着手避让了一下。

"你现在不方便。"他这么说着，已经捧起粥碗，用勺子舀了一勺吹了吹，轻轻递到了她的嘴边。

言布布愣怔了两秒，就着勺子喝了一口，吸了吸鼻子，心里一阵甜蜜夹杂着酸胀。

这就是恋爱的感觉吗？上一秒还难受得感到自己要哭出来，可下一秒又忍不住开心得想笑。酸酸甜甜，和柠檬的味道一样。

"布布，"惠熠耐心地喂她喝着粥，见她进食后脸上的血色起来了点儿,才放下碗,低声开口,"抱歉,昨天晚上我走得太匆忙了,没有好好交代想对你说的话,没顾上你的感受。"

"我能理解的。"言布布听到这话,眼圈红红地望着他,"人命关天,要是这点儿事都不懂,我也真不配做护士了。"

惠熠忽然笑着摇了摇头。

她都被他笑迷糊了:"你笑什么?"

"我笑自己太矛盾,理智上希望你懂事,但感性上又不希望你那么懂事。"惠熠目光专注地落在她的脸庞上,"我心底里居然希望你因为我走得匆忙而难过失落,甚至来跟我闹脾气。"

"谁跟你说我不想闹了?"言布布指了指自己脸上两个巨大的黑眼圈,"只不过一早上没找到你人,找到后又光顾着和你前女友吵架,吵到一半还晕过去了。"

惠熠被她逗得连拿着勺子的手都在抖。

"你别笑了。"言布布噘了噘嘴,"我这有好几件事要跟你闹呢。"

惠熠狡黠地眨了眨眼说:"一件一件来。"

"要先从哪样开始?"他这时放下了手里的碗,脾气格外好,"是按照事件的严重顺序来,还是按照时间顺序?"

言布布被他说话的方式吊起了兴趣,大眼睛忽闪忽闪地瞅着他问:"严重顺序的第一顺位是什么?"

"我们的关系,"惠熠说,"以及我真实的过去和想法。"

她点了下头,继续问:"那时间顺序的第一顺位呢?"

惠熠意味深长地看着她:"那就是昨天在海滩边发生的事情了。"

言布布愣了愣。

下一秒,她就看到惠熠忽然将脸庞与她凑得极近,嘴唇几乎都贴到了她的耳垂上。他热热的呼吸刺激着她的耳膜,瞬间引起她的阵阵战栗。只不过,这都不如他用低哑的嗓音说出的话来得让她无处可逃:"讨伐某只天然小恶魔的缺德行径。"

当时俞也说完要陪葛星宜去超市抢大减价后,就在吴瑞等人一脸惊恐的注视下,回到了自己的屋子里。

结果半个小时过去,吴瑞等人连多一分钟都待不了,就准时地被他从屋子里扫地出门,灰头土脸地拎着小黑箱恋恋不舍地离开了。

葛星宜听到动静出来开门，就见俞也静静地倚在她屋门口。她还有些不好意思，攥着手里的环保袋说："我自己去就行了，真不用麻烦你一块儿。"

却不料，俞也直接伸手接过她手里的环保袋，淡声说："我提东西。"

所以，当两人并肩一起穿过马路，往四合院附近最大的超市走过去的时候，葛星宜还觉得有些不太真实。

身边的人一如往常，穿着谁看到谁背后就会开始冒汗的黑色长袖、长裤，一副睡不醒又冷淡的欠揍模样。但因为这张脸，走在路上几乎每过一会儿，就会有姑娘一步三回头地追着看他。甚至还有胆子大的，拖着朋友一块儿上来问他要微信。俞也的回应非常统一且单调，就一个字："不。"连视线都不往人家姑娘脸上瞥一下，就跟看不到面前有人似的。

在这么被迫停下来两次之后，他有些不耐地蹙了下眉，直接从衣服口袋里摸出了口罩，想要戴上去。葛星宜在他身旁，看得既尴尬又好笑，甚至都忘了一开始他说要陪她一起来逛超市时自己的拘谨无措，开玩笑道："早知道是这样，你出院门的时候就该戴上口罩了。"

她忽然就有些理解，这个人平时为什么总要把自己包得那么严实，可能就是因为走在路上实在不堪其扰。

帅哥的烦恼，有谁懂？

听了葛星宜的话，俞也戴口罩的动作顿住了。他这时停下脚步，侧过头看向她，忽然将口罩原封不动放回了衣服口袋里。然后，他薄唇冲着她一开一合，声色淡冷："离我近点儿。"

葛星宜不明所以："嗯？"

俞也没吭声，却伸出手，轻轻地扣住了她的手腕，往自己的身侧拉了拉。原本两人之间还隔着一个人的距离，这会儿被他一拉，就只能塞得下半个人了。

葛星宜这才反应过来俞也是什么意思……敢情是拿她当挡箭牌了。她脾气好，觉得这也没什么，心里想着就当是他陪自己逛超市的谢礼。不然这一路走到超市，不知道要被上来搭讪的姑娘耽搁多久，大减价都要赶不上了。

哪知道，某人这么轻轻地扣着葛星宜的手腕后，居然不打算撒手了，抬步就往前走。葛星宜只能被迫跟上他的步伐，走着走着，总觉得哪里好像不太对劲，但又说不上来。

确实，之后一路到超市门口，都再也没有人敢上来问俞也要微信了。

他的神色看着都松弛了不少，还带了点儿她没看明白的舒心。

等进了超市，他自然地走到一旁去拿推车。葛星宜感觉自己的手腕一松，这才意识到，自己的手腕处依然残留着他手掌心的温度。他俩居然就这么一路牵着手走到了超市。虽然不是那种十指相扣的牵手，但在外人看来……应该也算是牵着吧？难怪都没人敢上来找他搭讪了。她咬了咬唇，感觉自己的耳根一下子就热了。

因为从家里走过来需要点儿时间，离大减价开始已经没剩几分钟了。葛星宜看了眼手表，暂时没心思再去细想牵手这件事，朝俞也招了下手，指了指不远处说："在那里。"

俞也推着车跟在她的身后。

两人排到了队伍的后方，葛星宜看了眼前面的人群，对他说："保佑我们等会儿还能抢到品质好的蔬菜和肉。你想吃哪些？"

俞也的眼底闪过一丝兴致："蔬菜都行，肉的话，牛肉和鱼肉吧。"

她点了下头："行，那等会儿你自己看，看到喜欢的就拿，多拿点儿没事的。"

大减价开始之后，他们跟着人群走到了卖场中心。身边的大叔大妈战斗力超群，葛星宜被挤得完全顾不上去看身后的俞也到底是什么情况，只能先专注着抢东西。想着他爱吃牛肉和鱼肉，她就先冲着这俩抢。

身边人声鼎沸，大叔大妈的叫骂声和吆喝声不绝于耳，但对葛星宜这种"久经沙场"的人来说，早已经习以为常。结果等她差不多抢完了，终于想起可能完全应付不来这种事的俞也，一回头，却没看到他的人影。刚想走出蜂拥的人群去找人，就感觉到口袋里的手机振动了起来。

葛星宜手里抱着蔬菜，手臂里还夹着肉，以一个高难度的姿势接起了电话。

电话那头的声音来自孟恬："宜宜。"

"甜甜，"葛星宜一边奋力地往外挤，一边应，"怎么啦？"

"啊，没什么大事儿。"孟恬说，"我和川哥本来想过去找你聊天的，敲了门看你不在家。"

"对，我和俞也在逛超市呢。"

那边的孟恬一顿："也哥也在？"

"是啊！"葛星宜快要走到人群边缘的时候，终于看到推着车的俞也靠在不远处一个货架旁，显得格外鹤立鸡群，"他陪我一起来抢大减价。"

听了这话,孟恬倒抽一口凉气:"你说也哥……在陪你抢大减价?"

俞也这时看到她了,迈开大步朝她走来,伸出手将她手里拿着的、胳膊里夹着的都取走,一并放到推车里去。

葛星宜跟着俞也走回推车旁,往里扫了一眼,发现他居然抢到了不少东西,甚至挑的还都是品相不错的。她十分意外地看向这个单薄又瘦削的年轻男人。

按理这人整天宅在家,一副不食人间烟火的模样,应当是对这种大叔大妈才擅长的项目十分手生的,她根本就没抱希望他能抢到点儿什么,甚至还有点儿担心他有没有被人挤扁。

"你手速还挺快的。"握着手机,葛星宜忍不住夸了俞也一嘴。

俞也看着她,意味深长地回了句:"毕竟单身快三十年了。"

这回葛星宜倒是立刻就明白了他话里的意思,却不知道该回什么,只能热着脸继续去听耳边孟恬的电话:"甜甜?"

那头的孟恬却仿佛被禁音了一样,老半天都没吭声。就在葛星宜以为电话是不是已经被挂断了的时候,江挽川磁性的嗓音从手机里冒了出来:"能让俞也接个电话吗?"

葛星宜虽然不知道这俩昨天差点儿要在她家里打起来的,什么时候居然已经关系好到能通电话了,还是将手机递给了俞也,小声说:"江挽川找你。"

俞也没什么表情地接过手机贴在耳边。

"我终于可以解释我说你眼熟不是在碰瓷了。"江挽川在那头不徐不疾的,"五年前的十一月,长川双明珠塔慈善晚宴。"

俞也听了这话,眯了眯眼,没作声。

"葛星宜应该还不知道吧。"江挽川顿了顿,"你是打算扮猪吃老虎到什么时候?"

俞也低垂眼眸,看着身旁在整理推车里东西的葛星宜,惜字如金:"她不是老虎。"

江挽川笑吟吟地回道:"确实,你比起猪,倒是更像老虎。"

"我们找她其实就是为了要告诉她这件事,但我现在想想,觉得还是由你自己选择合适的时机来亲口告知比较好。"江挽川说,"毕竟顶级大富豪不仅愿意屈居在四合院的一间小小屋子里,还都做到陪着一块儿去抢超市大减价了,此等用心良苦的情趣,真是感天动地。"

123

"俞也，别人的闲事我向来不爱管，只是葛星宜待甜甜好，又是个好姑娘，我们都不忍看到她受伤害。"江挽川道，"我相信你应该不是为了好玩才做到这种程度的，要是追到了，一定好好对她。"

俞也捏着手机，语气冰冷："那还用得着你说？"

"行，俞大富豪，那我们就不打扰你了，你们慢慢逛。"

"别这样叫我。"俞也额头的青筋跳了跳，他压低嗓子，难得多蹦了几个字，"江挽川，我发现我是真不喜欢你。"

江挽川尾音带笑："因为同类相斥吗？挂了。"

等俞也将电话交还给葛星宜，她收起手机，望着他问："川哥找你聊什么呢？我怎么听到你们在那儿说什么老虎之类的？"

俞也手握住推车往收银台的方向走去，没好气地说："他和孟恬在看《动物世界》。"

"天然小恶魔"这个词一出来，言布布的脑袋就爆炸了。

昨天在酒店房间里发生的那些片段，立刻一幕幕地投影在了她的脑海里，她想装看不到都没法儿。

眼见她的脸一下子红到了脖子根，连话都回不上来，逗人的那个似乎很是满意，用手指轻捻了下她鲜红欲滴的耳垂，低声说："这个颜色，有点儿熟悉。"

言布布倒抽了一口气。

惠熠又慢吞吞地指了指自己的脖颈后方说："还有，我这后脖颈不知道为什么有点儿痛，等会儿还得麻烦言护士帮忙看看。"

她直觉不妙，从牙缝里蹦出来几个字："怎么痛了？"

"我想想，"惠熠笑着说，"好像是……被哪只磨人的小猫给咬了。"

言布布憋了两秒，没忍住，咬牙切齿地叫他的名字："惠熠。"

惠熠笑得连眼睛都弯了起来。

"到底是我闹你，还是你整我？"她又气又羞，"怎么感觉立场都反了呢？"

"抱歉，抱歉。"惠熠抚了抚言布布的脑袋，"我立刻端正态度。"

"不过，也希望你能理解我。"他话音一转，眸色更温柔了些，"对自己喜欢的女孩子，总有点儿忍不住想逗着玩。"

言布布听得心一跳，看着他张了张嘴，有些欲言又止。

惠熠望着她，这时正了色，认认真真地说："对不起，因为该说的话没及时说全，害你昨晚胡思乱想没睡好觉，早上又因为低血糖晕过去，让你受委屈了。"

其实昨天他送完她转头去医院的路上，心里就已经后悔了。因为即便她强忍住了，他还是能够感觉到在自己离开前，她那既不安又不舍的眼神。

她分明是不想让他走的，或者说，她还没有接收到来自他的、足够多的安全感，所以才会流露出那样的眼神。自己在走之前，无论如何，应当给她一个明确的交代。

清晨他忙完手术后好不容易得了空出来，本想着可以等她来上班的时候当面说出昨晚没说完的话，却又被袁菁半路截了和。

"言布布，我想要告诉你的是，其实比起你，我更害怕失去你对我的喜欢。"

言布布愣了愣，目光里带着一丝不可置信。

"昨晚在酒店房间，我理应在碰你之前把话说个明白透彻，再把选择权交给你。"惠熠说到这里，苦笑了下，"至少也该等得到了你的首肯再继续，但我没能忍住。"

言布布听迷糊了："你没忍住吗？"

惠熠敛了下眸道："要是我真足够坚定，就连碰都不该碰你。"

原本他只是想用亲吻做个试探，看看她的态度。如果发现她稍有动摇，便能立刻点到即止，那样也无伤大雅。但谁知这一试探，便不可收拾。

言布布依然一头雾水："为什么不能碰？"

"我想给你留有余地和退路。"

"我为什么需要余地和退路？"

"因为我担心你最后会后悔。"

"后悔什么？"

"后悔喜欢上我。"

"我为什么会后悔喜欢上你呢？"

惠熠沉默片刻，才道："因为我担心你无法接受我真实的全部。"

言布布听得瞠目结舌，在那儿闷声思考了好一会儿，才逐渐开始理解他真正想要表达的意思。只是，就在她还未开口说话的时候，就听到惠熠又低低开了口："言布布，从前我在感情上并不优柔寡断，也并不害怕豪赌。无法接受便无法接受吧，好聚好散便是。你如今看到的这一面，都是因为我

125

从来没有这么喜欢过一个女孩子。"

俞也一向话少,听到他给了这么一个古怪的回答,葛星宜索性也不再追问了。两个大帅哥专程通电话聊《动物世界》什么的,她反正是不相信的,那就肯定是什么她不能听的内容了。

两人往收银台的方向走了一会儿后,俞也忽然折了个弯儿,笔直地往冰柜的方向而去。

他个子高,走得快,葛星宜几步小跑才能跟上。等她追上,就发现他已经停在了奶制品冰柜前,从里面挑了一些牛奶和酸奶出来。

她从后凑了个脑袋过去,看得清楚,俞也挑的这些牛奶和酸奶,都是目前市面上口味最好的,也是相对来说价格最贵的。虽然自己很爱喝奶制品,但她平时买回家的,都是些物美价廉的品牌。这些贵的,她哪怕再想喝,也会忍一忍,安慰自己什么牌子喝起来都一样。

"我记得你喜欢杧果味?"俞也这时又拿起了一罐酸奶,侧过头看向葛星宜。

她点了点头。

俞也二话不说,直接拿了六罐杧果味的酸奶放进推车。看挑得差不多了,他又去旁边拿他最爱喝的可乐。葛星宜跟在后面,低下头看了眼推车里那些堆起来的牛奶和酸奶,在心里默默地盘算了一下总价。好在她现在已经不需要再给高利贷公司还债,每个月只需按照房租抵扣的方案给俞也还一笔钱,对她来说已是减轻了不少压力。

从今往后,他每天都要来她这里吃饭,作为自己一定意义上的恩人,她用好吃好喝的招待他,那也是相当说得过去的。

预算超就超了吧,顶多以后再省着点儿钱花,中午不去外面吃饭,自己做了饭带去律所也不是不行。肯定得先让他每天吃得开心、高兴。

等两人走到自助收银台,俞也将推车里的东西一样样地取出来扫码。扫到一半的时候,葛星宜已经拿出手机准备等着付款了。

"对了,"俞也这时忽然停下了手里的动作,侧目淡声对她说,"我有样东西忘记买了。"

"什么?"

俞也墨色的眸子里波光流转,面不改色地说:"毛巾。"

葛星宜不疑有他:"那我去帮你拿吧,你在这儿稍等我一会儿。"

她确实没想到毛巾的货架竟然在整个超市的最里面，绕了大半圈，走了好久，才走到毛巾的货架旁。毛巾的种类有不少，颜色、款式也各不相同。她刚才走得急，都忘记问俞也想要什么样子的了，于是发了个微信给他。

没出一会儿，俞也的消息就回过来了：都行。

葛星宜很无语地打字：你这跟没说有什么区别？

俞也：你挑。

她挑。

葛星宜深呼吸一口气，感觉自己的心跳又开始加快。细细一想，她好像从来没给男人挑过毛巾之类的日用品。这种事，无论怎么想，一般都只会去麻烦亲近之人帮忙吧？

因为惦记着要回去结账，她虽然几度纠结，到最后还是一咬牙，拿了一条颜色干净清爽、质量又比较好的毛巾。谁知，等她一路小跑折返回自助收银台，就发现原本应该站在原地等着她来结账的俞也已经站到了外面。

葛星宜急了，买下毛巾后，快步走到他面前问："你怎么不等我来结账？"

俞也淡定自若道："后面有人在催。"

"账单呢？"

"扔了。"

"总价多少？"

"不记得了。"

"……"

大哥，你大概才刚结完账连五分钟都不到吧？

到了此时此刻，葛星宜终于大概有些明白他刚刚为什么突然会说要她去帮忙拿毛巾了。这人应该压根就不需要毛巾，只是知道毛巾的货架在超市的最里面，想要把她支开时间长一点儿，可以让他安安心心地把账结了。

葛星宜感到心中一阵说不上来的甜暖夹杂着酸胀，她从衣服口袋里摸出手机，轻声说："这个不能算你的。"

"为什么不能？"俞也看着她，将手里拎着的环保袋朝上提了提，"这些最后都是进我的肚子，不算我的算谁的？"

葛星宜原本一脸严肃，差点儿被他的冷言冷语逗破功："你哪儿吃得了那么多？"

"我能。"他这么说着,已经准备往外走,"你得看紧你的酸奶。"

俞也说话的声音还是如往常般冷冷淡淡的,但听在耳里,却让人感到比平日里温和许多。葛星宜甚至还从里面,听出了一股亲昵感。

她心想:算了,要是自己再提转账,他肯定又会找各种稀奇古怪的理由挡回来。还是等月底给他转债务款的时候,她再悄悄地把这些食材费也都补上,多转一些过去好了。

思及此,葛星宜缓了下心跳,想去接俞也手里的袋子:"你拎太多了,很重,分给我几个吧。"

他们买了不少东西,加起来的重量绝对不轻。

俞也让了下手,低垂眼眸看着她道:"帮我个忙。"

"什么?"

"我口渴。"

葛星宜一怔,连忙从他左手拎着的装饮品的袋子里抓了一瓶可乐出来,替他拧开。

"给我吧。"

她刚想把他一只手上拎着的东西接过来,可以让他腾出手来喝可乐,就见俞也忽然低下头,朝她靠了过来。超市出口附近人来人往,在各种惊羡的视线朝她投射过来的同时,他就这么凑到她手里拿着的可乐瓶口,就着她的手去喝。

年轻男人的肤色瓷白,低垂眼帘喝东西的时候,只能看到一片长长的睫毛投射下来的阴影以及他挺拔的鼻梁。葛星宜看得一阵心头小鹿乱撞,她喉头轻咽了一下,觉得自己居然有些口干舌燥。

俞也喝了一口后,她小心地将可乐瓶往他的方向倾了倾,确保他能喝到,但又不会倾洒出来,又顾及他的身高,举着瓶子向上抬了抬,让他不需要弯腰弯得太厉害。

怎么感觉有点儿像是在给小动物投食?

俞也敛了下眼眸里的笑意,就这么喝了好几口,才轻轻让开脸说:"谢谢。"

葛星宜将可乐瓶盖盖回去,拧紧放回到袋子里,又拿了另一瓶乌龙茶打开,自己灌下去几口。她突然觉得,自己同意他陪着一块儿来逛超市是个无比错误的决定。清爽冰凉的乌龙茶流淌进喉咙的时候,她的脑子里只有这么一个念头。总感觉两个人来一趟,比她平时一个人来都要累——心跳得太慌、太快、心累。

只是,葛星宜怎么也没想到,这还没算完。两人并肩走出超市的时候,她将乌龙茶放回袋子里,想要顺手接过俞也一只手上提着的袋子。本以为这人会像先前那样不让,却没想到,他还当真松了手,将一个相对比较轻的袋子递给了她。

她接过袋子就往前走,却不料某人却将脚步停住了。

"等等。"

葛星宜不明所以地回头看去。

俞也静静地注视着她道:"漏了一个。"

她低头看了眼自己手上的,再看了一眼他拎着的是俩,满脑门儿问号:"三个袋子,没少啊。"

此刻时间已经接近中午,整个陆京艳阳高照,在他们彼此身上都投下了暖暖的光晕。周围的一切仿佛被按了静止键,只有他们两个人所处之地才是鲜活的。

俞也定定地看了葛星宜几秒,慢步上前。他将左手拎着的那个袋子并到了自己的右手,而后用腾出来的左手扣住了她空落落的那只手。

这一次,不再只是手腕上的轻微触碰,而是真正的十指相扣。

葛星宜清楚地听到了自己的心动了动。

在她微颤的目光中,俞也薄唇轻吐:"漏了这个。"

普安医院,值班室。

"我昨天的心理活动是,怕一旦说出口要你做我的女朋友,日后等你了解到更多的我,会觉得害怕、后悔,便将你置于一个进退两难的境地。"惠熠望着言布布,目光幽深,"但后来去医院的路上细想了下,其实真正害怕被抛弃的人是我才对,这些便也都成了我后退的借口。"

因为从来都没有那么喜欢过一个人,所以才会想得如此之多,反而显得行事缩手缩脚,没头没尾,丝毫没有平日里的章法和从容。因为怕最后求来的结果是拒绝,所以干脆对所作所为不置一词。

见她光看着自己不说话,惠熠笑了笑道:"你有话就直说。"

言布布叹了口气说:"从我的视角,我哪儿想得到那么多,只会觉得你是在'养鱼'(网络用语,指养备胎)。"

惠熠沉默片刻,道:"我猜沈慊应该在普安传播了不少关于我的不实传闻。"

言布布一噎。

他心中了然:"传闻说了我些什么?"

言布布将"奇怪的癖好""从小喜好年上姐姐""情感早熟、情史丰富"都一一如实交代了。惠熠全数听完,一脸的一言难尽。

她观察了一下他的脸色,小心翼翼地说:"请当事人验证一下真伪?"

"第一,在行为上,我没有什么奇怪的癖好会伤及你,只是有一些可能在别人看来较为独特的爱好。"惠熠十分坦诚,"你看到的冲浪和骑摩托车算是其中的一部分,其他的都在我屋子那个上锁的房间里,随时欢迎你去查证。"

言布布吐了吐舌头,又问:"你为什么要把那个房间上锁?"

惠熠无奈地摇了摇头说:"因为在搬到四合院之前,我爸妈有次趁我在医院值班,突然去了我当时住的地方,结果被那个房间里摆的东西吓了个半死。"

事后等他回到家,二老把他当头一顿痛批。要不是他拼死阻拦,估计二老都想把那个房间里的东西一把火全烧了。

"二老的总结发言是,我整天除了工作,就是在捣鼓这些不正经的玩意儿,不把心思用在给他们找个好儿媳上。"惠熠提及那天发生的事,就显得十分心累,"自那之后只要我不在家,便习惯将房间上锁了。就算四合院离二老住的地方挺远,我也不敢掉以轻心。"

他越是这么说,言布布就越是对那个房间充满好奇,恨不得现在就从床上蹦起来冲去倒座房一探究竟。

惠熠感受到了她的跃跃欲试,对她说:"你以后想看,随时都能看。"

言布布听了这话,也起了逗弄他的心思:"你不怕我看了之后和你分道扬镳?"

惠熠沉吟片刻,忽然抬起手捏了捏她的下巴,似真似假地说:"那你可能就会被关在那间小黑屋里,永远都出不来了。"

她冲他眨了眨眼道:"惠医生,你连情感史都还没说清楚,就想拐卖良家少女。"

惠熠勾了下唇:"首先需要澄清的一点是,我并不是因为喜好这一口特意去找的年上女朋友,而是我交往过的女孩子都恰巧比我年纪大一些。昨天说之前拒绝了我的文身师是因为她年纪比我小,那是为了要给你告白做的铺垫。我一共只交往过两任女朋友：其中一个就是你早上看到的袁菁，她是一名建筑设计师；另一个则是我念硕士时的学姐，年龄差都在三岁。"

"那你为什么会和她们分手呢？"

看早上袁菁同他相处的样子，似乎两人也并没有到撕破脸皮的地步，反倒更像还是朋友关系。以袁菁对她敌视的态度，她甚至感觉袁菁依然对惠熠心存好感。

惠熠说："我工作太忙，没时间陪她们。而且和她们在一起的时候，我一有闲暇时间，好像也更喜欢一个人待着。我的那些喜好，我略一试探，就知道她们并不感兴趣，也不想勉强她们去接受，索性不提。"

他同袁菁，以及另一个女孩子交往期间都别无二心，但或许他对她们的心动都没有到达他的沸点。所以当发现相处时争执变多，便及时喊停止损。

"我和她们交往的时间都不长，"惠熠继续说，"交往之后了解得深了，越发觉得可能做朋友更好。而且女孩子到了一定岁数，身边会有各种各样的催婚压力，耽搁不起。

"所以和袁菁分手之后，我就一直独身到现在快三年了。经过这两段恋爱，我觉得我可能更适合一个人生活的状态，并不适合和人建立起亲密的情感关系。

"我没有信心别人可以接受我的全部，无论是我的工作状态还是我的个人喜好。同样地，我也不知道能不能做到给伴侣真正想要的陪伴。"

惠熠最后这句话说完的时候，言布布竟从他的眉眼里看出了一丝浅浅的低落。此时此刻，她忽然发现，自己看到了那个平时藏在稳重又无所不能的惠医生的白大褂下，最真实的想法和内心。

看到了这些，竟让她反而感到安心、踏实。他不再是一个好像离她很遥远又耀眼夺目得不可触摸的人，真实的他，有软肋，有犹疑，有缺点，也有他的烦恼。

惠熠这时望着她，目光真挚又专注："这就是我想对你说的全部了，无论你产生什么样的想法，我都可以接受。"

言布布看了他一会儿，忽然朝他伸出了没有在输液的那只手。

"你过来点儿。"她低声叫他，"抱抱。"

惠熠愣了一下，下一刻，眸光微动，朝她伸出了手。两人一瞬间贴得极近，言布布用一只手用力地抱住了惠熠的背脊，靠在他耳边说："谢谢你愿意将这些私事都讲给我听,谢谢你对我的信任。现在,我只有一个问题,你想和我建立亲密关系吗?"

他几乎毫无停顿:"非常想。"

"那就行了。"言布布松开抱着惠熠的手,冲着他咧开了嘴,"惠熠,你听好了。我言布布,愿意做你的女朋友。"

惠熠注视着她娃娃脸上明亮的笑容,喉结轻滚:"我担心我会做得不好。"

"恋爱本就是一门学问,比起你来,我更像是菜鸟,我们一块儿在相处的过程中慢慢学不就好了?"言布布神情洒脱,"先想着不好的结果,那岂不是做什么都没精打采?

"我们都是成年人了,就算会伤心难过,也能坦然面对种种结果。因此即便我们尝试了之后觉得不合适,最后也可以再好好地道别嘛。所以呢,我不想因为那个可能不好的结果,就放弃开始的机会。这一点,我真的做不到。还有,你不用太担心我会反悔啦!"

见惠熠没吭声,她又说:"你看,我和你都在医院体系,你的生物钟我比谁都了解,不会责备你忙的。至于你那些特别的爱好,说不定我接触了之后,也都会慢慢跟着喜欢上呢?我觉得我应该还挺有潜力的。"她朝他调皮地眨了眨眼,"不然,你昨天也不会冒险把我带去海边吧?"

惠熠就这么默不作声地、定定地看了言布布好久。半响,他再次伸出手,将她重新揽进怀中,偏过头,温柔地亲了亲她的侧脸。

"言布布,"他的嗓音听起来有些喑哑,"谢谢你愿意选择我。"

他以前其实并不怎么相信什么命定之人的说法,总觉得那是一种极其可遇而不可求的存在。太美好、太幸运,便显得太不真实。

但现在,他的想法却忽然开始动摇了。

当看到她面对他时坚定又明亮的眼神,就觉得,这个姑娘的内心,可能比她自己想象的都要更强大。或许,她最后真的就是那个可以让他从一个人的状态里彻底脱离出来、这世界上最最适合他的另一半。

静静拥抱了片刻,惠熠朝言布布伸出了一只手,露出了以往敞亮不拘的笑容:"女朋友,未来的日子,请多指教。"

言布布笑了笑,也郑重地将自己的手放进了他的手心里。

"请多指教。"

盛夏炎炎，从超市回四合院的路上，葛星宜觉得自己的身上似乎挂着千斤之重。但其实她手里提着的那袋东西很轻，几乎没什么重量，重的那些全都在俞也的手里，可她却还是觉得走不动路。原因无他，她每走几步，总会忍不住去看自己和俞也十指相扣的那只手。

俞也虽然看着单薄，但力气不小。那两只装着重东西的袋子都挂在他的一只手上，他却拎得毫不费劲儿，甚至还能匀了力气出来，去认真地牵她。

男人的手掌干燥、清爽，在这样日光照射的天气下走了许久也没有出一点儿手汗，牵起来还让人感到柔软又舒服。

遇到一个红灯在路口停下之后，葛星宜再次盯着他们俩紧扣的手看了又看。这……怎么看都不太合理吧？

如果说她现在生病了或者头晕走不动路，他这么牵着她、带着她走，倒也说得过去。但事实上，她身体没有一点儿问题，根本用不着他来引路。要说他是拿她当防姑娘上来搭讪的挡箭牌，他也大可以用来时路上牵手腕的方法，没有必要做到这种情侣之间才会做的程度。

想了半天，葛星宜实在找不出任何合理的借口。可分明是那么不合理的事，她闷声观察加感受了老半天，竟还真没觉得哪里不适，也更没想着要挣脱。

更要命的是，她内心深处居然还觉得，挺开心的？

闹到最后，葛星宜反而有点儿搞不懂自己的想法了。不过，因为太专注于他们俩牵着的手，她完全没注意到这一路上自己收获了多少羡慕的注目礼。

等终于到了四合院，俞也推开大门，牵着她的手继续往里走。走到主厢房门口时，葛星宜想去拿放在裤子口袋里的钥匙，却发现自己根本没有手能拿。

"那个……"她有些不太好意思地轻晃了晃俞也依然紧扣着的手，"我要拿钥匙了。"

俞也垂眸看了她一会儿，终于松开了手。葛星宜刚吁了口气，拿出钥匙想开门，就感觉自己另一只手上提着的袋子被人从后接了过去。她一脸疑惑地回过头，就看到俞也把那只袋子也并进了自己提着东西的手上，而后再次用空着的手，扣住了她没拿钥匙的那只手。

葛星宜一瞬间既别扭又害羞，用钥匙开了门后，下意识就想往屋里钻,却被俞也轻捏住手往后拽了一下,戳在原地,动弹不得。

"葛星宜。"

她被拽回原地的同时,仓皇之间回过头,正好落进俞也专注深邃的目光里。日光下,他的眼里仿佛有细碎的星光。

"更正一下,"他薄唇轻启,"我昨天真正想表达的意思,不只是你可以把我当成你男朋友,而是,我想当你的男朋友。"

第六章

草莓糖

等惠熠陪着言布布在值班室里喝完粥、输完了液,他揉了揉她的脑袋,说:"你今天就不要工作了,我已经和主任打过招呼,让你直接回家休息。"

虽然说她这不是什么大病,只是因为没睡好加没吃东西才会累晕过去,但还是要好好补个觉,调整休息一天才好继续工作。毕竟护士的活儿不好干,得全神贯注又辛苦劳累,身体底子得打好。

"我哪有那么虚弱,现在已经满血复活了!"言布布抬了抬自己的手,做了个大力士状的动作,"兵来将挡,水来土掩,你现在再收进来十个病人,我也能搞得定。"

惠熠一开始在旁边光听着没出声,等她话音落下,他却忽然微微低下了头。在言布布还措手不及的时候,惠熠已经凑到了她的脸庞边,轻咬住了她的唇。

言布布一怔,整张脸登时涨得通红。惠熠就这么轻柔地吮了几下她的唇,退开一些,嗓音低哑地问:"那现在呢?"

她眼睫颤动,连话都说不出口。

惠熠似乎也并没有想要她认真回答,拉了她的手过来,扣在自己的手心里揉了揉,再次偏头吻了过去。这一次,他并非浅尝辄止,而是彻底探了舌头抵进去,还加了点儿力道。

就在言布布感觉自己好像都要再次晕过去的时候,才终于被放开。惠熠缓和了下呼吸,将眼底一簇簇燃起来的热逼退回去,意味深长地问:"还想继续回去工作吗?"

"我回家了。"言布布揉了下自己红通通的耳根,从旁边抓起了包,低低地嘟囔了一句,"不然怕是又要躺下来输液了。"虽然自己还挺想跟他继续这么耳鬓厮磨下去,但现在毕竟是上班时间,他已经为了自己,在这儿耽搁了许久了。

惠熠眼带笑意地跟着言布布一块儿往值班室门口走,可刚走到门边上,她又忽然来了个急刹车。

"怎么了?"惠熠手疾眼快地扶住了她的肩膀。

"我突然想到了一个问题。"言布布扭过脸,语气紧绷,"郭扬说,我们之前在电梯间发生的那些,都被沈医生他们看到了?"

惠熠听到问话,心中了然,轻点了下头。

她还不死心:"看到了多少?"

"我想想,应该看到得不多吧?"惠熠故意拿腔拿调,"从你和袁菁对话开始,他们好像就站在你后头了。到你忽然晕过去,我跑过去把你从地上抱起来。再到我把你抱到值班室,给你看诊输液。后来把你安置好,我去跟主任谈话,他们也都跟在我后面,还听到主任问我和你是什么关系。"

言布布快要死了:"你怎么说的?"

惠熠狡黠地捏了捏她的脸蛋:"我说我在追你,你还没同意。"

她敢保证,从自己踏出这扇值班室的门的那一刻,她一定是整个普安医院单身姑娘们的公敌和眼中钉。

其实,言布布倒也不是真害怕和惠熠的关系被曝光,只是觉得现在可能为时尚早。想着是不是等稳定了,甚至有要进一步的计划时,再从长计议看看怎么告知大家会更好。

哪料真是人算不如天算!

言布布揉了揉太阳穴:"你就不能先打个圆场,说我们俩是因为碰巧租在一个院子里,所以走得比别人近吗?"

"你要我撒谎?"惠熠佯装讶异,"言布布,你想和我搞地下恋啊?"

言布布一看他的眼神发现不对,赶紧往门后缩:"也不是那个意思……"

"没想到,我居然那么上不了台面,要做你永远见不得光的恋人。"惠熠一只手撑在她身后的门上,再次低头靠近她的唇,语气越发半真半假地幽幽,"既然这样,那我也不能给你留情面了。"

于是,这个"不留情面",又持续了片刻。到最后,言布布软着腿,红着眼睛朝他连连求饶:"算了,算了,大家知道就知道了,我现在无所畏惧!"

惠熠舔了下自己的唇,语气轻飘飘的:"都怪我没跟你商量就擅自说出来了。"

言布布快哭了:"我这不是因为担心主任和其他同事有想法,怕被喜欢你的姑娘们撕碎,影响我们俩在医院里一块儿工作吗?你这么好,我当然恨不得跟全世界说你是我的男朋友了。"

可能是她后面那半句话取悦到了惠熠,他这时终于没再去咬言布布已经变得艳红的嘴唇,转而亲了亲她的额头,哑声说:"有我在,没人能为难你。"

"主任和其他同事的想法,你也不用担心。"他语气终于认真了起来,"大家的态度都很开明,只要不影响工作,恋爱自由。沈慷想去当大喇叭,那就让他去当吧,也正好省得我再去想个合理的契机告诉大家这个喜讯。"

"况且,咱们普安内部消化的也不在少数,主任自己的太太就是咱们前护士长。"惠熠笑意更浓,"咱们这一段,指不定是多么好的佳话。"

他这么一说,言布布原本悬在半空中的心,也放下了一大半。

见她神色里没了刚才的惊慌失措,惠熠顿了顿,又说:"还有,先前袁菁说的话,希望你千万不要放在心上。她可能还对我留有余情,才会这么出口伤人。我之前想着毕竟是女孩子,没有做得太绝,但今天之后,我的态度就不会再和从前一样了。"

他提出分手之后,这三年里袁菁确实一直还抱着想要跟他复合的心思,微信里发过来数不清的消息和邀约,他一概没有回复。但她爷爷毕竟是条人命,他作为医生,无论如何是不可能见死不救的。所以把人救回来之后,他也仁至义尽地给了了作为病人家属的袁菁安慰。

却没想到,言布布出现后,袁菁将之前积攒的那股求而不得的怨气,一股脑儿地撒向了她。

"因为她欺负到你头上,动了我的底线。"

言布布晕过去之后,袁菁也吓坏了,眼泪扑簌扑簌地往下掉。但惠熠的态度没有因此有半分缓和,抱着言布布离开之前,他严肃地告诉袁菁,她爷爷的手术虽然是由他主刀的，但之后所有后续的跟进都会交接给其他医生，自己不会再出现在她的面前。

袁菁还想挽回，说自己之后会向言布布道歉，也愿意出医药费，希望他不要太过绝情。

"原本一直把你留在微信里没有删，是觉得交往期间和平、敞亮，谁都没有对不起谁。"他最后是这么对袁菁说的，"但如果我的仁慈成为了你能够肆意伤害我喜欢的女孩子的刀柄，那很抱歉，从此以后我希望你不要再出现在我们的生活中。"

听完了这些她晕过去之后发生的事，言布布轻轻点了点头，看上去十分轻描淡写："嗯，我知道了。"

惠熠蹙了蹙眉，仔细打量着她的脸色："我不是她的谁，不能替她道歉。但那些话，让我听得非常不舒服。"

"我都没有不舒服，你不舒服干什么？"言布布摊了摊手，"情敌说的话，我哪能当真听进耳朵里？我才没那么傻呢。其实她气成这样，反而让我挺有成就感的。毕竟她得不到的男人，现在可是我的男朋友，还喜欢我喜欢得要命。"

听到言布布格外咬重了那几个他原本以为她没有记得那么清楚的袁菁指责她时用的字眼，惠熠有些意外地挑了挑眉。他定定地看了她几秒，冷不丁道："我发现，你的真实内在，越来越超出我的想象了。"

言布布吐了吐舌头。

"不过，我觉得你还要感谢一下我的铁子魏然同学。我向她讨要恋爱建议的时候，她说的一些话，每每都让我觉得越想越醍醐灌顶。"

"准备什么时候带我见见她？"

"应该快了，院子里一旦有人走，她就会立马搬进来。"

"好。"惠熠也笑了，"到时我一定当面好好感谢她给我女朋友吹耳旁风。"

和言布布在院子里八卦完四合院里藏着一个大富豪之后，言布布去了医院，江挽川则带着孟恬回屋吃了个早饭。

小叶来跟江挽川做交接来得十分准时，但到了之后敲过东厢房的门，也不进屋，就乖乖地驻守在门外玩手机。

孟恬想过去给她开门，却被江挽川抬手拦了一下："是小叶自己不想进来，随她去。"

她愣了下："为什么？"

他将碗放进流理台的水池，语中带笑："应该是怕打扰到我们。"

"小叶和亮哥……"孟恬红着脸咬了下唇，用手指杵江挽川精壮的窄腰，"有没有吐槽过你啊？"

"那自然是家常便饭。"江挽川洗着碗，在"哗哗"的水流声中同她说，"他们说我和你在一块儿的时候，就是个纯纯的恋爱脑，根本就不能用平时对待我的态度和方式去沟通，只能等你离开了之后才和我谈正事。"

孟恬听了这话，既害羞又高兴，从身后搂抱住他的腰身，把脑袋从他的胳膊肘弯里探出来，问道："我这么影响你是不是不太好啊？感觉有点儿昏君不早朝？"

江挽川微低下头，顺势亲了亲她挺翘的鼻尖，温柔地说："你不知道我有多愿意当一辈子昏君。"

两人甜甜蜜蜜地在厨房一块儿洗完了碗后，江挽川拉着孟恬到客厅，细细叮嘱道："午饭前会有专门联络过的师傅过来修窗户，之后小叶会给你安排午饭和晚饭，你同她一块儿吃。保安也都会一直在屋子旁边保护你们。"

孟恬点了点头。

"有事随时给我打电话，无论什么时候。"他还是有些不放心，一步三回头地拉着她的手走到玄关，"等我，我一拍完戏就立刻回来。你好好休息，赶稿的事儿不着急。"

孟恬笑眯眯地摇了摇他的手说："我一定在这儿乖乖等着'昏君'回来。"

江挽川目光深深地看了她一会儿，不言不语地将人揽进怀中，又亲了亲她的额头。

"之前说好要带你去的私汤温泉，可能要稍微往后推一段时间了。"他的目光里，闪烁着孟恬看不懂的细细碎光，"等我安排好工作，我们安安心心地去。"

正午的日光有些晒。

葛星宜一动不动地戳在自己的屋前，却仿佛根本感觉不到刺目的烈日阳光，满心满眼都被面前这个英俊的年轻男人所占据。

而罪魁祸首说完那句惊天动地的"我想当你的男朋友"之后，居然就没再开过口。他单手提着三个沉重的购物袋，另一只手牵着她的手，整个人完全没有一点儿焦急和不耐,就这么静静地站在原地等着她的反馈。

不知过了多久,葛星宜忽然注意到俞也的额角冒出了细密的汗,有一颗汗珠正在慢慢地沿着他白皙的皮肤边缘往下滚。那颗细小的水珠,一下子就将她出离的神魂给拉了回来。

一个这么怕冷的人,居然都出汗了!

她无意间动了下手,发现他扣着自己的手心,也比之前稍微潮了些许。看来是真的在屋外给站热了。

"先进屋。"葛星宜咬了下唇,终于打破沉默,用被俞也扣着的那只手的指尖轻轻地敲了下他的手背,"外面真的太热了。"

俞也没吭声,却听话地迈开步子,跟着她走进玄关。

屋子里还残留着之前空调留下的丝丝冷气,多少要比外面阴凉些。等他走进来后,葛星宜将门关上,而后摇晃了下他依然紧扣着的手。

"俞也,"她叹了口气,"你一直这么牵着我,我什么事都不好做了。"

俞也目光动了动,语气十分理所当然:"让我来做就行。"

她无奈又好笑,话音里都不禁带上了一丝安抚的意味:"你放开手我又不会逃,就在这儿,哪儿都不会去。"

听了这话,俞也沉默两秒,终于是松开了手。

葛星宜总算得空能将钥匙放进玄关上的小抽屉里,而后她穿上拖鞋,快步走进了客厅。俞也这时跟着弯腰换鞋,等他刚拎着购物袋踩进客厅,就感觉到有纸巾温柔地从他的额头上拂过,低低一垂眸,便看到葛星宜手里拿着从客厅餐桌上摆的纸巾盒里抽出来的纸巾。

看到她的动作,俞也一下子停住了脚步。他人生得高,葛星宜得微微踮起脚才能行动得更方便。她仔仔细细地用纸巾替他把额头和脸颊上的汗擦干净,温声对他说:"刚好买了毛巾,你先去浴室用冷水洗把脸,会舒服很多。"

俞也一动不动地注视了她一会儿,轻轻地点了点头。

葛星宜将最后帮他买的那条毛巾从袋子里拿出来递给他,而后拎了其中一个袋子走进厨房。却没想到,她刚将牛奶和酸奶等放进冰箱上层,一合上门,就看到某人拎了另外两个袋子也走了进来。她伸手要去接他手上的袋子,俞也却轻轻让了下:"我知道这些东西要放在哪里。"

下一刻,她便眼睁睁地看着某人熟门熟路地将在超市里购置的那些鱼虾肉菜、厨房用品依次摆进她平时会放的那些位置,精准得很。

葛星宜都给看蒙了，甚至有些怀疑这家里的主人究竟是自己还是他。

等俞也将所有东西都整理完之后，他将三个空空如也的购物袋整齐地叠好，放进一旁的储物架上，顺便在流理台边洗了个手。

听着耳旁的水流声，葛星宜终于忍不住问道："你怎么知道这些东西要放在哪里？"

"昨天来的时候看你拿过。"俞也一边说着，一边关上水龙头，取了她喝水用的杯子，将她出超市时喝了一半的乌龙茶打开倒了进去。

葛星宜就这么愣愣地看着他流畅的动作，直到他一只手拿起她的杯子，另一只手递到她面前。她的身体比脑子反应更快，下一秒，居然自然地就将手放进了他的手心里。

俞也的眼底几不可见地闪过一丝笑意，而后他牵着她的手，带她回到了客厅，在沙发上坐下后，葛星宜接过他递来的杯子喝了口，迟来一拍的反射弧终于派上了用场——自己怎么就那么自然地开始和他牵手了？

于是，这口刚喝进她喉咙的乌龙茶，就这么不上不下地卡在了半中间，差点儿没把她给活活呛死。

葛星宜被呛得憋红了脸，一连咳嗽了好几声，俞也第一时间就抬手开始轻抚她的后背，直到她整个人缓和下来，才将手移开。

而在整个过程中，他们扣着的那只手都没有分开过。手心和后背上都残余着他的温度，葛星宜从脖子到耳根依然有点儿泛着红。她放下水杯，看了一眼他们紧扣着的手，试着挣了挣。某人的手跟铁钳似的，不知道的还以为他俩手心里涂了胶水呢。

"俞也，"她语气有些一言难尽，"你知道，只有恋人之间这样牵手才会比较合适吗？"

俞也回说："知道。"

葛星宜没话了。

毕竟他刚才的确已经说得很明白了，他想要当自己的男朋友，所以一切举动都是朝着那个方向走也完全能够解释得通。但她还是想不明白，他为什么会想当她的男朋友呢？

沉吟片刻，葛星宜有些挫败地捂了捂额头："你以前……真的从没谈过恋爱？"

俞某人十分干脆地点了下头。

"为什么？"

无论是他的长相,还是她隐约感觉出来的他的家庭背景以及经济实力,他都绝对不应该从未谈过恋爱。如果非要安个合理的解释,她觉得应该就是他太挑,或者他的生活方式太奇特,女孩子了解后接受不了。

不料,俞也却给出了一个她完全意想不到的答案:"阴错阳差,一直没有机会靠近我喜欢的女孩子。"

她一怔:"你喜欢的女孩子?"

"嗯。"

谁?葛星宜刚想把这个字脱口而出,忽然后知后觉地意识到了什么。然后,在她瞪圆了眼睛的那一刻,俞也直言不讳道:"你。"

她大脑完全宕机了。

虽然他想当自己男朋友的原因是喜欢她,这个点并不奇怪,但关键问题是——他为什么会喜欢她?在她的视角里,两人才认识没多久,甚至在昨天和今天之前都没怎么说过话。

似乎是见她实在苦恼,俞也终于再次舍得开了金口:"葛星宜,我不是从来到四合院开始喜欢你的。"

葛星宜还是处在震惊之中,几乎是机械地在回应:"那是从什么时候开始的?"

俞也毫无停顿:"十四年前。"

葛星宜人傻了。她这一辈子都没这么震惊过——一个刚来租她房子没几天的大帅哥替她还债,对她告白,最后还告诉她,自己喜欢了她整整十四年。这换谁,谁不傻?

客厅里陷入了很长一段时间的沉默。

葛星宜知道自己长得确实还行,脾气也温和好相处,这些年的确有些男孩子追求过她,但她自认绝对没好到能让这等姿色的帅哥迷恋她整整十四年的程度。况且,在她的记忆中,这个帅哥此前根本就没出现过。

葛星宜想破脑袋也没能想通这件事的来龙去脉,倒是把自己的头都给想疼了。到最后,她虚弱地开了口:"你会不会是认错人了?"

俞也答得格外斩钉截铁:"不是。"

她咬了咬唇,都不知道该说什么了。

正在发愣的时候,她忽然听到俞也又问:"你讨厌我吗?"

她过了片刻,摇了摇头。

"反感我碰你吗?"

"不反感。"

"那你对我有好感吗？"

三个问句，每句都是直球，连个弯儿都不转。

葛星宜越听耳根越热，听到最后那个问题时，她憋红了脸，也没好意思说出个"有"来。她毕竟脸皮薄，就算被戳中了心思，也不可能像他这样打个直球回去。虽然她现在的心情连自己都觉得很不可思议。

经历过这辈子唯一一次恋爱的失败后，葛星宜闭上心门拒绝了每一个追求她的男人，竖起了高高的心墙，却对一个刚认识没多久、一无所知、浑身谜团的男人动了心，甚至是怦然心动到比所谓的初恋时强烈数百倍。而且，她就是有一种很奇怪的笃定——面前的人绝对不会欺骗她，也不会伤害她。

所以，憋到最后，葛星宜在俞也炽热的注视下，终于声音弱弱地回了句："我没把你的手甩开。"

俞也听完这话，沉默片刻，脸庞上渐渐染上了浅显的暖意。葛星宜看得真切，顿时心跳得更快了。

"宜宜，"他这时喉结轻滚，脸庞朝她凑近了些，低声问道，"请问，我能先试用上岗吗？"

葛星宜眼睫颤动，咬了咬唇，心跳已然完全乱了。

"如果试过之后你觉得不合适，可以随时提出让我离开，我一定不会再纠缠你，让你困扰。"他说到这儿，语调一转，"但如果你愿意，我想即刻上岗。"

最开始俞也来到这里，发现葛星宜完全把自己忘了之后，其实是打算慢慢来的。她性子本就慢热，他怕自己的直截了当会吓到她。但后来暴雨天去接她以及帮她还债的事让他发现，他的自控力和自律，在她这里根本就行不通。

见她一面，就想要见她更多面，想一直和她在一起；和她说过一句话，就想要说更多句话，想一直听到她的声音；触碰了分毫，就想要触碰她的全部。

比起喜欢，更像是已经到了对她上瘾的地步。

因此，当发现她并不抗拒自己的接近时，他选择开门见山、直截了当地表明自己的意图。因为他发现自己哪怕多一分钟，都不想再等了。他毕竟已经等了那么多年，现在终于来到她的身边，他只想伸手将她紧紧地握住。

不知过了多久，俞也看到葛星宜很轻很轻地点了下头。他的眼眸里一下子迸发出了极盛的亮光。

葛星宜望着他，大脑如同糨糊，声音也在打飘："但我还是那句话，我现在对你的了解都仅止于表层，我……"

"没关系，"他低低地说了句，"你以后总会了解我的全部。"

葛星宜咬了下唇，忍不住问："那你为什么现在不干脆全都说了？"

俞也敛了下眼眸，一向冷淡的语气里竟然能听出一丝别样的名叫"委屈"的情绪："因为你不记得我了。你不记得我了，所以我打算慢慢说。每说一样，就问你要一个奖励。"

葛星宜的天灵盖上都打满了问号，同时又瞬间变得面红耳赤。

俞也此刻似乎心情极佳，他轻轻地把玩着手心里她的手指，难得话都多了些："给你个提示，方便你回想。"

她张了张嘴，问道："什么？"

他眼眸轻眨，扔下三个意味不明的字："小胖子。"

俞也扔下了这没头没尾的三个字后，就恢复成平时那副打一锤也不蹦一个字的欠揍模样。葛星宜望着他，无言片刻，幽幽地叹息了一声："我打算明天再想。"

就这么短短一会儿工夫，她的脑细胞就已经被彻底搞死绝了。前有巨大的信息量铺陈，后又脑袋一热答应了这么个"试用期男朋友"的情侣关系请求。她这一辈子都没在一天里经历过这么多高能，所以现在就算接到这提示，她也想不动了。

俞也没说什么，一副随她高兴的模样。

只是，当葛星宜刚想松口气，稍许缓和一会儿依然跳得很剧烈的小心脏时，就见俞也忽然抬起了空着的那只手，抚上她滚烫的侧脸。一室的安静中，她眼睁睁地看着他英俊得甚至有些不真实的脸庞朝自己急速拉近，最后他薄薄的嘴唇就停留在离她分毫的距离。

俞也嗓音喑哑，呼吸滚烫地吐出两个字："奖励。"

葛星宜感觉自己的心脏都要从胸腔里跳出来了。她眼眸轻颤，觉得自己的脸庞只要再稍稍往前倾一点儿，她的嘴唇就会触到他的。

俞也的嘴唇生得极其好看，薄而翘，甚至让她都忍不住想，要是真的吻上去，会是什么样的感觉？

这个想法在她脑子里一闪而过时，她差点儿没把自己的舌头给咬了。

葛星宜深吸一口气,刚想把他俩之间已经快要突破危险边缘的距离稍微拉开一些,就感觉到俞也的脸庞忽然闪电般地朝她靠了过来。下一秒,她下意识地闭了闭眼,便觉得自己的鼻尖微微一湿。有柔软、温热的触感在她的鼻尖一触即退,快得几乎让人以为是错觉。

俞也吻了葛星宜的鼻尖。做完这个动作,他才稍稍往后退了退,墨色的眼眸在灯光下波光流转。而葛星宜人已经呆了,她像被什么哽住了似的,只能听到自己耳边一声比一声快的心跳声。

——刚上岗一分钟的试用期男朋友,居然这么嚣张的吗?

俞也垂眸望着葛星宜,捏着她的手紧了紧,刚想开口说句什么,忽然听到门被敲响了。

"我去开门。"

他松开了手,示意她在沙发上坐着,起身走去玄关,俨然一副家里男主人的模样。葛星宜咬着唇望着他高瘦的背影,动了动自己刚被松开的手指。一瞬间,她竟觉得有些空落落的。

俞也走到门边,打开门后,微微蹙了蹙眉头。

只见门外站着一个年轻男人。男人年纪看上去同他们差不多大,生得俊秀斯文,气质温和,放在人群里,也算是个会让人多看两眼的主。但是不知道为什么,他的脸庞上虽然带着笑,却让人感觉不太舒服。

男人脸上的笑容在看到俞也出现时凝滞了片刻,继而变得有些玩味:"请问现在这里还是葛星宜的家吗?"

俞也没什么表情地看着他,没说话。

葛星宜原本以为来敲门的人会是孟恬,却做梦都没想到响起在耳边的是一道她极度厌恶,却又真实存在于她记忆中的声音。

听到这道声音的时候,她便蓦地从沙发上站了起来。她一向温柔平和的脸庞上此刻居然没有一丝笑容,整张脸都绷紧了。

葛星宜在原地站了几秒,攥着拳头,大步朝玄关的方向走去。等走到俞也边上,她对上那张脸,瞳孔颤了颤,语气又硬又冷:"任弘。"

"宜宜,"名叫任弘的男人冲她点了点头,"好久不见,别来无恙。"

葛星宜一言不发。有一瞬间,她甚至都要说出一些相对恶毒的话来,比如类似"你还有脸出现在这儿""你难道没死吗"这样的,但她的理智和教养最终还是将那些话咽了下去。

"我听高利贷公司说,债务已经全部被还清了。所以便回了陆京来看看你，向你表示一下我的感激之情。"

话不过三句，任弘便开始展现出和外表截然不符的内里最真实的轻慢。

"我是真没想到，你能还得那么快，原来现在律师行业都那么赚的吗？早知道，当年我应该再多让你替我背点儿，我也好多在外地潇洒潇洒。还是说……你想通了些别的道理？"

见葛星宜不说话，任弘的视线在她和一旁的俞也身上转了一个圈儿，语气越发轻佻："终于知道要利用自己的相貌和身体，去换取财富的捷径了？"

"小帅哥，"任弘这时朝他们走近一步，冲俞也抬了抬下巴，"我当时和她在一起，可是三番五次被她推阻，从头到尾连半点儿甜头都没尝……"

从看到任弘的脸那一刻，葛星宜心里的火就直接蹿到了头顶。但因为俞也在，她几番克制、容忍，想着不要让他在旁边看着太难看。

当年她心性单纯又不识人，完全没有半点儿察觉到任弘的表里不一，很长一段时间都被他斯文温和的外表所欺骗、蒙蔽，隐约知道是火坑还要往里跳，所以才有了后面那么多的糟心事。可是哪怕再多的糟心事，毕竟都是她和任弘之间的过节，与俞也又有何干？他根本不应该被牵扯进来。

但谁知道，消失了两年的任弘不仅现在有脸出现，还如此气焰嚣张、不识好歹，把她惹急了也就罢了，非要把俞也的眼睛和耳朵也都污染了。

就在葛星宜终于忍不住要对任弘动气的时候，她忽然看到身边的俞也闪电般地伸出手，猛地攥住了任弘的衣领。

俞也此刻脸上一点儿表情都没有，比起平时更要冷若冰霜百倍。他比任弘的个头还要高一些，虽然看着瘦，但浑身有着说不出来的威压。而且他仅凭一只手，居然能直接将任弘从地上提起来。

葛星宜看到他漂亮的眼眸一眨不眨地盯着任弘，薄唇轻吐："你找死吗？"

短短四个字，便让人感觉到了滔天的怒意。

任弘打了个寒战，没说完的那句话就这么卡在了喉咙里。他涨红着脸试图从俞也的手中挣脱，却发现自己根本挣不动，甚至因为衣领被攥紧勒住了喉咙，连话都没法说全："放……"

下一秒，俞也就朝任弘的脸抡起了拳头。

葛星宜心头万千情绪汹涌翻滚，在她自己还未反应过来之前，就已经自然而然地伸手拉住了俞也。她一只手拉住他，另一只手握住了他要朝任弘挥过去的拳头,一字一句地说:"俞也,这种小人,不值得你动手,我不想你脏了自己的手。"

俞也的动作顿了顿,他强忍怒意,尽量让自己对她说话的语气听起来要柔和一些:"我不怕脏。"

为了你,我不怕弄脏自己的手。

"我确实不屑跟这种畜生计较,但他在我面前说你,我真忍不了。"他这么说着,嗓音低了低,"宜宜,你松开,往后退。"

葛星宜看着俞也因为冲着她说话特意软下来几分的侧脸,鼻尖一下子就酸了。应该已经有好多好多年,她都没被人这么护在身后了。她都有点儿记不得上一次有人在她身边,这么真心地护着她、向着她,是什么时候的事了。当俞也挡在她身前的那一刻,她觉得自己已经暗淡了许久的世界,忽然被点亮了。

她好像,又能看到阳光了。

虽然俞也让她松手,但葛星宜心里到底还是担心。毕竟任弘是死是活的确与她无关,但她怕这种无赖到时候反咬一口,最后反而让为她出手的俞也惹上麻烦。

就在此刻,孟恬和小叶开门从东厢房走了出来。因为东厢房的窗户还未修复,有人在外头说得稍微大点儿声,她们在里面都能听到。

一看这情况,孟恬知道不对,冲小叶使了个眼色,立刻往葛星宜的身边快步走去:"宜宜,也哥,怎么了?"

小叶跟着江挽川的时间长了,什么事儿没碰到过?格外机灵敏感。一接到孟恬的眼神,转头就去门口把保安们都叫了进来。

保安们原本看着任弘面相斯文、温和,不像是个坏人,又一听不是来找孟恬的,便没有拦得太死,稍稍盘问了几句,便将他放了进来。

"也哥,保安们是不知道情况,才会把他放进来的。"孟恬走到他们身边,眼看俞也这架势,大概也能猜到一点儿前后缘由,耐心相劝,"你别动手,我们直接报警就行,警局离我们很近。"

葛星宜也紧握住俞也的手,看着他的眼睛对他摇了摇头。俞也偏过头,一动不动地注视着她微红的眼尾片刻,最后还是慢慢松开了攥着任弘衣领的手。他手一松,任弘才从刚刚那股快要窒息的感觉里解放出来,一屁股坐在地上,涨红着脸一通乱咳。

保安们立刻手疾眼快地将他从地上拽起来,前后左右夹击地制住,不

147

让人有分毫可以动弹的机会。

任弘咳了半天,好不容易喘回气来,一边想从保安的手里挣脱,一边张口就是大骂:"你脑子有病吧?疯子!警察来了还能帮你不成?我等会儿直接指控你要谋杀我!就这么个傻乎乎的女的有什么好?难不成你也想骗她给你还钱啊?"

话音刚落,任弘的眼前便一黑。因为俞也收回手时,听到这些话,二话不说,直接抬起一脚就朝他的胸口猛踹了过去。要不是保安们都夹着任弘,不夸张地说,他能被踹飞出去。

这一脚过后,世界太平。

任弘被踹得半条命都没了,一边疯狂咳嗽,一边流生理性眼泪,顺便吓得屁滚尿流。保安们则趁着他没有还手之力,将他正面压趴在了地上,压得他连翻身动弹的机会都没有。

小叶这时在旁边举了举手,说道:"我去报警。"

"不用。"俞也的脸上还夹带着未消的怒意,语气听上去比平时更冷,"我找个人。"

他从裤子口袋里摸出手机,翻出通讯录拨了个电话出去。没出两秒,电话就被接通了,葛星宜跟他离得近,听到那头传来了一个男声。

俞也连名字都不叫,更不同对方寒暄:"你现在能派人过来一趟我这儿吗?"

对方说了句什么,他又说:"你自己来?你在陆京?"

又过了一会儿,他报了这里的地址:"文清路19号,四合院。"

听到他这句话,那头的人却忽然沉默了下来。

俞也等了片刻,不耐道:"地址听清楚了吗?"

那人开口说了句什么,语速很快,俞也好像也没听清,然后下一秒,电话就被挂断了。他捏着被挂断的手机,蹙着眉头正要再回拨过去,四合院的门口忽然传来了脚步声。众人回过头去,就见一个穿着警服的男人大步从门外走了进来。男人生得高大,精壮,长相英俊,留着短发,穿着警服更显英气逼人,浑身上下连头发丝儿都在冒着浓浓的荷尔蒙和男人味。

葛星宜看到男人的那一刻,整个人都傻眼了。她张了张嘴,眼看着男人朝自己越走越近,目瞪口呆地喊了声:"哥……"

众人:"?"

俞也平时脸上几乎没什么表情,对着葛星宜时,已经算是他表现生动的极致，不仅偶尔会笑，还会柔和软化。但今天，葛星宜第一次看到他脸上出现可以称得上是"惊讶"的表情。因为当她叫完那声"哥"之后，刚刚被挂了电话、还一脸不爽不耐的俞也在原地凝固了两秒，直接转回头看向她。他指了指走到他们近处那个穿着警服的男人，问她："你叫他……什么？"

葛星宜现在比俞也还惊讶，她浑身的注意力此时此刻全都聚集在那男人身上，一时都没心思给俞也回应。

男人这时站定在她面前，嗓音低沉地开了口："宜宜。"

听到这声，葛星宜本就有些发红的眼尾顿时更红了。

俞也望着警服男，蹙了蹙眉头，语气低冷："沈叶迦，你跟她套什么近乎？"

名叫沈叶迦的男人看了他一眼，似是十分不解："套近乎？"下一秒，沈叶迦直接抬起手，揉了揉葛星宜的头发，"哥回来了。"

俞也注视着沈叶迦的手落在葛星宜的头上，而后直接抬手将他的手拍开了。

手被拍下来的沈叶迦怔了一秒，眯了眯眼道："俞也，我从刚进门的时候就想问了，你莫名其妙地戳在别人家里整活什么玩意儿呢？"

俞也冷笑了一声道："这是你家？睡醒了吗？"

葛星宜这时终于回过神来一些，她吸了吸鼻子，赶忙对着俞也解释道："他真是我哥，亲哥。"

俞也："……"

全场寂静。

孟恬和小叶从最开始的一脸蒙，到此刻终于大致弄懂了面前是什么样的场面。虽然知道这样不太好，但孟恬还是趁人不注意掏出手机，给江挽川发了条微信。

草莓甜吗：四合院年度精彩大戏又上演了，猜猜主角是谁？

也不知道在认真拍戏的江挽川究竟是怎么做到的，她这条微信发出去没过三秒，他的消息就回了过来。

川：神奇宝贝？

草莓甜吗：恭喜你，答对了！

川：他又怎么了？

草莓甜吗：刚把宜宜的前男友撂倒在地不出五分钟，大舅子进门了。

草莓甜吗：而且他大舅子还是个警察小哥哥！

草莓甜吗：你知道最神奇的是什么吗？他和他大舅子好像还是朋友，但他不知道他大舅子是他大舅子……我晕，感觉有点儿绕，你听懂了吗？

川：懂不懂不重要，我只知道他完蛋了。

内敛如孟恬，看到江挽川回过来的这句话，都差点儿忍不住当场大笑出声。

可不是吗？鼻孔朝天的大富豪打了个电话给自己的朋友叫警察，结果他朋友本人下一秒就来了。来了之后他还冲着人家横眉冷对，让人家别接近葛星宜。结果闹到最后发现，他这朋友居然是他大舅子。

看着俞也一言难尽的表情，沈叶迦饶有兴味地抬手抹了下自己的唇角，冲着他抬了抬下巴道："听得懂中文吗？在家里窝得时间太长，耳鸣了？"

俞也似乎是被噎到了，过了老半天都没吭声。

倒是被保安们压在地上的任弘发出的"哎哎"惨叫，不断地回响在偌大的四合院里。

沈叶迦的目光被吸引过去，转过头问葛星宜："这是怎么回事儿？"

葛星宜咬了下唇，将事情尽量往简化和轻松的方向讲："他是我前男友，今天突然跑过来闹，俞也在帮我。"

"光天化日之下，跑来葛家大院儿里找你闹？"沈叶迦听完这话，拎了拎自己身上的警服，面色一冷，"要不是穿着这身衣服，我一定把他揍到连亲妈都不认识。"

他说完，目光顺势落在面前的其他人身上："还有这些保安，这几个生面孔的姑娘，又是怎么回事儿？"

"说来话长。"葛星宜不想当着这么多人的面将租客们的身份抖出来，伸出手拉了拉沈叶迦的衣袖，压低了嗓音，和他小声耳语，"我等之后再和你慢慢解释。现在除了主厢房，其他屋子我都租出去了。"

沈叶迦听完这话，思虑两秒，"嗯"了一声。

"那我先把人带回警局，处理完再回来找你。"

沈叶迦冲保安们做了个手势，示意他们放开任弘。而后他直接一把将任弘从地上拎起来，轻松得仿佛拎破麻袋一般往外扯去。扯到一半，他忽然又停下了脚步，转过头，目光在葛星宜和俞也的身上兜了个圈儿，冷不丁出声道："俞也。"

俞也冷冷地扫了他一眼。

"我前面就想说了。"沈叶迦的目光有些意味深长,"你该不会,是在追我妹吧?"

全场再次陷入一片寂静。

旁边的孟恬忍笑忍得差点儿把手机都给飞出去,她飞快地在手机屏幕上给江挽川发消息:我好想跟你录个现场直播的视频啊!

川:要不你让小叶挡在你前面偷偷录一个?不光是我,惠医生和言布布应该也都很想看。

草莓甜吗:我怕被也哥打死。

川:怕什么,有我给你撑腰。

确实,要是她的腹黑大魔王男朋友对上"吸血鬼",胜率应该至少能有个五五开。

思及此,孟恬轻轻地拍了拍小叶的背,往她身后一躲,将相机应用调了出来,低低举起手机。

而俞也听完沈叶迦的话,毫不犹豫地冷冰冰地给他甩了一句:"关你屁事。"

沈叶迦身上的气场完全不输给他:"没经过我同意就想追我妹?谁给你的勇气?"

俞也敛了下眼眸,直接轻轻地牵起了葛星宜的手。葛星宜垂眸看了眼,脸颊瞬间一红。

"我追我女朋友需要得到你同意?"俞也的语气又冷又欠儿,"你从哪儿来给我滚回哪儿去。"

葛星宜看着这俩针锋相对的男人,忍不住抬手捂了捂脸。一早上从六点开始到现在,她的小心脏就没能好好地歇过一分钟,情绪起伏波动比坐过山车还要剧烈。先是莫名其妙被俞也拟了个试用期男朋友的合同,完了又被失踪了两年的前男友找上门。最后,她好几年没见过的亲哥忽然空降回来了。那么多"惊喜"全叠在一块儿,这搁谁,谁能受得了?

她这时虚弱地抬了抬手,冲着又要发话的沈叶迦说:"哥,你先去处理正事儿,等你回来我们再慢慢聊,我在家里等你。"

沈叶迦转身拽着任弘出了四合院。

孟恬收回手机,转头就建了个微信群,把江挽川、言布布和惠熠都拉了进来,直接将视频发在了群里。

"先回屋吧。"葛星宜叹了口气,轻甩了下俞也紧紧牵着她的手,连哄

151

带骗,"外面太热了,咱们回去喝酸奶。"

此话一出,俞也瞬间将身上对着沈叶迦竖起的冰刺全都收了回去,半点儿痕迹都不留。

连小叶都看得叹为观止,忍不住要和孟恬咬耳朵:"房东小姐姐好厉害啊!"

孟恬耸了耸肩道:"'四合院第一驯兽师'名不虚传。"

等进了屋,葛星宜整个人半瘫在沙发上,揉了揉自己的太阳穴,觉得这一早上简直比跑了十个马拉松还要累。

俞也去厨房拿了杯杧果酸奶,拆开包装,拿了调羹,给她递到手边。

"谢谢。"

她心一暖,接过来,看了眼面前的男人。

俞也也不说话,就这么静静地坐在葛星宜身边,手搭在她身后的沙发靠背上,看着她喝酸奶,从头到尾,连半个字都不问,不问她和任弘的过去,也不问她怎么会和沈叶迦是亲兄妹。

她不说,他就当无事发生过。

这种被好好放在心上妥帖尊重、爱护的感觉,却让她反而更想向他全盘托出。

葛星宜喝了一半酸奶,这时用调羹挖了一勺,递到他的唇边,轻声说:"不嫌弃我用过的调羹的话,可以尝尝。"

俞也轻抬眼眸看向她,下一秒,便低下头,就着她的手喝了一勺。

然后,她便听到他低低的嗓音在耳边响起:"我怎么可能会嫌弃?"

葛星宜眼底、眉梢都染着开心,这时又喝了几口,然后放下酸奶,认认真真地看着他道:"俞也,我有些事想和你说,是关于我和任弘的,你愿意听吗?"

"要是你不想说,说出来觉得不高兴,就不用说。"没想到,沉吟片刻,俞也却这么说道,"如果你是担心我的感受,那我就直说了,我是真的不在意这个人。"

于俞也而言,这世上最重要的事便是葛星宜的快乐,他对她没有一丝一毫的窥探欲来满足自己的私心。至于任弘,根本就入不了他的眼。会动手,只是因为他太心疼这两年被任弘折磨、拖累的她。

葛星宜听了这话,吸了吸鼻子:"是我自己想要告诉你的,我不会不高兴,因为他现在已经影响不到我的情绪了。"

俞也注视了她一会儿，轻轻颔首道："好，那我就听。"

葛星宜便将自己当年刚从大学毕业，是如何经过律所同事介绍认识任弘的过程都说了一遍。

"其实律所同事也不知道任弘是这样的，因为他表面伪装得毫无破绽。和他接触过的人，都被他的表象所迷惑，觉得他是个温柔善良的人，所以才会想着介绍给我，不能怪他们。"

认识之后，任弘对她穷追猛打，看上去比哪个追她的男人都要有耐心，各种各样浪漫的手段层出不穷。她那时候尚还年轻，又没有恋爱经验，见他一直这么有诚意地陪在自己身边，最后还是接受了他。

谁知在一起之后没出三个月，任弘便渐渐暴露了他的真面目。比如，开始经常不回微信，说好的约会时间也会临时用工作忙加班来推脱。再如，每回见到面了，总是想以各种理由要拉着她去酒店，抑或是明里暗里向她传递自己缺钱的信息，说着自己投资失败、心灰意冷，工作忙加班都是为了找新的注资者和合伙人。看到她，就想着自己还能有温柔乡可以倾诉。

葛星宜其实那时候已经隐约开始感到不适，但又怀疑是不是自己对任弘太苛刻。毕竟人生不如意十有八九，既然答应了做他女朋友，从道义上来说，能帮忙的地方应该就得尽量帮着些。

但晕归晕，她还是坚持着不愿意和任弘去酒店，于是开始勉强答应他借钱的要求。因为她发现，借了钱，任弘就不会再提要对她做些什么。

起先借的数目还算小，过了一段时间也会还上。到后面，借的数目越来越大，还得越来越慢。这种情况持续了一年之后，任弘直接给她攒了个大的。

那天在四合院门口，任弘声泪俱下地跪在那里求她，说自己这次投的一笔钱全部泡进了水里，身后一堆债主天天追着他还债，他实在一下子拿不出那么多钱。

"他求我和他一起签个贷款协议作为他的连带责任人，到时候每个月的钱会由他先还，如果某个月资金周转不过来，实在还不上了，再由我替他还。"

最讽刺的是，她本人身为一名优秀的律师，平时看那么多的合同，什么样细小的问题都能一眼揪出来。到最后，却在任弘的百般哀求之下，同意在那样一张漏洞百出的协议上签下了自己的名字。

说到这里，葛星宜苦笑着摇了摇头："其实他说得没错，我的确是个不折不扣的傻……"

"宜宜。"

下一秒,她忽然感觉到俞也抬起一根手指,轻轻地抚上了她的唇心。接下来的话,都被他的手指堵了回去。而他望着她,眸子里蕴着她从未见过的温柔。

"谁都不能在我面前说你一句不中听的话——包括你自己。"

俞也低冷中透着浅浅柔和的声音融化于客厅的空气中,也悄声无息地流淌进了她的四肢百骸。她望着他,瞳孔微颤,过了片刻,抬手扣住了他的手指。

葛星宜将他的手指攥进自己的手心,嗓音低低地开了口:"你为什么会对我这么好?"

其实她真正想问的是,他为什么会愿意这么护着她?

如果事实真如他所说的那样,他喜欢了她整整十四年,她实在不明白其中缘由。喜欢一个人十四年,需要多大的耐心和毅力,以及货真价实、沉甸甸的情感。况且,这十四年的暗恋里,只有他一个人,她作为另一个当事人,根本一无所知。像他这样方方面面都那么出彩的年轻男人,什么好姑娘找不到?为什么非要固执地喜欢她这么一个谈不上有多吸引人的女孩子呢?

俞也反手便将葛星宜的手扣进自己的手心。他没什么犹豫,薄唇一张一合,给了她三个轻却坚定的字:"你值得。"

葛星宜觉得刚才已经酸了一半的鼻尖,彻底酸胀了。

"无论你是为了哄我开心,还是你是真的这么想的,我都很高兴。"她勾起唇角,笑望着他,"我好像很久都没听到过别人这么对我说了,谢谢你。"

俞也目不转睛地盯着她道:"我不会说谎。"

"所以我说的话,每句都是真的,不是为了哄你才这么说的。"说到一半,他又觉得这话似乎哪里不太对劲,"也不是不哄你,就是出发点不是……"

这么一个惯常冷冰冰的钢铁直男大帅哥,这会儿因为措辞的问题百般纠结、苦恼,都把葛星宜给看笑了。她安抚地伸手拍拍他的手背,说道:"好啦,不用解释,我懂你的意思了。"

俞也沉默片刻,又说:"以后的每一天,我都会对你说这样的话,只要你不觉得腻烦。"

葛星宜笑了:"我不会腻烦的。"

当她在任弘拿过来的那张贷款协议上签下名字后的第二天,任弘就从她的世界里消失了。

他消失得一干二净,她打他手机永远是关机状态,去他家发现早已人去楼空,房东说他只是暂时租住在那里。她又去查他给的公司名,最后发现根本不存在这家公司。

没有人知道他在哪儿,所有认识他的人都发现,他们所知道的那个任弘,彻头彻尾都是虚构出来的模样。就好像这个人只存在于他们的臆想中。

当一直以来她都想去调查,却没有狠下心验证真伪的所有真相血淋淋地摊开在面前时,葛星宜却并没有多么愤怒,她只是感到自嘲又悲凉。

遇到这种事,能怪得了谁?只能怪她自己有眼无珠,识人不淑。

跟任弘相处的那段时间里,她分明有那么多次机会可以去戳穿他、拒绝他、离开他,可她却还是怯懦地止步在原地,对所有的问题视而不见。

她后来想过,一开始应该还是喜欢过任弘的——喜欢他伪装出来的那个样子。

谈不上有多么心动,但至少可能还是有过感情。可在他逐渐暴露出本性的时候,这份喜欢应该就已经消失殆尽了,她分明是如此抵触他的触碰,可见一斑。

"我觉得当时我会中他的圈套,一直不愿意正视他身上千疮百孔的问题,是因为我实在太害怕一个人了。"葛星宜说得很慢,"哪怕他从头到尾都是在利用我,我还是曾从他的身上得到过些许真正的快乐和陪伴。"

她一味坚持要活在任弘和她自己一起虚构出来的那段所谓的"恋爱滤镜"里,是因为她太贪恋那仅有的温暖了。

"我怕一旦戳破这个气泡,就又要回到一个人的生活里。"葛星宜说到这儿,顿了顿,"刚大学毕业那会儿,我总是很害怕一个人,特别害怕。"

从上高中开始到大学,葛星宜一直都住校,寝室里有室友可以说话、聊天,不会感到孤独害怕。等大学毕业后,她独自搬回四合院,每天下班后走进空荡荡、没有半点儿声音的院子,心情就会立马低落下来。所以她通常都喜欢在律所加班到很晚,一直到其他同事都走了,才会回家。

没有人声的环境和黑夜,是她在这世上最恐惧的。

"差不多就是这样了。"说到这儿,葛星宜耸了耸肩,努力让自己的神情看上去轻松一些,"后来的事,你应该都知道了。"

谈及任弘,其实并没有什么太让她难受的,因为那些都已经过去了。

当他消失后不久，高利贷公司便找上门来，开始每个月盯着她还债，她虽有负担，但时间长了也都坦然地接受了。

这是她自己的心理缺陷被任弘钻了空子，她只能自己承担下来，怨不得任何人。哪怕她再自责、再懊恼、再不耻，那也都是生活教给她的一课。她虚心接受，永不再犯便是了。

俞也听完这些来龙去脉，握着她的手紧了紧，对她说："你做得很好。"

葛星宜一怔。

"要知道，你已经比这世上绝大部分人都坚强了。如果是别人遇到这种事，搞不好会被压力和恐惧吓到一蹶不振。"他一字一句地告诉她，"而你，不仅都扛下来了，还都是一个人扛的。"

葛星宜心里暖流激荡，忍不住笑道："分明是我自食其果，怎么被你说得好像我还有多了不起似的。"

她总觉得，哪怕自己犯了天大的错误，面前这人都能找个合理的理由给她安上去。

"当然了不起。"俞也的语气十分理所当然，让人听得都忍不住想揍他，"毕竟是我家的姑娘。"

葛星宜被他逗得笑出了声，眼睛里也流动着淡淡的温柔："你知道吗？我现在的心态，应该比以前更有进步了。自从你们住进这个院子，每天能跟甜甜、布布、惠医生还有你说话，都让我感到特别开心。我觉得把院子整修、翻新、招租，是我从小到大做过最正确的决定。"

他们来了之后，她不再恐惧回到四合院，甚至，她开始期盼着回家。因为推开院门，她能听到人声，看到笑脸，踏进温暖。这让她觉得，自己不再是孤身一人。

俞也目光定定地落在葛星宜的脸庞上，冷不丁道："为什么不告诉沈叶迦？"

听到这话，葛星宜咬了咬唇。半晌，她轻声说："我哥他很忙的。"

"你应该知道他是刑警，一年到头都扑在案子和抓犯人上，连家都不回，我怎么能再让他分心记挂我这种破事儿？"她叹了口气，"如果我哥知道了，他一定会放下手头的所有事情先回来找我的，那样岂不是耽搁他的工作了吗？所以我想着，我自己有能力解决，就别告诉他了。况且，我哥这一行又不是什么暴利行业，他自己平时都没消费得好一点，我哪能再让他替我还钱？"

她想到这儿，有些哭笑不得："在今天之前，我其实都有好几年没见到我哥了。我记得很清楚，去年过年的时候，他说好要回陆京陪我，连机票都买好了。结果，除夕一大清早，他和我说有一个一直在缉捕的连环杀人犯在凉湖露了头，他得立刻动身赶过去。"

俞也蹙了蹙眉。葛星宜注意到了，柔声对他说："你别埋怨我哥，就像惠医生的天职是救死扶伤那样，我哥当刑警抓坏人，就是为了让大家的生活太平、安宁。"

"如果那天他不去凉湖，那个连环杀人犯可能又会害得本该全家其乐融融团聚的无辜老百姓家破人亡，我绝对不愿意看到这样。反正，我也不是第一次一个人过年了，不打紧。"

她说起这些来，就像是在谈论一些与自己无关的事，语气轻松。俞也看得真切，整颗心脏都仿佛被人抓在手心里揉成了一团，生疼又酸胀。

他这一次沉默的时间有些长，目光沉甸甸地盯着她。就在葛星宜忍不住想问俞也在想什么的时候，他握着她的手忽然使了下力。下一秒，她便因为惯性，迎面撞进了他的怀里。

葛星宜脸庞砸在俞也的肋骨上，给她撞愣住了，还没来得及反应过来，就感觉到俞也双手紧紧地抱住了自己。

"我还是要埋怨沈叶迦，但我更埋怨自己。"他的嗓音有些闷。

葛星宜动了动脑袋，将脸庞搁在俞也的肩膀上，小声问他："你为什么要埋怨自己？"

"因为我该早点儿来找你的。"他顿了顿，"如果我早一些来，你就不会经历这些了。"

如果他能早一点儿，更早一点儿出现在她的身边，甚至动用些无伤大雅的小手段调查一下任弘，告诉她真相的话，那么后面的一切是不是就不会发生了？她是不是就不会遭遇那么坎坷的初恋，也不会变得对爱情和建立亲密关系感到恐惧，更不会一个人挨过这段漫长又灰蒙蒙的岁月。

葛星宜听到这话，眼尾有些发红，但还是笑着拍了拍俞也的肩膀说道："没事，现在也不晚呢。"

只要是对的人出现，什么时候都不算晚。

"有句话怎么说的来着？"她想了想，"人生在世，谁没遇到过几个渣男。就当是先苦后甜的人生历练吧。况且，其实除了钱财上，我也没怎么吃亏，至少还是坚守住了自己的底线。"

她表现得越是豁达,俞也的心里反而越不好受。他没再说话,一直安静而有力地抱着她,仿佛要将她整个人都嵌进自己的身体里。

葛星宜任由他抱着,他人瘦,骨头硌在她的身上有些疼,但她却仿佛感觉不到,甚至还想和他拥抱得更紧一些。

不知道过了多久,俞也终于轻轻松开了她。她都没看清他脸上的表情,就感觉到他忽然抬起手,捂住了她的眼睛。下一秒,他温热柔软的嘴唇便不偏不倚地落在了她的眉心。

"我不太会说话。"

落下这个吻后,俞也的嘴唇移开了一些,又往下,落到了她的鼻尖。湿润的触感再次袭来。

"说话不好听,也不懂浪漫。"他从她挺翘的鼻尖离开后,顿了顿,嗓音有些沙哑,"可能一辈子都会是这个样子。"

因为被捂着眼睛,葛星宜什么都看不见,只能听到他低沉好听的嗓音在耳侧响起,以及用皮肤去感受他的手掌和嘴唇上渡过来的浓浓炙热。

"但我想告诉你,过去再不好也都是过去,未来有我疼你。"

说完这句话,她的嘴唇便一湿。一个温柔至极的吻落在了她的唇上。

葛星宜蒙了。她眼睛被他的手盖着,什么都看不见,只能感觉到客厅的灯光和窗外的阳光隐隐约约地从他的指缝间透进来。

从俞也吻上她眉心的那一瞬间,她的浑身就开始战栗不已。唇齿相依的那一瞬间,她觉得自己的手心都湿了。

俞也的嘴唇很软,唇齿间的温度和他平时给人的感觉又截然不同,一点儿都不冰冷,温暖又炽热,好似冬日里的烛火,将她已经暗淡已久的世界彻底点亮,从此变得灯火通明,绵延千里。

葛星宜最开始僵在那里一动没动,只听到自己的心跳一声比一声响,到最后,她感觉自己的耳膜都快被震碎了。也因此,俞也后面退让了一些,说了一句话,她都好像听不到似的。

"宜宜。"

见她没反应,他又唤了一声。

她依然没动静。

俞也将手轻轻放了下来,深邃的眼眸定定地看着她。

葛星宜的眼睫轻颤了下,缓缓睁开眼来。她觉得她的嘴唇都好像已经不是自己的了,在光亮中对上俞也那双漂亮的眸子后,她张了张嘴问:"你

158

刚刚说什么？"

他看着她脸颊上的片片绯红，眼眸里闪过一丝笑。就这么静静地注视了她几秒，他再次抬起手捂住了她的眼睛。

"我说，"俞也顿了顿，声音低得仿佛梦呓，"你牙齿咬太紧了。"说完这话，他再次偏头朝她吻了过去。

葛星宜大脑一空，条件反射地张开了嘴。就那么一瞬间的工夫，俞也便撬开了她的牙关，将自己的舌抵了进去。她刚刚才喝过酸奶，口腔里充斥着甜甜的杧果味，被他的唇舌这么卷进来一搅和，也将他沾染上了相同的味道。最后两相融合，彻底分不清彼此。

这个杧果味的吻持续了片刻，葛星宜终于从最开始的手足无措里恢复了一丝清明。因为她逐渐发现一个问题，虽然这么说不太好，但某人好像……不太会接吻。有几次，他因为急切，都差点儿咬到她的舌头。

葛星宜忍了片刻，最后还是没忍住，双手抵着他的肩膀，自己往后退了点儿。俞也的手顺势松开，她看到他的眼眸颜色比平时显得更深了，黑漆漆的，里面蕴着肉眼都可见的浓烈情愫。

俞也缓和了下呼吸，低低问道："咬到你了？"

葛星宜瞅着这个神奇的"母胎单身外星生物"，一时竟不知道该开心还是无语。怕打击到他的自尊心，她没应声，只是用手攥了攥他的肩膀，小声回："没事，你没经验。"

"我会学的。"俞也见她一副为难的模样，语气里居然有一丝往日根本不可能看见的犹疑，"多实践，应该很快就学会了吧。"

这话一说完，他又要抬手遮她的眼睛去吻她。

葛星宜偏了下脸，狐疑地问："你为什么每次亲我的时候，都要捂住我的眼睛？"

俞也顿了下，没吭声。但是如果葛星宜仔细观察一番便会发现，某人每回亲完她，脸颊上都会残留着淡淡的红。因为他肤色白，那抹红便看着格外明显。再仔细点儿，甚至还会看到他连耳朵根都是红的。

接完吻都尚且如此，那么接吻的过程中，只会更严重。

除了这不可言说的羞涩以外，还得算上某人根本就不会亲。他生怕自己亲她时那丝平时根本不可能表现出的紧张和慌乱让她看破又看笑，说不准会使她的好感度下降。

此处俞大富豪内心丰富多彩的小九九暂且不提，但在他还未来得及开

159

始第三次试验时，葛星宜屋的门就被敲响了。敲门的人多少有点儿缺乏耐心，五秒钟之内连续敲了三次。

俞也只得无奈地松开葛星宜，走到玄关去开门。当屋门一打开，他看到门外站着的沈叶迦，刚刚那股还没那么明显的不耐烦直接蹿到了天灵盖。

方才听葛星宜说的那些事，再加上亲密试验被打断，新仇旧恨叠加在一块儿，俞也恨不得让沈叶迦这个人直接从地球上消失。于是，他就这么冷冰冰地看着沈叶迦，也不说话，整张脸上都写着一行字——"你走不走？"

沈叶迦才不愿意看他这张臭脸，抬起手便直接推着他的肩膀将他扒拉开，长腿一迈跨进屋里。

葛星宜抬眼看到沈叶迦来了，高兴地从沙发上站了起来，亲亲热热地冲着他喊："哥。"

沈叶迦脱了鞋，头也不抬地说："俞也，给我拿双拖鞋。"

俞也权当他是在放屁，转过身就往客厅走。倒是葛星宜听了这话，快步走到玄关打开鞋柜，帮他取拖鞋。

俞也一看自家姑娘做了这事儿，又不乐意了，在原地僵立两秒，最后没好气地接过了葛星宜手里的拖鞋，替她关上柜门。接着，他便将那双拖鞋甩在了沈叶迦脚跟前，搂过葛星宜的肩膀就往里走。

沈叶迦都给他气笑了，拨正了那双被扔得一前一后的拖鞋，边穿边骂："俞也你怎么那么欠儿啊？"

俞也搂着人坐回沙发上，没好气地回道："关你什么事？"

"你以前这么欠儿，确实不关我的事。"沈叶迦穿上拖鞋进了客厅，大马金刀地在他们旁边那张沙发上坐下，"但现在关我事了。"

沈叶迦似笑非笑地揶揄他："你不是想让我给你当大舅子吗？"

俞也："……"

眼看着俞也那张脸快要绷不住，葛星宜赶忙哭笑不得地出来做和事佬："哥，你怎么动作那么迅速？我还以为你得耽搁好一会儿。"

"不需要。"沈叶迦耸了耸肩，"一进局子，我随便唬了那姓任的几句，他就吓得尿裤子，把之前做过的所有事儿都一五一十地全招了。"

听到这话，葛星宜的心里"咯噔"了一声。然后，她小心翼翼地观察了一番沈叶迦的脸色，试探性地问："他都招了些什么？"

沈叶迦看了她一眼，反问道："跟你有关的那部分，你自己不是最清楚了吗？"

他说话的语气,听起来无波无澜,似乎也没怎么提高音量,但葛星宜却立刻慌了。

果不其然,下一秒,沈叶迦便勾着唇角说:"宜宜,好几年没见,长出息了,会背着哥偷偷谈恋爱了,还谈了这么个坏到骨子里的破玩意儿。"

"要不是今天碰巧我过来,亲自审的他,我可能一辈子都会被你蒙在鼓里了。"沈叶迦说到这儿,顿了顿,嗓音居然变得更轻柔了,"你同哥说说,除了讹你钱,他还做了什么?碰你吗?"

葛星宜的脸皱成了一团,下意识地往俞也身后缩了缩。

她跟沈叶迦的感情其实从小都很好,但这种对兄长的喜欢里还夹杂着敬畏。

她有点儿怕她哥。

她知道沈叶迦都是为了她好,特别疼她这个妹妹。但他气场太强,手腕太硬,一旦她被任何事或者人伤害到,沈叶迦都会做出非常狠厉的举动。

俞也忍到现在,一察觉到葛星宜不经意间的小动作,再也忍不住了,身体往前倾了倾,蹙着眉头看着沈叶迦道:"你别把审犯人那套带到她身上来。"

"我在好好问我妹妹话呢,"沈叶迦说,"你别插嘴。"

"现在事情已经过去那么久,你问她这些还有用吗?"俞也冷着张脸,一个字一个字地往外蹦,"她最难熬、最需要你的那段日子,你又在哪儿?"

沈叶迦听了这话,轻敛了下眼眸。

"抓犯人是正事,关心自己妹妹就不是了?"俞也从前面听葛星宜说的那些事情开始,心里就压着一股邪火,这会儿一股脑儿地释放了出来,"你但凡稍许留意一下她那段时间的行踪和精神状况,事情就不会发展成这样。万一任弘做得更恶心一点儿,危及她的性命呢?这种亡命之徒有什么事儿是做不出来的?"

他平时一向话很少,这是葛星宜和他认识到现在,第一次听他一下子说那么多话。她都给听蒙了,忍不住侧头看去。俞也英俊的脸庞上此刻堆满了凌厉和冷峭,但在其中,她却看到了深深的自责。

这些话虽说是冲着沈叶迦去的,但更多尖锐的冰刀,却根根向着他自己。因为他觉得自己来迟了。不管是出于什么原因和理由,他都觉得自己该更早地来到她的身边。哪怕她会不知所措和莫名其妙,他也该在早几年就闯进她的生活。那样的话,他的姑娘,就不会一个人在黑暗里走那么久了。

沈叶迦这回没有再同俞也抬杠,脸上的笑容也随之消失了。

沈叶迦的眉眼其实和葛星宜长得不是很像,葛星宜偏柔和,他偏硬朗,这种硬朗里又比和他类型相似的惠熠多了丝锋利。兴许是因为长期和犯罪分子打交道,他的气场里就带了丝普通人身上没有的强硬和紧绷。所以他不笑的时候,其实看着有点儿瘆人。

俞也自然不会怕沈叶迦。他扔完这些话,反手就扣住了葛星宜的手,紧紧地攥进自己的手心里握着,轻轻揉了揉示意她不要害怕。

过了良久,沈叶迦才缓缓开口。他目光深深地看着葛星宜,低沉而郑重地说:"宜宜,对不起,这些年,是哥没有保护好你。被这种畜生缠上,不怪你,都怪哥。让你受委屈了。"

葛星宜一怔,觉得喉头有些发紧。她好像从小到大,从来没见过沈叶迦的身上出现这种肉眼可见的低落和萧索。所以她一时都以为,自己是不是看花眼了?但这股气息只出现了没几秒,便被沈叶迦尽数敛了回去。下一秒,她便听到他一字一句地道:"从今以后,哥都不会再离开你身边了。"

葛星宜张了张嘴,问道:"你不回长川了吗?"

沈叶迦虽然常年在外奔波办案,但是其主要工作所在地一直在长川。

"不回了。"他回得很干脆,"而且,我以后都不干刑警了。"

此话一出,葛星宜和俞也望着沈叶迦的目光都讶异地动了动。

葛星宜和俞也对视一眼,忍不住问:"为什么?"

她一直都觉得,她哥会一辈子干这个职业,是因为他适合,也热爱。所以她才不想过多地去打扰他、影响他。社会需要更多像沈叶迦这样的人挡在普通人的身前。

但沈叶迦似乎对其中的缘由并不想多做解释,选择直接跳开了话题:"所以,那姓任的畜生我现在管不了,只能委托同事让他好好吃点儿苦头。本来就一直在缉捕他,他还自己傻呵呵地跑出来送上门,身上涉嫌重大诈骗案好几桩,他这辈子都该被关在牢里。"然后,他顿了顿,嗓音也柔和了下来,"从此以后,哥就当个普通小民警,在离你最近的地方护着你。"

第七章
蝴蝶园

　　沈叶迦这话说完，一屋子的人顿时脸色各异。
　　俞也的脸瞬间又变得如同烧焦的锅底，而葛星宜则是既疑惑又开心，忍不住追问道："哥，你说的是真的吗？你真的从刑警转成民警了？"
　　"哥怎么会骗你？"沈叶迦抬手指了指门的方向，"以后我就在咱们院儿拐弯那个警局工作。"
　　葛星宜的眼睛瞪得更圆了："这么近？"
　　沈叶迦弯了弯唇："嗯，就是这么近。"
　　侧头看了一眼身边葛星宜脸上隐藏不住的欣喜，俞也一言难尽地盯着沈叶迦看了几秒，冷声道："没人想让你离那么近。"
　　沈叶迦听到这话，目光又扫了过来："我还没来得及点到你头上，你倒是自己跳出来了。"
　　他此时抬手指了指俞也，问葛星宜："宜宜，你和这欠揍的玩意儿是怎么认识的？"
　　葛星宜忍着笑道："他是咱们院里的租客，现在就住在这儿呢。"
　　此话一出，沈叶迦表情一愣。他话虽是冲着葛星宜说的，但脸却慢慢地转向了俞也，努力让自己的音量听起来正常一些："你说他是……租客？"
　　"是啊。"葛星宜点了点头，"他住后罩房。"
　　沈叶迦愣了一下，眼底写满了"不可置信"四个大字："你说……他现在租住在那间朝向最不好、最潮湿、整个院儿里面积最小、住着最不舒服的后罩房里？"

葛星宜都被沈叶迦说得有点儿不好意思了，小声道："哥，后罩房也没你说的那么糟糕……我挂牌招租前都已经重新整修翻新过了。"

她话音刚落，就听到俞也淡淡地跟了句："不糟糕。"

沈叶迦一动不动地盯着俞也看了足足有半分钟，终于忍不住开口道："俞也，你脑子被门挤了？你一个亿万……"

他们三个分坐在两张沙发上，葛星宜同俞也一块儿坐长沙发，沈叶迦则坐在俞也左手边那张单人沙发上，所以从位置上来看，俞也离他比较近。也因此，沈叶迦这句"你一个亿万富翁来住这破屋子干吗"才只说了前三分之一，就被俞也从茶几底下不动声色地、狠狠地踩了一脚。

被大富豪猛踩一脚的沈叶迦一声闷哼哽在喉咙里，吐又吐不出来，骂又骂不得，只能瞪圆了眼睛盯着他猛瞧。

俞也面无表情，但回视着他的目光里却打着一行字——"你再多说一个字试试"。

葛星宜不明所以，眼神在这俩男人之间滴溜溜地转，看了半天也没能看明白他俩眼神里那些错综复杂的交流。

过了片刻，沈叶迦终于忍不住了，再次开口道："你到底搁我妹这儿搞什么角色扮演呢？你不是整天忙得要死，连觉都不睡的吗？"

"我是很忙。"

"所以？"

"但和来这里找她并不冲突。"

沈叶迦深深地吸了一口气，揉了揉太阳穴："那你让我调取的陆京高利贷公司名单是？"

俞也干脆地点了个头。

当时他来四合院的第一天，撞上那两个来威胁葛星宜的人，就猜到她有债务在身上。所以后来立刻就让沈叶迦帮忙拉了高利贷公司的名单，叫吴瑞他们帮着一家家打电话过去查，最终才锁定了找葛星宜追债的那家公司。

知道是哪家公司的当天，他就直接拎着那袋现金过去把事儿给了了。

沈叶迦当时只以为俞也查那些公司名单，可能跟他的公事有关，做梦都想不到居然是和葛星宜有关。

他定定地看了一脸理所当然的俞也几秒，都给气笑了："行，敢情我是给你追我妹做了个嫁衣呗？"

俞也冷笑了一声："那我也是不会感谢你的。"

沈叶迦望着他的目光有些深意，过了半响，他忽然道："你别跟我说，她就是那个你那么多年念念不忘、我一直当你在胡扯瞎编的故事里的女主角啊？"

俞也这回没吭声，似乎是没耐心再继续应付下去了。

沈叶迦跟他认识了那么多年，一看他这表现，就知道自己八成是猜对了，脸上的神情顿时变得更为复杂难言。

葛星宜坐在旁边听了老半天他俩之间的"加密"通话，脑袋上还是缓缓地打出了一个问号。她只觉得他俩之间交流的内容应当与自己有关，但因为他们提的字眼都很片面，放在一起她就有点儿捋不清了。

想了想，葛星宜这时从俞也的身后缓缓探出一个脑袋，问沈叶迦："哥，你们俩是不是认识很久了？"

虽然他们俩之前都从未对她提过认识彼此的事，但从这互动的程度就能看出来，两人应当是很有一段渊源了。

沈叶迦收回放在俞也身上的视线，说道："确实认识时间不短了，不然这欠揍玩意儿敢这么对我呼来喝去？"

"不过，我是真不知道他居然认识你。"沈叶迦又说，"那么多年他从来就没提过半个字，要是我知道他对你心怀不轨，我打死都不会让这家伙有机会接近你的。"

俞也动了动唇，没好气地说："鬼才知道她还有个亲哥是你。"

"怎么着？"沈叶迦勾着唇角痞痞一笑，"名字听起来是没啥关系，但长得好看出自一家是吧？"

"赶紧出去。"

葛星宜掩着嘴偷偷笑道："你俩关系可真好。"

俞也和沈叶迦同时转过头看向她，异口同声地道："谁跟他好！"

叫完这一嗓子，俩人又回过头看着彼此，不分前后地变得一脸的一言难尽："你别学我。"

葛星宜直接笑趴了，连连冲着他俩竖大拇指。

她真的许久都没有这么高兴过了。好几年没见着、一直惦念在心里的哥哥终于回来了，今后还会一直待在离她最近的地方；还有个神秘古怪却又把她放在手心里疼、极为护短的男朋友守着她、陪着她。

165

当俞也说今后会介绍给她认识他的朋友时,她做梦都想不到,原来这里面有一个是她的亲哥哥。人与人之间的缘分,永远都是那么地出乎意料又妙不可言。这让她觉得,连未来未知的日子,都仿佛变得值得让人期盼起来。

见葛星宜笑得那么开心,俞也和沈叶迦的眉眼里也都浮现起了一丝欣慰。

当发现俞也流露出和自己相近的神色时,沈叶迦又炸了,指着他道:"收起你这副表情,俞也我告诉你,我可没同意过你跟我妹在一起。"

俞也连看都不看他一眼:"谁管你同不同意,我都已经追到了。"

沈叶迦这时转向葛星宜:"宜宜,现在院子里连一间屋子都腾不出来了吗?"

葛星宜点了点头,将目前四合院所有租客的情况都如实交代了一遍。

听完后,沈叶迦思索片刻,果断地说:"那在有人搬出去之前,我先住你屋里的偏房吧,应该不会持续很久。"

葛星宜刚想说"行",就听到俞也冷声道:"不行,男女授受不亲。"

沈叶迦匪夷所思地望着他:"我是她亲哥!"

"亲哥也不行。"俞也比他还干脆,抬手一指后罩房的方向,"我的屋给你,我住这儿。"

于是这个沈叶迦短时间内究竟住在四合院里哪间屋子的问题,彻底引发了一场大战。三人讨论了半天……也不是三人,沈叶迦和俞也争论了半天,最终也没定下个大家都能通过的方案来。

到最后,沈叶迦被俞也的冷言冷语刺得烦了,抱着手臂耸了耸肩道:"得了,那我干脆先租四合院对面那小区去,反正你是别想跟我妹住一间屋子。"

俞也一脸不满,刚想又刺他一句,就感觉到葛星宜温柔地揉了揉他的手,安慰道:"算啦,你看,我哥都已经让步了。"

俞也沉默了。

沈叶迦这辈子都没见过俞也这么听话,仿佛在看一只稀世珍兽那样:"我的天,俞也,你居然也有今天?我不会是出幻觉了吧?"

"沈叶迦,你能不能滚回长川去?"

"要不这样,你把你的屋子让出来给我,你回去住你的豪……"

"行。"没等沈叶迦把话说全,俞也直接打断了他,没好气地说,"你爱住哪儿住哪儿。"

退一步,海阔天空,忍一忍大舅子,立地成佛!俞也在心里这么对自己说。

日子过得飞快,一眨眼,江挽川在陆京拍的新剧终于杀青了。

杀青的那天是个风和日丽的深秋,江挽川一从片场出来,脚还没跨上车,就给孟恬打电话过去:"我杀青了。"

在江挽川无微不至的悉心照料以及陪伴下,孟恬的精神状态要比之前好上不少,连杨医生上门来看诊的时候都说,她症状已经转为了最轻度,假以时日,便会彻底康复。

孟恬在那头赶稿,听了这话,放下画笔,笑眯眯地回应道:"恭喜恭喜!"

"吃午饭了吗?"江挽川上了车后,温声问道。

"还没呢。"

"我还有半个小时到四合院,等我一块儿。"

孟恬的手机开着免提,小叶在旁边听得一清二楚,这会儿立刻笑着拿起手机去外面打电话,让人再多做一份午饭送过来。

孟恬听着电话那头江挽川均匀的呼吸声,忽然心中一动:"江挽川。"

"嗯?"

"我怎么觉得,你最近心情好像特别好的样子?"

虽说这么多年,他很少情绪外露,和她在一起时也总是笑容满面的。但最近这段时间,她总觉得他的心情好得有些出奇。

具体来说,就是有时候在家,他俩自顾自地专心做着自己的事,她一回头,居然能看到他弯着唇角在笑。还有,就昨天晚上,他回到家的时候,居然在厨房一边给她泡牛奶,一边哼着歌——哼一首她从来没听过,但应该是情歌的歌。哼得她那叫一个毛骨悚然。

哼情歌这事儿确实不稀奇,但稀奇的是,江挽川是个沉稳内敛的人,一般真的很少会做这种情绪外放的事。她说不出来哪里不对,但总觉得哪里都不太对。

听完这话,那头的江挽川沉默了两秒,忽然换了种玩味的语气:"怎么能不好?最近我的日子过得可太滋润了。"大明星不徐不疾地说着一些根本入不了耳的话,"具体表现为,比如前几天,某只小猫晚上又缠着我。"

"江挽川！"好脾气如孟恬都忍不住了，恨不得把自己那两只已经红到滴血的耳朵全都缝上，绷紧了嗓子说，"你在大家面前胡说些什么呢！"

他在商务车上的时候，按照她的了解，一般车上至少得有四个人。不算小叶的话，包括但不限于经纪人胡亮、司机周师傅，以及另外两个他的助理。

江挽川此时捏着手机，靠在自己的座位上，瞥了眼前座竭力在忍笑的胡亮和旁边几个既面红耳赤又忍不住竖起耳朵偷听的小助理，慢条斯理地说："宝贝儿，车上就我一个人呢。"

有一个平时正儿八经、不苟言笑，却在私底下那么不要脸的老板／男朋友，究竟是种什么样的体验？

"我要挂电话了。"孟恬一手捂住自己的眼睛，最后几个字甚至都带上了点儿咬牙切齿的意味。

"甜甜，"江挽川含笑道，"随便带套换洗衣服和日常用品，我们吃过饭就出发去温泉。"

孟恬本来正要挂电话，听到这话，她愣了一下："今天就去泡温泉？"

她分明记得他说过，杀青之后下午要去拍个杂志封面，晚上还有个专访，明后天也有其他的工作安排。他俩先前讨论着，想的是等过两周，他空一点儿的时候再去泡温泉。

江挽川说："今天就去。"

"那你的工作……"

"我今天就想做个昏君，你就只管陪着昏君乐不思蜀便好了。"

孟恬向来拿他没办法，无奈地叹了口气，刚想说声"行"，下一秒，便听到他道："对了。"

"嗯？"

"泳衣不需要带。"

"为什么？"

"私汤温泉，池子里就我们俩。"

孟恬反应了两秒，刚刚才褪到脖颈处的红再次飙到了头顶。她张了张嘴，直接将电话给掐断了。

被女朋友挂了电话的人，捏着传来阵阵忙音的手机，脸上的笑容却更盛了。

江挽川收起手机，对终于可以放声大笑的胡亮和几个听墙角听得心潮澎湃的助理说:"大家辛苦了。明天过后,好好享受一段悠长的假期吧。"

江挽川订的这家私汤温泉他们之前去过一次,在陆京的郊区,从四合院开车过去大约四十分钟。

等他俩上车后,周师傅直接就关上了车门,作势要发动车。孟恬一怔,赶忙道:"周叔叔,您先等等,小叶和亮哥他们还没上来。"

"甜甜,"江挽川对周师傅使了个眼色,轻轻地拉了拉她的手,"小叶、亮哥他们不和我们一块儿去,不用等他们。"

她诧异道:"啊?"

以前每回他俩出去约会或者度假,小叶和胡亮都会跟着去,不仅起到迷惑狗仔的作用,也是为了保护他们、陪着他们。

虽说两个人独处的时间多少会因此而缩短一些,但她早已习惯了这种大家庭一块儿出行的模式,和大家一起玩儿也觉得很开心。

江挽川揉了揉孟恬的手,继续睁着眼睛瞎编:"小叶她男朋友最近想带她见家长来着,他们今天得去购置一些送给长辈的礼品;亮哥他儿子的学校今晚开家长会,他太太没空,他得过去一趟。"

"那璐璐和安妮呢?"

"她俩今天也有私事,脱不开身。"

孟恬蹙了蹙眉,总觉得好像哪里有点儿说不上来的奇怪。

平时团队里的人哪怕有私事得走开,也肯定会分工明确换其他人过来陪着,怎么今天大家的事情全都堆一块儿了呢?

见她动了动唇,又想质疑,江挽川便轻轻补上一句:"团队其他有空的人其实想来陪着的,被我拒绝了。我说难得一次,让我奢侈一回,我就想和你过个没有任何人打扰的二人世界。"

此话一出,孟恬咬了咬唇,脸颊有点儿发烫。

"况且,咱们也就在那儿待一个晚上,不会有什么不可控的情况发生。"他眼眸一闪,不动声色地将话题扯开了,"对了,明天晚上,我们是不是要帮葛星宜过生日来着?"

一听到葛星宜的名字,孟恬的思绪还真跟着转移了:"对了,说到这个,我们之前一块儿给宜宜订的生日礼物,那套香薰蜡烛今天早上到了,实物比图片上还要好看呢!"

见她的注意力终于被移走,江挽川在心底暗暗地松了口气,而后徐徐接上:"那是,我们甜甜的眼光多好。"

"不知道布布和惠医生挑了什么,听布布的口气,好像是个会让宜宜捧腹大笑的东西。"孟恬说,"如果是这样,我总觉得这礼物应该跟也哥有关。"

"说起来,我还真没想到也哥居然会主动在微信里建群把我们拉进去。"谈及此事,孟恬还是一脸不敢置信,"那天早上打开微信,我人都傻了,有一瞬间甚至怀疑自己是不是被盗号了。"

一个月前的某天凌晨四点,俞也在微信里拉了个群,将孟恬、江挽川、惠熠、言布布以及讨人厌的大舅子沈叶迦都拉了进来。这欠揍玩意儿拉了群之后,就扔了一句干巴巴的话:十月二十日晚上六点,在宜宜的屋子给她庆生。

没有前后因果,也没有来龙去脉,更没有任何详尽补充。

等大家早上睡醒爬起来一看,所有人都是一脸蒙。问他到底怎么庆生、谁来做饭、要不要出去吃、葛星宜本人知不知道、蛋糕买什么样的……一概石沉大海。

大家伙儿见他没声音,知道这家伙肯定又在忙活自己的事,便在群里自顾自地讨论起来,热火朝天地讨论了一上午,定下了至少三套不同的庆生方案。结果,到了中午十二点左右,消失了大半天的俞也出现了,轻飘飘地来了句:你们人来就行,其他一概不用管。

孟恬几个四合院的租客深知俞也的脾性,也懒得跟他吵,虽然精心想的方案直接被否决了,但想着葛星宜是他的女朋友,他总会安排得最周到,听他的就听他的吧。

而沈叶迦可没那么好的性子,当场就炸了,在群里说:凭什么按你的来?我觉得大家讨论出来的三个方案都很不错。

然后,所有人就眼睁睁地看着这俩在群里杠了一个小时。

到最后,"潜水"了很久的江挽川出来说了句话:你俩的方案各取一半成不?

俞也和沈叶迦同时回了句:凭什么不用我的方案?

发完这句话,这俩又差点儿杠起来。

江挽川说:行,那你俩继续杠着吧,我把葛星宜拉进来,让她自己选。

俞也和沈叶迦瞬间都没话了。

想到这里,孟恬就忍不住轻轻鼓了鼓掌,冲着江挽川道:"不得不说,你对付'神奇宝贝'还真是有一套。"

"不难对付。"江挽川单手支着下巴,"你记不记得以前我们念书那会儿,我家隔壁邻居杨叔叔家养的那只大金毛?"

孟恬想了想:"记得,好像那只大金毛还特别喜欢你来着。"

"嗯。"他微微一笑,"我就是用对付大金毛那套对付俞也。"

"……"

远在四合院的俞也忽然打了个大喷嚏。

谁在骂我?

到了私汤温泉酒店之后,江挽川和孟恬刚下车,就看到门口有一个看着就很机灵的年轻男人朝他们快步走来。

"江先生,孟小姐。"男人冲着他们非常礼貌地打了个招呼,笑眯眯地说,"我是你们的专属管家小程,欢迎你们的到来。"

小程显然应该早就和江挽川通过气了,表现得相当有准备:"来,请跟我往这边走,不用去前台登记,我直接带你们去已经准备好的房间。"

虽说今天是个工作日,这家私汤温泉酒店又是贵宾预约制的,本就没什么人,但孟恬还是担心有人看见,边走边小心翼翼地观察着四周的情况。

江挽川注意到了,笑着一把扣住了她的手,将她拉到自己的身侧,说道:"不用紧张,他们会密切保护好我们的隐私,不会被人看到的。"

"江挽川,"孟恬动了动唇,"我怎么觉得你今天有点儿……"

他抿了下唇,故意反问道:"太帅了?"

"不是。"孟恬无语地看着他,"我也不知道该怎么形容。"

说他是太不谨慎也不太确切,好像更有点儿像是飘飘然的高兴。她还真不明白,有什么事值得他那么高兴,甚至到了忘乎所以的地步?

两人跟着小程,沿着一条石头铺成的蜿蜒小路走了一会儿,很快就走到了一处偌大的独立别墅门口。

小程从衣服口袋里小心地拿出房卡,递给江挽川道:"江先生,房间都准备好了,我就不打扰你们了,有事情随时可以打管家专线找我。"

"谢谢。"

江挽川用房卡刷开门后,带着孟恬走进别墅。

这栋别墅似乎有整整三层,空间巨大,装潢布置也极具设计感。孟恬身为一名资深设计师,本就喜欢研究设计相关的门类,刚想仔细看看别墅的格局,忽然就被身后的江挽川拖住了手。

她转过身,猝不及防地被他拉入怀中。

"甜甜。"江挽川轻轻抬起她的下巴,目光深深,"我人在这儿,你在往哪儿看呢?"

江挽川的声音其实很低,但落在偌大的别墅里绽出片片回音,便显得让人格外无法抗拒。

孟恬被他扣在怀里,对上他那双仿佛可以勾魂摄魄的眼眸,企图用最后的意志与他抗争:"这栋别墅的设计风格我很喜欢,所以我想……"

后半句还没来得及说完,便被他一同吃进了嘴里。

进来时并未完全掩上的别墅大门在他们的身后自动合上,发出"咔嚓"的轻响。清冽的秋风被隔绝在外,一片寂静的别墅中,只能听到两人亲吻声。

孟恬所有的注意力都被江挽川轻易地掳了去,他们抵着彼此的鼻尖,呼吸胶着,吻得难分难舍。

却不料,这个缠绵深入的吻只持续了片刻,江挽川忽然松开了她,对她说:"嗯,去看吧。"

孟恬还沉浸在刚刚那个已然达到临界点的吻里,破罐子破摔地想着接下来也不是不能任由他摆布,却不料始作俑者反而毫无征兆地喊了停。于是,她就这么站在原地眨巴着眼睛,愣愣地望着他,一时半会儿也没走开。

江挽川在原地等了几秒,似笑非笑地睨着她:"怎么不去研究了?"

"我知道你喜欢这样有设计感的房间,所以特意让他们帮我订了这一栋由金牌设计师打造的别墅。"他说,"快去看吧,不然等会儿回头又要说你男朋友是当代法西斯了。"

孟恬有些别扭地咬了咬唇,但她脸皮薄,有些话总是不习惯直接表达出来,最后还是什么都没说地转过了身。

也不知道是怎么回事,刚刚还对这些设计布局兴致盎然,经过江挽川的一打岔,忽然就变得有些兴致缺缺了。

她在客厅和玄关附近转了转,抬手摸了摸墙上的壁画,看了一会儿壁炉,忍不住开始回过头找人。只见江挽川已经脱下了风衣,身着白色卫衣坐在客厅的白色沙发上。他手里拿着一本从一旁的悬浮书架上取下来的杂志正慢慢翻看着,两条大长腿微微交叠,整个人都透着一股漫不经心的闲散,也帅得让人根本移不开眼。

所以这世上有些人天生就适合当大明星,单单往那儿一坐,不施脂粉,什么都不干,就比这屋子里的任何摆设和布局都来得亮眼夺目。

孟恬站在原地看了片刻,终于下定了决心。

于是,当原本就是假意在看书、实际上在空手钓大鱼的大明星手里的书被抽走时,当事人根本没有半分惊讶。

但作为一名多次蝉联最佳男主角的史上最年轻影帝,他动了动空空如也的手指,抬头望向面前抽了书的孟恬,故作讶异地挑了挑眉道:"这就不看了吗?楼上还有两层空间呢。"

孟恬一开始没吭声。下一秒,她柔软的身体微微前倾,一条腿弯曲架在了他的大腿旁侧,整个人都弯下腰抱住了他的脖颈。

江挽川的目光动了动,双手轻轻地落在她纤细的腰际,眼眸已然暗沉下来:"想先来撒个娇再回去继续研究?"

孟恬靠在他耳旁,虽然嗓音有点儿发颤,但还是咬着牙把话给说全了:"现在不想研究,想你抱我。"

听到最后那四个字,江挽川的眼眸一瞬间便完全暗得深不见底。但他居然还要故意使坏,假装自己听不懂:"我这不是已经抱着你了吗?"

孟恬到了这个时候,如果再不知道他是在逗自己,那就真的是傻的了。她红着脸,不吭声,有些羞恼地一口咬上他的后脖颈。

被咬的人却笑得格外开心,宽大的手掌揉了揉她的纤腰,将人轻轻松松地抱到自己的腿上:"我本想今天难得不当一回当代法西斯,却不料我家小猫非要拱着我归位。那我就只能……恭敬不如从命了。"

说完这话,他一边动作流畅地从一旁的茶几上摸过遥控器,"哔"的一声遥控拉上整栋别墅所有的窗帘,一边抬起手,将她的脸颊轻轻地朝自己这边扳过来。

窗帘徐徐拉上,整栋没有开灯的别墅顿时变得漆黑一片。当窗外最后一丝光亮被挡在窗帘后,空气中充满了让人心跳不已的渴望。

…………

孟恬有点儿累,不过还没有到完全睁不开眼的地步,这会儿被江挽川温柔地搂抱着,靠在他的肩头,懒洋洋地偏过头问了一句:"我们晚上吃什么?"

江挽川掬了一手的泡沫,笑着问:"饿了?"

她点了点头。

"我也确实挺饿的,应该说,只吃了个三分饱,看来等晚上得好好加个餐。"

"你闭嘴。"孟恬嘴上这么说着,心里却觉得还不够解气,下一秒便直接抬起手,捏住了他的嘴巴。

江挽川今天的心情是真的好,好像无论孟恬说什么、做什么,都能轻而易举地把他逗笑,这会儿直接笑得眼睛都弯了起来。

看着他如此开怀,不知道为什么,孟恬的心情也变得前所未有的明亮、畅快。

两人在一起的这么多年里,她确实一直都过得很幸福。但是,也总有那么极偶尔的几个细小的时刻,会被那些不属于他的暗潮所伤害到。有那么些许的碎片时间,尤其是他不在身边的时候,自己的心情还是会陷入低落、封闭,不然也不会患上抑郁症。

但是,随着将这个问题开诚布公地谈清楚,他拿出了比起从前更执着甚至已经到了偏执的爱和保护后,孟恬发现,自己好像再也不会害怕被那些暗潮所伤害到了。她现在甚至觉得,就算明天要她和他一起站上台,告诉所有人他们俩之间的关系,她好像……也不是不能做到。

就算她爱的人是被很多很多人爱着、崇拜着的大明星,但那又如何?当他从光芒里走出来,褪下所有闪耀的外衣回到喧嚣平常,她是那个可以包容他身上一切沉重和疲累的人。

这个人,一定是她,也只能是她。因为她比谁都坚定地想要做这个人。她想要一直守护他的笑容,想让他因为她感到快乐,因为她感到温暖,因为她感到自豪。

孟恬觉得自己已经能够做到从阴影里走到阳光下,给江挽川一个为期一生的温暖港湾。

洗完澡后,江挽川陪着孟恬在别墅的二楼和三楼逛了一圈,两个人仿佛连体婴似的紧紧搂抱着,边走边小声谈论孟恬所喜欢的设计部分,格外腻乎,你侬我侬。

不过,在聊天的时候,孟恬注意到江挽川一直有意无意地在看手表上的时间。回到一楼客厅时,她发现他又扫了一眼时间,终于忍不住问道:"怎么了?你是之后有什么事情要做吗?我看你一直在看时间。"

江挽川眸色一动,笑了笑说:"晚上找小程管家预约了酒店里最好的那家创意料理餐厅,心里挂念着想稍微早点儿带你过去,你不是说你饿了吗?"

孟恬不疑有他:"好呀,你和他约的是几点?"

"六点。"

"现在几点?"

"刚过五点半。"

她点了点头,说:"行,那我们现在就过去吧,慢慢走过去也需要些时间的。"

说完这话,孟恬转过身就要去旁边的衣架上拿外套,却被江挽川从后拉住了手又重新抱回了怀里。他抱着她,亲了亲她的额角说:"不过,我忽然想到,我们也不能去得太早。约好的六点,我们六点到那儿就成,他们前期应该还有些准备工作要做。"

她眨了眨眼睛,有些疑惑:"什么准备工作?"

吃个饭为什么还要做准备工作?

江挽川淡定自若,脸上没有露出一丝破绽:"比方说,调酒、前菜的摆盘、房间的温度调试等。小程他们做事向来很细致,上次我们来的时候,他们就将我们招待得很好。我们就给他们留出充裕的时间吧。"

他这时松开孟恬,屈起手指,轻轻地刮了刮她的鼻尖,问道:"对了,你要不要去化个妆?虽然我最喜欢你素颜的模样,不过,等会儿要是我们想在餐厅里拍照留念的话……"

两人以往出去玩儿,总会留下些相片。江挽川长得那么好看,孟恬每回和他合照,都会有心穿着最漂亮的衣裳,化着最精致的妆容。就算这样在镜头前也比不过他的盛世美颜,但至少还能摆在一起稍微看看吧?

这话正中孟恬的下怀,于是她没再犹疑,转过身就回楼上去化妆、换衣服了。

等她的身影消失在楼梯的尽头,江挽川才低低地松了口气,赶紧摸出手机发消息。

等到六点左右,孟恬才下楼来。她步履匆匆,脸上带着歉意:"最开始眼影没画好,我全部擦了重新弄,耽搁了一会儿,迟到不好,我们赶紧走……"

"没事儿。"他快步走过去,牵了她的手,以防她不小心摔跤,"我和小程说过了,他让我们慢慢来。"

等快要走到玄关的时候,孟恬才发现,江挽川也换过衣服了。而且,他居然罕见地穿上了白衬衣和黑西装。她很少见他穿得这么正式，除非是要去参加盛大的晚宴或者走红毯。江挽川平时向来不喜这么穿，闲暇时的着装相当随意，就算和她出去玩，也都是轻装上阵。

孟恬站在玄关看着他穿鞋，忍不住说："江挽川。"

"帅得你受不了？"江挽川穿上鞋，直起身，冲着她意味深长地笑了笑，"不急，等吃好饭回来，哥哥再慢慢抱你。"

别墅玄关的壁灯很是明亮，因为壁灯巧妙的设计，那灯光投射下来的时候，还蜿蜒出了一道优美的弧度，恰到好处地打在了江挽川的身上。

孟恬此刻像是在欣赏着一幅惊世画作——她面前的年轻男人身着正装，里面白衬衣的领口有两颗黑色的镶银纽扣，很是精致出挑，而外面的那件有少数花纹点缀的黑西装，则将他宽肩窄腰的身体线条完美地勾勒了出来。但就连最好看的华服，都比不上他那张每回在大银幕上让无数人为之沉迷的脸庞所散发出来的光芒。他英俊得仿佛神祇。

孟恬就这么站在原地一动不动地看着他，心脏一瞬间开始急速狂跳。

江挽川自然对她这种目光很是受用，他倚着玄关边的柜子和她对视了一会儿，似笑非笑地说："不饿了？要是不饿，咱们不去吃饭了也成。"

他嘴上这么说着，纤长的手指已经作势要去解自己衬衣的纽扣。

孟恬这才慌忙回过神，红着脸瞪了他一眼，走到他身边，嘴里嘟囔道："谁在想这个了。"

江挽川见她要弯腰穿鞋，却已经先她一步蹲了下来。他半蹲在地上，一只手托住她的一只脚，另一只手拿起她的一只高跟鞋，轻轻地移到她的脚掌下，仰头看着她，眼角、眉梢都挂着笑："那你在想哪个？"

孟恬垂眸望着这个这么多年都如一日，愿意为了她低下身、弯下腰做所有一切的男人，鼻尖一瞬间忍不住有些发胀。

脚踝上是他手掌心的温柔，她感受着那股暖流，忽然道："我觉得我被你宠成了公主。"

"不是我宠出来的。"江挽川将高跟鞋轻推上她的脚跟，慢慢将鞋完全套上去，"你生来就是要许配给我的小公主。"

孟恬听得鼻尖更酸，忍不住揶揄道："你是不是下部戏接了个偶像剧啊？"

要不然怎么会情话这么一套套的，说出来都不带脸红的。

江挽川细致地将两只高跟鞋都给她穿好，又站起身来将大衣给她套上：

"我从来不接偶像剧。"

他这点倒是没说谎，他每回接戏，不是那种严肃的正剧，就是大男主的成长剧或者悬疑剧，拿着偶像剧本子的人多得踏破经纪人胡亮家的门槛了，他都当没看到。而且，在他接的戏里，别说亲吻、拥抱了，就连儿女情长的感情戏都少得可怜。

外界总传言江挽川是为了立演技派人设才这么挑戏，但其实只有孟恬知道，他最主要就是为了她保持洁身自好，甚至连一点儿可能的风险和隐患都不想触发，以免她看到之后会伤心难过。

"有些话，看到你就自然而然会说出口，连腹稿都不需要打。"江挽川这么说着，朝孟恬伸出了手，优雅地做出邀请的姿势，"我的公主，谢谢你愿意赏脸和我共进晚餐。"

旖旎又缥缈的童话梦在这一刻变成了真实——英俊的王子在夜晚时分降临，朝她伸出手，要将她带去未知的惊喜里。

孟恬在如雷贯耳的心跳声中，慢慢地将自己的手放进了江挽川的手心。

两人走出别墅的时候，天色已经完全暗了下来。整座酒店都很安静，石头小路旁的路灯一盏盏亮了起来，绿植和大树在风中发出细碎的沙沙声响。

走了几步，孟恬侧过头看了看只穿着西装和衬衣的江挽川，忍不住道："我前面其实想说的是，咱们就在酒店里吃个晚饭，有必要打扮得那么好看吗？"

江挽川牵着她的手，笑道："不喜欢我打扮得那么好看？"

她摇了摇头说："当然喜欢，只是怕你穿着不舒服。"

江挽川目光定定地停留在她身上几秒，很低地说了句："就算穿着再不舒服，我今天也想这么穿。"

恰好这时他们走到一处拐角，左前方不远处隐约传来稀疏的人声，孟恬总觉得那几个声音听起来有些耳熟，分心去辨了辨，便完全错过了他方才所说的那句话："嗯？你说什么？"

"往这儿走。"江挽川目光一动，走动间不动声色地和她换了个位置，挡住了那边传过来的声响，"甜甜，穿着裙子冷不冷？"

"不冷。"她出门前换了条连衣裙，"我穿着连裤袜呢。倒是你，怎么连外套都不肯穿？"

江挽川表情平静地回道："我热。"

"你看。"他这时握住她的手,往自己的额上轻碰了碰,"我怕热,都出汗了。"

她手指一动,惊讶地发现他竟然真的出汗了。孟恬怀疑地看了眼自己身上的大衣,天灵盖上都打着问号:"你以前有那么怕热吗?"

以前没有,今天有。用尽毕生演技在掩盖着自己浑身紧张的江大明星在心里默默地回了她一句。

两人从小程为他们特意留的侧门进了餐厅。这家餐厅本就都由独立包厢组成,并不设大堂坐席。小程将他们领进包厢的过程中,全程没有遇到任何人。可即便私密性做得如此之好,孟恬依然怀疑江挽川是不是多花钱将这家餐厅包场了。因为除了他们俩的那一间,他们经过的其他包厢里都没开灯。

孟恬本就喜静,无论是这家餐厅的氛围,还是料理的味道,都让她感到很舒适,连胃口都跟着比平时大了些。

江挽川看她吃得开心,心里自然更高兴,在小程来的时候,同他低声耳语了几句,让厨房再多做两道孟恬爱吃的菜送上来。

除了料理,小程还为他们准备了味道极其浓郁的好酒。孟恬的酒量虽谈不上绝伦,小酌几口的能耐还是有的。

也因此,当因为和江挽川聊天聊得兴致高了点儿,她稍微超了点儿小酌的量。酒过三巡,当饭后甜点上了桌时,她巴掌大的脸颊已经变得红扑扑的,显得格外诱人、可爱。

江挽川在对面看得心痒难耐,但又怕一碰就收不住坏了后面的大事,只能强忍。

"川哥,"孟恬大约是有些微醺,眼睛看着比平时更灼亮,还叫了她往常极少数撒娇时才会叫他的昵称,"你怎么都不喝酒呢?"

江挽川被那声称呼叫得骨头都酥了,捏着酒杯忍了半天,终于还是破了功,压低嗓音对她说:"甜甜,到我身边来。"

她放下筷子起了身,乖乖照做。等走到他的身侧,江挽川一把将她抱到自己的腿上,亲了亲她红艳艳的唇说:"我现在不想喝酒,只想吃你。"

孟恬红着脸拍了他一下。

晚餐结束,江挽川签了账单,拉着她的手出了餐厅。

一到室外,夜风吹过来,将孟恬本因为喝了酒变得有些困倦、迷糊的脑袋吹醒了一半,她看了眼他们行走的路径,忽然疑惑地说:"这好像不是回我们别墅的那条小路吧……"

江挽川应了声："他们这儿有个蝴蝶花园好像还挺出名的，不知道现在还开没开着，想带你过去逛逛，正好顺便当饭后消食。"

其实，但凡孟恬这个时候更细心一点儿，就会发现，江挽川对这个酒店的地形布局已经到了了如指掌的地步。但这完全是不合理的。他一个整天疲于奔波拍戏的大明星，怎么会对一个在此之前他们俩只来过一次的私汤温泉酒店如此熟悉？甚至连路都不用问，就知道那个所谓的蝴蝶花园在哪里？

等孟恬跟着江挽川七绕八绕了一大圈，走到小路的尽头，她忽然看到，他们前方的区域在夜色中散发出了极其耀眼的光芒。

江挽川后半程没有再开口说过话。到了此时，他才终于有了动作，抬手拨开两人面前遮挡着的花丛枝叶，侧过身温柔地望向她。

在他眼睛看过来的那一刻，孟恬的耳边忽然响起了一段曼妙的音乐前奏。原本寂静无声的黑夜里，这段前奏凭空而来，毫无征兆。她一开始都听蒙了，直到一道无比熟悉的声音从音乐里冒出来，她才蓦然回过神来。

那是江挽川的声音——

花开繁复萍相依，少时得以遇见你。

那道她挚爱的嗓音，正温柔地吟唱着这首情歌，听得她心尖都在发颤，同时隐约觉得，这首歌竟有些耳熟。

在孟恬依然处于极度的愣怔中，江挽川牵着她的手，带她往花园的深处走去。在他们前方的偌大草坪上，放置着一个个制作精良的巨大玻璃圆球。而在玻璃圆球里，悬挂着一幅幅画作，画作旁点着星星烛火，飞舞着五彩斑斓的蝴蝶。整个花园里，依照着顺序，在他们的左右两边，整齐地摆放着两排这样的玻璃圆球，几乎成了一道世间难见的盛景。

孟恬的瞳孔在看到那些玻璃圆球时急速放大，她觉得自己浑身的血液都在沸腾。就在她以为自己今晚不可能更震惊的时候，一道敞亮的灯光忽然从高处打下来，落在了花园的尽头。在那道亮得几乎有些刺眼的灯光下，她清清楚楚地看到，在灯光围聚而成的那片影子里，立着一样东西。那东西几乎同她一般高，安静地悬挂于银质的衣架上。

衣架的最顶端是一片仿若无边的白头纱，而白头纱的下方，则是一件镶嵌着华贵钻石、繁复花纹、尾摆几乎看不到尽头的洁白婚纱。

"我的甜甜公主。"就在这时，江挽川深呼吸了一口气，声音里隐藏着几分几不可见的紧张，"欢迎来到我为你建造的蝴蝶乐园。"

耳旁温柔的音乐还在缓缓流动着，孟恬听他唱歌听得太入神，以至于一开始都没有听清江挽川对自己说的这句话。过了片刻，她才动了动唇，尾音都有些发干："江挽川……"

他见她这个反应，忍不住笑道："抱歉，我等这一刻等了太久，不能容许有一分一毫的出错，所以前面使了些无伤大雅的小手段。"

这些无伤大雅的小手段，应当包括但不限于他忽然就对她说要带她来泡温泉，临出门时让她换一身好看的衣服还要化个妆，自己则穿上了平时从来不爱穿的正装，以及吃完饭后突然说要带她来看蝴蝶花园作为消食活动。

而她甚至觉得，他别有用心做的，还不止这些。

"追究放在后头慢慢算。"江挽川勾了勾孟恬的手指，将她引到了第一个玻璃圆球旁，"请公主先看看，我能不能将功抵过。"

孟恬眼睫微颤，朝那圆球中悬挂着的画作望过去，借着烛光几乎一眼就认出那是儿时的他们。

当年他们第一次见到彼此，是他搬到她家楼下的那天。那是个炎炎夏日，孟恬被妈妈牵着去超市买了冰淇淋回来，正巧在电梯里遇见跟父母一起推着箱子进来的江挽川。

江挽川那时候年纪虽小，但已经被星探发现，客串出现在各种短片和广告里，所以每天都会看电视的孟恬几乎一眼就认出了他。

"水果糖。"孟恬看到江挽川进来，张了张嘴，便冒出这没头没尾的三个字。

孟恬妈妈一开始都没明白她为什么会这么说，直到听到小小的江挽川笑眯眯地应了声："嗯，是我。"

"妈妈。"她开心地晃了晃妈妈的手，"哥哥在电视里吃水果糖。"

孟恬妈妈定睛一看，这才发现这长得好似精雕玉琢的小男孩儿确实很是眼熟："啊，你是不是那个拍水果糖广告的小男孩儿？"

"确实是我家小川。"江挽川妈妈的脾性也很好，这时主动对孟恬妈妈说，"你好，我们是今天刚搬到702室的住客，以后就是邻居了，请多多关照。"

"呀，那就在我们家正下面那户，我们住802室呢。"孟恬妈妈说，"好的，好的，以后有空多带着小川来串门啊！"

两家大人聊到一块儿的时候，江挽川忽然朝依然目不转睛看着他的孟恬轻轻勾了勾手指。

孟恬毫不设防地凑到他身旁,就听到他问:"你叫什么名字?"

孟恬眨了两下眼,回道:"孟恬。"

"我叫江挽川。"他嘴角扬着笑,告诉她,"甜甜,以后我请你吃水果糖。"

"真的吗?"

"真的。"

…………

江挽川对孟恬从不食言,自那天之后,他有空总会来她家里找她玩,给她带水果糖和其他小零食吃。因为他长得好、教养又好,孟恬妈妈可喜欢他了,恨不得他天天上来玩。两家人的关系也从普通邻居,变成了相当交好的朋友,直到现在依然如此。

小学毕业以后,他们一起进入同一所初中,后又考入同一所高中。一直一直,他们都没有分开过。他们是彼此独一无二的青梅竹马,自相遇的那一刻起,他们的生命线便是重叠的。

从回忆里抽身,孟恬转过头看向江挽川问:"这幅画是谁画的?"

这个世上会知道他们儿时是如何相遇的,除了他们双方父母,也只有彼此了。

江挽川笑了笑说:"献丑了。"

孟恬一怔,低低地说:"画得很好看。"

"好看肯定谈不上,只能说耗了许久,还算过得去。"他说,"画画是你的专长,在关公面前耍大刀不仅需要勇气,也需要厚脸皮。但即便技艺再不精,我也不想让他人代笔,因为这是只属于我们的故事,其他任何人都不会懂个中细节,也无法表达出我真正想要的。"

孟恬被他风趣的口吻逗笑了,笑着笑着,眼尾又濡湿起来。

在她不知道的时间里,他就这么拿着画笔,一笔一画地去勾勒出他们的初见。他一定费了许多精力,或许是用他睡觉的时间,或许是用他在车上通勤的时间,因为既不能耽误工作,又不能让她看到。但他永远都不会说出自己的辛苦。

孟恬原本以为只有这一幅画作出自江挽川的笔下,却不料,那之后他引她去看的,统统都是。

他们背着书包并肩走进初中校门、他们在家里复习考试、他们一同去逛水族馆、他们跟着爸爸妈妈去做新年参拜、他们在寒假时去北方玩雪看冰雕、他们在烈日炎炎里去水上乐园、他们在毕业典礼上拍下毕业合照……还有那天的银杏树下，他牵起她的手，要她今后永远都和他一起走。

> 寒窗十年春风起
> 年年岁岁同并进
> 银杏树下长相忆
> 初恋的光里是你
> …………

耳旁循环播放着江挽川演唱的那首动人的情歌，每一句歌词，都正对应着他为她画的那些画作。也因此，几乎都不用解说，孟恬一看就知道是哪个场景。因为那些画面，也驻足在她记忆的最深处，是她闭上眼睛就会想起来的所有被她定义为"幸福"的碎片。

当他的画作告一段落后，孟恬忽然发现下一幅画作出自自己之手。

江挽川指了指那幅画，温柔地道："这是我们甜甜被采用的第一幅商稿，小说封面。"

"这是你第一次被采用的电影宣传海报，你当时高兴了好久。

"这是你微博转发、评论数量最高的一幅画，当时被许多人用作了手机壁纸。

"这是你发行的第一本独立画册的封面。

"这是……"

他一一道来，如数家珍。这些画分明都是她画的，有些画背后的故事，她自己都要回想一番，他却说得头头是道。

因为江挽川忙，孟恬在工作方面的事平时同他说得其实不是太多，想起来时才会顺道提一嘴儿。但她能够感觉到，自己每次说的时候，他都听得很认真。而如今看来，江挽川不仅仅是听得认真了，还默默地去研究了所有。

"你每出一幅作品，我都会立时将它裱进画框。"他指着那些悬挂着的画，"最开始我想的是，今后可以指着这些画告诉我们的孩子，这些都是你妈妈的作品，爸爸真的很为妈妈骄傲。"

"后来设计蝴蝶花园的时候才想到，不如先让妈妈本人看看，让她为自己骄傲一下。"

孟恬动了动唇，濡湿的眼尾处已经有晶莹的泪花凝聚了起来。那泪珠越凝越大，仿佛只要被风一吹，就会立时坠落。

等他们走到最后那个玻璃圆球旁时，她一眼就认出来，圆球里悬挂着的，就是他们身后那件婚纱的原稿。而这件婚纱，她曾经看过很多次，几乎将婚纱上的每一段花纹都烂熟于心。所以当走进蝴蝶乐园，朝尽头望过去的第一眼，她就认出来了。

孟恬依稀记得，她刚大学毕业那年，有天晚上她趴在床上，指着平板上这件婚纱的原稿图，满脸羡慕地对江挽川说过："这是行业内最有名的婚纱设计师设计的绝版婚纱，而且无价，因为设计师说不会对外售卖。"

江挽川也曾问过这件婚纱不售卖的原因，但她当时并不知情。

直到后来的某一日，孟恬看到这名设计师在接受杂志访谈时说，因为这是她花费心血为自己结婚所设计的婚纱，积攒着自己这一生对于婚姻最美好的祝福和运气。要是售卖了，许许多多的人都去买来穿，或许那份浓厚的祝福和运气就会被消磨散尽。

自那之后，孟恬便明白自己永远都不可能有机会穿上这件婚纱，而且她再也没见过任何一件会让她如此心动又挂念的婚纱了。而现在，它却出现在自己的眼前，就在离她最近的地方。

孟恬动了动唇，刚想问江挽川究竟是怎么把这件婚纱变到这里来的，就感觉到花园的尽头又亮起了更多的灯。一时之间，黑夜中的花园亮如白昼。她侧过头，便看到那静立着的婚纱后方，摆放着一个由粉色玫瑰花堆砌而成的巨大爱心，爱心的后面则簇拥着数不清的马卡龙色里夹杂着亮片的气球。而在气球的中央，则悬挂着一块大屏幕。

孟恬这一辈子都从未见到过如此梦幻的场景。江挽川观察着她脸上的表情，低语道："我们走近了看。"

他说着话，便将她引了过去。

就在此时，孟恬忽然听到有细碎的脚步声传来，没多会儿，有个人便出现在了他们的面前。但一开始她没认出来人是谁，因为这人的手里捧着一束几乎将自己半个人都遮挡住的花束。对方将那束花递给江挽川后，便脚底抹油地想跑。

"小叶？"

直到看到那人扎着马尾的熟悉背影，孟恬才叫出了声。

被抓包的小叶只好停下步子，转过身子，冲她吐了吐舌头道："甜甜。"

183

"你不是今天跟男朋友去买……"孟恬话说到一半,才恍然大悟,随即借着花园里敞亮的灯光往小叶走过来的方向一看,看到了躲在树丛后一堆熟悉的面孔。

这些面孔里有江挽川说去参加家长会的胡亮,有说是有私事脱不开身的璐璐和安妮,以及江挽川团队的其他所有人。大家见她看过来,都笑着朝她招了招手,招完又统一地乖乖缩了回去。

难怪她会觉得没人陪着他们来温泉酒店很奇怪,因为事实上大家根本就不是如江挽川所说的那般有事,而是全都被他派到这里来布置准备秘密惊喜了。那么,去餐厅的路上,她听到的那些总觉得耳熟的声音,肯定也是属于他们的了。

小叶看了一眼江挽川,忍着笑说:"川哥背锅,我可不背。"说完就跑了。

江挽川的脸上闪过一丝几不可见的尴尬,过了几秒,他才说:"善意的小谎言。"

孟恬哭笑不得道:"姑且算你是善意的吧。"

小叶走后,花园里原本在播放的那段音乐也悄悄地停止了。音乐停下来的那一瞬间,她才蓦然想起,为什么自己会觉得这首歌听起来很是耳熟。因为这就是最近每天晚上在家时,都会听到他不断哼唱的那个旋律。

江挽川这时将手里的花束放到了脚下:"花你晚点儿再看,先看这个。"他指了指面前的婚纱。

站在近处一看,与之前远远望过去又有截然不同的感受,婚纱美得更让人头晕目眩。孟恬看得近乎屏住呼吸,还忍不住伸出手,去摸婚纱上那些精致的花纹和泪钻。

"你一定很好奇,我究竟是怎么得到这件无价又不售卖的婚纱的。"江挽川这时不徐不疾地说,"其实在两年前,我就找到了这名婚纱设计师,并连续登门拜访了她十次都不止。

"最开始,她一直都不同意制作这件婚纱,理由也是你所知道的那个。但到后来,她应该是被我的诚意感动了。最后一次登门拜访时,她问我,在那么复杂纷乱的工作环境里,是怎么能够做到十年如一日地爱你,甚至愿意为了你,来求她一定要拿到这件婚纱的。"

在江挽川说话的时候,孟恬眼角凝聚着的泪终于慢慢地沿着她的脸颊往下滚落,她却仿若无知无觉。

或许是心中所动,她伸手拨开白色头纱,忽然发现在婚纱的领口下方,有一条细细的项链掩在其中。她伸出手,将那条项链取了出来。当项链的挂坠暴露在空气中的那一刻,她觉得时间都仿佛停止了。

那是一枚正在散发着比白昼还亮的光的钻戒。

"我告诉她,"江挽川接过孟恬手里的那条项链,解开搭扣,将那枚钻戒握在了手心里,"因为爱你是我本能的偏执。"

"孟恬,"在这片好似天上繁星落入人间的蝴蝶园中,他握着那枚钻戒,缓缓地单膝跪地,"请问你愿意穿上这件婚纱,嫁我为妻吗?"

江挽川为这场盛大的求婚几乎付出了呕心沥血的努力。

要说筹备,其实认真计算应该已有好几年了,他只是一直在等待一个合适的时机来彻底落实这件事。毕竟他求得这件婚纱,都已经是两年前的事了。

那个知名婚纱设计师叫路绪,是行业里有名的刺儿头,行事乖张,作品风格独树一帜,引众人追捧。别说这件她不愿意出售的婚纱了,就连她设计的其他婚纱,明星、名媛都要领号排队,普通人根本就只能肖想。

引他结识路绪的,正是他的好朋友芮疏予、桃心夫妇。

当年芮、桃夫妇结婚时,桃心在婚礼上穿的就是由路绪设计的婚纱。照片流出后艳惊四座,在微博热搜上挂了好几天。

当然,江挽川如果只是想插队排个号,其实并不难办到,因为路绪同桃心的关系很好。但他一进路绪工作室,什么都不看,就是冲着那件不售卖的婚纱去的。

几次三番拜访只为求那件婚纱后,路绪都给气笑了:"江挽川,要不是我爱看你的作品,你早就被我请出门去一百次了。"

他那天其实刚下飞机,同孟恬扯了个自己飞机误点的谎,专程赶来同路绪见面进行新一轮的恳谈。

进办公室时,江挽川脸上还带着旅途疲劳的风尘仆仆,他靠着椅背,不徐不疾地告诉路绪:"哪怕你将我请出门,我还是会来。一次,两次……十次,二十次,来到你松口,或者报警。"

路绪笑着摇了摇头:"桃心说你这人骨子里挺疯的,我原本不太相信,现在算是看明白了。"

那是路绪头一回没有一口回绝他的要求,并在沉默了很久之后,向他提出了为什么他能坚持独爱孟恬一人那么多年的疑问。

回答完问题后,为了不想让孟恬等太久,准备下回再来攻克难题的江挽川拿了大衣准备离开。在出办公室之前,他对路绪说:"我这辈子也只会为她一个人这么疯,所以,你永远不需要担心你对婚姻最美好的祝福和运气会因为多为她生产一件婚纱而消散。我能肯定的是,当她身穿这件婚纱嫁给我后,我们往后一生都不会愧对你的祝福。"

芮疏予和桃心曾暗地里劝过江挽川好几回让他选件别的,他们都认为路绪死也不会答应这个要求。因为在此之前,不是没有人去找她求过那件不出售的婚纱,都是达官显贵,甚至有人还开出过天价。

但在那天之后过了一周左右,江挽川收到了一条来自路绪的微信:那件婚纱的工期有些长,需要等半年到一年。如果你要安排求婚和婚礼,最好预留个一年半到两年。另,这件婚纱算是我送给你们的新婚礼物,记得邀请我来参加你们的婚礼。

…………

而此刻站在蝴蝶花园里的孟恬,还不知道这个故事的来龙去脉。她看着面前朝着她单膝下跪的英俊男人,眼泪不停地往下掉。

其实当年第一次看到那件婚纱时,她的脑中就只有一个念头——如果自己能穿着它嫁给江挽川,她或许这辈子都不会再留有任何遗憾了。可要同时符合这两个条件,粗略一看,根本就是遥不可及。虽然他一直都坚定地向她传达着,这辈子只会与她一人走下去。可有时候,当她独自躺在床上时也会想,究竟什么时候,他们的关系才会更进一步。

两人毕竟是从少时一直走到现在,二十几年都已经成为习惯,保持原状确实没有一点儿不妥,所以她很担心他从大局的角度来考虑,不会想要做出改变。

但这么忧心忡忡地想过后,她又觉得自己不能那么自私。江挽川的事业正如日中天,随便怎么看,现在可能都不是一个适合结婚的好时机。

再等等吧,只要最后是他,让她等多久都可以。她总是这样宽慰自己。

只是,孟恬真的连做梦都没有想到,这一天会到来得那么快。在这座他为她亲手创造的蝴蝶花园里,他满足了她所有的少女心和对爱情最美好的幻想,为她点起烛光,为她摆上玻璃圆球,为她引来蝶舞,为她唱起情歌,还为她求来了梦寐以求的婚纱。

他将他们一同经历的所有过往都放进了这个花园,这一路看到尽头,她仿佛和他一起重新走过了这段岁月。这世上不会再有第二个人,爱她到如此,她也不可能会愿意与除了他之外的任何人共度余生。

江挽川仰头望着孟恬,眼角闪烁着盈盈的光。她一直在哭,他也不催促,就这么耐心地跪着,手里举着钻戒,好像能在这里等她点头等一辈子。

原本躲在树丛后的小叶他们,这时候却按捺不住了,从树丛后探出脑袋,大声地朝这边喊着:"甜甜,答应他!"

"答应川哥!"

…………

所有人的脸上都堆满了笑,还有感性点儿的,一边叫,一边哭。

他们都陪着这对善良的情侣走了很久,江挽川是老板,也是他们崇拜、敬仰的人。大家比谁都希望这对无比登对的爱人终成眷属,因为这两个人值得。

稍稍将情绪控制了下,孟恬抬手抹了抹脸上的泪,用力地对着江挽川点了点头,然后朝他伸出了自己的手。

那一刹那,整个蝴蝶花园里都升起了烟火。花园上空绽放出了五颜六色的花火,层层叠叠,此起彼伏,在这片仿若梦境的星空之下,江挽川手指微颤地将那枚钻戒推上孟恬的左手无名指,而后站起身,用力地拥她入怀。

孟恬头靠在他的脖颈旁,刚止住几秒的眼泪再次汹涌而出。

"甜甜,谢谢你愿意答应我。"

满天烟火和欢呼声中,她抱着他的背脊,居然能感觉到他说这句话的时候,身体极其轻微地在发颤。

"你根本不知道,我有多么紧张。"江挽川靠在孟恬耳边,一字一句,说得很慢,因为如果他稍微说得快一点儿,或许那些词句就会全叠在一块儿,"从设计这个花园,到落实每一个细节,我都很担心你会不会喜欢。我怕我画得不好,怕我歌词写得不好、唱得不好,怕蝴蝶的颜色你不喜欢,怕气球和花束逊色,怕婚纱的实物不如你想象的那般,怕钻戒挑得不合你心意。

"原本其实我想更早点儿向你求婚的,但一是制作婚纱需要工期,二是求婚的有些地方我不满意,一改再改。然后在这期间,又不能让你察觉到我在准备。"

其实他还有很多话没有说。

比如,他起先想将蝴蝶花园建在别处的独立区域,但又担心会被人看到传出去提前暴露。最后为了让整件事更顺理成章,与温泉酒店谈了很久,才让酒店签下保密协议，最终设在了酒店内一处最合适的空地。

又如，为了保证求婚的私密性，他包下了整个酒店一周做布置准备，让酒店对外宣称暂停营业。所以她进来时觉得酒店里似乎没什么人也不是错觉，因为整个酒店确实只有他们两位宾客。

再如，从确定求婚日子的那一刻伊始，他在高强度工作的同时，每天都只睡四五个小时，有时半夜都会醒过来，趁她在睡觉时抓紧赶工，力求完美。

还有，当时孟恬被匿名留言者伤害，杨医生同他单独谈话，问他有没有什么方法可以让孟恬处于一个区别于现在、长期稳定的生活环境里。他当时几乎毫不犹豫地说："我短期内就会将甜甜娶回家，让她在离我最近的地方被我保护着。那样，她就再也不会被任何人或事伤害到，病情也会好转。"

杨医生毫无反对之词，因为这也是她心中最理想的答案。

以及，他永远都不会说出口的——因为他抓着芮疏予和桃心夫妇讨要经验多次，最终被不耐烦的芮疏予直接轰出家门，声称直到他求婚成功之前都要拉黑他。

"甜甜，我这辈子都没这么紧张、担心过。"他这时将她松开一些，抵着她的额头，眼圈红红地说，"我生怕你会不答应。"

孟恬听了这话，忍不住咧开了嘴。她用额头蹭了蹭他，带着泣音道："江挽川，你是个笨蛋。我这辈子只想嫁给你一个人，我怎么可能会不答应你？"

江挽川看着她因为哭得太厉害，整张脸都又红又肿的模样，再次笑了起来。他亲了亲她湿润的眼睫，再次低语："谢谢你接纳了我全部的爱和偏执。孟恬，往后余生直到我们双双陷入长眠，我将永远是你最忠诚的王子和骑士。"

身为王子，爱你宠你；作为骑士，护你疼你。我愿身兼数职，只为求你一生平安喜乐。

"好，"孟恬吸了吸鼻子，伸出自己的小拇指，脸上绽放出了最甜美的笑容，"我们拉钩。"

那一刻，时光仿佛重叠。

少时的江挽川站在马路牙子边上，在蝉鸣声中，一字一句地对她说："甜甜，我会一直陪伴你、保护你，直到你变成老奶奶。"

她当时也是这样朝他伸出小拇指，一边舔着棒棒糖，一边稚嫩懵懂地说:"好,那我们拉钩吧。"

我和你约定,这一生自始至终,全都是你。

…………

孟恬原本以为刚刚的那些已经是自己这辈子经历过的最震撼的场面,却不料,这场盛大的求婚居然还未到达最后的终点。

那件绝美的婚纱是立在大屏幕的正对面的,所以当大屏幕亮起来的那一刻,她能将整个屏幕都一览无余。看到画面,她一怔,拽了拽江挽川的袖子问:"这是?"

江挽川狡黠一笑道:"彩蛋。"

画面上最先出现的是两人的父母,四位长辈都围坐在孟恬家的沙发上,每个人的脸上都洋溢着灿烂的笑容。

江挽川妈妈说:"甜甜,小川,你们终于走到了这一步,妈妈真的很高兴。在我眼里,你们就是这世上最般配的一对,妈妈希望你们今后能永远幸福。"

孟恬妈妈一边笑,一边拿孟恬爸爸的袖管擦眼泪:"甜甜,结婚后要好好待小川,不许欺负他,他已经够爱你、疼你的了,他那么辛苦,你要多体贴他,知道吗?"

听了这话,孟恬忍不住小声吐槽:"我一直想说,我妈大概是你亲妈吧?"

江挽川挑了挑眉:"确实。"

父母们的祝福送完后,出现在屏幕上的是江挽川工作室的所有成员。小叶和胡亮打头,所有人齐声大喊道:"祝老板和老板娘新婚快乐!永结同心!早生贵子!"

喊完,小叶还来了句:"贵女也行!双胞胎更不赖!"

"这祝福可真是实在。"

不远处的小叶他们看得都笑作一团,江挽川靠在孟恬耳边,意味深长地低语:"我简直不能更认同。"

孟恬脸红得不行,悄悄地在底下掐他的手背。

接着,屏幕上又出现了两张她熟悉的面孔,是桃心和芮疏予。

芮疏予大约是刚下台,身上还穿着表演时的服装,梳了个大背头,冷着脸往那儿一坐,帅得让人腿软。桃心则穿着漂亮的粉色套装,戴着两个巨大的耳环,笑眯眯地冲着镜头招手道:"甜甜,看到这个视频的时候,你应该已经接受了你家疯川的求婚了吧？你不知道，这段时间我们可真是被他烦得不堪其扰……"

听到这话，孟恬忍着笑去看身边的男人。

就见江挽川手抵着鼻子低咳了两声："你别听她瞎扯。"

"新婚礼物等你们婚礼时再送上，为了表示对你们最大的祝福，我俩今天抓来了一个人。"

桃心说完这话，就见一直没吭声的芮疏予冲镜头的左边抬了抬下巴。片刻后，一道身影进入了所有人的视线。

孟恬定睛一看，整个人都愣了。

"啊啊啊！"

她性子内敛，很少如言布布那般激动外放，可看到眼前的场景，她实在是按捺不住，直接叫出了声。

面前这个忽然出现在芮疏予和桃心身边的人，可不就是她的男神、娱乐圈当今最红男歌手、前金牌网络古风歌手兼CV（配音演员）谢修弋吗？

第八章
岁平安

　　孟恬对谢修弋的长情，可能仅次于她对于江挽川的。

　　她本来就宅，上学时期一旦有空，就在网上窥屏"潜水"。所以她当年是从谢修弋还在二次元网络翻唱圈的时候，就开始粉上他的骨灰级粉丝，一路看着他越来越火，然后和柯姣定情，再决定进入演艺圈当职业歌手，最终红遍大江南北的。

　　江挽川自然对整个过程完全知情，早先还因为这事吃味过不少次，但他又能说什么——毕竟孟恬只是喜欢听谢修弋的歌，喜欢他的嗓音，人家也确实唱得好，所以才会那么火。

　　但问题是，这家伙毕竟夺取了他家姑娘对于"声控"这一项的全部偏爱，他占有欲那么强，心里怎么可能完全服气？

　　后来有天聚餐时，据桃心透露，江挽川和谢修弋第一回在颁奖典礼上正面碰见的时候，还发生过如下场景——

　　当时江大明星风度翩翩地对谢修弋伸出了手，笑着说："久闻大名，初次见面，请多指教。"

　　谢修弋性子冷，只点了点头，礼貌地同他握了握手。

　　下一秒，就听到江大明星绵里藏针地来了句："都结婚成家有孩子了，停几年不唱也行，不然别人的家庭和谐都给你破坏完了。"

　　桃心声称，当时她甚至能看到谢修弋的天灵盖上都打满了问号，而她和芮疏予在旁边直接笑疯了。

对于这桩坊间传闻，江大明星当然一直竭力否认，问起就说纯属造谣。但孟恬怎么会不知道他内心的真实想法，因为他甚至连谢修弋的演唱会都不愿意带她去，问起就说他和谢修弋根本不熟，要不到票。

谢修弋，江挽川的眼中钉、肉中刺是也。谁知道，他居然会出现在祝福他们的彩蛋视频里！

谢修弋也是视频录制时芮疏予他们所在的那场活动的嘉宾之一，刚唱完歌下台，身穿黑色套装，帅气异常。别说孟恬了，连树丛后的小叶她们也都不躲了，争先恐后地往前面挤，抢着要观赏谢男神的风采。

谢修弋往那儿一坐，似乎一开始不知道该说什么，就听到芮疏予提醒他："祝福。"

谢修弋淡淡地开了口："祝你们新婚快乐，幸福长久。"

就十一个字，多一个都没了。

孟恬看得忍俊不禁："不知道的还以为他是被人用枪顶着头，强迫着来送祝福的。"

江挽川说："确实是被强迫来的。"他指了指自己，"他太太很爱看我的剧，我们只是互利共赢罢了。"

孟恬沉默片刻，冲江挽川竖起了大拇指。无论如何，他愿意放下一直以来的"恩怨"，请来她最喜欢的男歌手为他们亲口送上祝福，她心里还是万分高兴的，他起码成长了，进步了！

谢修弋在录像结束前，又补了一句："下回我开演唱会，你们有空可以来。"

孟恬刚兴奋得手舞足蹈，就听到旁边的江挽川冷哼了一声，小声嘀咕道："你把票送到我手上，还得看我当天的心情。"

孟恬："……"

还是当她什么都没说吧。

最后一个镜头，是来自四合院的大家。

所有人都聚在葛星宜的屋里，连刚回来没多久的沈叶迦也在，甚至大白天从不出现的俞也都一脸困倦地坐在了最旁边。

只见葛星宜笑眯眯地坐在最中间，对着镜头说："甜甜，祝你和川哥新婚快乐，永远幸福甜蜜！"

言布布朝镜头拱了拱手，格外慷慨激昂："家人啊，你俩就是幸福最好的模样!还有川哥,大人不计小人过,那天是我有眼不识泰山,一通乱枪差点儿把你打死,你可千万别往心里去!"

旁边的惠熠忍俊不禁,揉了揉她的脑袋,冲着镜头说:"新婚快乐。看在以后我无条件、无期限给你们当私人医生的分儿上,就别和她计较了。"

沈叶迦人狠话不多:"新婚快乐,争取三年抱俩。"

葛星宜这时侧过脸看向坐在沙发扶手上正在悄悄打哈欠的男人,轻轻叫了声"俞也"。

就见原本在神游天外的某隐形富豪这才将目光聚焦到镜头上,隔了两秒,才没好气地说:"新婚快乐,江挽川,别整天就知道欺负孟恬。还有,我依然跟你不共戴天。"

屏幕暗下去的那一刻,孟恬就听到身边的江挽川幽幽地来了句:"谁又看你顺眼了?放心,就单看大舅哥这么实在、贴心的祝福,我肯定永久性站大舅哥。"

孟恬笑得整个人都快不行了。四合院里全男性生物都这么幼稚,有谁懂?

看完彩蛋之后,他们又在蝴蝶花园里待了很久,一直待到凌晨时分才离开。离开之前,孟恬还恋恋不舍地回头,一直去看那些玻璃球、烛火、蝴蝶以及爱心花丛,也用手机来来回回拍了很多照片。

替她抱着巨大花束的江挽川留意到了她的目光,温声安慰:"以后你想看这些的时候,我随时都可以再带你去看。"

孟恬捕捉到了那个"去"字,疑惑地问:"去哪儿看?"

耗费这么长时间、这么多精力布置的这么盛大的场景,她当然以为这辈子就只能见这一回,往后都只能留存于记忆中。

江挽川莞尔一笑说:"我之前买下了陆京郊区的一处庄园,之后亮哥会安排人将这些都移到那座庄园里去,也会请人每天好生照看、修葺。酒店的环境再好,毕竟也是别人的地盘,我怎么可能会求完婚就将送给你的蝴蝶花园放置在别处撒手不管了?那处庄园,今后也算是我们的一个家。只要你去到那里,随时随地都能够再次重温今晚。"

孟恬听得心下一暖,叹了口气,忍不住道:"你这做事也太……无懈可击了。"

这世上,就好像没有江挽川想不到的地方、注意不到的细节、办不成的事。每当她觉得自己已经不可能再比此时此刻更幸福的时候,他就会告诉她，你会一直那么幸福，这些也都不是一闪而过的梦境。你想要的，你喜欢的，你都会一辈子拥有。我都会给你。

孟恬由衷地感叹，她喜欢的人，是真的无所不能。

小叶和胡亮他们都留在蝴蝶花园里帮着做善后工作，将后半夜的美好留给这两位最幸福的主角。所以江挽川也乐得做个甩手掌柜，一手抱花，一手牵人，嘴角扬着笑往别墅的方向走。

他平时就宠她，又因为求婚成功心情大好，几乎是有问必答。回去的路上，孟恬提出任何关于这场梦幻求婚计划的问题，他都回答得相当耐心、周全。

"对了，背景音乐的那首歌我也专程录下来，做成一张CD带过来了，等会儿回房间就拿给你。"快要走到别墅门口的时候，江挽川顺口这么提了一嘴。

孟恬晃了晃他的手，问道："那首歌叫什么名字？"

"你猜。"

"这我哪猜得到？"

江挽川用手指勾了勾她的掌心，靠到她的耳边低语："回去叫两声好听的，哥哥再告诉你。"

孟恬咬了下唇，羞涩地捏了捏他的指尖。

江挽川笑意更浓："这首歌的词作、曲作都是我自己，全部写完后，请了一位专业人士帮忙捋了捋。"

孟恬这回倒是反应很快："这位专业人士是谢修弋吗？"

他懒洋洋地"嗯"了声："但记住，他也只是稍做指点。"

孟恬却完全忽略了那个"稍做"，笑得更开心了："我最喜欢的男歌手也算为我的歌出了点儿力呢！"

想想就好激动！

结果，原意只是想甩尾巴邀功的某人却因为多了一句嘴自讨了个没趣，反而还让"情敌"头上的男神光环更亮眼了一些。江大明星心态一崩，索性一进门就开始不做人。

于是，孟恬甚至都没能在灯光底下好好地欣赏一番那束巨大的求婚玫瑰，就被她的大魔王男朋友二话不说给摁在了玄关的柜子上。

…………

温泉房的温度相比别墅内其他地方要高上许多，无论是空气中的湿度,还是池子里的水温。

孟恬被江挽川洗干净澡、抱在怀里进温泉池的时候,眼尾已经红得不成样子,甚至还隐隐残存着浅浅的湿润。

江挽川将垂下来的额发往后梳了梳,他背靠在温泉池的大理石池壁边,整个人显得格外神采奕奕,还有丝平日里根本看不到的、浑身放松的懒散劲儿。孟恬背靠着他的胸膛,被他轻搂在怀里,连手指头都不想动。

他见状逗她说:"这么累啊?"

孟恬没说话,抬手去掐他,被她掐的人却笑得一脸高兴。

看着他放松笑着的眉眼,孟恬心中一动,忽然轻声唤他:"江挽川,我想对你说,一直到我们都变成老爷爷、老奶奶,我都是你最坚强的靠山。你可以在我面前,说任何你想说的话,做任何你想做的事。你可以哭,可以笑,可以生气,你可以永远表现你所有最真实的情绪,不用觉得我会有丝毫介怀或者产生什么不好的想法。"

她向来不擅长说这些,所以说到这里,已是极限……但她动了动唇,决定还是要在今天突破一下自我,最终红着脸,又补上了一句:"我喜欢你的所有,所以,你也是有人宠的。"

不是只有你能宠我,我也能宠你。我能宠到让你能一辈子都在我身边笑得那么开心,做我无忧无虑的小王子。

江挽川起先脸上还带着逗人的笑意,但随着孟恬说的那一句句话落在他的耳边,他虽然脸上依然挂着笑,可眼眸却一分一分暗沉下来,到最后,变得黑漆漆的,彻底深不见底。

因为温泉房里很热,他们彼此的脸上都淌着几缕温泉水和汗水……所以,当孟恬看到江挽川眼角带着丝淡淡的水渍时,也只是以为那是因室内的潮热而起的,并没有多想。但其实,自从进了温泉房,他的眼尾并没有被打湿过,这自然也并不是什么潮热的水蒸气。

由于没有人开口说话,温泉房里有一段时间内只听得到水流缓缓流动的声音,安静里又透露着一股别样的温情与旖旎。

半响,江挽川终于开了口。他握住孟恬的手,抵在自己的唇边,用嘴唇几近虔诚地亲了亲她的掌心,嗓音很哑:"好。"

"我也是有人宠的。"他一下接着一下去亲吻她的掌心,再慢慢地移动到她的指尖,呼吸灼烫又隐隐带着丝情绪的起伏,"我们甜甜会一直宠着我,我知道。"

孟恬最后落入柔软的床铺时，差点儿觉得自己都要交待在这栋别墅里了。虽然身体上的疲累已经到了极致，但很奇怪的是，她居然没有困意。眼见外面的天都快亮了，她居然一点儿都不觉得困，以至于江挽川替她倒完水翻身上床的时候，她还冲着他翻了个白眼。

某个容光焕发的人收了白眼，笑得更加满面春风："坐起来喂你喝点儿水？"

她点了点头，也没有要靠自己坐起来的打算，直接冲着他软绵绵地抬起了手。

江挽川将人抱起来靠到床头，把杯子拿过来，轻轻吹了几口，才小心翼翼地凑到她的嘴边："我多加了些开水，你小心点儿烫。"

他关上灯的时候嘴边还勾着笑，长臂一伸，将原本已经滚到床边、想珍爱生命远离魔鬼的人捞回来，细密地从后亲了亲她的发。

光线暗淡的卧室内，孟恬听到他说："其实我有点儿睡不着。"

她被嵌在他的怀里，背靠着他的胸膛，几乎都能够听到他胸膛里起起伏伏的心跳声，一声一声，同她的跳得一般快，一般响。

心意相通的相爱之人就是这样，因为这个对他们来说将会成为彼此生命中最美妙又难忘的一个夜晚，同样地心绪难安、难以入眠。今天之后，他们就将踏入一段全新的旅程，以一个崭新的身份，继续陪伴在彼此的身边。光是想到，就会觉得幸福好似要从胸口满溢出来。

孟恬靠在江挽川的怀里，这时悄悄地在被子底下，触到他放在自己腰间的手，轻轻握住，说道："既然都睡不着，那我们来聊聊天吧。"

"好。"他握紧了手心里的手，忽而低声问，"你还记不记得，我演的第一部戏？"

"当然记得。"孟恬笑道，"咱们上初一那年，你被吴授导演看中，去演了他的归国首秀《漫青衣》。"

在被吴授导演相中前，江挽川确实已经被星探挖掘拍了不少广告和短片，在少年明星里算是小有所成。但那些成功与掌声，同真正踏上大银幕还是存在着不小的差距。后来，在《漫青衣》的试镜中，他凭借天资和形象一举拿下这个角色，才算是正式奠定了踏入演艺圈道路的基石。

那部电影主要讲述了在戏曲界发生的故事，立意深，演员的台词功底都很好，甚至主角为了角色还要专程去学唱戏。当时江挽川在电影里饰演男主角的少年形象，对于他来说，少年时代的男主角确实也有唱戏的戏份，但他毕竟年纪还小,又不是专业演员,对他的要求肯定不会那么高。连吴授导演都说,会有人后期替他配上唱戏的音,拍戏时他只要稍稍对个口型就好。

但江挽川执意不肯,坚持要自己唱。在片场休息的工夫,他跑去找给主演指导的戏曲老师,主动要求加课训练,学习态度同成人绝无差别,甚至连晚上睡觉前还在独自反复练习。等正式拍摄时,他完美地展示了自己的学习成果,将少年男主演得入木三分,得到了吴授导演和全体主创的一致褒奖。

电影上映后,他一炮成名。因为有着在吴授导演这里拿到的极好口碑,开始有越来越多的大导演和制作人拿着好剧本来邀请他,他也从饰演配角的少年明星,慢慢成长为当之无愧的男一号。

谈到《漫青衣》,江挽川又想起了当时拍戏时遇到的一些事,对着孟恬娓娓道来。如今讲来,和当年少时的体会自然又有所不同,听在耳边便收获了别样的滋味。孟恬听得津津有味,干脆也翻了个身,蜷在他的怀里,看着他的眼睛听他讲,时不时地给出自己的反馈。

他们后来又聊了许多,谈及江挽川成为艺人后拍的每一部戏、遇到过的每一个人……每一段都聊了很久。等孟恬真的感觉到困意的时候,她甚至觉得已经有晨光从未完全拉严实的窗帘缝隙中透进室内,落在卧室的地板上了。

她打了个哈欠,揉了揉眼睛,小声唤他:"江挽川。"

"嗯?"江挽川的眼底似乎还是没有困意,低下头亲了亲她的眉心,"想睡了是不是?"

她点了点头:"我怎么觉得,你刚刚好像把你这么多年在演艺圈里经历的所有事情都重新回顾了一遍啊……"

就像是为她做了一部专场回忆电影,将他曾经历过的种种都放进来给她看,也是给他自己看。既像是在与她分享这段岁月的心路历程,又像是,在同这段岁月做一场无声的告别。

想到后面那层含义,孟恬隐约之中似乎感觉到了什么,但她不知道该怎么形容这种感受,又因为困意席卷而来,只能暂时抛之脑后。

江挽川深深地注视着她,漂亮的眸子里闪烁着细碎的光。他听到她这话,弯着唇笑了笑:"跟你一说就停不下来,索性把想到的都说一遍。"

孟恬闭上眼睛,往他的怀里靠了靠,轻声嘟囔:"不用赶着在今天全说完,你以后还会拍更多的戏,遇到更多的人和更多有趣的事呢……"

他看着她的呼吸慢慢变得均匀起来，闭上眼睛，用挺拔的鼻梁蹭了蹭她，抬手看了眼手表上的时间，准备起身去换衣服。

好好睡一觉吧，我的公主。毕竟这场求婚计划，还有个大轴在最后没登场呢。

为了给葛星宜庆生，言布布和惠熠都特意找同事调了值班时间，将葛星宜生日的这天空了出来。

因为惯常的生物钟，言布布还是到点就醒了，难得能休息一天，她想逼着自己再多睡一会儿回笼觉，但躺在床上翻来覆去，居然怎么都睡不着了。

睡不着，就开始想些有的没的。

这段日子以来，她和惠熠的恋情进展迅猛。由于那天她晕过去之后，他们在值班室里把话都说开了，之后惠熠对着她，比起从前少了几分收敛克制，将心底深处的情感和最真实的本我都更直接鲜明地表达了出来。

在此之前，她看到的都是他在工作上的沉稳和一丝不苟，以及与她相处时的游刃有余。但现在，她发现，他私底下不仅喜欢捉弄人、开玩笑，有时候还会有幼稚大男孩的一面，更有同自己较劲的倔强和执着。

沈慷医生作为普安医院第一"大喇叭"，不负众望地在他们确认关系的当天，就将这个喜讯传遍了整个普安，连同后勤处和食堂的大叔、大妈也都被通知到了。

言布布身体恢复后回去上班，几乎被每个科室的同事都轮流盘问了一遍，还有些年纪不大的女同事跑来她面前酸酸地说些有的没的。纵使惠熠那边能帮她顶的都给顶回去了，也难免会有些漏网之鱼需要她自己应付。她除了每天辛勤地工作之外，还得动脑子周旋，不影响到同事关系和正常工作，因此搞得格外筋疲力尽。

但这些疲惫，在看到惠熠的时候，又会瞬间烟消云散。

按照郭扬的话来讲，她都拥有了这样一个男朋友，累就累了吧。毕竟得失守恒，她得到了那么好的，稍微付出点儿也确实应该。

而且，惠熠是真真待她极好。虽然他的工作几乎终年无休，但只要一空下来，他一定是在惦念她或者陪在她的身边。完全不像他先前所说跟前女友相处时那样，得了空他就想自己待着。在她这里，他简直是想如影随形地跟着。

随便举个例子，只要早上他们班期对得上，都会一块儿吃早饭。惠熠担心她老是吃食堂会吃腻，还会特意起早在家里给她煮面条、馄饨或者别的，让她在家热乎乎地吃好再载着一块儿去医院。

　　再如，她有时候在病房里帮病人处理情况太忙，忘记点午饭外卖。等她忙完回到护士台，就会发现另一个值班护士一脸羡慕地将一个保温袋朝她推过来，跟她说"你家惠医生刚特意送过来的，让我叮嘱你赶紧吃饭"。

　　郭扬现在在医院里撞见她，都要绕道走，问就是——"单身狗"不配跟你离得近！

　　因为说得通俗点儿，只要长眼睛的人看到她，就会发现她现在浑身上下都在冒着恋爱的酸臭味儿。

　　越想越兴奋，言布布干脆从床上坐起来，想着要不要叫惠熠一块儿去附近吃个早饭。结果，她刚点进和他的对话框，就看到一条消息弹了出来。

　　惠熠：醒了吗？

　　她嘴角噙着笑，秒回：醒了，刚想找你呢。

　　等了片刻，那头的人没有发文字，而是发了条两秒的语音过来。与此同时，她听到屋子的门被人在外头轻轻地敲了敲。

　　言布布一惊，立刻从床上弹跳起来，抓起一旁的睡衣外套往身上一裹，往玄关的方向冲。冲过去的同时，她手指微颤地点开了惠熠那条语音，听到他的嗓音响起在耳边："开门。"

　　她旋风般地将门打开，就看到惠熠手里提着一袋还在冒着热气的东西站在她家门口。他身穿灰色运动服，整个人看着俊逸又明亮，在陆京早晨的阳光里冲着她笑："早。"

　　言布布看着这一幕，心都要融化了。她抬起手，努力地揉了揉自己刚睡醒还翘起来几撮的头发，也笑着对他说："早。"

　　"刷牙了没？"惠熠已经来过她这里好几回，这时自顾自地进了屋，熟练地从玄关的鞋柜里拿了他那双专属拖鞋穿上，"给你买了你最爱吃的酒酿小圆子，还有豆浆和饭团。"

　　"还没刷呢。"言布布听到酒酿小圆子就双眼冒光，"是在平音路上那家老樟兴买的吗？"

　　他提着东西往里走，顺手替她扣好了睡衣外套的扣子："你不是最爱吃那家的小圆子？"

　　"可是那家要排队排很久呢。"

199

"今天还好,可能我去得早,排了半个小时左右就买到了。"

惠熠将手里提着的东西放到餐桌上,走去厨房拿碗筷,柔声说:"你先去刷牙,我把吃的都盛出来。"

言布布快速地去浴室洗了个漱,顺便用梳子把自己因为静电胡乱飞舞的头发梳整齐伏贴,才回到客厅。

惠熠已经把买来的食物全都装进了碗和碟子里,他人站在餐桌边还没坐下,手里正拿着手机发消息,还不忘解释道:"老沈今天值班,有个病人要求提前出院,我在跟他商量要怎么处理。你先吃,凉了就不好吃了。"

言布布走到餐桌边,本想拉开他对面那把椅子坐下,但看了一会儿正在低头专心发消息的惠熠,忽然就改了主意。于是,等惠熠刚给沈慷编辑好出院小结的核心要点,就发现自己的臂弯里多了个人。

言布布本就生得瘦小,从他臂弯的空隙里随便一钻就能钻进来,十分轻松,甚至都可以不让他察觉到。惠熠发完消息,看到怀里的人仰着脸巴巴看着自己的模样愣了一下,继而目光一下子暗了下来。

"怎么?"他将手机往餐桌上一推,双手扣住言布布的腰身,将她完完全全地压进自己的怀里,"我家布布小恶魔,一大早又想使坏了?"

言布布靠到他的胸膛前,深深地呼吸了一口他衣服上清新的薰衣草味洗衣液香,不满道:"什么叫'又'啊?"

惠熠低下头,亲了亲她的脸颊,又去亲吻她小巧的耳垂。言布布本来就怕痒,被他灼热的呼吸呵在耳旁,弄得不仅痒,还觉得浑身发颤。她别过脸想要躲,却又被缠得更紧,逃无可逃。他的手从她的背脊一路往下,因为动作轻却更显得撩拨,让人根本无法忽视:"要我提醒你,你昨天还有前天都做了些什么吗?"

言布布吞咽了下口水:"我……我干吗了?"

也不过就是昨天晚上,他俩窝在他家沙发上看电视的时候,他原本专心在看,却被在旁边目不转睛盯着他瞧的人给盯得破了功。问始作俑者为什么要这么看自己,好家伙,这丫头直接来了句"你好看"。然后他就被这三个字撩起了火,直接关了电视,把人压到了沙发上。

至于前天,她早上去他家的时候,看到他在厨房里弄早餐,想过去亲亲以示慰问。结果,她就这么随便亲了两下,又让某人直接关了炉火,最后闹到差点儿连去医院都迟到。但归根结底,她也只不过是多看了他几眼,多亲了他几下。他是她的男朋友,她这么做,又有什么不对?

200

这么一想，言布布原本也就不多的几分心虚彻底消失，理直气壮地说："明明是你自己意志力不够坚定，怎么能怪我呢？"

惠熠听了这话，都给她气笑了。他眸光轻闪几下，舔了下自己的嘴唇，将方才不久前才替言布布扣上的睡衣扣子解开了。

"要是我意志力真不够坚定，你现在还能那么完整地站在我面前？"

这话乍听之下没什么，但细细一想，言布布的脸就彻底红得没眼看了。

惠熠将她的睡衣解开后，发现她里面就穿了件嫩黄色的小吊带，整个白皙的肩膀都裸露在空气里，显得格外诱人。他低下头，亲了亲她的锁骨，而后用拇指轻捻了下，眼眸更暗了些："昨天留下的印子还没褪。"

言布布眼睫微颤地垂眸，发现自己锁骨下面的皮肤上，还残留着深深浅浅的红印。她看得一阵心跳加速，轻声嘟囔道："差点儿忘了，我今天还要跟甜甜和宜宜一块儿去逛街呢……"

惠熠抱着她，用嘴唇在那些斑斓之处又点了点，狡黠地对她眨了眨眼："你觉得她们会意外这些吗？俞也那条纯情'大金毛'的速度我是不敢保证，但甜甜平时一定没少被大川折腾，她们才不会笑话你。"

言布布瞪了他一眼，红着脸想要挣开他："我要吃小圆子了，不然都要冷了。"

"等等，"他轻轻松松地就将她控得动弹不得，而后用牙尖去挑了一下她的吊带，嗓音喑哑，"既然你都知道你男朋友意志力不够坚定了，怎么还会觉得招惹完我，你就能轻易跑掉？"

等言布布坐回到餐桌前，捧着刚刚又拿去微波炉里热了一圈的小圆子吃的时候，发现碗里的小圆子都因为放的时间太长而变得有些黏糊糊的了。

惠熠比她晚一会儿才从浴室里出来，等他走过来拉开椅子的时候，言布布一瞥到他那双还带着水珠的修长好看的手，脸颊就开始发烫。惠熠自然注意到了她红红的耳朵，这时忍不住又凑过去亲了亲她的后颈，故意贴着她的耳根问："好吃吗？"

言布布浑身一颤，手里的勺子都差点儿拿不住，面红耳赤地说："都糊了。"

说完这话，她用勺子舀了两下碗里的小圆子，偏过脸娇嗔道："都怪你。"

惠熠顺势就着她红红的嘴唇啄了一口："嗯，怪我，下次再给你赔两碗。"

201

两人就这么腻腻乎乎地吃了会儿早饭，言布布拿出手机想刷刷微博，谁知道刚点开热搜，她就兴奋得眼冒金星，疯狂去拍惠熠的手臂。

　　惠熠往她的嘴里塞了口饭团，问道："怎么了？"

　　她咬着饭团，兴奋得脸都涨红了，含糊不清地在那奋力表达："川哥果然牛！"

　　惠熠往她的手机上一看，热搜上已经显示红到发紫的"爆"字热度的置顶词条是——

　　"江挽川宣布息影"。

　　孟恬被手机铃声吵醒的时候，觉得自己好像已经熟睡了一个世纪般漫长。闭着眼睛抬手一摸，她发现身旁居然没有人，偌大的床上除了自己之外空空的，而且摸着床单的温度也很低，身边的人好像已经离开了很久。

　　想到这里，她一下子从极度的困倦中清醒过来，猛地坐了起来。

　　江挽川呢？

　　铃声还在那儿响着，要是按照以往，他但凡在她身边，一定会过来替她接起或者按断，才不会任由铃声这么持续响下去。

　　孟恬用手够到手机，一看来电人是葛星宜，抬手便接了起来。

　　"甜甜，"葛星宜在那头问，"我是不是把你吵醒了？"

　　"没有，没有，我也是时候该醒了。"孟恬揉了揉散乱的长发，应了声，"抱歉，昨晚睡得晚了些，我现在马上回来找你和布布。"

　　之前她就和葛星宜以及言布布说好了今天三姐妹要一块儿去逛个街，虽说名义上是去逛街，但她和言布布其实还有隐藏任务——把葛星宜从四合院带走半天，因为俞也他们要布置她的屋子，为晚上的生日惊喜做准备，不能让寿星本人发现。

　　"不着急。"葛星宜语带笑意，"你也不用回来找我们了，我和布布这会儿就在你们那个温泉酒店的大堂里，川哥安排了车接送我们，你慢慢来。"

　　挂断电话，孟恬在床头柜上发现了一张字条，上面的字她很熟悉，字迹大气，行云流水，纸上写着落字人的留言——

　　"甜甜，我早上有事要办，走得匆忙，看你睡得香不想叫醒你。等会儿司机会送你跟葛星宜她们去逛街，我们晚上在四合院见。"

　　留言表达的意思很清晰，也没有什么古怪的地方，但她总觉得，好像哪里有些不太对。或许是因为昨晚布局周密的求婚，她现在看什么都觉得里面藏着点儿他的小心机。

起来刷牙的时候,孟恬边刷边发呆……虽然这么想可能显得自己有点儿被江挽川宠坏了,但求婚大日子的第二天早上起床看不到未婚夫的身影,没有那份想象中一定会有的温存,她还真有点儿难受。有什么要事,得今天一大早就去办呢?况且,他昨天也对此只字未提。

但因为那层深厚的信任在,孟恬并不是在怀疑什么,只是觉得格外寂寞。等在酒店大堂同葛星宜她们会合后,她发了条消息给江挽川报信,那头的江挽川回得很快,但内容十分简单,就一个"好"字。既没提自己在做什么,也没像平时那样关心她,感觉似乎正处于繁忙之中。

因为如此,孟恬一路上的心情都有些说不出来的低落和郁闷。可能是感受到了她的情绪,在车上时,葛星宜和言布布一直在努力逗她说话。而且要是她观察得仔细点儿,就会发现,这俩姑娘好几次都欲言又止,似乎是在竭力隐藏着什么想说的大新闻。

尤其言布布,一直很兴奋地在那边猛夸,说江挽川的世纪大求婚绝对是自己这辈子见过最浪漫、最走心的,没有之一,直接封神了。

葛星宜逗她:"你在这儿说没事,要是在惠医生面前说多了,小心惹祸上身啊!"

不提还好,一提,言布布的脸瞬间就变成了一个番茄。

之前他们录完祝福视频,听完江挽川的完整求婚计划后,她确实没忍住,在惠熠耳边叨叨了好久,说江挽川真的好会、好深情、好专一。言布布这人脑袋直,向来都是想到什么说什么,也没有想要拿惠熠和江挽川做比较的意思,只是单纯地想分享自己的心情。

第一天没什么,第二天也无事发生。等到了第三天,她去惠熠的科室找他说话,那时候恰好大家都去吃午饭了,科室里没人。惠熠二话不说直接把门锁了,将她摁在科室的白色墙壁上,亲得她两腿发颤,嘴唇肿了一下午。

再想到今早出门前,她在微博上看到江挽川的大动作,一个没忍住直夸他牛,夸完后又被惠熠拎进了一回浴室,她就欲哭无泪。

因为实在觉得自己太过悲惨,言布布哀叹了一声,企图在葛星宜这里找些安慰:"宜宜,你在也哥面前夸过川哥吗?"

葛星宜怔了一下,忍俊不禁道:"夸过。"

"那也哥啥反应啊?"

203

"已经自闭好久了。"葛星宜似乎一想到某人那张棺材脸,就想笑,"在我夸之前就已经开始自闭了,所以夸不夸都不太影响。"

众所周知,俞也本来就看江挽川不顺眼,这俩人从来就没对付过,他觉得这姓江的一肚子坏水。要求婚祝福视频的那个时间点他原本在补觉,江挽川来后罩房敲门的时候,俞也原本想当自己睡死过去没听到,却不料最后江挽川搬来了葛星宜。

听到她在门外叫他的声音,他是无论如何都会起床去迎人的。

谁会料到,他刚走到门口,把自己一身的起床气给压下去,想看在葛星宜的分儿上勉强去给江挽川一个面子的时候,就听到江挽川在门外跟葛星宜慢条斯理地说着如下这些话——

"没事,要是俞也真的起不来,也不用勉强,有你代表他也不是不行。"

"当然,最好还是由他自己来录比较合适,毕竟听说他现在,姑且只能算是个试用期男朋友,没转正的话,也没法儿全权代表你。"

"你千万别因为我的求婚对俞也产生什么想法。因为这世上有些东西,确实是再多钱都买不来的,比如浪漫细胞,比如哄自己爱人的情商和说情话的本事。"

"看你的嘴唇,是不是被他给咬破的?跟着他着实是委屈你了。"

…………

俞也听完,差点儿没一脚踩进太平间去。江挽川一刀接着一刀,精准地砍在他胸口最疼的地方,甚至连个缓冲的喘息时间都不给。这世上怎么会有这么狠毒的人啊!

等他"唰"地拉开门,面无表情看着门外光明正大说人闲话的江挽川。就见江大明星风度翩翩地冲着他笑了笑,做了个"请"的手势,说:"醒了就过来录吧,毕竟作为男人,输也要输得有尊严,你说是不是?"

俞也差点儿没跟他当场同归于尽。

也因此,自录完祝福视频之后,俞也就再没有过好脸。只要不是对着葛星宜的时候,他浑身上下都在冒着天寒地冻的气息。不仅更不爱说话,更行踪诡秘,也更叫人摸不着头脑。

吴瑞他们几个小跟班后来有天过来找俞也有事,一帮人可怜巴巴地在外面等了大半天,最后就见他们家老板慢吞吞地从屋里出来,扔下一句:"快去找资料。"

众人一头雾水地问:"什么资料?"

他们家老板生平最讨厌看繁复的文字,他们做的那些计划书,哪怕做得再详尽周密,他也连多看一眼都不肯,怎么突然就说要他们找资料去?

俞大富豪一脸不耐地回道:"恋爱。"说完,就回了屋,任凭怎么喊都不肯出来了。

吴瑞他们几个快疯了,明明是来找俞也谈正事的,结果等了那么久,不仅正事没谈到,结果还莫名其妙地被要求去找如何能谈好恋爱的资料。

令人搞不懂的俞也就这么自闭了好一段时间,除了葛星宜以外,拿任何人都当空气。就连沈叶迦找上门来和他抬杠,他都直接选择视而不见。到最后,沈叶迦实在是受不了了,对着葛星宜说:"我不想每天回到院子里就对着一具僵尸,他本来就已经够不正常的了。"

所以,前几天的晚上,葛星宜在家里语重心长地对俞也说:"川哥的求婚计划确实很让人心动,没有一个女孩子会不喜欢,这一点我必须得承认。"

说完这话,她无比清晰地看到俞也的眉头动了一动,感觉下一秒他人就要彻底垮了。

"但是,哪怕他再浪漫、再会、再好,他也不是我喜欢的人呀。"她用手轻轻地勾了勾他的手指头,"我觉得你现在这样就挺好的,真的。"

俞也眸光微闪,过了片刻,他反握住了她的手,嗓音很低:"你不用特意安慰我的。"

"我不是在安慰你。"葛星宜望着他,"如果你是川哥那样的人,可能我就不会喜欢你了。"

"为什么?"

"我喜欢的不是那种类型。"

"你喜欢哪种类型?"俞也的语气有些轻,"像我这样既不会哄人,也不会说好听的,甚至连接吻也接不利索的吗?"

某人是真的自闭得不轻,居然都开始"自黑"(网络用语,自我嘲讽)了。

葛星宜听了这话其实真的很想笑,但对着他那张冰冻脸,她又不能笑出声,只能憋在心里强忍。

"不会哄人、不会说好听的又不是件坏事,起码你从不会骗我,句句真心,一直都让我觉得很有安全感。和你在一起之后,我也没有一天会觉得心里惶恐不安。"她耐下性子细声安慰,顿了顿,又有些羞怯地补上了一句,

"况且,你现在……已经挺好的了。"说到这里,她似乎想到了些什么,脸颊更红了,"真的有进步。"

俞也听到这里,原本在灯光下看着有些偏淡的眸子开始不动声色地变深了。他定定地注视了她几秒,忽然微微低下了头。

"到底有没有进步,我想听你现场最真实的反馈。"说完这话,他直接偏过头,轻轻地吻住了她的唇。

就在葛星宜脸上的红晕已经一路蔓延到耳根的时候,俞也才退开了一些,在彼此交错的呼吸中,低声问她:"有进步吗?用不着安慰我说假话。"他那双漂亮的眼睛就这么直勾勾地盯着她,语气里透着浅显的探究和疑问。

葛星宜这辈子都没见过那么纯良的男人,有一瞬间,觉得自己的心都要被他萌化了。过了片刻,她心生冲动,忍不住凑过去亲了亲他的嘴角,又抬起手摸了摸他柔软的发丝,告诉他:"真的有。"

她看到俞也的眸子一下子亮得如星,而后他挑了挑眉,低声嘀咕了一句:"看来吴瑞他们给的资料还算有点儿用。"

"什么资料?"

他没答这话,只是意味不明地说:"资料里其实还有后面的步骤,我也学了。"

葛星宜反应了一会儿,猝不及防地对上他那幽深的目光,有些不自在地别开了眼:"那你为什么……"

俞也沉默两秒,从牙缝里冒出来三个字:"试用期。"说出这话后,他似乎跟不争气的自己杠上了,一张刚融化片刻的脸又立马冻回去了。

原本还有些害羞的葛星宜顿时看得忍俊不禁,笑开了颜:"你怎么那么实诚?既然如此,我是不是应该好好表扬一下你这样的品行?"

就因为在试用期,他还真就恪守规矩不过界,将她的感受放在一切之前。

没想到听了她的话,俞也的脸色居然再次回暖了,俊逸的眉眼间充满了舒心。他整张脸此刻从上到下都写着"我是不是很乖很听话?快表扬我"。

葛星宜望着他,有一瞬间因为江挽川和孟恬他们之前开玩笑时说过他像隔壁邻居家的大金毛,她仿佛都能看到他此刻身后在不断摇晃着的尾巴。她怎么觉得她的试用期男朋友,还真的有点儿像纯情大金毛!

想到这里,葛星宜就忍不住笑出了声,看得坐在她身边的言布布一脸困惑:"宜宜,你突然笑什么呢?"

"没什么。"

葛星宜这时冲言布布使了个眼色,对孟恬说,"甜甜小公主,别发呆了,我们都到啦!"

言布布一把勾住还处在低气压状态的孟恬:"姐妹血拼节目现在开始,我宣布,本次节目由江姓、惠姓、俞姓三名男士全权买单,数量、金额都没有上限!"

孟恬被她俩给逗笑了,暂时将心里对江挽川的挂念抛在了一边,开门下车:"走起!"

司机将她们三个放在了陆京最繁华的那条商业街上,商业街最近新开了好几家大商场,品牌云集,三个姑娘一头扎进商场,满脑子就只剩下买买买。

女人的天性便是如此,所以当初俞也他们制订生日计划的时候,言布布和孟恬一拍即合提出要带葛星宜来逛商场——逛了街的女人都是不回家的,也肯定不会有心思察觉他们在院子里捣鼓些什么。

三人在第一家商场里逛了一大圈,手里提了好几个袋子后,逛到了内衣区。

葛星宜因为工作忙加之这两年生活节省,还真很久没这样购物过了。她站在一排色彩、样式各异的内衣前,一时都不知道自己该挑哪一款。

言布布的手里已经拿了几件,这时走到她身边,直接拿了一件带蕾丝花纹的粉紫色内衣下来,递到她的手边:"去试试。"

葛星宜张了张嘴:"是不是太可爱粉嫩了点儿啊……"

其实不只是可爱粉嫩了,因为蕾丝花纹部分有些透,穿上去估计还挺性感的。

"配你正合适好不好?"言布布冲着她一阵挤眉弄眼,"相信我,'吸血鬼'绝对好这一口!"

一听这话,原本还在想着要不要换一件,或者干脆别买了的葛星宜居然动摇了。她咬了咬唇,动作迅速地将那件内衣囫囵塞进了购物袋里:"那就试试吧。"

言布布心里想着之后必须得去问俞也要个大红包,转身又去旁边一排的货架找孟恬。孟恬手里也已经拿了几件内衣了,言布布凑过去定睛一看,一阵坏笑:"呀,原来咱们川哥喜欢这种款啊……"

孟恬听得手一紧,差点儿把刚挑的内衣都给捏变了形。她一把将言布布拉到身侧,面红耳赤道:"你小点儿声……"

她俩在这说话的时候,旁边还站着几个也是一块儿过来逛街的女孩子。几个女孩子边挑内衣,边在那儿聊天:"你们都看热搜了没有啊?"

"看了,简直震惊我全家一百年!"

"息影!我真的做梦都想不到,江……"

没等孟恬把这些姑娘说的话听全,言布布直接一个乾坤大挪移,将她带到了更衣室前,对着她连连摆手:"甜甜,赶紧进去试内衣去,等会儿人多了还得排队!"

孟恬被她推得一蒙:"店里有很多人吗?"

"有。"言布布直接睁着眼睛说瞎话,"你看这店里就一个试衣间,你试完,我和宜宜还得接着试呢!早点儿试完我们也好去隔壁商场接着逛。"

等言布布合上更衣室的门,她长吁了一口气,冲着一旁的葛星宜抹了抹汗:"吓死我了,差点儿就要露馅儿了……"

葛星宜摇了摇头:"多亏你机灵。"

江挽川今天早上搞的大动作,毫不夸张地说,举国上下都已经知道了。但大明星在她们出发前发来消息,要她们俩随便怎么样,都得拦着孟恬先不让她知道,留着等他晚点儿自己亲口告知。这简直就是强人所难。

天知道她们这一路上有多么拼命地阻止孟恬玩手机、刷微博,走在商场里,随处都能听见有人在讨论,她俩近乎把这辈子最大的嗓门都拿出来跟孟恬说话才得以勉强遮掩住那些讨论声。

外面的言、葛二人在用生命布防,更衣室里的孟恬试完了内衣,却又不免想到了江挽川。拿出手机,她发现他还是没有发来消息,心下起伏不宁的烦躁感再次浮现了起来。她咬了咬唇,漫无目的地打开了朋友圈,谁知下一秒,就傻眼了。

只见她朋友圈里一半以上的人,都分享了同一条视频链接,这条视频链接的标题是——"江挽川宣布息影"。

孟恬盯着那个标题看了有足足十秒钟,有一瞬间甚至怀疑自己的眼睛是不是出问题了。这几个字,分开看她都认得,但组合在一起,她竟然完全看不懂。一阵令人窒息的心悸过去,她终于抖着手指,不可置信地点开了那个视频链接。

只见画面上的江挽川穿着随意,坐在镜头前的长桌中央,左手边是经纪人胡亮,右手边是他工作室的执行经理。

她眼睛一眨不眨地盯着自己的手机屏幕,想要催眠自己这会不会只是个搞笑合成视频。

江挽川此刻面对着镜头，笑容温和放松："虽说是私事，不值一提，但入行那么多年，作为一名职业艺人，还是想开诚布公地给所有认识我的朋友一个交代。这个决定绝非草率，我已经计划许久，才选在这个合适的时机告知大家。从今天起，我将开始息影，择日再回归大银幕。"

听到这句话，孟恬拿着手机的手都差点儿一松。她抬手捂住了嘴，鼻尖迅速地涨红了起来。

"我从少时起就加入了演艺圈，时至今日的十几年间，已经参演过诸多制作精良的电视剧和电影，也合作过数不清的优秀导演、工作人员与艺人。能认识大家，为观众朋友们演绎这些角色，都是我这一生最珍贵的荣耀。

"我无比热爱我所演绎的这些角色，也热爱演员这份职业。决定暂时息影，并不是因为我停止了这份热爱，而是我认为身为演员的江挽川是时候开始一段从未有过的假期，也让身为普通人的江挽川有时间和精力继续郑重地走向下一段他自己的旅程。

"我有一个挚爱的女孩，她从我籍籍无名开始陪伴至今，陪我走过所有低谷、暗潮，见证我获得所有荣誉、夸赞，她自始至终都是我生命中最重要的人。

"就在昨天，她接受了我的求婚，并愿意与我继续走这一生后半段的路途。我感到非常幸福，也深感荣幸与责任在身。也因此，我想在这段息影的日子里，用当一名好演员的态度，同样去做一个好丈夫的角色。我想全身心地照顾好她和我的家庭，保护好她，让她过得快乐无忧。

"我并不觉得这是一件不能言说的事，我和你们每一个人一样，有获得个人幸福的权利，也有想要守护好自己爱人的本能。所以，无论是我的老朋友，还是新朋友，我非常感激你们对我的认同与理解，也希望在这里好好地与你们暂时道别。

"在息影期间，我会在幕后继续指导与培养我工作室的新人演员，也会参与一些电影和电视剧的投资与制片。未来的日子还很长，当这段假期来到终点时，我一定还会回到这里继续做你们的演员江挽川，演绎更多的角色让你们看到。但现在，我只想专心做好她一个人的伴侣江挽川。

"谢谢你们，我们后会有期。"

当这个视频全部播放完毕的时候，孟恬手动了动，感觉自己捂着嘴的手已经全被打湿了。试衣间里有落地镜，她一抬头，就看到镜子里的自己满脸泪痕。

难怪昨晚他们睡不着的时候,他会拉着她,将这么多年参演过的电影和电视剧、遇到的林林总总的人和事都说一遍,仿佛在拉着她一起看一场回忆的长电影。也难怪她今天一早起来,他就已经不在了,只留了一张简单的字条,后面也一直没有音信。或许在她睡着后,他都没有合眼,便直接动身离开去准备开新闻发布会了。

她昨晚总觉得他的情绪里除了求婚成功后的喜悦外还有些别的东西存在,像是一种决定好要做什么大事后大方放手的释然——原来他早就已经决定好要在今天公布息影的消息。她的预感从头到尾都没有错,他确实是在做一场道别,向他过去的所有成就暂作道别。

可能是因为孟恬在试衣间里待的时间着实有些长了,外面的言布布和葛星宜都忍不住跑过来敲门:"甜甜,你试得怎么样了?有遇到什么问题吗?"

"没有。"孟恬赶紧胡乱地抹了抹脸上的泪渍,开始手忙脚乱地换衣服,"抱歉,我马上就出来。"

就在她刚穿好衣服准备推门出去的时候,她的手机铃声忽然响了起来。

一看到来电显示上江挽川的名字,她刚刚好不容易缓和下去的眼泪又要拼命往上涌,趁着开门的间隙,她匆忙接起来将手机贴在耳朵边上。

"宝贝儿。"当那道如春风般的嗓音落在耳里,听得她心尖都发软了,"你们在哪座商场逛?"

孟恬推开更衣室的门,回答他:"我们在环商呢。"

等在门口的葛星宜和言布布一看到她脸上还未完全擦拭干净的眼泪和眼角的红痕,俱都一怔,赶忙紧张地抓住她的手:"甜甜,你是不是哪里不舒服啊?怎么眼睛那么红?"

那头的江挽川似乎也感觉到了她说话的嗓音里隐隐透着的鼻音,这会儿又听到葛星宜她们的询问,他沉默两秒,低声问:"是不是哪儿不舒服?"

孟恬拍了拍言布布她们的手,示意她们自己没事,一边柔声应下:"没有呢,我很好。"

"你现在在哪儿?"没等他开口说话,她便接着说道,"我有话想跟你说。"

商场里人来人往,其实很是喧闹嘈杂。但她握着手机,却能很清楚地听到那头江挽川均匀的呼吸声。

"甜甜，"江挽川顿了顿，声音一下子绷紧了，"你是不是看到……"

"我现在很想见你。"她捏着手机的手指紧了紧，泪意再次慢慢涌上了眼眶，"特别特别想。"

葛星宜和言布布一见孟恬这个反应，也立时猜到了电话那头的人是谁。她们对视一眼，悄悄地将孟恬手里拿着的内衣抽走了，替她去柜台结账。

江挽川听到她的话，声音柔得仿佛能滴出水来："我现在就在环商的停车场里，B2-147。你慢慢来，我哪儿都不去，就在下面等你。"

"好。"

等她挂断电话，就见葛星宜和言布布笑吟吟地走过来，将已经结完账包装好的袋子递给她。

孟恬看着这两个姑娘，揉了揉通红的眼睛说："宜宜，布布，谢谢你们。"

"跟我们俩客气啥呀？"葛星宜看着她，"我们真的特别为你和川哥开心，一早上憋得太难受了，现在可算不用憋了。"

"快去吧！"言布布冲着她挤眉弄眼，"姐妹血拼什么时候都能再走起，但史上最牛的川哥现在值得你最高的礼遇。"

孟恬笑着吸了吸鼻子，伸手用力地抱了抱她们俩："那我先走了，晚上见。"

因为商场里的人多，等待直升电梯的时间有些长。孟恬排在后面，看着电梯上显示的楼层数字，忽然低下头打开了握在手里的手机。她登上好几天没上过的微博，点开编辑界面，然后认认真真地打下了一行字。打完这行字后，她将这条微博保存在草稿箱里，随着人流走进电梯。

到了地下停车库，孟恬起先在寻找江挽川停车的位置，到了后来，干脆一路小跑起来。等她跑到那个停车位附近，一抬起头，就看到有辆车的车门从里面被打开了。

孟恬目光动了动，几乎是一个箭步冲上了那辆熟悉的商务车。也没管车上是否有其他人，她一脚跨上车，就猛地扑进了已经在车里朝她笑着伸出双臂的江挽川的怀中。

一触及那无比熟悉的温暖怀抱，孟恬眯了眯眼，眼角残留着的泪就顺势淌进了他脖颈后的衣服里。瞬息之间，便越淌越多。

江挽川拍了拍她的背，打趣道："正好想换身衣服，宝贝儿有心了。"

孟恬又哭又笑，抓着他，泪眼蒙眬地说："你怎么突然就搞那么大的事……"

"这其实也是昨天求婚计划的一部分,算是彩蛋中的彩蛋。"江挽川温柔地扶着孟恬的背,"同样作为惊喜,所以也不能提前告诉你。当然,这件事确实也不能算是我一个人的事,应当跟你商量后再做的。但我知道,你一定会说让我不要那么做。"

孟恬眸光一动,眼泪顿时流得更凶了。他说得并没有错。如果知道他向她求婚后就要息影,她一定会拼命阻止。没有人比她更懂得他是多么不容易才走到今天这样的顶峰,突然息影必然会对他的演艺事业造成不可估量的影响。

先不提会有一大票粉丝愤怒、伤心甚至脱粉,就算其他的粉丝再专一、长情,就这么等到今后他回来继续演戏,但在息影的这几年里,他也一定会实打实地流失观众,流失流量,流失名气。这是毋庸置疑的事实。

"你想到的,我都已经想过了。但是甜甜,你知道吗?"江挽川这时松开她,用手指温柔地抚了抚她含泪的眼角,"我真的觉得,你担心的那些所谓对我事业的影响,在我心里根本就掀不起一点儿浪花来。

"有人脱粉,我很能理解。毕竟每个粉丝在心中对我的定位都不一样,如果因此而不喜欢,我绝不强留,无论他们现在是怎么想我的,我都很感激他们曾经喜欢我的那些日子。

"我息影的这几年里有优秀的新人演员出现,那也再正常不过了。我倒是希望有更多优秀的新人出现,这样演艺圈才会进步,我也非常愿意同他们一起演戏,互相学习。他们或许会替代顶流的位置,但绝不会替代我江挽川。

"你要相信你爱的男人。"

他捧住她的脸颊,亲了亲她的额头,继续说:"我能这样走到今天,就说明等未来回归,我还可以再凭本事让粉丝观众驻足,我还能站到甚至比现在更高的地方去。"

车里没有开灯,在地下车库里显得有些暗,但江挽川漂亮的双眼中却蕴着一道最耀眼的光。这就是让她深爱了这么多年,并会一直爱下去的光。

孟恬这时终于止了眼泪,她轻轻动了动唇:"我从来就说不过你,也没想要说过你。但我想告诉你,我永远支持你所有的决定,我也相信等你未来回归,会是比现在更棒的演员江挽川。另外,在你息影的日子里,我会让你在我的身边,做最快乐的江挽川,我会照顾好你的。"

江挽川一动不动地注视着孟恬，他的眼尾也几不可见地变红了。

"那么，我亲爱的甜甜公主，我息影的日子，就有劳你了。"半响，他终于出声，嗓音低沉喑哑，"我有很多之前想做，但都没时间做的事需要你陪着去做，比如带你去各地旅行，带你去尝遍各种美食……同时，不用拍戏的我会非常黏人，希望你能承受得住。"

孟恬"扑哧"笑出了声："我可以。"

"还有，最重要的也是我息影后的首等大事。"他凑过去，在她的唇角落下一吻，"请先立刻落实你江太太的法律地位，以及，芮疏予和桃心推荐了好几个举办婚礼的场所在等着我们去看。"

孟恬笑意更浓："立刻是多快？"

江挽川眨了眨眼："比如明天？"

"还有，"他忽然压低了嗓音，"三年抱俩的计划也得紧锣密鼓地实施起来了。"

孟恬听得脸颊瞬间涨红，她忍不住抬起手去轻拍他的肩膀，却听到耳旁传来了窸窸窣窣的憋笑声。她一回头，看到商务车的后座居然挤满了一排人——胡亮、小叶、璐璐……全都在。

孟恬傻眼了。不会吧！她刚刚扑进他怀里的火热举动，和他耳鬓厮磨说的那些肉麻话，全都被看跟听了个遍！

江挽川将她重新抱进怀里，低笑着哄人："没事儿，他们从今天开始也要放假了，就当是他们放假前的最后福利吧。"

"对了，"孟恬这时忽然想起了什么，她拿出手机，快速打开微博，"我给你看个东西。"

江挽川略有些愣怔，就见她从微博的草稿箱里点开了一条已经编辑好的内容。

"我不知道你有没有想过要向公众公布我的身份，但如果你是担心我会被流言蜚语击倒，想要保护我才不公布的，那么我想告诉你，你不需要担心。

"我再也不会害怕去面对你身后的那些暗涌，那些已经不能伤害到我了。因为有你一直以来的鼓励和爱护，我不会再自卑退却，我有信心自己能让你比谁都过得幸福快乐。"

哪怕依然会有人不理解、不认同，甚至怨恨她、诋毁她，来发之前那种恐吓消息，她都不会感到惧怕了。

213

我们确实无法做到被这世上的每一个人认同和喜爱，无论做得有多问心无愧，总有人可以找各种各样的借口想要来击垮你。

但我们不为他们而活。我们为自己，为爱自己的人而活。

"你已经保护我很久啦！现在，该换我来保护你了。"孟恬笑得眉眼弯弯，"而且，我也是有私心的……我就想让全世界都知道，你只属于我孟恬一个人。"

江挽川抱着她的手紧了紧。他红着眼尾，低垂下眼眸，然后，看到了那行让他此后记了一辈子的文字——

@江挽川，因为你的爱，我愿意永远为你朝向阳光。

孟恬离开后，葛星宜和言布布又漫无目的地逛了很久。等她们从另外一座商场走出来的时候，天色已经完全暗了下来，葛星宜抬手看了眼手表，说："居然已经到晚饭的点了，我们该回去了吧？"

"宜宜，要不再等等吧？"

一整天身兼"瞒着孟恬江挽川息影的消息"和"拖着葛星宜不让回四合院"数职的言布布，简直那叫一个焦头烂额。

"这不还早吗？"

她会这么睁眼说瞎话，是因为两分钟前惠熠才给她发来消息，说四合院的布置还差那么一点儿。因为江挽川他们回来得晚，有些东西还没来得及弄好，大家让她想办法再拖一会儿。

"早吗？"葛星宜疑惑地说，"这都七点了，你不饿吗？"

已经饿得前胸贴后背的言布布强颜欢笑道："还行吧，毕竟中午吃得多嘛！宜宜，我还想再去逛个鞋店买双运动鞋，等买完我们再回去吧？"

葛星宜不疑有他："那行。"

等从鞋店出来，言布布趁着葛星宜在打车的空当飞速地在群里打字：你们好了没啊？宜宜在打车了，我实在是拖不住了！

草莓甜吗：不好意思啊，布布，我和川哥回来晚了，我感觉可能还要半个多小时……

布布：半个多小时？！我们马上就要上车了，从这里开回去撑死也就十分钟啊，家人！

川：你要不假装肚子疼想去上洗手间？

沈叶迦：给司机转双倍的钱，让他在商场附近绕十圈，找俞也报销。

俞也：？

言布布看着群里这帮人离谱的回话，简直想把他们都从手机屏幕里揪出来狠狠地捶一顿。她收起手机，眼看着葛星宜的手机屏幕上打车软件显示司机距离他们只有三分钟的路程了，情急之下，忽然灵光一动，轻轻叹了口气。

葛星宜被她叹得一愣，问道："怎么了？"

"宜宜，"言布布垂着眼帘，一副可怜巴巴的模样，"我越想越觉得我内衣尺码好像买错了。"

"啊？怎么会？"

毕竟之前在内衣店里她们都是进更衣室亲自试过，确认没问题才买的单。要是觉得有问题，当场应该就会说了，不应该拖到现在才想起来。

"就是……"言布布绞尽脑汁在那儿演，"我今天试的时候觉得有些紧，不过问题应该也不大，现在要是再回去换也太麻烦了，算了，咱们赶紧回去吃饭吧……"

葛星宜本就性格温和宽容，同理心强，心又软，听言布布这么一说，立时没再犹豫，直接取消了手机上的打车订单。

言布布本来也就是拼死一试，却不料以退为进这一招居然出奇制胜。

"走，我陪你回去换。"葛星宜攥住她的手腕就往环商那边走，"内衣尺码不合适不行的，对女孩子的身体会有危害，不能勉强。"

等回到那家内衣店，言布布拿着店员给的内衣一脸歉意地说要再进去好好试试。一进试衣间，她就开始发微信。

言布布：天知道为了帮你们拖时间我到底费了多大的劲儿，我真是太难了！

草莓甜吗：布布你就是神！我们快好了！

言布布心道一声"终于"，又转而去给魏然发微信。

言布布：我给你买了几件新内衣。

魏然：？

言布布：不用谢。

那头的魏然一头雾水之间就已经多了几件好看的新内衣，而可怜的言布布自己精挑细选了半天却落得一场空，心力交瘁地跟着葛星宜坐上了回四合院的车。

葛星宜今天出门的时候，俞也还在屋子里睡觉，她担心他不好好吃

215

饭,路上还特意发了消息提醒他中午要记得点外卖,晚饭等她回去之后一块儿吃。却没想到,因为陪言布布买鞋、换内衣,一耽搁就到了那么晚,她从车上下来的时候,满脑子都在回忆家里的冰箱里还有什么食材可以拿出来做了立刻能给他吃上。

因为想得入神,葛星宜一开始还没察觉到此刻的四合院和她出门前有什么不同。远远看去,大门外原本一直守着的保安们居然没了踪影,不知悄悄隐在了附近何处。而整个四合院大门则是紧闭着的,不像以往那样敞开,能够一眼看到里面的灯火通明。

直到走到大门口,葛星宜才蓦然意识到哪里有些不太对。她在紧闭的大门前止了步子,屏息一听,发现内里的院子居然连一点儿声音都没有。

"布布,"她转过身,看向身旁的言布布,"大家难道都出去了吗?怎么大门关着,里面也没人声啊?"

言布布假装无辜地眨了眨眼说:"我不知道,咱们进去看看呗?"

没有人声的院子让葛星宜心下无端发紧,她没多想,急急伸手一推,大门便在她的面前徐徐打开。整个四合院里一片漆黑,她在满心的疑惑中往前踏了一步,忽然怔在了原地。

就在她一只脚跨进院门的那一刻,忽然看到地上亮起了一个暖黄色的小灯泡。那个小灯泡就像是多米诺骨牌里的第一张牌,下一瞬间,整个院子的地上都依次快速地亮起了一个个这样的黄色小灯,没几秒便铺满了整个四合院的地面。

而这只是开始。

她在惊讶中,猝不及防地一抬头,发现整个四合院的屋檐上也挂着类似的小灯。大门、倒座房、东厢房、西厢房,以及她自己住的主厢房……再到最里面的后罩房,一圈又一圈,小灯落满了屋檐,从外檐到内檐,无一遗落。

在影影绰绰的灯光中,屋檐下又亮起了一盏又一盏的灯笼。灯笼里的光顺着外围的罩子扩散开来,显得格外暖意洋洋。灯笼下方坠着穗状的流苏,在夜晚的秋风中缓缓飘起,仿佛在招着手,迎接她的归来。

葛星宜站在原地,有一瞬间差点儿以为自己来到了古时的灯会。她张了张嘴,朝前又踏了一步,看到有一束灯光忽然从上方打下来,落在她面前的地面上。

她下意识地低头一看,发现自己的眼前竟出现了一整片银河。数不清的星群在那片浩瀚的银河图里，闪烁着璀璨的光华，让人眼花缭乱。但在这片银河之中，她却注意到有一颗星星看着特别亮眼，比其他的任何一颗都要亮。

葛星宜放下了手里拎着的所有袋子，慢慢走到那颗星星前半蹲下来。

"按下去试试。"

听到那道低冷磁性的嗓音时，她立时转过头，就看到俞也不知什么时候已经悄然出现在了她的身后，正低垂着眼眸静静地望着她。他深邃的眼里，也映照着这一整个院子的灯火和星光。她看得整颗心都软了下来。

然后，葛星宜依言，用手指轻轻地顺着那颗特别亮眼的小星星按下去。手指触到冰凉的地面的同时，她的耳边忽然响起了一首对她而言有些陌生，却也耳熟能详的歌曲。

"祝你生日快乐，祝你生日快乐……"

欢乐的生日快乐歌在四合院中响起的那一刻，她熟悉的人忽然从每间屋子里推开门走了出来，有沈叶迦、惠熠、言布布、江挽川和孟恬，也有从她身后走到她身前来的俞也。

他们手里都拿着一簇簇仙女棒，随着轻轻的晃动，仙女棒金色的烟火闪烁，在一片灯光星海之中，仿若锦上添花的点缀。

他们每个人的脸上都洋溢着温暖的笑容，口中都在跟着音乐朗声为她唱生日歌。包括一向不怎么爱笑的俞也，他的温柔从他清俊的眉眼里扩散出来，甚至能够通过他看着她的眼睛，直接传递到她的心里。

葛星宜就这么愣愣地半蹲在原地，身处在这片从未有过一刻那么明亮的院子里，听着他们的声音，看着他们的笑脸，觉得自己仿佛正在梦境之中。

原来今天是她的生日，连她自己都已经忘了。

于她而言，"生日"这个词似乎从她八岁沈叶迦跟着母亲离开陆京，离开四合院，去到长川之后，就再也没有出现在她的生命中。

八岁之前，其实生日是她最喜欢的日子。因为那一天，爸爸妈妈哪怕再忙碌，都会和哥哥一起，在院子里陪着她吃蛋糕，为她唱生日歌，给她送上生日礼物。她在那一天，一定会得到拥抱、得到温暖、得到祝福、得到爱。

她也曾一度以为，今后的每一个生日都会这样度过。

八岁时，她父母正式因长期聚少离多、性格不合而离异，她和沈叶迦各跟了一个。沈叶迦和母亲离开后第一年她的生日,父亲就因为工作忙碌忘记了,直到两天后出差回来才想起。

"抱歉,宜宜。"她记得父亲当时抱着她,对她说,"是爸爸不好,出差给忙忘了,但是爸爸给宜宜带了生日礼物。"

她当时接过那个精致的文具礼盒,仰头问父亲:"爸爸,我们现在能吃蛋糕、唱生日歌吗?"

父亲一怔,揉了揉她的脑袋说:"今年的生日已经过了,等明年再给你补上吧。"

第二年是她的十岁生日,这回父亲并没有忘记。但因为工作忙,父亲让家政阿姨代买了蛋糕,在电话里对她说:"宜宜,晚上让阿姨陪你一块儿吃蛋糕过生日吧。礼物爸爸放在你床头了,爸爸今天有应酬,赶不回来。"

她其实很想任性地问一句,爸爸,你能不去应酬,回家来陪我吗?我甚至可以不要礼物,只想要你陪着我一起吃个蛋糕,为我唱一首生日歌。我想要的真的就只有那么简单,只需要你在我生日的这一天,给我你一点点的时间就好。

但她终究还是什么都没有说。

在那之后的第三年、第四年……父亲的工作变得越来越忙,她平时几乎都不怎么能看到父亲,这样的父亲自然也没有心思去记得为自己的女儿庆祝生日。

最开始的几回,她还默默地难受过,晚上一个人躲在被子里哭。但随着渐渐长大,她突然有一天就不再那么在意这个日子了。因为在意了又有什么用呢?除了她自己,没有人会记得。那么她也忘了便好了。只要她忘了,她就不会在意别人会不会记得。

自那之后,每当同学、室友问起她的生日,她都会一笑了之;进入律所之后,也从未跟同事提起。当刻意变成了习惯,便就真的会遗忘。久而久之,她就再也没有过过生日。

一直到今天。

从半蹲的状态直起身,葛星宜发现自己的双腿都有些发麻了,她无意识地捏了捏自己的手掌心,发现一手的濡湿。然后,她抬起手,揉了揉自己的眼睛,发现眼前好像也有些模糊。

这首生日快乐歌循环播放了好多遍,大家也这么认真大声地唱了好多遍,一直到他们手中的仙女棒尽数燃烧殆尽,音乐才缓缓停止。

孟恬和江挽川对视一眼，率先上前一步，笑着对她说："宜宜，生日快乐。首先，祝愿你平安健康，这是最重要的；其次，祝愿你开心无忧。这是我和川哥一起为你挑的礼物，我觉得很适合善良美丽的你，希望你会喜欢。"孟恬将手里包装精致的礼物递给她，笑得盈盈动人，"明天我和川哥就要回长川去了，能在离开前的最后一天和大家一块儿为你庆生，我觉得特别开心。

"能来到四合院与你和大家相识，是我人生中最重要的幸事之一。我会永远记得在这里度过的时光，记得你对我的好。今后，就算不能再像先前那样，每天都在院子里见到，我也会一直想念你。往后每一年你的生日，无论我和川哥在哪儿，都会记得为你送上祝福。如果可以的话，我还想来到你的身边，陪着你一起过。

"宜宜，我们要当一辈子的好朋友。"

这世上人与人的离散有缘，有的人相遇之后，会因为某些原因离开，不再出现；有的人贸然闯入，却无论遭遇多少风雨，都坚持驻足停留，直到这一路的终点。真正在意你、珍惜你的人，一定会排除万难来与你相聚，一定会用尽一切办法来告诉你他们对你的在乎。而当他们来了之后，便再也不会离开。

相聚终有时，相伴无绝期。

第九章

缘相聚

听完孟恬说的话,葛星宜一只手接过礼物,另一只手握住了孟恬的手。她其实想要笑,但一弯唇,眼角就有泪溢了出来。

后面的俞也看得仔细,他微蹙了蹙眉,低冷的嗓音里透着浅显的不满:"怎么弄哭她了?"

江挽川侧过头看了他一眼说:"人家是被感动哭的,又不是被气哭的,你懂不懂女孩子之间的友情?"

俞也沉默两秒,又说:"不懂,也不想懂。"说完,他便转身回屋拿了纸巾,而后折返回葛星宜身边,轻柔地替她拭去眼角的泪。擦完,他眼眸轻抬,看了孟恬一眼。那一眼虽谈不上有多凶狠,但因为没带丝毫感情,显得满蕴着"你要是再多说一句让她哭的话,你就别说话了"的意味。

孟恬接收到威胁信号,撇了撇嘴,伸出手指就把江挽川往前推。

江挽川自然不能忍某人这么瞪自家姑娘,这时温雅地笑了笑,对葛星宜说:"宜宜,原本其实跟你们说的是下周末再回长川,但因为我和甜甜刚决定明天就去领结婚证,所以就改签了,明天一大早飞回去。"江挽川每句话都故意说得很慢,似乎生怕有人听不懂似的,"婚礼应该也会尽快办,到时候等确定了婚礼的时间和地点,我们会第一时间通知你们的。"

葛星宜连连点头说:"太好了,你们的东西来不及带走的就先放着,我可以打包给你们寄到长川去。"

"那就麻烦你了。"江挽川笑了笑，目光似有似无地往俞也身上飘，"先说好了，无论是婚礼还是之后孩子的百日宴，都不要带礼金，人来就好。"

葛星宜眨了眨眼："孩子的百日宴？"

孟恬听得在旁边红着脸用手肘连顶了江挽川好几下，江挽川却仿佛没感受到，还兀自说着："虽然还不知道，但应该也不会离得太遥远。我知道这确实挺难让人接受的，毕竟有的人甚至还没从试用期转正，我就可能要当爸爸了。但人与人之间总是有差距的，只能平心接受。"

后面的其他人听了这话已经开始笑了，惠熠和言布布碍于俞也的面子，还算笑得比较收敛，沈叶迦笑得就差贴俞也耳朵边上去了。

俞也面无表情地开了口："开心吗？"

"喂，那边那个还在试用期的。"沈叶迦朝俞也吹了声口哨，"你现在给我个话筒，我能把整个陆京睡着的人都给笑醒。"

言布布拉着惠熠上来给葛星宜递礼物、送祝福的时候，人还因为刚才江挽川的话笑得前仰后合。惠熠忍着笑，给她来来回回地拍背，一边还不忘把手里刚热的面包布丁塞给她吃。

言布布吃了两口，把嘴里的东西拼命吞咽下去，望着葛星宜大声地说："宜宜，生日快乐！祝你年年十八！貌美如花！你永远是咱们大院的院花！"

惠熠将提在手里的礼物递给葛星宜："生日快乐，媒人。"

一听这个"媒人"，葛星宜乐了："嗯？"

"惠熠说，"言布布有些不好意思地捏了捏耳根，"你也变相算是我俩的媒人，要不是你把那么好的四合院挂牌出来招租，我和他也就不会机缘巧合住在同一屋檐下。"

"然后近水楼台先得月。"惠熠在一旁笑着补充说。

葛星宜接过礼物，笑得眉眼弯弯，问道："那等你俩修成正果的时候，是不是还得给我捎上十八只蹄髈啊？"

陆京一带有事关嫁娶的民间风俗——当男方、女方成亲时，为了答谢说媒成功之人，会用十八只蹄髈作为酬谢之礼。

那个"修成正果"听得言布布耳根一热，她刚想说他们离这事儿还早呢，就听到耳边惠熠已经温声欣然应允："那是一定的。"

葛星宜将言布布红扑扑的脸颊看进眼里，狡黠地眨了眨眼道："那我可是一定会等这十八只蹄髈的，你俩可别赖账。"

能够因为四合院挂牌招租而有幸促成了这么一对般配的情侣,她也是非常高兴的。这个院子现在对她来说,意义早已不同于以往。这个地方是她的家,有她的爱人、她的朋友,也有满满的温暖和爱。她再次意识到,自己能够一直坚持留在这个院子里,是一个多么正确的决定。

"宜宜,你快看看我们送你的礼物!"言布布这时因为害羞,急着想要扯开话题。

葛星宜打开手里的包装盒,往盒子里认真看了一眼:"杯子?"

"对,是一对情侣杯!"言布布笑眯眯的,"你和也哥,一人一个。"

听到自己的名字,俞也也耐着性子往包装盒里瞅了一眼。随后,他伸出纤长的手指,从葛星宜捧着的盒子里捞出其中一个杯子。下一秒,他脸上本来就不怎么好看的表情彻底凝固住了。

这杯子做得极其精致,无论是杯身还是把手,都雕琢得很细致,肉眼便能看出价格不菲。整个杯身的底色是白色的,这也没什么问题……但关键是,杯身上的图案。

俞也一动不动地盯着自己手上拿着的那个杯子,嘴角几不可见地抽搐了一下:"这是……神奇宝贝?"

"没错。"惠熠微笑着向他解释,"这只神奇宝贝叫卡比兽,特性是很爱睡觉。如果可以,它能在睡梦中度过一生。"

在场有耳朵的人都能明白这只卡比兽代表的是谁吧?

葛星宜偏头看了一眼身旁的人一言难尽的脸色,笑得连眼睛都眯了起来。她伸出手触了触他手里那只杯子上的卡比兽图案,赞道:"好可爱。"

俞也动了动唇,冰封般的声音里透着一丝几不可见的委屈:"你真的觉得可爱吗?"

葛星宜点了点头,反问道:"你不觉得吗?"

俞也沉默两秒,无比嫌弃地将那只杯子放回到了葛星宜手中的盒子里。

言布布看俞也的脸看得差点儿笑抽过去,她捏着已经笑得打飘的嗓子,对葛星宜说:"宜宜,你那只杯子的图案和也哥的一样,不过为了区分开,你的杯身底色是粉色的。"

葛星宜笑着说:"我很喜欢,谢谢你们。"

惠熠看着满脸写着"打死我都不会用"的俞也,故意说:"希望你们平时能用得上。"

俞也刚想说"谁爱用谁用",就见葛星宜朝他看过来说:"我正好想换家里喝水用的杯子，以后我们就用这一对怎么样？"

纯情"大金毛"哽住了。

在女朋友征询的目光中，俞也动了动唇，最后在所有人的捧腹大笑中，不情不愿地扔了个"嗯"。

沈叶迦这时走上前来，他手里没拿东西，抬手指了指身后的主厢房道："哥给你的礼物已经在你屋子里摆着了。"

"你知道我不会弄那些花里胡哨的，所以还是给你整了最实用的。"沈叶迦语气干脆，"思来想去你也什么都不缺，就给你买了台空气净化器。"

这个礼物就很沈叶迦，葛星宜刚想道谢，就听到沈叶迦语带戏谑地补充道："再说你现在养着宠物，也算是刚需了。"

她一开始没反应过来："我哪里养着宠物了？"

沈叶迦冲一旁的某人努了下嘴，连避讳一下都懒得："这不就地戳着一只'大金毛'吗？"

俞也刚想一脚朝他踹过去，就听到沈叶迦又说："宜宜，道歉的话我就不再说了。你知道哥这人平时在生活方面比较粗，节日啊，生日啊什么的，都一概不记，所以离开陆京之后一直都没能为你好好庆祝过。"

葛星宜自然不会因为这事儿怪罪她哥，别说是为她了，她哥连自己的生日都从来不过，平时满脑子只惦记着他的案子和犯人，哪有闲心管这些？

"哥，没事的啦！"她笑了笑，"现在你回来陆京，就是给我最好的生日礼物了。"

沈叶迦抬起手，轻揉了下她的头说："往后每年慢慢给你补回来。"

葛星宜用力点了下头应道："好。"

兄妹二人的温情时刻还未持续多久，就被一旁不满已久的俞也打断了："你揉够了没？"

沈叶迦扫了他一眼，收回手对葛星宜说："宜宜，听哥一句，永远让他停留在试用期。"

俞也面无表情地抬起手往后指了指，意思让他赶紧滚。

最后一个要送祝福的人是俞也，其他人都识趣地帮葛星宜把礼物和购物袋拎回了主厢房，将空间和时间留给他们俩。沈叶迦反手合上主厢房的门，整个院落重新归于寂静无声。

葛星宜深呼吸了一口气，侧目看向身边的男人时，目光有一瞬的愣怔。也不知是不是被院落里溢满的烛光和星光点缀的缘故，她从未见过他的眼神如此刻这般柔和。一片安静中，她动了动唇，忽然伸出手，轻轻钩了下他垂落在身边的手指，说道："谢谢你。"

其实从踏进院门的那一刻，她就猜到了今晚这场生日惊喜的布局出自谁之手。她从未告诉过孟恬他们自己的生日是哪天，沈叶迦也不记得，那么自然只有一个人会提出要为她庆生。这个人从不喜好多言语，也并不擅长言语，但他永远只会用自己的行动来告诉她，他在想什么，想要做什么，还有他对她的珍惜和爱护有多么强烈。

俞也一开始没说话，却迅速地反手扣住了葛星宜的手，牢牢地与她十指紧扣。

葛星宜看了他一会儿，温声问："关于这些布置，愿意告诉我你这么设计的初衷吗？"

俞也低垂下眼眸，示意她去看地上的银河图："你就是那颗小行星。"

设计银河图的投影，灵感源于她的微信名"小行星"。在一整片浩瀚的宇宙银河中，于他而言，她就是那颗最亮眼，又独一无二的小行星。在群星里，也能散发出不为其他星星所掩盖的夺目的光芒。

他带着她往前走了几步，又低声道："地面和屋檐上的灯，是为了照亮你回家的路。"

无论你身在何处，无论你遇到了什么，你都要记得，有人永远在这里等你回家。

葛星宜的鼻尖一酸，她轻抿了抿唇，握着他的手也不由自主地收紧了。下一秒，她便发现，俞也用更大的力气朝自己回握了过来。

这个男人，从来不会让她感到有一丁点儿的患得患失。他没有所谓的恋爱技巧，没有花样百出的手段，他只会用最直截了当的方式告诉她自己对她的偏爱，也永远不需要她再向他确认、请求些什么。他有的，他只会尽数塞在她手里，让她看到，让她听到，让她感觉到。

"至于灯笼，"俞也看了眼屋檐下挂着的那些灯笼，"他们都不想让我挂，觉得和整体氛围格格不入，是我坚持要挂的。"

虽说葛星宜刚进来时一眼看到那些灯笼，确实有一种一秒回到古代灯会的感觉，但看得久了，却也并没有觉得有什么不妥。她抬手摸了下灯笼上的流苏，问："那你为什么坚持要挂灯笼？"

"过年会挂灯笼。"俞也说，"因为有年味儿。"

葛星宜听愣了。她看着他深邃的眼眸，忽然想起那回与他谈心时，无意中提起自己过年时都是一个人的事。

"他们说，现在离过年还有三个月，没人会在过生日的时候挂灯笼。"他的语气还是冷飕飕的，"沈叶迦摘下来三回，我最后又给挂回去了。我总觉得，你看到这些灯笼，会觉得热闹，"俞也的目光落在那些随风飘动的灯笼上，"会觉得，有很多人在陪着你。"

新年伊始和庆祝生辰，其实都意味着新一年、新一岁的新开始。我想让你觉得，从此以后，你的周围都是人声，都是温暖，都是灯火，都是热闹。你再也不是一个人了。

俞也虽然说这话时看着很镇定，但其实他心里也很没有底。在一个非常浪漫的环境里，突然挂上几排大红灯笼，怎么看都有些说不上来的违和。他当然很担心葛星宜会不喜欢。尤其是，当和江挽川昨晚那场世纪大求婚做直接对比，他这个生日布置，可能和"浪漫"根本搭不上边，从头到尾都很"俞也"，完全不是对女孩子胃口的路子。

想到此处，俞也从灯笼上收回视线，心里发紧地向葛星宜看过去。然后，他便怔住了。只见葛星宜定定地望着他，两只眼睛的眼角全是湿的。晚风轻轻拂面，那几颗原本还凝在她眼角的泪珠，便直接顺着她的脸颊滚落下来，洇在了风衣领口里。

俞也沉默几秒，一向没什么表情的脸上，居然生出了一种无名的慌张。他近乎是有些手忙脚乱地抬起手，去擦她的脸颊和眼角，然后看着她，使劲儿动了动唇，想说些什么，最后从牙缝里蹦出来一句："真就……那么讨厌吗？"

他一边擦，葛星宜的眼泪还是在不断地往下掉，他越擦，发现眼泪越多，他简直想和那些灯笼同归于尽。

葛星宜这时好不容易止住眼泪，轻轻握住了他的手，想要跟他说些什么。下一秒，就看到俞也绷着一张差点儿要去自尽的脸说："我现在就去把那些灯笼拆下来。"

"不是。"她紧紧攥住他的手，"不要拆。我哭是因为，"她顿了顿，嗓音里还带着一丝浅浅的哭腔，"我很喜欢。"

"我很喜欢这个生日惊喜，也很喜欢这整个院子的布置。"她吸了吸鼻子，让自己的口齿尽量不被泣音所影响，"每一样我都很喜欢，尤其最喜欢这些灯笼。"

俞也一眨不眨地盯着葛星宜看了一会儿，脸色稍微回暖了半分，但还

225

是带着一丝将信将疑。

"你不要觉得我哭是件坏事。"葛星宜握着他的手,哭笑不得地望着他,"我现在哭,是因为我感动,我开心。"

没等他说话,似乎是怕他再胡思乱想,葛星宜直接伸出手抱住了俞也。头一回感受到被女朋友投怀送抱的"大金毛"大脑宕机了几秒,出于本能,更用力地回抱了回去。片刻后,他才缓缓松开她,用额头去抵着她的额头,低声说:"你喜欢就好。"

只要她喜欢,他所有的挖空心思,所有的用心良苦,就都有了去处。只要她接收到了他的满腔心意,他便再无遗憾。

俞也的呼吸灼热地呵在葛星宜的脸颊上,惹得她的脸颊有些发烫,过了半晌,她忽然低声叫他的名字:"俞也。"

"嗯。"

"你会……一直陪着我吗?"

虽然我知道你不是长袖善舞的性子,也不擅长说好听的,但只要回到家,能看到你在家里安静地等着我,我都会觉得这一天过得很幸福圆满。哪怕不是节日,不是生日,不是纪念日,只要有你在的每一天,我都会觉得热闹温暖,我都再也不会感到寂寞了。我甚至,还会开始期待今后和你一起度过的每一天、每一周、每一个月,甚至……每一年。

"我应该没跟你说过,我父母在我八岁的时候离异了。我哥跟着我妈,我跟着我爸,所以他才会改随我妈姓。

"以前,我们一家还有我叔叔婶婶、爷爷奶奶都住在这儿,所以院子里人很多,总是很热闹。后来,爷爷奶奶相继去世,叔叔婶婶搬到各自的新住处去,妈妈又带着哥哥走了,最后就只剩下我和我爸爸两个人。我爸工作很忙,酒局很多,我平时基本都不怎么能看见他。在我高中毕业之后,他忽然因为脑梗去世了。自那以后,院子里就一直只有我一个人了。"

葛星宜说到这儿,轻轻地弯了下唇,眼底却并没有多少真实的笑意:"我一直都觉得自己应该早就已经习惯一个人了,但我发现,那么多年过去,我好像还是做不到一个人活得很开心。"

她还是会一直想起小时候这个院子里人多热闹的时候,想到爷爷奶奶给她和沈叶迦买冰淇淋和糖,想到爸爸妈妈在院子里和他们玩捉迷藏,叔叔婶婶教他们写作业。她一闭上眼睛,就会控制不住地去想。

因为害怕一个人,所以不想回院子。又因为如此惦念过去的温暖回忆,不愿意搬离院子。她便一直在原地苦苦挣扎,甚至还因为孤独,想要抓住一根救命稻草,因此被任弘玩弄、欺骗。

或许正是因为过去曲折的成长过程以及这段错误的情感经历,导致她一直过得不是特别快乐,甚至对自己和他人建立亲密关系这件事产生了怀疑。因为每回当她拼命地想要握住什么,到最后,好像都会得到不那么好的结果。想要爸爸妈妈在一起,想要爸爸陪着自己,想要家里一直有人声,想要获得一个真心爱人……但每每都不能善终。

但今天,她终于愿意从她一直紧闭的小壳子里,打开一条缝,朝俞也用力地伸出手。是他让她相信,自己还是可以和人建立起亲密关系,可以和这个人以长久无期的陪伴作为终点,可以不再是一个人在黑夜里行走。因为是他,所以她愿意跨出这一步,去看他背后的灯火与温暖。

其实葛星宜话里的情绪多少还是带着丝试探和小心翼翼的,但等她说完这些,俞也看着她的双眼,几乎毫不犹豫地道:"当然。"他这时抬起双手捧住她的脸颊,目光专注地看着她的眼睛,"我记得之前和你说过,如果你和我尝试在一起之后觉得不适合,我就离开这里,再也不出现在你的面前。但现在我改主意了,就算你今后要撵我走,我也不会走了。宜宜,我会一直陪着你。比沈叶迦,比任何一个人,都要陪你更久。"

葛星宜笑了,她眼角蕴着泪,绽开了一个再无任何退却和负累的笑。

葛星宜原本以为俞也会在晚饭前将生日礼物交给她,却不料,某人卖着关子说想留个悬念,非要等到睡觉前夜深人静、四下无人时才肯拿给她看。

她觉得她家"大金毛"应该是怕现在拿出来会被其他人看到后取笑,不想被评头论足。毕竟他现在无论做什么,好像其他人都会把他钉在"小学鸡"(网络用语,指行为幼稚的人)的柱子上。

最后,两个人在院子里说完话,便决定先回主厢房吃晚饭。

一进屋,葛星宜就闻到了满满的饭菜香。粗略一看,就看到餐桌上此时摆满了大大小小的餐盘,有的一看就不是她屋里的,应该是从其他人那里拿过来的。而餐盘里则装着各种美食,不仅有陆京菜,还有长川菜,甚至还有些别国的菜系。算是那种逢年过节才会有的大杂烩阵仗了。

她家的餐桌其实原本只能坐四个人,这会儿却满满当当围了一圈椅子,大家都紧挨着挤在一块儿,正其乐融融地谈笑着。看到这个场景的瞬

227

间,葛星宜觉得自己仿佛回到了小时候。

那个时候也是这样,每到晚饭时,餐桌边就会围满了人,整个屋子里都飘散着香气和笑声。那是她最喜欢的味道和声音。

葛星宜站在玄关看了一会儿,赶紧将眼底那层又要涌上来的泪意逼退回去,拉着俞也在最后两个空位上坐下来。他们一落座,言布布就拍了拍手,宣布道:"大寿星来了,让我们掌声热烈欢迎!"

所有人笑着鼓完掌后,代理主持人言布布又装模作样地轻咳了声,对着葛星宜摊开了手掌说:"请寿星发表开饭词。"

葛星宜看着他们每一个人,笑着说:"这是我这么多年以来过得最幸福的一个生日,没有之一,谢谢你们为我所做的一切。无论未来我们是否会分别,我希望你们记得,四合院永远都是你们的家,我也永远是你们的朋友。"

大家再次鼓起了掌,孟恬的眼圈还有些红红的。

"谢谢寿星,那我们举杯准备开饭吧,大家都饿了!"言布布这时环顾了一圈餐桌,"宜宜和也哥,你们俩要喝什么?酒水、饮料我们都买了,啥都有。"

"我想喝个杧果汁。"葛星宜偏过脸看俞也,"可乐?"

俞也点了下头。

惠熠刚准备起身去帮他们拿,却忽然像是想到了什么,回头叫了人:"俞也。"

俞也抬头看了他一眼。

"不知道你有没有听过一句坊间传言,"惠熠笑得十分无害,"多喝可乐容易生不出儿子。"

俞也一脸人麻了的表情。

众人顿时哄堂大笑,江挽川还故作惊讶道:"我之前一直以为这是无稽之谈,敢问惠医生这有什么官方解释吗?"

惠熠敛了下眼眸,思虑几秒:"这传言是没有什么科学依据的,不过,多喝碳酸饮料确实对身体不是太好,还是少喝为妙。"

江挽川点了下头,正儿八经地回:"虽然我本来也不爱喝可乐,但听你这么一说,以后肯定更不会碰了。即便概率是五五开,我也不想错过生儿子的机会。儿子会长得像甜甜,我看着更喜欢。"

没等孟恬在桌子底下捶人,就听到俞也忽然凉飕飕地出了声:"惠熠。"

刚朝厨房走过去的惠熠闻言停下了步子,就听到俞也在身后说:"你等等。"说完,他便看向身边的葛星宜,低低地开了口,"宜宜,你喜欢儿子还是女儿?"

坐在他们对面的沈叶迦一脸嗤笑:"谁给你生啊?"

俞也头也不抬地回:"反正没让你生。"

言布布抓着孟恬的手,笑得差点儿从椅子上一头栽下去。

葛星宜最开始愣了愣,当她意识到俞也问这话的意思后,立刻红了脸:"都行,这我也不能决定吧。"

俞也听了这话后,面无表情地转头看惠熠:"给我倒杯白开水。"

惠熠逗他:"可乐呢?"

"不喝,谁爱喝谁喝。"

大家快要笑吐了。

正式开饭之后,葛星宜才知道,原来桌上有一半的菜都出自四合院众人之手——几道长川菜全都是孟恬和江挽川做的,惠熠和言布布则做了好几道陆京菜,连沈叶迦都贡献了几道麻辣菜。每个人的手艺尝着都很美味,吃下去简直幸福感爆棚。

"那些看上去就不怎么接地气的菜,都是你家不会做饭的'大金毛'让餐厅送过来的。"酒过三巡,沈叶迦支着下巴又开杠了,"毕竟他除了有……"

"有钱外什么都不行"那句话还没蹦出来,就被俞也冷冰冰地截了和:"你做的麻辣菜都没人动,你没发现?"

沈叶迦回道:"那是大家都不怎么能吃辣。"

"能吃大家也不想吃,心里没点儿数吗?"

"混账玩意儿,你是不是想挨揍?"

葛星宜一看这俩苗头不对又要掐起来,赶紧放下筷子拽了拽俞也的袖子,示意他跟着自己去厨房:"我想吃蛋糕了,我们去拿吧。"

俞也没好气地扫了沈叶迦一眼,却还是听话地起了身。

一进厨房,葛星宜合上门,看着俞也那张依旧透着凉意的脸,细声安慰:"你不会做饭没关系,我不介意,而且你喜欢的那家餐厅送来的菜我也很爱吃。我哥每次都是故意激你玩儿呢,你别跟他动气。"

说完,也不见某人有反应。

毕竟是沈叶迦老是率先挑事抬杠,她刚在想要怎么再给"大金毛"顺顺毛,眼前的光亮忽然因为遮挡而变暗了。下一秒,她就看到俞也俊挺的鼻子朝自己抵过来。他伸手不轻不重地将她压在冰箱上,在她的唇边落下一吻,

229

接着道:"这样就不会生气了。"她背靠在冰箱上,鼻息之间尽是他身上清冽好闻的气息。

葛星宜垂在身侧的手紧了紧,还未来得及说什么,下一个吻便接踵而至。她被抵在冰箱上,吻得难分难舍,呼吸急促之间,感觉俞也靠着自己的身体前所未有的滚烫、炙热。

背后就是冰箱,她无处可逃,只能感觉到身前越来越鲜明的压迫感。而这种压迫感她也并不陌生,毕竟随着交往时长与深入了解,她早已明白面前的男人最真实的一面完全不同于表面上看起来的淡漠冰冷。说得更明白一些,便是……他好像还特别喜欢、热衷于与她做这些亲昵之事。

就在葛星宜整个人都已经沉溺在俞也的吻中、快要完全情难自禁的时候,身前的俞也终于不情不愿地松开了她。他缓和了两下依旧急促的呼吸,薄唇靠在她唇边,极尽暧昧地说:"现在我完全不气了。"

葛星宜的眼眸里还残留着情动,眼睫微颤地望着他。俞也定定地看了几秒她的眼睛,忽而挫败地叹了口气。他直起身,迅速地抬起手,在她的两只眼睛上轻轻一盖。趁着她顺着自己的手掌心下意识闭上眼的那一刻,他低下头,在她的两只眼睛上各落下一吻。

葛星宜闭着眼,心如鹿撞,就听到他略带懊恼的嗓音在耳边响起:"你还是先别看我了。"

她刚想问"为什么",便被他重重地迎面拥抱了一下。

"再看我,我可能就要当场撕毁试用期合约了。"俞也这么说着,松开葛星宜后将她轻轻拉到一旁,自顾自地打开冰箱拿蛋糕。

拿完蛋糕,他合上冰箱门,将蛋糕递给她:"你先把蛋糕拿出去吧。"

葛星宜的脸上弥漫着未能完全退散的红晕:"你呢?"

俞也没说什么,抬手指了指厨房的窗户。她愣怔在原地,就看到他大步走过去,打开了窗。冷冽的秋风顺着打开的窗户吹进厨房,俞也就这么浑然不知地任由风朝他的全身灌过来。

"这儿冷,你先进去。"

看着他的侧脸,葛星宜忽然就明白了什么。二话不说,她捧着蛋糕,慌不择路地就出了厨房。

等她反手关上厨房门回到客厅,沈叶迦放下了手里的酒杯,冲着她道:"你们怎么进去拿个蛋糕都要那么久啊?蛋糕藏地窖里了?"

葛星宜动了动唇,没好意思吭声,惠熠细心地注意到了灯光下她发红的脸颊，笑着用手里的酒杯和沈叶迦的碰了碰："纯情'大金毛'的血气方刚了解下？"

就在大家相继发出"哦——"的起哄声时，血气方刚的当事人终于舍得从厨房里出来了。

俞也一脸被冷风吹麻了的漠然，对上众人揶揄的视线，沉默几秒，冷冰冰地蹦出来一句话："再叫都别吃蛋糕了，给我通通滚回去。"

大家都很清楚这欠揍玩意儿也不是真做不出来直接翻脸送客的事，这时都哄笑着帮已经恨不得钻进地底下的葛星宜把精致可口的杧果蛋糕拿出来，插上蜡烛。

沈叶迦从裤子口袋里摸出打火机，利落地将蜡烛点上，顺手关了灯。

代理主持人言布布再次上岗，带头唱起了生日歌："预备，唱！"

在所有人热情的齐声合唱中，葛星宜闭上眼睛，双手合十，嘴角勾着笑开始许愿：愿她自己和她爱的所有人平安喜乐，幸福无忧。愿此刻永恒。

等唱完歌，她在大家的催促中睁开眼，用力地对着蜡烛吹了过去。蜡烛熄灭，沈叶迦打开灯，所有人都在一室的温暖里欢呼起来："再一次——宜宜，祝你生日快乐！希望你所有的愿望都能实现！"

俞也这时将一旁的蛋糕刀递给她："寿星切第一刀。"

等葛星宜切完第一刀，他自然地把刀接过来，开始帮她分发蛋糕。

沈叶迦拿到自己的那块蛋糕后，不满地说："这么大一个蛋糕，你就给我一小口？"

"对你来说足够了。"

俞也完全亲身演绎了什么叫作明着偏心眼，二话不说切了一块最大的到葛星宜的盘子里，还不忘将蛋糕上最多的杧果果肉以及写着"宜宜生日快乐"的巧克力牌都给了她。

沈叶迦看得额头青筋暴起，不满道："俞也，是人吗？就这么区别对待的？"

俞也头也不抬地问："你是我女朋友？"

其他人笑得差点儿把嘴里的蛋糕呛在喉咙里。

葛星宜看着自己盘子里满满当当的蛋糕，忍俊不禁地看着俞也说："太多了，我应该吃不完。"

沈叶迦一脸幽怨道："听到了吗？她说她吃不完！"

俞也放下蛋糕刀，垂眸看着葛星宜，嗓音低柔："吃不完就留着，或者我帮你吃。"

沈叶迦拍案而起:"俞也,你给我等着,我明天就住回四合院,以后有你吃不了兜着走的。"

俞也冷笑一声:"我会怕你?"

眼看着这俩一言不合又要吵起来,一旁的言布布忽然弱弱地举了举手:"那个,我有话要说。就是我闺密……她一直想来咱们院儿住嘛。我之前也答应过她,一旦有人退租,就告诉她让她搬进来的。"

答应魏然的时候,言布布可完全没想到过,后来葛星宜的亲哥哥会回来;也没想到,这个大舅哥,居然还和俞也认识;当然更没想到,这俩看上去认识已久的大男人,居然会因为葛星宜,一碰上就炸毛,完全无法和平地共处在同一屋檐下。所以即便葛星宜住的主厢房空间大,有三间卧室,完全可以让他俩中的任何一个住进去,二人都不会认同这个方案。

也因此,江挽川和孟恬离开之后,空出来的这间东厢房自然而然就会留给沈叶迦,毕竟沈叶迦本身就是葛家大院儿里的人。从葛星宜的角度,总不见得把沈叶迦踢出去,先把屋子租给外人吧?

"因为我闺密现在租的房子马上就到期要退了,她没法再等更久。"言布布思来想去,觉得唯一的解决方案就是让魏然和自己住一块儿,"所以我就想着,反正我的西厢房也有一间侧卧,要是我闺密不介意,她可以先和我住一起。"

虽然是住在她屋里,不占用其他人的空间,但也相当于四合院里要多一个人。她肯定得拿出来和大家商讨,得到大家的认同后才能去和魏然提。

话音刚落,没等大家开始发表意见,她的手机忽然响了起来。言布布拿出来一看,发现真是说曹操曹操就到。

"小未?"

"你出来接我下,"魏然的声音从电话那头传来,"保安拦着,不让进。"

言布布一听,抓起手机立时起了身:"你在四合院?"

"对,我下午刚好在附近办事,顺道过来看看你。"

挂断电话,言布布晃了晃手机说:"你们说多巧,我闺密过来找我了!"

葛星宜提议道:"那正好,你让她进来一块儿吃个蛋糕,也能顺便和大家认识一下。"

惠熠从一旁取了言布布的外套,披在她身上:"我陪你一起去接人。"

两人出了屋子，并肩往门口走，借着四合院此刻铺天盖地的灯光，远远就能看到一个身材高挑、身穿粉色宽松大卫衣、光着两条笔直大长腿的顶级辣妹百无聊赖地在门口玩手机。

"怎么样？"言布布这时用手肘戳了戳惠熠精壮的腰身，"我这个铁子，是不是巨美？"

惠熠笑了笑，视线在魏然的身上一落即收："看不出来。"

"啊？"

"其他女孩子美不美看不出来。"他抬起手将她揽进怀中，"她们都不是你。"

言布布看着他，笑得一脸春心荡漾，下一秒就听见魏然嫌弃的声音在耳边响起："我招谁惹谁了？还没进门就给我吃'狗粮'！"

言布布冲着保安们打了个招呼，伸手就将魏然一把拉进来："想死你了！"

"去。"魏然笑着拍了拍她的脑袋，"你满脑子只有你家惠医生，想我个鬼呢。"

"你好，"惠熠这时对魏然点了点头，"我是惠熠。"

魏然语气干脆："魏然。"

"久仰大名，"惠熠说，"布布在我耳边提过你无数次了。"

"彼此彼此。"魏然耸了下肩，"我想知道的、不想知道的，她非得都要跟我说。"

言布布笑得不行："你今天来得可真是时候，赶上一趟大团圆。"

魏然挑了挑眉："什么大团圆？"

"今天就是我之前跟你说的咱们一直在筹备的我们房东小姐姐的生日会。"她拉着魏然往主厢房走，"所以今晚院子里的所有人都在，包括江挽川……快跟我进去看大明星！"

魏然环顾了一圈院子里漂亮的布置，摘下耳机挂在脖颈间，兴致缺缺："我和你说过我不好江挽川这一口。"

惠熠听了笑着说："江挽川这样的都不喜欢，还真不多见。"

"你看，我就和你说咱们未女王的眼光偏门得很。"言布布翻了个白眼，"在她眼里，无论哪个男的，哪怕帅死了，她都会说人家娘。"

三人走到主厢房门口，惠熠率先进去，绅士地替魏然拿了拖鞋出来。

"我就不朝你家惠医生开炮了。"走在后头的魏然这时用手肘顶了下言

233

布布,"就冲他这礼仪和身材,我暂且高抬贵手。"

言布布瞥她一眼说:"那谢谢您?"

三人从玄关走进客厅时,大家都从椅子上站起来迎人。

"给大家介绍下,"言布布勾着魏然的手臂,把她拉到餐桌旁,"这是我的闺密魏然。"

"大家好。"魏然从容地笑了笑,"可以叫我小未。"

大家都笑着相继和这个颜值、身材都一等一的大美人打招呼,葛星宜还给魏然递了蛋糕。

唯一一个不在场的沈叶迦去书房接了个电话,等他出来,就见葛星宜朝他招了招手:"哥,布布的闺密小未来了。"

沈叶迦走到餐桌边,放下手机,抬眼朝魏然望过去。彼时魏然也恰好回视过来。四目相对,两人皆是浑身一震,魏然手里的蛋糕都差点儿从盘子上滑下去。

"魏然?"

"沈叶迦?"

言布布见他们看着彼此那惊诧的眼神,说话的声音都结巴了:"难不成你……你俩认识?"

魏然的脸颊上闪过一丝很微妙的表情,仔细看,居然还能看到她的耳根都有点儿发红了。

沈叶迦起初相当惊讶,但很快,他便换上了一脸的饶有兴味,尾音上挑地应了声:"嗯,认得……认真说起来,还挺熟的。"

众人都惊呆了:"?"

眼见魏然要张口说话,沈叶迦目光一动不动地注视着她,两人竟异口同声道。

"这我前女友。"

"这我前玩伴。"

沈叶迦和魏然话音落下,整个主厢房顿时陷入一片死寂。

魏然听到"前女友"那个代称,脸上的表情一瞬间变得更为复杂、难言。她微微蹙了蹙眉,偏过头躲开沈叶迦的视线,美眸轻闪:"谁是你前女友?"

沈叶迦把玩着手机,鹰一般的眼神直勾勾地盯着她说:"我就一个前女友,你说是谁?"

在众人沉默、八卦又热烈的注视下，言布布这时瞪圆了眼睛，抬起双手打断道："先等一下。"

她看向魏然，天灵盖上都打满了问号："小未，你说迦哥是你前……玩伴？"

这件事现在最让她感到惊讶的，已经不是魏然和俞也的大舅子居然认识，也不是这俩人的关系绝非仅仅认识而已。

魏然似乎因为目前的状况十分头疼，她揉了揉太阳穴，拍了拍言布布的肩膀说："这事儿说起来有些复杂，我晚点儿再跟你解释。"

那边的葛星宜这时反射弧也上线了，她看着依旧在紧盯着魏然的沈叶迦道："哥。"

沈叶迦随口应了声。

"你居然……谈过恋爱？"

跟沈叶迦没碰过面的日子里，每每他们通起电话，她总会关心一句沈叶迦的感情状况。毕竟做他这一行的，工作辛苦又压根没有休息的时日，而且沈叶迦在生活上比较糙，也不怎么会花心思照顾自己，她总想着最好能有个体贴温柔的女孩子能在他身边照顾他、陪伴他。

但这事儿说起来其实也很强人所难。第一，也不是每个女孩子都能适应自己伴侣是刑警的身份和工作强度；第二，按照沈叶迦的性子，又更不是一般女孩子就能吃得住的。

沈叶迦总说他没心思考虑这档子事，每回都草草揭过。她也一直担心着她哥那么多年独身下来，会不会感到很寂寞、孤独？担心了那么久，却没想到时至今日居然得知，她哥早已经不是她记忆中的单身男人了，甚至走得比她还要靠前头！

如此想来，葛星宜认真地看了看魏然，无论是从长相、身材，还是性格、气场上来看，这俩人居然还真是挺配的。

沈叶迦听了问话，漫不经心地冲魏然的方向努了努下巴道："是谈过，就你眼前这个。"

"那我问你的时候，你怎么从来没提过？"

沈叶迦沉默两秒，语气中的幽怨之意更甚："这不人家只把我当玩伴，我怎么好意思提？"

言布布看了眼魏然，发现她熟悉的那个又酷又辣的"未女王"，此刻脸上的表情竟前所未有地夹带着情绪。

235

"魏然,"说完这话,沈叶迦又用手指轻轻地敲了下餐桌,"听言布布说,你现在租的房子快要到期了,想住到咱们院儿里来?"

魏然没吭声。

"江挽川他们明天走了之后,东厢房就空出来了。"他说得很慢,便显得更像是对她的凌迟,"我不介意你跟我一块儿住进去。"

旁边"吃瓜"(网络用语,表示不关己事、不发表意见仅围观的状态)吃得已经飞起,就差手里拿两包爆米花的江挽川和孟恬齐声道:"我们可以今晚就走的!"

江大明星微微一笑说:"我俩去附近那家酒店住一晚也完全没问题。"

魏然这时终于抬了眼,她看着沈叶迦,怒极反笑:"你想得可真美。"

"那可不?"沈叶迦意味深长地笑了笑,"毕竟你应该欠着不少话要对我说,我十分愿意听你说一整晚。"

魏然一瞬间面红耳赤,没等她发作,从头到尾没说过一句话的俞也居然开口了。他的语气冷若冰霜:"我和宜宜要休息了。"

这八个字翻译一下便是——在我家搞修罗场的、嗑瓜子看戏的,都能滚了吗?

江挽川压低嗓音,对孟恬说:"有人急了。"

孟恬原本还在拼命忍着,听到江挽川这话,实在忍不住了,直接破功笑出了声。她一笑,俞也的脸便更没眼看了。

没等某富豪开口,江挽川风度翩翩地冲众人点了点头,揽着孟恬,头也不回地就开溜了:"我和甜甜先走一步,祝各位夜晚愉快。"

他俩一走,惠熠似乎也下定了决心,慢声开口道:"我有个提议。"

所有人都看向了他。惠熠却没有看任何人,视线只独独落在言布布一人身上:"布布,你要不要跟我一块儿住?"

言布布愣了一秒,瞬间面红过耳:"啊……"

要是她没有理解错的话,惠熠这是在邀请她同居吗?

"没关系,你不用现在就着急回答我。"他语气不徐不疾,"你可以在小未搬进来之前考虑几天。"

一直在旁听的葛星宜将目前的形势理出了个大概——如果言布布去跟惠熠住倒座房,那么空出来的西厢房就可以留给魏然,跟要住进东厢房的沈叶迦也不冲突。虽然看她哥那样子,巴不得立马把魏然抓去东厢房,但魏然八成是不乐意的。

这毕竟是别人的感情问题，她不便插手。于是她柔声道："你们自己决定，无论怎么安排，我都可以，我也很欢迎小未以后住我们院儿里。"

魏然似乎不想再跟沈叶迦待在同一个屋子里，她对着葛星宜爽利地道了声谢，连看都不看沈叶迦一眼，抓起言布布就往外走。言布布被她一路拽着出了屋子，拽到院子中间的空地上。魏然停了脚步，转过身对言布布道："对不起。"

言布布今晚喝了不少酒，被风这么一吹，头有点儿发晕，听到这声道歉就更晕了："你莫名其妙跟我道什么歉啊？"

"我和沈叶迦的事，没跟你说。"魏然咬了咬唇，"因为发生得很突然，我自己也一直没理清楚头绪，所以也不知道该怎么说。"

言布布看了她几秒，缓缓道："你俩是不是之前你去长川轮岗的时候……"

魏然点了下头。

言布布叹了口气道："我的直觉果然从不出错，我一直都感觉你在长川的那段时间怪怪的。"

魏然去年有大半年一直都待在长川工作，她俩每回通电话聊天时，她总觉得魏然似乎想跟她说什么，但话到嘴边又总是欲言又止。之后魏然回了陆京，见面时她发现魏然看上去有些消沉，但每当她开口一问，魏然又会表现得无事发生，只说是工作太累太忙了。所以，今晚的重磅炸弹说是意料之外，但也其实都有迹可循。

魏然的眼眸有些暗："我应该当时就跟你……"

"你呀！"言布布这时用力地上前抱了抱魏然，"咱俩那么多年的铁子了，我至于因为这个就跟你置气吗？我还不知道你报喜不报忧的性子吗？你就是总习惯于当保护我的那个人，你可以允许我冲着你大哭大闹，却不想把自己的负面情绪宣泄、传递给我，怕我担心你。因为你觉得自己垮了，就没人能再护着我了。"

言布布松开她后，看着她的眼睛说："小未，其实在你不知道的时候，我也已经悄悄长大啦！我现在已经强大到可以替你分担，可以保护你，所以也请你以后更相信我一点儿，来依靠依靠我，好不好？"

魏然动了动唇。她快速地眨了两下眼，将眼尾悄悄浮上来的那抹儿不可见的红眨淡了色，才抬手拍了下言布布的脑袋说："长大你个鬼，赶紧找你家惠医生去。"

惠熠这时走过来,牵起言布布的手:"那我就恭敬不如从命了。"

话音刚落,就看到沈叶迦从主厢房里推门出来。

回头一瞥见他高大的身影,魏然眉头一蹙就想走。

"魏然,"她刚脚步一动,就听到沈叶迦在身后叫住了她,"你应该知道,就算你出了院门,我也能毫不费劲儿地把你给抓回来。"

他这个"抓"字用得就很妙。

魏然听得气笑了:"怎么着,光天化日之下强抢民女,不怕我报警抓你啊?"

沈叶迦慢步朝她走来,最后站定在她的跟前:"首先,现在已经不是白天了;其次,我自己抓自己应该也行不太通。"

他就算现在身上没穿着警服,平时的威压也依然分毫不减。离得近了,就更明显了。

魏然人没动,但垂在身边的手却不由自主地紧了紧。

言布布一看修罗场的战火又开始燃烧,立马凑过来将新内衣和西厢房的钥匙一并往魏然手里一塞。

"小未,我侧卧的被子都已经铺好了,家里的东西你也随便用。"她抓起惠熠,就往倒座房跑,"你们慢慢聊,晚安!"

等他俩进了倒座房,沈叶迦侧头看了看屋门大开着的东厢房——江挽川和孟恬还真的为了成人之美,自个儿去住了附近的酒店,把屋子留给了他。他收回视线,又看了眼魏然手里的西厢房钥匙。然后,在她一言难尽的脸色中,他向前一步,几乎跟她挨得极近,居高临下地睨着说:"你要不,自己选一间?"

其实,沈叶迦在从主厢房离开之前,还没忘威胁在帮着葛星宜一起收拾餐桌的俞也。

"姓俞的,我可警告你,"他边在玄关穿鞋,边冲着客厅的方向说,"收拾完东西就滚回自己屋里去,别死皮赖脸地留在宜宜这儿过夜。"

"过夜"这俩字一出,正抱着碗筷进厨房的葛星宜不免耳根一红。

俞也替她拿了另一大半的碗筷,直接甩了个背影给沈叶迦:"先操心你自己今晚会不会被人再甩一次露宿街头吧。"

然后没等沈叶迦说话,他直接用背关上了厨房的门,将大舅哥的骂骂咧咧屏蔽在外。

葛星宜将手里的碗筷放进水池后，刚想去拿洗碗的手套，就被俞也扣住了手。俞也开了热水，用洗手液替她洗干净手，而后再用毛巾悉心地擦干她手上的水珠，完了，他自己拿起了洗碗专用的手套戴上。

葛星宜动了动唇："让我来洗吧，你已经很累了……"

虽然看着不太明显，但他眉宇间确实有淡淡的疲倦在。为了她的生日布置，他从设计到落实前前后后一定忙了许久，应该有好一阵没好好睡过觉了。谁能想到，大家眼中的"吸血鬼"，因为她，都开始接触阳光了。

"你先回卧室歇着。"他头也不抬，"我不累。"

葛星宜看得既心疼又感动，轻声说："我想在这儿陪你。"

俞也听了这话似乎很高兴，他放下一只刚洗干净的碗，侧过头看她，眼底有笑："好。"

两人有一搭没一搭地聊了几句，葛星宜问他："我哥和小未之前在一起的事，你知道吗？"

"不知道。"

想来也是，这俩人认识这么长时间，居然都没发现对方和自己之间还存在着个共同人，也就是葛星宜。而就俞也这性子，也不可能对别人的情感生活有兴趣。当个朋友，比陌生人的消息还闭塞也是没谁了。

"反正我只知道，"俞也这时洗完了所有碗，关上水，"他今晚肯定没空管我在哪儿过夜。"

葛星宜听得心一动，脸颊蓦地红了。她看着他用毛巾将修长白皙的手擦干，正要朝自己看过来。

"俞也。"她抬手拉了拉他的袖子，踮起脚，低低地唤了他一声。

俞也垂下眸。下一秒，他就感觉自己的唇上落下轻轻一吻，紧接着，便听到她极轻地在他唇边咕哝了句什么。

"……我去拿衣服准备洗澡。"

葛星宜揉了揉自己的耳根，也没敢看他的表情，头也不回地就出了厨房。留下纯情"大金毛"站在原地，愣怔了好几秒，才下意识地抬手摸了摸自己的嘴唇。

要是他没有听错的话，她刚刚嘀咕的那句话是——

"你试用期通过了。"

倒座房。

言布布塞完钥匙和内衣给魏然，拖着惠熠的手狂奔进了屋，才开始放声大笑。等她笑完，就看到惠熠开了灯，双手抱胸，背靠在墙边看着她问："笑完了没？"

言布布匀了气，擦了擦都笑出眼泪来的眼角："差不多了。"

"嗯。"惠熠不动声色地朝她勾了勾手指，"那过来我这里。"

她乖乖照做，只是还未走到他跟前，就见惠熠长臂一伸，直接将她拉了过去，然后又顺势转了个身，将她抵到墙壁上。

两人今晚都喝了酒，彼此缠绕的呼吸之间，尽是醇香的酒气。言布布的酒量不怎么样，即便喝得不多，也有轻微的上头迹象。但反观惠熠，喝得比她只多不少，却跟个没事人儿似的，酒量似乎深不见底。唯一与平时不同的是，他的眼眸此刻特别地黑亮，也特别地诱人。

言布布看着他那双眼睛，心里一阵止不住地狂跳，就听到他说："我今天可能节奏会有些快，因为我受了点儿刺激。原先觉得只是比江挽川慢一些也没什么，人家毕竟已经在一起那么多年了，却没想到还能被大舅哥弯道超车。"他抬起手，用拇指轻轻捻了捻她的唇，"再下去，说不定连俞也都要翻身了。"

这么说着，惠熠把言布布的下嘴唇稍稍掰开一些，示意她把嘴张大，偏头便吻了过去。

两人都情动着，那火蔓延得极快。

两人从玄关开始纠缠，连到卧室路的一半都没走完，言布布的身体已经软了。当他们转过一个拐弯的时候，她右腿稍稍慢了一拍，整个人就往后倒去，后背顺势触到了一把硬冷的锁。那把锁的形状突兀又陈旧，她几乎一碰到，就知道是那间一直上着锁的"小黑屋"的门锁。

惠熠捞了人以免她摔着，咬住她的耳根吮了几下，正要将人打横抱起来进卧室，忽然就感觉自己被往后推了推。他眯起满含着情愫的眼，有些不解。

"这个，"言布布的呼吸还是很急，却坚持现在有比缓解渴求更重要的事，"你都要我和你同居了，打算什么时候让我进去看看啊？"

惠熠顺着她手指的方向看到那上锁的房间，目光一滞。两秒后，他欺身上前，将她往自己的腿上压了压，嗓音极哑："你确定要在这个节骨眼儿上进去看？"

言布布被烫得缩了一下，却依旧赤红着脸道："确定。"

惠熠真服了。两人都处在箭在弦上的时刻，这丫头居然还能这样半路收工，把心思转到别的事上去。除了"玩弄人心的天然小恶魔"以外，他实在想不到其他形容词可以来解释她这种恶行。

"我现在就想进去。"言布布又重复了一遍，语气因为喝过酒而带上了一丝特有的撒娇和蛮缠，"看完了，我明天就搬进来。"

她其实是故意的。应该说，她今晚就是仗着自己看上去半醉半清明、脑子不太清醒，借势"要挟"惠熠打开这屋子。

虽然这段时间他们来往甚密，她也来过他家好多回，但大多数时候他们不是待在客厅就是在卧室，他也从未开口提过要带她进这屋子看看。

惠熠不提，言布布自然也找不到合理的借口，不然就显得太生硬了。但这并不代表她不好奇，也不代表她心里没有一丁点儿打结。

因为现在看来，自从他们开诚布公谈过所有问题后，这好像是横在他们彼此之间最后一个未解决的隐藏问号了。毕竟要是这屋子里的东西真的会影响到他们之间的感情，那一定还是早知道得好。

惠熠深深地注视着言布布，不知在想什么。而言布布借着酒气，装得胡搅蛮缠地扒着他往小黑屋凑，但其实心里也挺没底儿的。两人各自心怀鬼胎。

一阵折磨人的安静过后，惠熠闭了闭眼，敛去眼底那原本燃烧得正旺的火苗，将她轻轻放下地。而后他转过身，大步进了卧室。

言布布拉了拉自己身上凌乱的衣衫，咬着唇靠在小黑屋前。

很快，惠熠手里拿着一把钥匙折返了回来。他走到她跟前，居高临下地看着她，将那把有些陈旧的铜制钥匙递到她的手心里。钥匙落在手心里有丝凉意，言布布不由得紧了紧手指。

"布布，"惠熠的声音低低的，似乎像是在开玩笑，但又似乎是当真在出于担心询问，"我只想知道，要是你进去看完之后把我甩了，到时候我找谁赔我女朋友去？"

四合院内院。

因为葛星宜生日的布置，整个院内显得格外亮堂。也因此，使魏然能够清晰地看到沈叶迦的眼眸中，倒映着的点点星光和烛火。这些光亮，竟将他锋利的脸庞修饰得稍许柔和了些，也让她产生了一种在此时此刻不应该产生的错觉。

前女友。自从听到他说出口后,她的大脑就一直在不断地琢磨这个词。无论是"前"还是"现",既然被当作了女朋友,那是不是也就说明,他曾经对她有过真实的感情?

魏然这时深吸了一口气,尽量让自己的语气听起来平静无波:"如果真有话要说,那在这里说清楚就行了。"

她心里清楚,今天既然碰上了他,那么他就不可能允许她再在他的眼皮子底下二话不说玩消失。毕竟,她也不是没有过前车之鉴。

"在这儿说不清楚。"却不料,下一秒,沈叶迦直接从魏然手里抽走了西厢房的钥匙,"院子里太冷了,风吹得我脑袋疼。"

魏然双手抱胸,冷笑道:"那你进去拿外套,我在这儿等你。"

沈叶迦眼眸一闪,这时低下头,靠到她的耳边,一字一句地说:"穿那么多做什么?"

耳边缠绕着他灼热的呼吸,暧昧至极,惹得魏然下意识就往后退了一步。就见沈叶迦已经直起身,朝她耸了耸肩道:"进屋吧,说清楚就放你走。"

她皱了下眉,刚想再次拒绝,便看到他已经抬起步子往西厢房走去,转过身的时候还不忘扔了句话:"你胆子这么大,难道还怕我吃了你不成?"

魏然站在原地,被这话激得咬了咬牙。她看着沈叶迦在黑夜中高大的背影,心中依然一团乱麻,但脚上却已经不自觉地跟了上去。

沈叶迦用言布布给的钥匙打开门,进屋的时候却没开灯。所以,等魏然进去的时候,就见屋里一片漆黑。借着屋外的月光,只能看到客厅里似乎空无一人,只有玄关最外面的那双男人的鞋能昭示他此刻人就在屋里。

她心下生疑,戳在门口没动,只问道:"沈叶迦?"

过了片刻,她才听到他的声音不紧不慢地从里面传来:"进来吧。"

魏然第一次来这里,完全不知道屋子的格局。关上屋门后,她黑灯瞎火地在墙上摸了半天也没摸到客厅灯的开关,只能脱了鞋往屋里慢慢走。

"你为什么不开灯啊?"

屋子里此刻特别安静,只能听到她自己一个人的呼吸和脚步声。最令人摸不着头脑的是,她都这么问了,这人也不回答。

这种黑暗中的未知让魏然多少有些慌乱,但她习惯于掩藏自己的情绪,只是强装淡定地又跟了句:"那么大人了,还玩什么捉迷藏啊?"

就在这时,她忽然感觉到面前有一道黑影闪过。下一秒,她就被一只手臂有力地扣进了怀中,然后转瞬间她的背就抵上了转角的柜子。

魏然一声惊呼就在嘴边,直到沈叶迦身上淡淡的薄荷香气飘散过来,她才怒骂道:"你到底在搞什么?"

"我在这儿生活了十多年,哪怕重新装修过,我闭着眼睛也知道每间屋子的格局。"沈叶迦手臂牢牢地将魏然制在自己的胸前,"再加上我的夜视不错,所以不开灯也不会影响行动。"

他的身手有多好魏然并不是不了解,哪怕她个子在女孩子里算高的,力气也不小,但一对上他,也只是被随手提溜的份儿。

脑中对于危险的警报已经拉到了最大,魏然动了动身体,从牙缝里蹦出来两个字:"放开。"

"别扭了。"沈叶迦的语气里透着一股漫不经心,但嘴唇已然危险地抵在她嘴唇的近处,"再扭两下,就在这儿把你办了。"

第十章
水蜜桃

倒座房。

听完惠熠的问话，言布布握住了手里的钥匙，一挑眉，反问道："你是对我没信心，还是对你自己没信心？"

听他的意思，仿佛是她一看到屋里的东西就会甩了他一样。既然这个屋子也构成了他惠熠的一部分，她言布布说不定就能视作他的全部一并接受下来呢？

惠熠看着言布布，过了半晌，似乎拗不过，嗓音低柔地回道："爱之深，忧之切，请体谅一下。"

"我还没进去看，你倒先给自己判上死刑了。"言布布说，"我现在胃口已经被你吊到了头顶，今天哪怕踩着刀山、火海，我也会冲进去的。"

他没再说什么，敛眸一笑，示意她去开锁。

言布布深呼吸一口气，将手里略显陈旧的钥匙插进锁扣，轻轻一转，"咔嚓"一声，门上的锁应声打开。她抬起手将那把锁摘下来，捏了捏汗湿的手心，伸手用力地推开了这扇惠氏"潘多拉魔盒"的大门——

老实说，自从知道这个屋子的存在以来，鉴于她丰富的想象力和博览群书、群片的经验，其实她脑中已经想过了其中隐藏秘密的无数种可能。甚至都觉得，只要他不做出伤天害理、伤及他人的事，无论里面的情形有多恐怖离奇，她都能强迫自己忍受下来。

屋门在言布布面前缓缓打开，里面没开灯，有些黑。她咽了下口水，刚想朝前一步，就感觉到身后的惠熠长臂一伸，体贴地替她打开了屋里的灯。灯光大亮的那一刻，她下意识地闭了闭眼。

言布布这辈子都没感觉到自己的心跳得那么快过。等她在灯光下，眼睫微颤地睁开眼，她愣住了。因为她预想中的任何一个情景都没有发生。

屋内的墙壁是纯白色的，显得很干净，顶上悬挂着的灯也很亮堂，整个屋子都被收拾得井井有条，也让人看上去分外一目了然。只见左边的地上放着两排高大的冲浪板，上面的花纹颜色各异，其中一块冲浪板她曾见过，是那天江挽川来救晕过去的孟恬时用来砸窗的；在冲浪板旁边则放着好几套滑雪服和滑雪道具，以及轮滑和攀岩时会用到的工具；右边的地上则摆着好几块滑板和几辆折叠自行车，颜色、造型俱都十分炫酷；上面空着的墙上装着两排长长的木架子，木架子上整齐地放着一些相框。

在屋子的最深处，还立着几个高大的透明柜子，里面陈列着大大小小的东西；旁边还有个透明的方形的箱子，箱子里好像养着什么宠物，但因为距离的缘故，暂时看不太清。

言布布站在原地，看得目瞪口呆。身后的惠熠这时走到她身边，轻轻朝她伸出了手。言布布机械地将手递到他的手心里，目光却还一眨不眨地驻留在屋内所有的东西上。

惠熠握紧了她的手，嗓音多少有些紧绷地低声问道："愿意让我为你介绍下我的小世界吗？"

她几乎毫不犹豫地就点了下头。

他带着她先来到那些冲浪板和运动工具前："在不工作的时候，我最喜欢做的就是挑战各种极限运动，冲浪、蹦极、攀岩、轮滑、跑酷、滑雪、跳伞……每一项我都非常喜欢。"

他这么说着，抬手指了指架子上那些相框里的照片："这些都是我这几年自己一个人或者和极限运动俱乐部的朋友一块儿去的时候照下来的。"

言布布朝那些照片看过去。

照片上的惠熠在雪地里，在山边，在空中，在海上……无论照片上的光线是否充足明亮，他身上好似都在散发着耀眼夺目的光芒。

"我是经过了很长一段时间的训练才开始挑战这些极限运动的，确实，这些运动都存在着一定的风险，我也险些因此而受伤，但或许是因为我曾亲眼见证过太多的生老病死，即便在很多人看来玩这些运动实在太冒险了,我还是想在这一生结束前,尽量多去体验一下这些。每当在做那些极限运动的时候,我整个人都是非常放松的状态,我可以忘却所有的繁杂纷扰,做最真实的自己。"

因为明白人的一生是那么地短暂又转瞬即逝,所以希望人生中的每一刻都是绚烂而值得的。如果现在不去做自己喜欢的事,那么说不定哪一天,就再也没有机会了。

言布布这时终于开口说了进这屋子以来的第一句话:"你玩这些……有多久了?"

惠熠想了想,说:"从成年之后就开始学,有好多年了。"

她听了后没吭声,却抬起手,摸了摸那些高大的冲浪板和滑雪工具,又去碰了碰自行车以及攀岩工具等。

他看着她专注的神态,摸不透她此刻心里究竟是怎么想的。就在他打算再次开口之前,言布布又问了个问题:"你爸妈是不是觉得你玩儿这些是不学无术?"

惠熠点了点头:"如果你也这么觉得,我并不会……"

"我觉得这不是不学无术。"她忽然抬眼正对上他的视线,"相反,我觉得你好勇敢。"

"你喜欢极限运动,就像我喜欢看小说、看电影、看漫画一样。这是我们的爱好,我们都用心投入去做了,在做这些事的时候我们都是最快乐自由的。况且,你热爱的事物,难度比我的爱好要大上千百倍都不止,一般人根本都没有能力去碰这些,怎么能说这是不学无术呢?"

惠熠听到这些话,目光微微动了动。

"热爱没有高低优劣之分,而每个能够坚持自己热爱、用心对待自己热爱的人,我都很钦佩。"言布布冲他绽开了一个笑,晃了晃他们牵着的手,"男朋友,看到这些,我好像又对你更着迷了一点儿。"

西厢房。

屋里此刻漆黑一片,只有未拉上窗帘的窗户外投射进来的片片月光的碎影。

沈叶迦话音落下的时刻,他人也朝魏然更逼近了几分。即便知道能成功挣脱的概率微乎其微,魏然还是拼命地在他的怀里扭动了起来。

"魏然,"沈叶迦加大了力气,按得她在原地纹丝不得动弹,"你是真不听话。"

"谁要听你的话……"

魏然那句怒骂刚脱口而出,嘴唇便被不由分说地堵住了。

沈叶迦的吻和他这个人一样。如果说有的人的吻是春风拂面般的温柔,那么他的吻就是粗暴又强硬的索取。魏然的嘴巴被他轻巧地掰开,她只能被迫张开嘴去承受他的狂风暴雨。

魏然原本就攒着一肚子的火和情绪,承受了这么一个好似要将她生吞活剥的吻,也彻底爆发了。她现在急需一个发泄口。虽然对面前的人抱有的情感非常复杂,但身体的反应却永远让她无可奈何地诚实。因为他的吻和抚上来的手,几乎在一刹那间,就能将她身体所有沉寂已久的细胞唤醒。那些细胞曾经只为他一人沸腾,也在离开他后再也没有苏醒过。

直到今天。

主厢房。

葛星宜拿了换洗衣物准备进浴室的时候,忽然听到卧室的门被敲了敲。她将衣物放在架子上,走过去开门。门一开,就看到刚刚通过试用期的某人站在门外。

她才在厨房做了对她来说算是"大胆"的举动,所以还有些不太自在,这时对上俞也直直看过来的目光,下意识地就转开了视线:"怎么了?"

俞也垂着眸子,声音很低:"我今晚能在这儿过夜吗?"

她一怔,脸上的红晕顿时变得更深了些。过了几秒,她轻声嘀咕:"你自己都说了我哥今晚管不着你住哪儿……"

俞也虽然面色还是带着惯常的冷,但眼角、眉梢都透着明显的愉悦:"那还是得先征得你的同意。"

葛星宜没再说什么,手扶着门框,脸颊还是红红的:"我要洗澡了。"

没等她关门,俞也忽然抬起手轻撑了下门沿:"等等。"在她疑惑的目光中,他的眸色在灯光下看着比平时要更深一些:"我能和你一块儿洗吗?"

葛星宜也不知道自己这个澡到底算是洗了还是没洗,只记得俞也最后将她从浴室抱上了卧室的大床。她被他小心地放在床上后,看着身前的男人,下意识地往床头的方向退了退。可还没退得太远,就感觉自己的脚踝被一只漂亮的手轻轻地扣住了。

俞也紧随其后上了床,他的头发还是湿的,黑亮的眸子里像闪烁着星星。他一边一手扣着葛星宜的脚踝不让她动弹,一边微微弯下腰,在她目光颤动的注视下,低下头捧起她的脸颊与她接吻。这个吻里散发着对她毫无保留的渴求,不再有顾虑,也不再有隐藏,比之前他们所接的任何一个吻,都要来得浓烈、来得无法抵挡。

"宜宜,"葛星宜仰起头,便看到俞也深邃的目光里蕴着满满想要占有她的渴求和深深的爱意,"生日快乐,我爱你。"

马上就要过十二点了。他先前一直没有说,是因为想做最后一个对她送上祝福的人。在这一天结束前,他想让她记得,他自始至终都陪在她的身边。未来也会这样,陪她到人生最后的终点。

葛星宜听了这话,目光动了动,眼尾有些微微地发红。说她一点儿都不害怕,其实不太诚实。毕竟她之前曾那么恐惧和男性产生亲密关系,尤其还遇到过任弘那种人,在这种事上,她的内心深处还是存在着一定的畏缩与后退。

但因为对象是俞也,这种害怕,在潜移默化之中就被更多的期待和喜欢所掩盖了。因为她爱着面前这个男人,爱到也想要去更切实地拥有他。她内心深处的占有欲,更因为他给到的安全感,尽数倾囊而出。所以,她愿意将自己全部交给他。

葛星宜最终什么都没说,但却抬起微微打着颤的手臂,紧紧地勾住了俞也的脖颈。

惠熠从来没有想过,自己竟然会听到这样的话。他面前的女孩子,个子不高,年龄也不大,生着一张可爱的娃娃脸。光看外表,与知性、成熟应该是沾不上边的。但是,就这么一个好像不那么起眼的小姑娘,却每每都能做出让他无比惊诧又始料不及的举动,说出让他整颗心都仿佛被浸泡在糖水里的话来。

这个小黑屋里的所有东西,他此前从未与任何人分享过,甚至连提都不曾提起。一是觉得没有必要,二也是从心底深处觉得会不为人理解与接受。

被他父母无意中发现的那一次,他亲眼看到了二老激烈反对的态度,就更坚定了不想与人透露分毫的决心。连至亲都并不甚赞同接受的,外人又怎么可能会表示支持和理解?

但自从遇到了言布布,他内心深处对于这个房间的坚守却开始一点点动摇了。

最开始决定带她去海边的时候,他其实是想试探的,要是一旦她表现出不感兴趣和抵触,自己就不应该再去继续耽误她的感情。却不料,她不仅对水上运动表现出了想要尝试的心,甚至之后还屡次提到说很喜欢他冲浪的样子。她眼底的笑和光,也不像是为了哄他开心才说的谎言。

再后来看到她对待袁菁的态度;和她确认关系后,亲眼见证她对于自己工作强度的包容、体贴,以及强有力的辅助;每天得了空休息时,抱着她看着她对自己笑,听着她爽朗的笑声……

这所有的一切,都让他感到安心,都让他觉得,这个女孩或许就是自己以前从不相信的"命中注定之人"。所以他才会在今天,借着江挽川走后的四合院房间分配,顺势提出自己其实深思熟虑已久的提议。他想和她住在一起,想每天睁开眼都能看到她,想将她彻底带进自己的世界,想将全部的自己朝她敞开。

虽然这个房间打开的时机没有受到他的控制,原本是想等她搬进来之后再找机会的,但既然提前了,那便由着她高兴。

说一点儿都不担心她会产生不好的想法肯定是假的,他也做好了和她好好沟通、努力取得她理解的准备。却没想到,所有打好的腹稿现在都用不上了。因为这个姑娘,再次用她自己独特的方式,潇洒又大方地回应了他所有的期待和不安。她不仅支持、理解他所热爱的,甚至还因为他的热爱,更热爱他了。

不知沉默了多久,惠熠闭了闭眼,伸手将言布布用力地拥入怀中。他抱得很紧很紧,因为他从未有过一次,那么害怕失去一个人,生怕一不小心,这个那么好的姑娘,就会从他的指缝间溜走。

言布布被他近乎密不透风地压在胸膛前,就感觉到他低下头,流连地亲了亲她的发丝,格外温柔,格外缠绵。她被他喷在脖颈和耳后的呼吸弄得有些发痒,又因为被抱得太紧,在他的怀里挣了挣:"我快透不过气来了……"

惠熠听了这话,才松开言布布。而后,他低头凑过去,轻啄了一下她的嘴角,哑声说:"剩下的东西,你可能得稍微看得快一些,等之后有空了再慢慢看。"

言布布顿时像一只被烫到尾巴的猫,红着脸朝后一跳。

惠熠看得忍俊不禁,立刻伸手过去扣住了她的手:"屋里东西多,小心

249

磕碰了弄疼自己。"

她揉了揉红红的耳根,生硬地开始转移注意力:"让我再看看你这里还有什么好东西。"

话音刚落,她就走到了那几个陈列着大大小小东西的透明柜子边。她原本以为柜子里的会是一些宅男们喜欢的动漫人物的"手办",走近一看,却发现里面摆放着的,都是一些游戏和电影中的英雄人物模型以及车类、建筑类模型。这些模型有大有小,但都十分精致。

"顺便在这儿交个账。"惠熠站在她身后,语中带笑,"除了未来要娶言小姐过门的家当外,我这么多年其余所有的花销都在这儿了,没有往别的地方流动过一丁点儿。"

言布布一眨不眨地看着那些可说是构造精细的微型模型,努力让自己不要因为那句"娶言小姐过门"而高兴得飘飘然:"我信你了。"

这个房间里的东西和他玩的那些极限运动,确实能够占比他的大部分花销了。她也能看得出来他平时在生活上的简朴不是瞎吹的,他的衣食住行各方面都很简单利落,再加上他大部分时间都待在医院里,唯一的出口也就是这间屋子了。

"而且屋里的所有东西我都有一一记录留档,从今以后这屋里多一样、少一样什么,都得经过领导批准才行。"惠熠心情好到不行,单手支着柜子,温柔地睨着言布布,"账本就在卧室,明天起早便可以上供。"

言布布听得嘴角忍不住地往上翘:"成!"

立柜里的模型有些多,现在一下子肯定看不完,她还想让他把柜门打开一个个取出来细看,今天这么干肯定会显得很仓促。不过,反正以后要住在一起,来日方长。

想到这儿,言布布收回视线,往旁边那个透明的方形箱子看过去。看到箱子里的活物,她着实愣了一下,然后松开惠熠的手半蹲下来,凑近了看。

"你不害怕吗?"

惠熠原本想稍稍拦一下,先给她解释几句,做个心理铺垫,却没想到人不仅不怕,就差把脸都贴箱子边上了。

言布布十分不以为意:"这有什么好害怕的?我平时在手术室看的可比这玩意儿吓人得多了。"

言布布这人天性胆子大,也深得动物的喜爱。虽然她没养过宠物,但是以前小区里的小猫、小狗,都和她关系很不错,那种有的姑娘看到会害怕的大型犬,她还特别喜欢来着。要不是因为工作忙,她其实特别想养一只宠物在家里。

言布布圆溜溜的眼睛紧盯着箱子里那个趴在沙子上的小东西,头也不回地问:"这是什么呀?"

她最开始进屋的时候,因为看不清,以为惠熠是养了什么乌龟之类的,却没想到是一只从来没见过的生物。小生物长着两只特别大的凸起的黑眼睛,缀在脑袋两边,正机灵地看着四周。它的身体颜色呈淡橘黄色,上面有一粒粒凸起的小白斑点,整个身子小小的,显得四肢又长又细,小爪子小心地扒在沙子上。最好玩儿的是它的尾巴,长得像片小叶子,还会翘起来。

说是蜥蜴也不像。

"这是爬行类。"惠熠见状,索性也跟着蹲下来,"名字叫作瘤尾守宫,原产于澳大利亚的广袤荒漠,所以我给它铺了沙子。"

"好神奇啊!"言布布看得目不转睛,"我从来没见过别人养这个……"

"确实比较少见。"惠熠专注地看着她的神情,"大部分人都会选择养猫和狗,我当时机缘巧合经过极限运动俱乐部的朋友介绍认识了爬行类的卖家,一看就喜欢上了。"

"瘤尾是不是很难养?看着就挺金贵的。"

"嗯,最开始带回来的时候因为还太小,费了不少心思让它适应,生怕它活不了。"

"后来呢?"

"后来它慢慢适应了新环境,食欲开始变得旺盛,活动量增大,体重增加,每天可以吃不少昆虫。"

"它吃昆虫?"

"对,蟋蟀、面包虫等,我都会定期找卖家采购。"

惠熠说完,指了指桌子底下的箱子:"我爸妈之前突然闯进我家,结果被这瘤尾和用于喂食的虫子吓了个半死。"

言布布捂着嘴开始笑:"我现在终于明白为什么你爸妈会那么激烈地反对你这间小黑屋了。"

老人家没有丝毫心理准备,突然看到这一屋子的极限运动工具加上这小东西,估计真是会被吓出心脏病来。

惠熠耸了耸肩表示无奈:"我拼死拦住,才没让我妈把小布扔出去。"

言布布听得心一动,侧过头看向他:"你叫这小瘤尾什么?"

惠熠动了动唇,发现自己嘴快说漏了,似乎有些不好意思,嗓音顺势低了些:"小布。"

"哪个布?"

"你名里的布。"

言布布一阵心跳如雷:"你养它……养小布多久了?"

"两年了。"

两年。

她掐指一算,两年前,好像她正好刚进普安医院当护士,难不成……

言布布瞪大了眼。

这一晚上,她实在一下子接受了太多的信息,大脑本来就已经在超负荷运行了,却不料,还有她完全意想不到的玄机藏于其中。

两个人此时都半蹲在小瘤尾生活的箱子前,小瘤尾似乎也正睁着大眼睛,认真地瞅着箱子外的男主人和即将上岗的女主人。

"言布布,"惠熠这时抬起手托住了言布布的后脑勺,将她朝自己这边轻轻拉过来,"在你不知道的时候,我很早以前就已经开始在意你了。"

西厢房。

等魏然打开浴室门,发现沈叶迦已经坐在沙发上等着她了。他身体前倾,两手支在自己的膝盖上,意味深长地望着她:"你不会以为这就结束了吧?"

魏然面无表情地看着他,恨不得将这狗男人一掌拍到墙里去,连抠都抠不出来。她这时几步走到茶几前,居高临下地看着他。虽然他坐她站,但在气势上,魏然却觉得自己根本讨不着好。

"沈叶迦,"她一字一句地说,"人不要脸则无敌,这话我今天算是明白了。"

沈叶迦定定地看了她几秒,居然冷笑一声。魏然被他笑得毛骨悚然。

"我这辈子就没见过翻脸翻得比你还快的人。"沈叶迦定定地看了她几秒,忽然道,"去年为什么一声不吭就回陆京?"

魏然脸上的倦意犹在,但听到这句问话,她的脸色几不可见地僵了几分。过了片刻,她才淡声回:"我去长川本来就是因为工作轮岗需要,轮岗结束就回陆京,这有什么问题吗?"

"我说的重点是,你为什么一声不吭就走。"

"我要跟谁吭声?"她耸了耸肩,"跟你吗?你算我的谁?"

沈叶迦没说话。

魏然又道:"真没想到咱们沈大警官居然那么纯情,头一回听见跟玩伴断联还需要知会一声的。"

她说的这些话,每一句都像是带着尖锐的刺,根根冲着他的心口去。

其实她知道说这种话的自己,显得十分刻薄无情,可能有外人听起来还会觉得她带着酸意埋怨,但她根本控制不住自己要这么说。

魏然原本以为,按照沈叶迦的脾气,听到这些话,他会立刻冲着她反驳回来。却不料,她这几拳就像是打在空气上那样,连一点儿水花都没能溅起来。因为下一瞬,她就看到他脸上的表情几乎都没有变,甚至连声音都变低了几分:"如果这样说,会让你心里觉得舒坦点儿,那我就受着。"

魏然喉间一哽:"没有什么舒坦不舒坦的,都是实话罢了。况且,"她动了动唇,虽然不太想说,但还是本能地脱口而出,"我走的时候,你根本人都不在长川……不,我走前的十二天,都没见到过你人,我上哪儿去和你知会一声?"

其实真的要说,无论是微信还是电话,甚至是在他家里留一张字条,也都是可行的,只是她故意不为而已。

沈叶迦听到这话,忽然眉间一动:"十二天?"没等她说什么,他紧接着来了句:"你记前玩伴多久不在,还会记得那么准确清楚吗?"

魏然咬了下牙:"你别自作多……"

"小未。"他忽而轻声打断了她。

屋子里很安静,几乎只有他们彼此的呼吸和说话的回音,他这么凭空叫了她一声,让她的整颗心都不由得一颤。

沈叶迦不是一个会甜言蜜语的男人,甚至可以说在情感上粗糙得一塌糊涂。曾经密切来往的时候,他也连句稍微中听点儿的都说不来。连称呼,都是整天张口闭口叫她"魏然",只有情到浓处,他才会在她耳鬓间热切地逗她,叫她"小未"。想到此处,魏然原本就十分动摇的心,因为他这声低唤,顿时变得更加摇摇欲坠了。

在离开长川时,她以为自己这辈子都不会再见到沈叶迦了。所以,时至今日,无论她想过多少与他有关的事,都从未设想过有一天会再次与他重逢。更没有想过,在重逢时,自己该怎么去面对他。

其实今晚,她明明有那么多次机会可以离开这儿,如果真坚持要走,他再拦也拦不住,但她最后还是跟着他进了屋。她都不明白自己究竟在想什么了。但只有一点,她很清楚——从今晚见到沈叶迦的那一刻起,她在离开长川后所有的落寞与空寂都有了归处。因他而起,又因他消散。

那声称呼后,沈叶迦终于又开了口:"我不知道我之前所做的哪些行为让你产生了误解,觉得我只是将你当作玩伴。"

魏然将心里种种复杂的情绪统统压了下去:"哪些行为?难道不是你所有的行为都是这样告诉我的吗?"

"比如?"

魏然神情复杂地看着他,似乎是在不爽,又似乎夹带着一些羞于表达的东西。

没等她发作,他又说:"我工作有多忙你又不是不知道,几乎从不着家。要是难得能回家一趟,我哪次不是第一时间就叫你过来见面的?在遇到你之前,我回家就是倒头睡觉。但有了你之后,哪怕再累,我也想见到你,和你说说话。"

魏然抱着手臂,一脸"我信你个鬼":"你只是和我说说话?"

沈叶迦此时将她慢慢地上下打量了一圈:"这能怪我?"

他的眼神和他的话想表达的意思已经很明显了——因为她生着这一副漂亮的脸蛋与魔鬼身材,他根本没法把持住自己。

"况且,"他满脸理所当然,"我想对你说的,应该都已经用行动传达给你了吧?你难道一点儿都感受不到吗?"

"感受到你个鬼!我要回家了!"魏然见他那样就来气,"啪"地把自己的耳机摘下来往茶几上一拍,转身就走。

没走两步,就被从沙发上迅速起身的沈叶迦从后扣住了手臂:"我这人性格就是这样,不会哄人。"

魏然:"我也不需要你哄。"

沈叶迦虽然烦得眉头打结,但因为实在不想让她走,只能破天荒硬着头皮耐下了性子:"魏然,我这辈子从没碰过除你之外的任何一个女孩子,在你之前、之后都没有,我发誓。"

魏然听得心里一软,嘴上还是道:"所以呢?"

"我也不是那种会找玩伴的人。"沈叶迦一字一句,说得很慢,"碰了你,我肯定就会对你负责到底。"

魏然差点儿又一口气没提上来，冷冰冰地冲他："我不需要你用道德感对我负责。"

"不是道德感。"沈叶迦别无他法，只能将语气放得更软，近乎都已经不像是"沈叶迦"了，"是我发自内心地想对你负责。"

"魏然，遇见你后，我就再没想过关于喜欢其他人的可能性。"

主厢房的卧室。

谁知道，好景不长，原本应当是水到渠成的事，却因为俞也每每想前进，都能看到葛星宜冒出的眼泪和蹙起的眉头而生生戛然而止了。他实在是自闭，得到葛星宜好一番安慰才决定今天先到此为止，还在心里发誓，要再好好去做做功课。

等再次洗完澡回到床上，葛星宜浑身泛着懒窝在被子里，只露出一个毛茸茸的脑袋，看着俞也站在床边拿着手机发消息。她盯着这张脸看了好久，只觉得好生喜欢的情绪只增不减，忍不住出声叫他："俞也。"

"嗯？"俞也以为她是等急了，立刻转过头说，"在跟吴瑞说事，马上就好。"

"没事，要是实在脱不开身要去忙，我自己一个人睡也行。"

按照他往日的作息，这个点其实应该是最忙的时候，通常都会先陪着葛星宜入睡，然后再回到自己屋里去抓紧工作。可估计因为她的生日，他今天一整天都没怎么关注过工作，往日严谨的工作计划应该完全被打乱了。

俞也这时打上了最后一行字，果断将手机锁了屏，轻轻扔在了床头柜上，翻身上床。接着，他几乎毫无停顿地就将葛星宜拉进了怀中，紧紧搂在胸前："再说，今天怎么可能让你一个人睡？"

葛星宜听了这话，忍不住翘起唇角，从他的臂弯里抬起头："那明天开始，你总得恢复你往常的作息呀。"

"可能就干脆不恢复了吧。"俞也低低咕哝了句，目光低垂看着她，"比起工作，我更想和你一块儿睡觉。"

她愣了一下，忍不住逗他："你怎么这样啊？"

俞也一点儿都没觉得自己这样有什么不对，理所当然地亲了亲她的额头："如果你不用去律所，我可以从早到晚都和你一块儿睡。"

眼看着某人脸上那抹意味深长，她害羞地闭上了眼："晚安。"

"等等再晚安。"她忽然听到他低沉好听的嗓音在耳边响起，"但你先闭

255

着眼睛别睁开。"

葛星宜不知道俞也想做什么，但还是顺从地听了话。下一秒，她的耳边便传来一些窸窸窣窣的声响，像是他从床头柜的抽屉里拿出了什么又关上。没过多会儿，她就感觉自己的手腕上轻轻一凉，似乎被套上了一个什么东西。

"好了。"

葛星宜眼睫微颤地睁开眼，就看到自己的手腕上套了一条无比华美精致的手链。这条手链的做工极其精细，上面布满了星星点点的纹饰和水晶，最顶上还镶着一颗精雕细琢的小行星形状的钻石，一看便价值连城。她的目光完完全全被这条闪闪发亮的手链给吸引住了，几乎一动不动。

"生日礼物，我提供手链的设计图后，再请人专门定制的。"俞也望着她，语气轻柔，"宜宜，新的一岁，每当你看到这条手链，就会知道我一直在你的身边陪伴着你。"

葛星宜吸了吸鼻子，过了老半天，才舍得从手链上移开视线："谢谢你。"

俞也依然定定地望着她："喜欢吗？"

葛星宜用力地点了点头说："喜欢到我都不理解你为什么晚饭前不愿意在大家面前拿出来送给我。"

这条手链，不管从哪个角度来看，都是那种会让女孩子心动的生日礼物。虽说同是脑袋不打弯儿的钢铁直男，对比她哥那台空气净化器，这一局，绝对是她的"大金毛"男朋友稳赢了。

俞也听了这话，顿了顿，说："我担心在其他人的礼物比较之下，我的会显得逊色。"

"大家的礼物都是用心挑的，谁的都不会逊色。"葛星宜摇了摇头，来来回回地摩挲着自己手腕上的手链，"你的担心真的很多余。"

见她似乎是发自内心地喜欢，俞也也算是舒了心。

却不料，葛星宜盯着那条手链看了许久，冷不丁嘟囔道："不过，我总觉得，这条手链的样式，好像以前在哪儿见到过……"

不是说她见过整条手链，而是手链的设计样式——星星点点的繁星中央缀着一颗小行星。她原本觉得是自己多虑了，但是哪知道越看越觉得眼熟。只是这话不经过大脑思考脱口而出，多少还是有些失礼，她后知后觉自己可能是太累了，神思有些混乱，刚想和他道歉解释下自己没别的意思。

"你确实见过。"下一秒,就听到俞也淡定自若地把话给接上了,"因为你以前上学的时候,就戴着这样一条手链,样式一模一样,只不过你原来戴的那条是用塑料水晶做的。"

听了这话,葛星宜怔住了。

继而,下一刹那,她便真的回想起来,以前她上初中那会儿,好像真的天天戴着这么一条当时和同学一起去逛街时无意间看中买下来的手链。手链虽便宜,但因为设计图案深得她心,她一直戴了很久很久,直到手链褪色、泛黄都不能戴了,才摘下来。

说起来,那条手链好像现在还被她存放在家里的某个柜子里,翻一翻,兴许还能找出来。

想到这里,葛星宜目瞪口呆地望着俞也:"你怎么知道我上学的时候戴……"

"因为我曾亲眼见过。"俞也敛了下眼眸,嗓音里染上了一丝若有若无的幽怨,"看来,你还没想起来小胖子是谁?"

倒座房。

惠熠说完那句"很早以前就已经开始在意你"的话后,偏过头便吻住了言布布的嘴角。可能是有小布隔着箱子盯着他们猛瞧的缘故,言布布总觉得这个吻接得她有些分外害羞。所以没过多会儿,她就从他的吻里挣开了,脸颊发烫地低语道:"别在这儿。"

"为什么不能在这儿?"惠熠抬起手,用手指轻抚了抚她的樱唇,眼眸的颜色很暗,"这间屋子里放着的都是我最热爱的东西,现在还多了个我最热爱的人。"

言布布见状不妙,立刻用力攥着他的手,就把人往屋子外面拖去。一边拖,她一边试图转移话题:"你还有话没交代清楚呢!"

惠熠朗声笑起来,任由她把自己带进卧室,然后大咧咧地在床边坐下,顺手把人抱到了自己的腿上。

言布布环着他的脖颈,一抬下巴,问他:"小布的名字,解释一下?"

他抬手刮了下她的鼻尖道:"你怎么像《十万个为什么》?"

言布布噘了噘嘴:"还不是因为你身上秘密那么多,我怎么挖都挖不完。"

他无奈地抬起手,捏了捏她的脸颊,一副拿她没辙的模样。

"其实在你进普安的第一天，我就对你留下了很深刻的印象，那是以前对谁都没有过的。"惠熠缓了下呼吸，温柔地捏了捏她的发尾，如是说道。

言布布目不转睛地盯着他，问道："为什么？"

"你那天第一天上岗，有很多事还不熟悉，但是却被分配去照顾一个难度较高的病人。那个奶奶年事已高，家里孩子不常来，性子比较难缠，总是会把气撒在照顾她的护士身上。"

那天惠熠刚巧在查房，进奶奶所在的病房时，就看到言布布正蹲在地上收拾被奶奶打翻的杯子。

而那奶奶则坐在床上抱着手臂翻白眼，还说："你怎么收拾个杯子也那么慢吞吞的？你们护士长在搞什么呀，怎么突然叫个实习护士过来做事？其他护士呢？我和你说，我最不喜欢的就是你们这些没经验的实习护士，事情做不好，还总喜欢找借口、找理由卖惨，傻乎乎的……"

那奶奶越说越来劲儿，越说越不中听。

往常碰到这种情况，被指责的实习护士要是年纪太小，还真会掉眼泪。

惠熠看了片刻，刚想上前帮忙，就看到言布布起身了。小姑娘手上弄得脏兮兮的，捧着杯子和一片狼藉，脸上却意外地挂着笑。在奶奶都颇有些惊讶的目光中，她说："我确实是有点儿傻，不过呢，我这人学得快。奶奶，要不您多训训我，那样的话，一来您心情也好点儿，病好得快；二来我也能快速进步，以后就不挨着您训了。两全其美，岂不乐哉？"

当时他虽然没有表现出来，但内心的惊讶程度其实不亚于完全傻眼的老人家。主任正好过来，见了此景，笑吟吟地和他耳语："这小姑娘是不是挺不错的？她叫言布布，感觉很有韧性，以后肯定能做得越来越好。"

后来他正好接了瘤尾回家，在取名的时候，鬼使神差地，就取了个"小布"。因为他希望，小瘤尾能适应新环境，坚强地活下来，效仿这个小小身体里仿佛藏着无穷无尽强大能量和韧性的小姑娘。

言布布听完来龙去脉，张了张嘴，圆溜溜的眼睛眨了眨，声音都有些打飘："惠熠，你这算不算对我……一见钟情啊？"

惠熠弯了弯唇："都算一眼定终身了吧？"

言布布一直以来都觉得，可能是自己喜欢惠熠更多一点儿。因为在他们还没有一同租住在四合院的时候，她就已经一直在默默地留意着有关惠熠的所有事。在医院里工作时，也总会想方设法让自己多和他有所接触。甚至也不是没有像其他单身姑娘一样，幻想着自己能跟他在非工作时间出去吃个饭、约个会。

但她毕竟表面上还是不敢的，没有一个合适的契机，也不知该怎么样朝他迈进一步，再加上惠熠一直以来都没有答应过任何普安女同事在非工作时间的邀约。

而当后来一切发生的时候，她始终觉得有些不真实。即便现在确认了关系，两人每天都待在一块儿，浓情蜜意、卿卿我我，还是觉得自己的情感投入得更深。因为是她先注意到他的，在那么长的一段时间里，他都不知道她默默在意着他。

直到今天，听到惠熠如此交代。原本以为的单箭头，在突然之间就变成了双箭头；原本以为的只有她一个人的空白时间里，忽然多出了另外一个人。在她注意他的时候，原来他也在注意她。

"主任的口风还是挺严的，他应该一直都没有和任何人说过。"惠熠这时用手指轻抚了抚言布布的脸颊，"最开始你的排班和我其实都是错开的，后来我跟主任提了一嘴，想让你尽量和我在一个班期辅助我。"

她一怔。难怪，从某天开始，她不经意间发现自己和惠熠搭档相处的时间忽然急速增多，惹得其他护士都十分羡慕。当时只以为是排班时无心安排的，根本没想过背后的缘由。

"所以我跟主任说我在追你时，主任一点儿都不觉得奇怪。"他笑意更浓，"因为主任算是第一个知道我对你抱有别的心思的人了。"

言布布一眨不眨地盯着惠熠看了许久，感觉自己的鼻尖有些发酸。

"言布布，"惠熠望着她，低垂的眸子里满是深情，"虽然喜欢的分量不应该互相进行比较和衡量，但我想告诉你的是，我对你的喜欢，一定比你想象的要更多。先前一直没和你提，是因为我怕我的蓄谋已久会吓到你，让你觉得我心眼太多。"

"我很开心。"言布布搂着惠熠脖颈的手紧了紧，"惠熠，你告诉我这些，我真的很高兴。"

他望着她，轻轻地在她的眉心落下一吻，轻叹了一声说："我知道你虽然心大，但有时还是会忍不住胡思乱想。布布，我希望你可以尝试着更相信我一点儿。"

女孩子总是这样，在爱情上仿佛有着万千思绪，敏感到一点点小事都能无限放大，甚至喜欢把事往坏处去想。

"我是男人，有些话比起说，更喜欢放在心里，或者通过实际行动来让你感觉到。但如果你想要听又不会觉得肉麻，今后我会试着更多地将我对你的感情直接表达出来。"

言布布轻轻眨了眨有些泛红的眼："那你现在可以说一点儿吗？我现在就想听。"

惠熠被她逗笑了，宠溺地摸了摸她的脑袋。

"和你一起在医院工作时，我就一天比一天更在意你，觉得你很有趣、很坚强，觉得你和哪个姑娘都不一样。但你知道我先前对于建立亲密关系的顾虑，所以一直没有主动去做什么。

"幸好后来得了契机，能够和你住在一个院子里，我也抓紧机会开始深入了解你，随着时间的推移，我发自内心地越来越喜欢你。到了现在，这份原本就已经很浓厚的喜欢，已经转变成了切实的爱。

"其实，我自认为并没有很多人口中所说的那么好，我身上有着不少可能别人了解了之后就会退却的点，包括那间小黑屋。而你在我心里，却好到让我会担心自己不够格拥有你。

"但是我不会因为觉得够不到你就往后退却，你身上强大的心理和能量，会让我拼尽全力去靠近你。"

这是你教会我的。

你告诉我，无论结果如何，都要勇敢地去争取，那样即便结果不好，最后也不会后悔。就像我始终在坚持的那些极限运动一样，因为知道人生短暂，所以我无惧危险。爱情也一样，因为想要抓紧所有时间爱你，我无所畏惧。

"布布，"惠熠这时握住言布布的手，抵在唇边虔诚地亲了亲，"你打破了我心中对于命中注定的固有迟疑，你也是原本我觉得永远不会降临在自己身上的此生幸运，你值得我付出这一生所有的深爱、骄傲与无畏。"

言布布的眼尾一片濡湿。她想，今天之后，她心中仅剩的那丝惴惴不安、那丝自卑退缩、那丝敏感犹豫，都会彻底烟消云散。因为她知道，她在被他炽热又毫无保留地深深爱着。

"今天就先这样吧，别的肉麻话留到下回再让你说。"言布布抬手抹了下自己的眼角，语气上挑道，"本小姐暂且算是满意了。"

"言大小姐满意就好。"惠熠将她抱得更紧了些，热乎乎地在她耳边低语，"现在，是不是该挖最后一个你还不知道的秘密了？"

言布布羞涩地咬了下牙，她什么都没说，仰起头主动吻住了他。过了片刻,她红着脸,轻声开口叫他:"惠熠。"

"嗯?"惠熠专注地看着她,"怎么了?"

"你……"言布布看着他精壮的身材和俊逸的脸庞,感觉自己的心脏都要从喉咙口跳出来了,"为什么之前都……"

惠熠听得一怔,而后莞尔一笑。在她害羞到不敢直视自己的目光中,他忽然牵起她的手,将她的手掌心轻轻地贴在了自己心口的位置。

他低声问:"快吗?"

言布布感受着手掌下他的心跳,忍不住点了点头。

岂止是快,感觉已经快到都要乱速了。

"布布,在面对你时,我根本不像你以为的那样游刃有余,我会想很多。因为我太在乎你了。"

西厢房。

沈叶迦说完那句"除了你以外再没想过喜欢其他人"后,魏然刚想冲着他发火的劲儿,又"嗖"的一下被浇灭了。

她虽然脸还是绷着的,心里却在腹诽,这男人不是挺会说的吗?既然还是会说话的,为什么这些话不早点儿跟她讲?讲了,她兴许当时就直接申请在长川留职,不再回陆京了;抑或是说,他们也可以好好协商出一个异地恋的解决方案来。

想到这儿,她又开始觉得不爽了。

于是,在沈叶迦的眼中,他就看到面前明艳动人的姑娘脸色似乎刚要往稍微缓和的趋势转一转,下一秒,又陡然变得冷若冰霜。

"既然如此。"魏然双手抱胸,冷冰冰地看着他,"我走了之后,你为什么不来找我?就算暂时不来,你也完全可以先用通信方式联系我。你有我的手机号,也有我的微信,但你从头到尾都没来过哪怕一个字。"

沈叶迦的脑袋比俞也还直,没多想,有什么便说什么,还偏偏都挑最能让姑娘爆炸的话说:"我那段时间在办案,没心思。等我把案子解决了,有心思来想和你的事情的时候,你已经离开整整一个月了。我看你走的时候也什么都没和我说,连一句口信也没留,就以为是不是不想再和我处了。那样我再追着你死缠烂打,岂不是更招你讨厌?"

魏然深呼吸了一口气,语气幽幽地道:"你觉得我不想和你处了,你是听到我亲口和你这么说过了,还是在梦里梦见我这么说了?"

沈叶迦感觉情况不妙,刚想再说些什么,就感觉到她的怒意如海啸般席卷过来。

"就冲你这臭脾气和你的工作强度,我要是不想和你处,早八百年我都不会搭理!沈叶迦,你根本不是不能死缠烂打,你就是要面子,觉得被我甩了丢脸,不愿意过来委曲求全!"

沈叶迦皱着眉头,企图插上一句:"魏然,你误会了,我真不是要面子……"

她连珠带炮:"而且,你在心里把我当作女朋友,你跟我说过吗?你有亲口跟我确认过我们俩的关系到底是不是男女朋友吗?"

问题这下又绕回来,沈叶迦张了张嘴,再次没脑子地给了一个错误答案:"我以为我已经……"

"已经你个鬼!"魏然弯下腰,拿起耳机劈手就往他的脑门儿上扔过去,"沈叶迦,你就活该单身一辈子!"

沈叶迦那是什么反应速度,魏然刚把东西扔过来,他就已经抬手接了个正着。

魏然这辈子都没遇到过第二个能把自己气成这样的人——这人每句话都能精准地踩在她的雷点上,一脚一个准。

没心思。

是不是不想处了?

死缠烂打。

她气得头晕眼花,也没空去想要是别的人敢这么朝沈叶迦扔东西,他会是什么反应。沈叶迦大概早就已经将对方一个过肩摔,死死按在地上动弹不得了。

谁知道,气场强大到令罪犯甚至普通人都有些敬畏的沈大警官,此刻身上却连半点儿要动怒的迹象都没有,甚至刚刚还拧紧着的眉头都松开了。他仿佛一只逆来顺受的、被虐惯了的小狗子般无奈地望着她,低叹了一声道:"我们小未,真是好凶。"

魏然反唇相讥:"你第一天知道我这么凶?"

沈叶迦举了举双手:"我说别的话你不爱听,那我就说一下自己现在的情况,你自个儿掂量掂量。"

魏然一脸的风雨欲来。

"我现在就在这院子拐角的警局里当民警。"他抬起手,往窗外的方向指了指,"以后也不会再回长川了。"

魏然听得瞳孔一震。

民警?

虽然先前在葛星宜屋里见到他的那一刻,不是没有想过他出现在这里会不会是因为已经彻底搬回陆京来了,因为他之前和她提起过他的老家在陆京。但一个在业内赫赫有名、威震四方的刑警,怎么会突然转职成普通小民警呢?

顿了顿,沈叶迦又说:"我下定决心回陆京生活的确有一些缘由,但其中有一部分是因为你。"

一听这话,魏然刚刚还在纠结他调职问题的思绪陡然一顿。过了片刻,她冷冷地说:"一部分?"

"啊,实话。"沈叶迦抬手摸了下后脑勺,"做这么重大的决定,肯定也得存在工作上的理由,不见得全是因为儿女情长想回来追人吧?"

魏然都给他气得发笑了:"你回来多久了?"

沈叶迦想了想:"一个多月,两个月不到吧。"

她深深呼吸了一口气:"哟,你已经回来了一个多月了啊?"

在感情上简直算得上是半个弱智的沈叶迦这才发现自己又嘴瓢了,刚想补救一下,就看到她抬起手轻轻鼓起了掌:"真是给我长见识了,回来追人,一个多月了被你追的人居然连半条微信都没收到过。"

"还是说,被你追的人不是我魏然?"然后她扔下这话,没再犹豫,转过身便大步朝玄关走去。

沈叶迦一看她那气势汹汹的架势,知道自己要是这会儿再追上去,必定脸都被她挠花、毁容。他下意识地跟着她向前走了两步,又在离玄关一米的地方停住步子,破天荒地有些犹豫道:"那你以后想住哪个屋……"

魏然"啪"的一声摔上门:"只要不是你住的那屋。"

第十一章
四叶草

走出四合院大门的时候，深夜里显得更冷冽不少的秋风迎面扫来。

魏然穿得不多，缩着脖子打了个寒噤，但又不太想打车回去。可能是因为心里思绪太多太乱，她想在夜风里走走，好好捋一捋。

她现在租的地方其实离四合院也不算太远，走路的话，大约半个小时也能走到。这个点路上几乎看不到人，她戴上耳机，慢慢吞吞地拐过一个弯儿，经过那个沈叶迦提到的警局，然后继续往大马路上走。走着走着，她忽然毫无征兆地想起了她和沈叶迦初次遇见的那天。

那同样也是一个如此时般的深夜。她当时刚到长川没几天，同组的几个同事为了欢迎她，特意安排了一个迎新聚餐。聚餐结束后，有两个年轻男同事贪玩，还想要拉着她一块儿下一摊，也就是夜店。

很多人都是这样，第一眼看她的相貌，总以为是爱玩的那种，却不料她其实是个只想整天宅在家看自己男神直播的死宅女。但她毕竟刚到新环境，显得太不合群对她未来的工作开展也没什么好处，于是那天就勉强跟着去了。

同事们进了夜店，就跟放虎归山似的玩嗨了，在舞池里扭得头也不回。她大概就在舞池待了两分钟，就头疼得受不了想往外走，但一路上却被不下十个男人上来搭讪。所剩无几的一点儿耐心就这么耗尽，她在群里给同事发了条消息，抓起衣服和包，头也不回地就走了。

没想到，还没走到门口，就又被缠上了。这回上来的几个男的跟前面遇到的那些都不同，长得确实都不错，且家里应该是有点儿小钱，习惯在夜店里横着走。看那样子，估计是平日里想要什么样的姑娘，都能随手搞定。

但她向来不好男色，眼光又比较偏。就算长得再好看，再帅，她都看不上。

起先她不想闹得太难看，全凭意志强忍着在原地你问我答了几句，那几个男的就想把她带回里面的卡座继续深聊，被她一口回绝。

为首的那个有点儿不乐意了，问道："你是有男朋友了？"

她没好气地回："有没有关你什么事儿？"

其他几个摸着下巴，不怀好意地冲着她笑："脾气这么辣，真玩起来应该也很得劲儿吧。"

一听这话，她就来火了，冲着那几个不要脸的东西骂道："谁允许你们用这几张脏嘴诋毁我的？"

对面的几个都喝了不少，本来就处在上头的阶段，听得瞬间炸了，上手就要来抓她。

夜店里这种事几乎每天都在上演，只要不闹得太过分，店里的人一般都会睁只眼，闭只眼。尤其这种男女之间的拉扯，要是多管闲事，一般都讨不到好，到最后有可能还收不了场。

她动作迅猛地甩开那几只伸过来的手，摸出手机拨着号码，冷声道："我报警了。"

"你报呀！"那几个男的笑作一团，"你当警局是你家啊？我倒要看看你能叫来哪个警察？"

"我。"

没等魏然说话，她忽然听到一道低低沉沉的嗓音响起。

夜店的环境光怪陆离，杂乱纷扰。但那道声音却像清冽的泉水一般朝她涌来，瞬间就将她原本烦躁又不安的情绪压了下去。

她蓦然回头，便看到一个高大的男人立在身后。男人身上穿着黑色夹克和牛仔裤，身形精壮，背脊挺直。他的脸生得极好看，但并不是那种皮肤白皙、五官俊秀的类型，而是那种浓眉大眼的英气。眉宇之间，又夹带着只有成熟男人经过阅历后沉淀下来的从容。

那一眼，让魏然这辈子从没有因为任何一个男人跳动过的心脏陡然狂跳，即便对象是个她从未见过的陌生人。

那几个男的一看到他出现,先是因为他身上逼人的气场本能地后退了一步,而后纷纷嗤笑道:"什么警察啊?身上制服都没穿你骗鬼呢?"

男人什么话都没说,直接从腰后取出了警察证,"啪"的一声在他们面前利落地打开。

魏然因为离得最近,借着夜店里变幻着的灯光,清清楚楚地看到了警察证上写着的名字。

他叫沈叶迦。

几个男人互相对视一眼,退却的心思已经浮上了脸,但又因为好事被打断加好面子,不爽地道:"这里是正经夜店,又没做什么见不得人的生意,好端端的,警察来凑什么热闹……"

"要听实话吗?我是来这儿蹲通缉犯的。"沈叶迦这时又开了口,但语气里显然缺乏耐性,"既然没蹲到,也不是不能揪几个别的混账东西回去贡献点儿业绩。"

此话一出,对面几个再也扑棱不起来了,瞬间作鸟兽散。

危机被轻松解除,魏然长吁了一口气,看着沈叶迦,冲他认真地道了谢。

"没事。"他将警察证收了回去,"举手之劳,见不得好好的姑娘家被这种小畜生糟蹋欺负。"

其实到了此处,她感谢完这个行侠仗义的好心人,就该头也不回地立刻离开这种是非之地。但鬼使神差,她的脚就像被粘在了地面上一样,连一步都不想动。

魏然看着沈叶迦英俊的侧脸,居然主动搭话道:"请问,你真的是来蹲通缉犯的吗?"

沈叶迦勾了下嘴角,语气上扬:"骗他们的,你还真信?"见她张了张嘴,他笑意更浓,"真要来蹲通缉犯,我还能这么大张旗鼓地告诉店里的其他人,我难道不怕打草惊蛇吗?"

她也忍不住笑了:"那你是刑警吗?"

他点了点头。

魏然说话也挺直接,下一秒就来了句:"刑警竟然有空来这地儿?"

提到这个,沈叶迦摇了摇头:"当然没空……只能说是今天好不容易得了空,听朋友怂恿,说是让我来这儿放松下一直以来都紧绷着的神经。"

她忍俊不禁:"那你放松了吗?"

"别说放松了,我在这儿待了不到十分钟,就觉得比在外面办案十天都累。"说完,他抬起步子就往外走,"都这把年纪了,我居然还会听信这种话,简直是见了鬼了。"

她跟在他身后,两人一前一后往外走,等出了夜店大门,呼吸到室外的新鲜空气,双双长吁了口气。

夜色中,沈叶迦目光低垂看着她问:"你呢?"

魏然也望着他道:"我和你彼此彼此,硬被拽来的,永生都不想再来第二次。"

他看了她几秒:"你家住在哪儿,我顺道送你回去。"

以往,要是遇到别的男人这么跟她说,魏然想都不想就会立刻拒绝。可是对象是面前这个男人,她觉得自己一直以来设的禁忌,几乎被毫不犹豫地打破了。

太神奇了,他们才刚认识不出五分钟。

"我是来长川轮岗的,现在被公司安排住一家酒店式公寓,就在阳一路上。"

"从这走过去就十分钟。走吧,我送你。"

两人边走边有一搭没一搭地聊着天,居然一点儿都没有刚认识不久的生涩,以至于在走到酒店式公寓门口的时候,魏然还觉得意犹未尽。

深夜、陌生的英俊男人、酒店、从未有过的心动,这几个词组合在一起,一切都有可能朝失控的方向发展。她不是没有这个意识,但她站在酒店前,看着立在台阶上的沈叶迦,却还是低声开了口:"要去我酒店的静吧喝一杯吗?"

她看到沈叶迦轻睐了下眼,而后没多犹豫,便抬起步子,踩着台阶走上来。

静吧人不多,环境很是安静、优雅,适合交谈。他们小酌了几杯,最开始隐约还带着的那一丝距离感便完全消失殆尽。

沈叶迦脱了夹克外套,穿着件短袖,靠在椅背上道:"这儿可比刚才那种鬼地方不知要好多少倍了。"

她忍俊不禁:"所以有时候,朋友说的鬼话不能当真。"

"推荐我去哪儿不好,非要去那种闹哄哄的地方。"沈叶迦把玩着手里的杯垫,"说是从没见过我身边出现任何雌性生物,怕我人憋坏了。"

"懂了。"魏然托着下巴,"是想让你去那儿找艳遇。"

他听了后,静了一瞬。那一瞬间的安静,忽然将他们之间的气氛拉得暧昧了起来。魏然也觉得这话听在耳里似乎有些变味了,她动了动唇,还未说什么,就看到沈叶迦忽然俯下了身子。他身体前倾,手臂支在大腿上,眸子直勾勾地盯着她。半响,他说:"好像确实遇到了。"

主厢房。

俞也洗完澡回来的时候,顺手将照明的大灯关了,所以卧室里此时只留了盏小灯,光线也不算太明亮。但可能是因为他送给她的手链太过闪耀,葛星宜在这并不太亮的光线里,却能借着那细碎的点点星光,看到他眼底最深处藏着的所有情深和温柔。这双漂亮得仿佛黑曜石般的眼睛,她难道曾经真的见过吗?

他提到"小胖子"这个词,已是第二回了。第一回后,她其实就已经挖空脑门儿想了很久,但怎么都没想起来,这个小胖子曾出现在她生命中的哪个桥段里。真的一点儿印象都没有。

"可能再给你一段时间,你也不一定能想得起来。"俞也语气里的幽怨还在,最后像是放弃了徒劳的挣扎一般,"我还是把答案直接给你填上吧。"

葛星宜有些不好意思地看着面前的男人:"我真的很想记起来,但是……"

"没关系。"他微低下头,在她的眉宇间落下一吻,"只要我记得你是我的英雄就好了。"

毕竟我已经一个人,记了好多好多年。

"英雄"这个词一出,葛星宜是真的愣住了。下一秒,就被他低沉好听的嗓音,拖进了他曾独自一人珍藏了那么多年的珍贵记忆里。

"我上初中那会儿,达到了我人生的体重巅峰。"俞也竖起漂亮的手指,朝她比了个数字,"得有这个数。"

葛星宜用大脑消化了一下,傻眼了。她实在无法将眼前这个又瘦又高、身上几乎都没几块肉的男人,跟他比的这个数字的体重联系在一起。

"这么一想,你想不起来小胖子是谁,也在所难免。毕竟我那会儿确实跟现在的外表相去甚远,很难看作是同一个人。

"宜宜,其实在初二之前,我都和你呼吸着同一座城市的空气,我是你的初中同学。"

葛星宜惊讶地张了张嘴,几乎是寻求确认那样在问:"陆京一中?"

268

俞也点了下头,继续说:"出国前,我一直都跟你在同一所初中就读。但我们不在一个班,我比你大一届,教室在你楼上。"

葛星宜想了想道:"我初中那会儿,其实在学校里参与活动还算挺积极的,高、低年级的同学都认识不少。"

如果俞也真的是她初中的高年级学长,照他这长相和性子,她不应该毫无印象。

俞也敛眸一笑:"我那会儿该说是毫不起眼,还是根本没人想搭理?所以才会导致我认识你,你却根本不认得我。"

他身体底子生来偏弱,小时候身体一直不是太好,很长一段时间几乎都瘦骨嶙峋,风一吹似乎就能倒。小学快毕业的时候又意外得了病,医生给开了很多药吃着调理身体。而药物这种东西,无论说得有多好,都一定是存在副作用的,激素过盛的情况下,他的体重从某一天开始忽然急剧飙升。要是个头和体重一起长也就罢了,进初中那一年,他光长体重,个头却完全不动,以至于俞也刚念初中没多久,就得了一个"小胖子"的名号。

十多岁的孩子,很多时候说话都没有轻重。本来叫"小胖子"这个昵称似乎本意只是为了拉近关系,但叫着叫着,就变了味。因为某天他经过同学书桌的时候,动作幅度稍稍大了点儿没注意,将人家桌上的饮料和零食都不小心打翻了,自那之后,就有同学开始玩笑着叫他"死胖子"了。而且,那个时期的孩子总会想方设法惹人注意,或者说以一个出挑的孩子为首,形成一个小团体,在班级中造成一定的势力影响,获得"班霸"地位。

当时俞也班里就有这么一个男孩子,长得好,成绩也好,受人追捧。男孩子飘飘然,身后有了一群"小跟班",逐渐就开始不满足于现状了。

那天放学,那男生带着几个同学来到他书桌前,吊儿郎当地敲了敲他的桌角:"死胖子,听说你家很有钱啊?既然这么有钱,怎么不请同学喝杯奶茶、吃个饭呢?"

他当时在收拾书包准备回家,听到这话,便答:"我不问爸妈要太多零花钱。"

"那你身上有多少?"那男生又说,"有多少先拿出来,起码也算是尽了你想拉近同学关系的诚意。"

他性子本就内向寡淡,话不多,更不喜与人发生争执。见对方来势汹汹,一副不达目的不罢休的模样,他为了息事宁人,将父母给的这一个星期的零花钱都从书包底层翻了出来:"就这点儿,你们要喝哪家的奶茶?"

却不料,对方直接劈手拿了钱,转身就走,也没说要捎上他一起:"不用你操心,我们自己去买就行了。"走了两步,还不忘回过头冲着他笑,"再说了,你都已经胖成这样了,还喝什么奶茶啊？"

就连他们人已经离开了班级,他都能听到走廊里回荡着的阵阵讥笑声。人心都是肉做的,听到那些话,他心里不是没有感觉,只是听得多了,都已几近麻木。

他当时以为这样就算结束了,却不料,这种隐形的校园欺凌,一旦开始,就很难停止,且开始越演越烈。

最开始只是这个男生带着人来找他麻烦,到后来不知是不是事情被传开了,其他班级的人也闻讯开始找上门来。有时候是来问他要钱,有时候就是单纯借着他的体重来看他笑话,引他出糗。

俞家父母做生意忙,常年在各地奔波,几乎不着家。他其实很早就应该选择告诉他们,但每当难得能和他们见一面,到了嘴边的话就不自觉地又吞了下去。

他想,这也算不上是什么天大的事,犯不着让父母为他担心。

他也不是没有想过要寻求老师的帮助,但那些来欺凌他的人里,有好几个都是老师的心头宝。老师根本看不到在他们阳光正面的形象下隐藏着的非善意的一面。他就算去说了,老师也不会相信。因为对比由于之前生病时休过学从而赶学习进度有些吃力、身材矮胖又性格沉闷的他,怎么看,都会是其他孩子更值得喜爱与相信吧？毕竟不是每个人,都愿意去看表象下的真相的。

这样的煎熬持续了整整一个学期,在这个学期快要结束的那一天,他领了成绩单就攥着书包飞快地跑下楼,想赶紧回家。谁知,还是被那些盯着他的人给追上了。

那些孩子在他要上车前将他拦了下来,把他抓到学校体育馆的后门。他的书包被抢过去,翻了个底朝天,扔在了垃圾桶旁。

"死胖子,马上就要放假了,你的同学想潇洒潇洒,需要你的支援。"

那一个学期,他几乎都处于身无分文的状态,仅余下的一些钱被他偷偷藏在了校服的内侧口袋里。他当时坐在地上,冷眼看着那些人说:"前几天就全都给你们了。"

"那就再开口问你爸妈要啊！"为首的那个男生这时走过来,将他的手机往俞也手里重重一丢,"来,打电话给他们,让他们立刻给你转账,就说你要和同学出去玩。"

他没说话,也没动。下一秒,就看到旁边的其他人伸出脚来踹他的身体:"让你打啊!聋了吗?"

辱骂、击打、威胁……那一瞬间,他感受到了铺天盖地的恶意。即便现在回想起来,他都能清楚记得当时心里最直观的感受——绝望又无助。

他不想向这些恶意示弱低头,所以当被围攻的时候,他从头至尾都没有发出任何一声痛极的叫喊,脸上也没露出任何他们想要看到的恐惧和惊慌,因为那会让他们的恶意越发膨胀扩散。

不知挨了多久,他忽然听到一道清脆的声音在耳边响起:"你们在干什么?"

身上的那些拳打脚踢被迫停了下来,他松开抱着脑袋的手,抬起头。

夕阳的光笼罩在整个体育馆的上空,他看到一个清秀好看的女孩子推开门朝他们的方向走了过来。女孩子皮肤很白,扎着马尾,纤细的手腕上戴着一条水晶手链。他看着她快步走到他的面前,替他捡起地上的书包,把被翻得乱七八糟的书和笔统统都塞了回去,然后将他的书包拉链利落地拉上,拎在了自己的手里。

"学长们,别跟我说你们这是在和同学友好互动。"女孩儿背对着他挡在他身前,毫不畏惧地和面前的几个大男孩对峙,"我不瞎,友好互动不是这样的。"

几个男孩互相对视了一眼,其中一个笑着说:"学妹,你来这儿凑什么热闹?"

"我来体育馆帮老师一起整理新到的一批运动用品,听到这边有动静,就过来看看。"女孩儿不慌不忙地说,"老师现在就在后门旁边的储物间,如果你们想,我可以立刻叫他们过来。"

"你这算是在威胁我们吗?"

"算不上威胁,只是善意地提醒。我记得你们下学期都要竞选优秀学生代表吧?如果今天的事被发现传出去,应该会对竞选造成不小的影响。"

话到此处,几个男生的脸色都变了。他们有些不爽地盯着面前的女孩,却从她的脸庞上看不到半点儿忌惮与慌乱,她就像是在陈述一件再平常不过的事。

"喊,"半响,为首的那个瞪了俞也一眼,拍了拍旁边人的肩膀,"被搅得没意思了,走了。"

后门被合上，脚步声渐渐远离。

他动了动眸子，就看到面前的女孩这时转回身，半蹲下来，耐心地朝他伸出手。

因为刚刚一直被压在地上围攻，他的手掌和衣服上都沾到了不少泥土和灰尘。可女孩就像是根本看不见那些土和灰一般，对他说："来，我拉你起来。"

他定定地看着她，沉默片刻，终于将手放在了她的手心里。

女孩扶着他将他拉起身，而后替他拍了拍背和臂膀，然后将他的书包递还给他，问道："他们应该不是第一次这么对你了吧？"

他没作声。对上女孩子那双澄澈明亮的眼，他只觉得现在这样灰头土脸的自己似乎配不上同她搭话。

"我真没想到他们背地里是这样的人，你有想过去跟老师说吗？"

"没有。"

"为什么？"

"老师不会信我的。"

女孩子动了动唇，还想说些什么，他就已经略有些仓皇地提起步子准备离开。走到后门的地方，他转回头，最后再深深地看了女孩一眼："谢谢你。"

那是他年少时代，跟她说的最后一句话。

下半学期开学的时候，他用尽一切办法悄悄调查，终于知道了那个在体育馆后门帮助他的女孩叫葛星宜。她比他低一届，性格温和善良，笑起来明媚如阳光，有不少人都很喜欢她。她习惯性扎马尾，手腕上一直戴着一根缀着小行星图案的塑料水晶手链。

因为那次被葛星宜撞见的缘故，先前欺负了他一个学期的那些人似乎略有收敛，找他麻烦也没有那么频繁了。他才终于得以喘息，抓紧一切机会，在学校里和她相遇。

在体育馆，在操场，在校门口，在食堂……无数次假装与她擦肩而过，只是为了能多看她一眼。他将她整个人都在脑海中描绘了千百遍，连她每一个细微的表情都烙印在了心底最深处。

初一下半学期结束，他跟着决定把业务重心转移到海外的父母去了美国。离开学校的那天，他悄悄去了她所在的班级，站在窗边看了她许久。她正在和同学专心说话，时不时地露出笑容，从始至终都没有注意过窗户

272

这边。

他年少时所有细小的情绪、认真的恋慕与正向的情感,全都给了这个甚至都不知道他名字、不记得他是谁的女孩。但她在他的故事里,却是光芒万丈的无冕英雄。

俞也讲到这里的时候,忽然停顿了下来。因为他看到,靠在他怀中的葛星宜满脸都是泪。但她好像都不知道自己落了泪,只是专注地听着他说话。

俞也抬起手,将她脸颊上那些晶莹的泪花一一抹去,嗓音里透着股淡淡的懊恼:"我今天一天都让你哭几回了?"

此话一出,葛星宜倒是立马让他给逗笑了。她一边笑,一边又有泪从眼角滚落下来,止都止不住。

俞也看得快要自闭了:"要不我还是别说下去了吧。"

"我还想听。"葛星宜抬起手,扣住了他抚在自己脸颊上的手,"因为我已经记起来了。俞也,我想起你来了。"

那天在体育馆后门帮过他之后,她其实留意过这个被高年级学长欺负的男孩子,只是一直都没有找到他。

那个男孩子不参加学校的活动,平时课间也基本不会出教室,她假装去楼上找同学说话转悠过几回,也从来没碰见过他。出于礼貌,她又不可能仅凭所知道的他的体形特征,跑去高年级那些班级一一询问。

也不是没想过去跟那几个学长的老师说这件事,但她手无证据,又不是高年级的人,仅凭一面之词,老师会信的可能性很小,说不定还会觉得是在有意诋毁自己的得意门生。

或许也因为年纪小,她心底还是有那么一丝丝的退却。因为一直找不到人,时间一长,她便也渐渐地将这事忘在脑后。

直到后来的某一天,高年级出了件事。

有个学姐和她关系好,闻讯后立刻就跑来告诉了她:"彭义和邓非他们几个被处分了。"

她张了张嘴:"为什么?"

"谁能想到所有人都崇拜喜欢的优秀学生代表居然是校园暴力的主谋呢?"学姐一脸唏嘘,"有人把他们欺负勒索同学的视频拍了下来,发给了教导主任。"

那一瞬间，已经被她忘却的记忆突然如排山倒海般朝她袭来。

"他们居然还在做这样的事……"她感叹道，"我以前看到过他们欺负同学。"

学姐惊讶道："真的吗？欺负的是谁啊？"

"我不知道那个男生的名字。"

学校处分的公告一出来，瞬间引起全校的轩然大波。

其实这种事已经存在了很长一段时间，有的人推波助澜，有的人看热闹，也有人有心想制止但始终不敢去讲。可是一旦有了第一个愿意站出来说的，并发现能让那些欺负同学的人受到惩罚，就会有越来越多的人也愿意站出来。无论是被欺负的，还是旁观的，都在变得勇敢起来。

那天放学，她鬼使神差地走到了彭义所在的班级，随手抓了个还在整理书包的同学，问道："请问，你们班有没有一个看着不是特别瘦的男生？"

那同学一脸莫名："不是特别瘦？胖子吗？我们班没有特别胖的。"

她没再多问，刚准备离开，又听到那同学说："啊，我想起来了！"

她从教室外回过头。

"以前我们班是有这样一个人，他还因为胖被欺负过，但是后来转学了。"

"什么时候转学的？"

"初一结束就转啦，他爸妈带着他去国外了。"

…………

葛星宜将自己想起来的这些事向俞也娓娓道来后，轻声说："到头来，我还是忘记问那个同学，你叫什么名字了。"

再加上他现在和过去的形象实在相去甚远，才造成了她即使被提示过，也完全没能把他和当时那个自己帮助过的男生联系在一起。

俞也听完这些，用额头抵了抵她的额头，安慰道："真的不怪你。"

"怪我。"她摇了摇头，有些倔强，"但我现在全都记起来了，俞也，这个故事不再是你一个人的秘密了。"

"嗯。"俞也语气尤为低柔，"是我们两个人的秘密。"

"而且，那些欺负过你的人，最后都没有落得好下场。他们被处分、被撤职、被摘去了所有光荣的名头，最后连中考都没有考好。"

他们造成过你的绝望和无助，所以都得到了应有的惩罚，这是他们欠你的。

"其实后来去了国外,又长大了不少后,我想过如果再来一次,遇到这样的事自己会怎么做。"俞也这时说,"我想,我应该会选择第一时间就站出来揭发他们,无论有没有人会相信。"

"总会有人信的。"她望着他,"我会做第一个相信你的人,也还是会来帮你。"

她话音落下,便轻轻抬起手,钩住了俞也的脖颈,然后将他的脑袋朝自己这边拉过来,用力地抱住了他。

"抱歉,一直都没有认出你来。当时的我也还是不够勇敢,如果再给我一次机会,我一定会追上去问你的名字。然后陪着你一起去揭发他们,帮着你说服老师,那样你就不会转学了……"

那样,你就会被更早些解救出来,更多的人也都不会遭受这样的事。

如果再来一次,我还会像这样抱住你,告诉你,你不是一个人,不需要感到害怕。

俞也靠在她的脖颈边,轻轻地闭上了眼。过了良久,他才重新睁开眼睛。因为光线暗,葛星宜没有注意到他的眼尾有一抹淡淡的红。

"宜宜,"他这时抬起手,用拇指抚了抚她的嘴唇,"能够和藏在我心中那么多年的那个无冕英雄姑娘变成现在这样的关系,对我来说,已经是梦一样美好的事。并且,我当时转学并不是因为被欺凌,而是我父母要到海外去做生意。他们还在海外找到了很好的医生,将我的身体调理好了。"

身体调理好后,他便下定决心开始减肥。除了课业时间外,他整天泡在健身房,搭配上严格的节食食谱,几乎没过多久,就瘦了下来。而之前一直被按了暂停键的个头也从某天开始忽然拔高,一举蹿到了现在的高度。

自那之后,俞也就再也没胖过,后又因为工作导致的颠倒作息、吃饭有一顿没一顿,便瘦得更加厉害。可能是因为最开始那波减肥实在太猛,从而导致的后遗症就是——他特别怕冷。所以有他在的环境,温度一般都会调得特别高。出门也总喜欢裹得严严实实,就算大热天也是如此。再加上长期待在室内不爱出门,他还有些畏光。

某人身上神奇特性的一大半终于在今天都得到了合理的解释,葛星宜心中不禁倍感唏嘘。

"很早之前,沈叶迦有次追跨国逃犯追到了纽约,机缘巧合之下我和他认识了。"俞也说,"那天他来我家喝酒,酒过三巡,我和他提了一嘴因为过去的遭遇,心里一直住着一个女孩子,但他以为我喝多了,在吹牛。"

她忍俊不禁道:"要是我不是当事人,我可能也不会这么轻易相信。"

就因为当年自己无意之间的举动,居然让他一记就记了那么多年。葛星宜想了想,忍不住又问:"你那么多年,就……从没想过要跟别的女孩子谈恋爱吗?"

俞也摇了摇头。

"就因为……一直喜欢我吗?"

"嗯。"

就因为喜欢你。喜欢那个会对当时根本不会有人想在意、想要帮助、弱势又不起眼的我伸出援手的你。喜欢那个从少时开始,就明亮、善良又温柔的你。一直一直都喜欢你。

"但是……"葛星宜咬了咬唇,眸色变暗了些,"我其实也已经变了很多,那个时候的我要比现在性格更开朗外向吧。"

因为父母离异、亲人离散,越来越接受不到关心与爱护,再加上后来父亲离世,从以前那个喜欢活跃在大家视线里的葛星宜,慢慢转变成喜欢隐在人群中的性子。对情感越来越迟钝,与人相处也越来越慢热。

她想了想,又问:"俞也,你有没有想过,我可能已经不是你记忆中的那个样子了?"

俞也听了这话,却弯唇一笑说:"你是。无论你表象上的性格和处世方式是不是发生了改变,但你的内核一直都没有变过。"

他的话里肯定意味十足。

葛星宜更为愣怔:"为什么这么说?"

他的眼底闪过一丝难得的狡黠:"我一直在关注你的微博。"

"微博?"

"嗯。"

"你怎么知道我微博的?"

她的微博她都没告诉过什么人,基本就是自己用来"潜水"、网上冲浪,还时常会发些碎碎念和日常,私密性还是比较强的。

"花了点儿功夫,找到了以前初中同学的微博,然后顺藤摸瓜翻了很久。"俞也说,"所以才会知道你对很多事情的看法,知道你喜欢柠果味的食物,知道你谈了恋爱又分手,知道你的四合院要挂牌招租。"

她慢慢瞪大了眼睛。

"我其实好几年前就已经从纽约回到了陆京,一回来就想过来找你。

但看到你当时有男朋友了,所以就没有来。"

之后就是一直默默地在等待。终于等到她找租客这个机会。

葛星宜想了想自己平时在微博上发的那些胡言乱语,捂住了额头。不得不说,那确实是最真实的她。因为觉得没有人会看,所以口无遮拦,想到什么便说什么。

"所以,"他见状,勾了勾唇,"即便那么多年都没见到你,我就是那么肯定,你一直都是你。"

其实他还有些别的小心思在。原先的葛星宜,从身体里散发出来的光芒和能量会让很多人看到,也因此吸引了很多人;现在的她,将那些往外扩散的光都收了回去,藏得深深的,只有离她最近的人才会感受到。那就只让他一个人知道便好了。那是只有他才能独占的光和温柔。

俞也这时牵起葛星宜的手,与她在被窝底下,紧紧地十指相扣。他就这么一眨不眨地看着她说:"我人生最丑的时候喜欢上的女孩子现在成了我的女朋友,说明了一个道理——每个胖子都是一只潜力股。"

葛星宜愣了一秒,忍不住破涕为笑。她感受着他的怀抱和他手掌心的温度,默默地往他的怀里钻了钻。

"俞也。"

"嗯?"

"知道我为什么会喜欢上你吗?"

可能是因为今晚听他说了那么多她原先或许一辈子都不会知道的事,她忍不住就想要把以自己的性格不太会说出口的话告诉他。

俞也沉默两秒,问道:"是因为我的脸吗?"

葛星宜:"……"

她抬起头,看到了他眼底更盛的狡黠。

"虽然我对别的女孩子没兴趣,但也不是不知道她们是怎么看我的。"

"别臭美了,好吗?也小胖。"

虽然他说的也有一半的道理就是了。

只是,除去他出众的外貌,最吸引她的,就是他身上的那些奇奇怪怪,沉默冷淡的性子、异于常人的举止、笨拙青涩的求爱,还有从这些里透露出来的……一颗最善良澄澈的心。看到他,她就会觉得安心。因为这个人的身上,存在着值得她永远相信他的能量。

当年那个他,在被欺凌的时候,从未想过要报复回去。甚至现在谈及这些,他对那些欺负过自己的人,都没有任何憎恨、厌恶的情绪。他从未想过要用不好的情绪去回报曾对他不是那么善意的世界。

这就是她深深喜欢着的人。

葛星宜想要说的煽情肉麻话被俞也不识趣地打断,索性打了个哈欠,靠在他胸膛前,闭上了眼。

俞也这时抬手揉了揉她的发,抱着她的手紧了紧:"睡吧……好好养精蓄锐,等我搬来救兵再继续未完成的事情。"

葛星宜因为困倦,有些浑浑噩噩:"救兵?谁?"

"一个拥有稀世珍宝的朋友。"

即便已经过去了许久,魏然还是能够很清楚地记得那天发生的所有细枝末节。

那段关于"艳遇"的对白结束后,她原本在夜店就开始不同往常般跳动的心脏,几乎已经到了紊乱的程度。

她和沈叶迦后来又喝了不少。酒精的浓度也比最开始叫的那些酒要高,连酒量豪迈如她,喝完最后一杯的时候,都有些晕乎乎的了。也因此,她原本想让服务生将酒账挂在她房间下,却因为行动迟缓,被沈叶迦抢先一步买了单。

"能走得动吗?"沈叶迦买完单回来,低垂眼眸望着她,"需要我送你上去吗?"他看上去丝毫没有醉意,连脸上都没带红的,只能从气息之间闻到那丝醇香的酒气。

魏然看了他一会儿,没吭声,却从包里翻出了自己的房卡,递给了他。

其实那个时候她并没有完全醉,还有一半清醒的意识,所以将房卡递出去的瞬间,她是知道自己在做什么的。所以之后发生的一切,就不能完全说是意外了,多少带了点儿心照不宣。

沈叶迦半扶着魏然将她送进房间后,房门顺着惯性在他们身后轻轻合上。太安静了,安静到彼此的整个耳郭里,都只充斥着对方越来越急促的呼吸声。

魏然腿动了动,因为身上没力气,所以差点儿朝地上跪下去,但沈叶迦的手几乎在同一时间就托住了她的腰。也因此,其实她完全不会摔倒,但她还是下意识地伸手钩了一下他的脖颈。

这一勾,却将原本的平衡完全打破了。

沈叶迦整个人几乎都被魏然拉到了身上，完完全全地覆着了上去。

房间里漆黑一片，只有未拉上窗帘的落地窗外，映衬着整个城市灯光弥漫的夜景。魏然背靠在衣柜的镜子前，看到了沈叶迦近在咫尺的漂亮眼眸里倒映着的点点光亮。亮得人心痒难耐。

在彼此交错混乱的呼吸声中，魏然张了张嘴问："你会吗？"

沈叶迦搂着她纤腰的手紧了紧，俊挺的鼻梁抵着她，嗓音低哑道："试试不就会了？"

话音落下，他霸道强势的吻就印了上来。

或许是酒精的作用，魏然当时脑子里没有半点儿对未知的恐惧。他们就像是生来便应该契合在一起的模样。不知过了多久，她甚至感觉连稀薄的晨光都从没有拉窗帘的窗户外透了进来。而她自己，则像一条脱水许久、已经奄奄一息的鱼。

魏然一动不动地趴在床上，侧过脸，看到沈叶迦翻身下了床。之前抱着他的时候略有察觉，此时借着光亮她才看清，他坚实的背上确实有几条疤，有一条还特别深，看着多少有些狰狞。应该是刀伤。

她心中涌起酸涩，动了动唇，气若浮丝："疼吗？"

沈叶迦收拾的动作一顿，侧过脸，勾起一抹坏笑："猫挠似的，怎么会疼？"

她一愣，才意识到他以为是问抓在他背上的那些深深浅浅的指甲痕。

沈叶迦收拾完一地狼藉，过来抱人去浴室。洗完澡出来，魏然裹着被子累极了，准备入睡，却看到他站在床边穿衣服。她半眯着眼，开口噎他："都这样了，还装什么正人君子回家睡觉啊？"

沈叶迦拉上裤子拉链，笑道："哪有空睡觉？回去抓犯人了。"

她瞠目结舌，就看到他穿好衣服走过来，将自己的手机递到她的手边道："微信号给我一下。"

魏然咬了咬唇，伸出绵软无力的手指，将手机号输了进去。沈叶迦添加完好友，将手机放回衣服口袋，俯低身子，在她还有些发红的眼尾落下一吻。

"忙完联络你。"

魏然作为成年人，知道人最好不要对自己很想要的东西抱有太多期待。因为她很清楚自己对沈叶迦产生了从未对任何男性有过的好感，所以她会不自觉地期待着，那一晚之后他们会不会有更多的来往。

很可惜，并没有。

她每天都会打开好几次自己和沈叶迦的微信对话框，也想过要给他发些什么。比如，问他在忙什么案子、怎么还没忙完；又如，质问他为什么一点儿都没想过要联络她，哪怕只是日常的问好。到最后，她都放弃了，开始劝自己，何必把他那句"再联络"太当真，兴许人家就只是说说而已。

就在她已经在思考要不要把沈叶迦删掉的那一天，他来了个电话。

"刚落地长川，来你住的地方找你？"

语气干脆利落，甚至连个寒暄的开场白都不打。

她捏着手机，本来想冲他回一句"你算老几，想来就来想走就走"，可话到嘴边，又生硬地转了个弯："晚上八点之后。"

"行。"

某人一向言出必行，八点准时按响了她房间的门铃。结果进来之后，连话都没说上几句，两个人就相继进了浴室。

此后这便成了常态。

别说正儿八经的约会了，两个人甚至连一起外出吃饭都鲜少。每回能碰上，基本不是在她酒店，就是在他家，并且都是闭门不出，饿了就叫外卖，或者自己随便煮点儿馄饨和面。极偶尔的时候，他高抬贵手没缠她太久，两个人会窝在沙发上找部老电影看看。没看多久，等她一回头，就看到身边的男人已经沉沉睡去。他连睡着的时候，脸庞都是紧绷的，眉宇间轻皱着，似乎在睡梦中还在思索着什么关于案子的问题。

她看到后，原本心里的恼火就会不自觉地变淡，轻轻起身去床上搬了被子过来，替他和自己盖上，靠着他的肩膀陪他一起睡。

快要回陆京之前，她原本想趁见面时跟沈叶迦谈下自己要回去的问题，却一直找不到机会。可能是长久积攒下来的对他这种糙汉行为模式的怨愤，她故意二话不说就离开了长川，甚至连条口信都没留。

她其实就是想看看，等他忙完后回来发现自己走了，会不会急不可耐地来寻她。

可这一走，却再也没有他的消息。到最后，她自己却因为整天挂念着他，而过得终日魂不守舍。

当想到这里，魏然发现自己的眼睛已然酸胀不堪。不知不觉间，她也已经从四合院走回到了自己现在的住处，拿出门卡刷了楼下的门禁，拉开大门，拐弯要进电梯的时候，她无意中余光一瞥，竟发现好像有个人正站在她家楼下的台阶下。

应该是一路跟随着她回来的。

脚步顺势停顿，魏然回头看过去，看到了沈叶迦的脸庞。就在这时，手机铃声响起，她摸出手机看到那个来电号码，一直没接。

第一遍铃声结束，第二遍又响起。

而原本站在台阶下的男人，也慢步走到了和她仅仅一门之隔的大楼门外，眼睛一眨不眨地盯着她。

魏然逼退了眼底拥堵酸胀的泪意，终于将电话接起来，贴在了耳边："强抢民女未遂不够，还要尾随回家继续作案吗？"

她的语气依然很差，沈叶迦却还是没有丝毫动气："太晚了，你一个人走回来危险。"

"不劳沈警官操心。"她静静地听着自己的声音在电话里的回声，"毕竟我最想要你担心我的时候都已经过去了，现在我怎么样都和你无关，我也不想再在你身上耗费一点儿精力。"

说完这话，她刚想要挂电话，却听到他低声唤她："小未。"

"以前是我太粗糙，太不会跟女孩子相处，一门心思都在处理案子上，其他事都不过脑。"他捏着手机，仿若拿出了全身十二分的耐心，"认识我的人都说我活该单身一辈子。"

"我没谈过恋爱，你是唯一一个。虽然你可能认为那不是在恋爱，但我只喜欢过你，也只会一直喜欢你。"大约是怕她挂电话，沈叶迦的语速很快，"所以请你相信，我绝不是不在意你，我从没有像在意你这样在意过任何一个女孩子。有你在的地方，我的目光只会追在你一个人身上。"

他的目光直而锐利，穿过大门的玻璃，锁定在魏然的身上。魏然能无比清晰地感受到那份独属于他的专注和执着。

"我确实在这方面太过蠢笨，说话难听，脑子转不过弯儿，所以没能早点儿来追回你。你再怎么样因为以前的事怨我、恨我都是应该的，我今后一定会尽全力好好加倍补偿你。"

"你知道我言出必行，从不说虚话。"沈叶迦顿了顿，"如果我是因为要面子不愿意把你追回来，我今天就不可能站在这儿了。我对上你，就从没想过要面子。"

他这些话，都已经带上了一丝委曲的意味。

从两人相识至今，魏然从未见过沈叶迦像这样说话。在她的印象里，他也不是会说这种话的人。此刻的沈叶迦,却仿佛卸下了身上所有的骄傲、强势和锐利。只是因为她。

她不免想起过去,哪怕自己对着他再怎么语气不好、脾气冷硬,他好像也从没对她有过一点儿脾气,只会在别的地方讨回来。甚至有时候他看过来的眼神和对着她的笑,都让她产生过自己是被他放在心尖上宠爱着的错觉。

"所以,你能不能再给我一次机会?"

沉默延续了很久,到最后,她听到他这么问。

魏然轻轻合了合眼。她将自己心中所有的动摇、汹涌翻滚的情绪和几乎要满溢出来的泪意都摒弃在了一边,抬手挂断了电话。然后,她走到门边,隔着玻璃,一字一句地对他说:"不能,因为你来迟了。"

"你来得太晚,我已经不想要了。"

一夜过去。

晨间的明媚阳光洒落在整个偌大的四合院里,将院内点亮了一夜的灯光、烛火都掩下去了。

葛星宜还在睡,俞也却因为惯常的生物钟,夜里睡得比较浅,这时已经悄悄下了床,准备回自己屋去。吴瑞那小子今天还要过来,估计不久就要到了。

谁知道他刚一推门,就看到沈叶迦大马金刀地坐在西厢房门口,手边则散落着一地的烟蒂。

沈叶迦身上穿着外衣,英俊的脸颊上带着一丝淡淡的倦色。看那样子,似乎坐在那儿一夜未眠。就算是傻子也能猜得到,但凡昨晚他搞定了魏然,也不至于是现在这副凄惨模样。

那一瞬间,被整个四合院群嘲了许久的"院欺""大金毛",简直别提有多扬眉吐气了。

俞也一扫身上浓重的起床气,大步朝大舅哥走去。走到沈叶迦面前站定后,他居高临下地望着沈叶迦,一贯冷冷的语气里居然能听出一丝浅显的愉悦来:"恭喜你又被甩了一次。"

沈叶迦听到这话,额头的青筋跳了跳。

"别逼我。"过了片刻,沈叶迦抬眸看了他一眼,"我真动起手来,就算宜宜出来哭着求,我也不会停。"

俞也连眉头都没动一下："你四肢发达、头脑简单的毛病，真是一辈子都没救了。"末了，他还补上一句，"难怪人家姑娘会甩你一次又一次。"

沈叶迦捏了捏自己的掌心，想起身给这欠揍玩意儿一点儿颜色瞧瞧。下一秒，就看到倒座房的门开了。

只见惠熠手里拿着摩托车钥匙，轻轻合上门从屋里走出来，整个人浑身上下都透着肉眼可见的舒爽。他眸光一抬，看到西厢房门口的两个男人，冲他们笑着打了个招呼："早。"

沈叶迦动了动唇："惠医生，去医院了？"

"今天调休。"惠熠抬步朝他们走过去，"我去给布布买早点，她估计一时半会儿起不来。"

走动之间，他运动服的领口略有些滑落下来，也能让沈叶迦和俞也无比清晰地看到他肩膀上隐约可见的丝丝暧昧红痕。用鼻子想，都想得到他昨晚的生活有多滋润多彩。

两个刚刚还打算开启新一轮比拼的人瞬间歇了菜。

等走近了，惠熠打量了下沈叶迦，眼底浮现一丝意味深长的笑："你昨晚也一宿没睡？"

那个"也"字，简直如一把刀猛插在了沈叶迦的心口。沈叶迦觉得刚刚被俞也激起来的那股气，顿时变得更严重了点儿，没好气地回："不是你以为的那种。"

"这样啊，抱歉，是我误会了。"惠熠微微一笑，将话题轻巧地引了开，"对了，俞也。"

俞也面无表情，直觉这腹黑东西刚重伤了沈叶迦，这会儿又要来给自己下套。

果不其然，就听到惠熠冲着他道："江挽川今早给我发了微信，让我嘱咐你有什么不懂的事可以来咨询我，毕竟他最近忙着结婚的事，可能不一定有时间回你。"

俞也："……"

两刀精准捅完，惠熠冲他们俩潇洒地摆了摆手道："先走了，买早点的地方要排队。"

目送着惠熠骑着摩托车的背影远去，沈叶迦"啧"了一声，笑骂道："我本来以为江挽川已经够黑的了，没想到这惠熠简直有过之而无不及啊！"

怎么四合院里尽是这些黑心肠的家伙？

283

刚刚还乐颠颠地奚落沈叶迦的俞也在惠熠这里吃了一记闷拳，好脸色瞬间烟消云散。他猛然发现，得意扬扬了半天，自己居然还是垫底的。

俞也面无表情地抽了抽嘴角，心态又滚到了爆炸的边缘。他也没心思再和沈叶迦斗了，一甩手准备回房里去催救兵。没想到，刚动了下步子，他和沈叶迦的手机居然同时响了起来。拿起一看，发现是手机新闻应用的自动消息推送。

"当红顶流演员江挽川刚在微博上甜蜜晒出结婚证，继前天的求婚、昨天的息影后，火速官宣与爱人喜结连理！堪称是宇宙速度！"

沈叶迦："……"

俞也："……"

还有完没完了？

等葛星宜醒过来的时候，时间已经接近中午了。没想到昨晚头一回和人同床共枕，她竟睡得意外地踏实，安心，很难得地睡了个懒觉。幸好她临睡前机智地跟老板请了假，今天可以好好在家休息休息。

葛星宜揉了揉眼，估摸着自家"大金毛"应该是回去工作了，便赶紧翻身下床，打算去厨房给他弄点儿午饭送去。

刚洗漱完走到客厅，就听到门外似乎有人在说话。她推开门，发现是吴瑞和另一个也经常来找俞也的小伙子应宵。

两人说话的声音一顿，齐齐转过身，挺直了背脊，冲着她恭敬地喊道："嫂子早！"

她忍俊不禁："早什么，这都已经中午了，你俩吃饭了没？"

"还没呢。"吴瑞虚弱地挠了挠头，"来找也哥，没说上几句就被轰出来了，我俩在讨论着到底是继续在这儿等，还是去吃个饭再回来等。"

旁边的应宵一脸苦大仇深："也有可能明天再来，感觉也哥今天心情好差……"

葛星宜一怔："心情好差？"

吴瑞和应宵点头如捣蒜："简直了，浑身上下都在散发着浓浓的黑气。"

不应该啊！经历过昨晚，他就算心情没有好到上天，至少也不该好差吧？

葛星宜这时看了一眼房门紧闭的后罩房，冲吴瑞和应宵招了招手："先进屋，我给你们随便弄点儿吃的，等会儿我和你们一块儿过去找他。"

家里有面条、青菜和煮好的肉糜,她没弄得太复杂,再加了个蛋,煮了几碗清爽的面条。

两个小伙子估计也是等饿了,面条一端上来,道过谢,就开始一阵毫无形象可言的狼吞虎咽。葛星宜看他们俩那吃相,既想笑,出于礼貌又只得忍着。

"太好吃了,呜呜呜!"吃到一半,吴瑞忍不住抬头感叹,"嫂子,你是厨神吧?"

"哪有那么夸张?"她又给俩小伙子加了点儿面,"你们平时都吃的什么?"

应宵咬着面条,嘴里含糊不清地道:"盒饭、泡面。"

葛星宜见状说:"我等会儿就叫你们也哥给你们涨工资。"

一听这话,两人齐齐摇头如拨浪鼓:"不用!"

"也哥给我们的工资可高了!"吴瑞放下筷子,用纸巾抹了抹嘴,"打着灯笼都找不着那么阔气的老板!"

应宵跟着补充道:"就是,就是,我朋友都快羡慕死我了!嫂子,你可不知道有多少人挤破头都想来咱们公司,可惜也哥早就不招人了。"

葛星宜又问:"那既然工资给得高,你们怎么还整天吃盒饭、泡面?"

两个小伙子对视一眼说:"跟也哥学的。"

葛星宜满头黑线,嘀咕道:"怎么尽跟他学些不好的?"

她虽然和吴瑞他们认识也挺久的了,但每回他们过来时都很匆忙,基本找完俞也,紧接着就被轰出院门,根本没时间和她说话。再说,就她家"大金毛"那个黏她的程度,连沈叶迦来找她都得看他臭脸,她还能得空跟别人多说几句?

难得有今天这样的机会,葛星宜托着下巴,循循善诱道:"来,跟我说说,你们心目中的也哥是什么样的啊?"

吴瑞"嘿嘿"笑了声,语气可骄傲:"也哥就是我们的男神!"

应宵也赶着补上一句:"长得超帅,比明星都帅。"

"还不花心,贼专一。嫂子,他从来没给过任何女孩子一个正眼,我用我下半生的幸福做担保。"

"以前碰到过一个客户,长得超漂亮,身材也辣,过来谈生意的时候看上也哥了。第二天,那姑娘又过来拜访,因为是夏天,穿得贼性感,还一直要往也哥身上贴。"

"结果也哥换了个座位,顺便把空调温度调到了三十摄氏度。最后那姑娘差点儿中暑,从此再没敢打过也哥的主意,可把我笑惨了!"

这俩嘴上没装阀门的玩意儿一唱一和,跟唱戏似的,越说越起劲。葛星宜发现,压根都不需要她引导,他们自己就能把知道的全一股脑儿地给倒个干净。

于是,她听得格外有兴致,还顺口逗道:"还有吗?"

"当然还有!"吴瑞一个大喘气,"最重要的是,咱们也哥贼聪明、贼有本事,还贼有钱!"

"有多聪明?"

"世界顶尖名校商学院毕业,本科还修了个双学位。"

"有多有本事?"

"当别人还吃用着父母供给的,他高中刚毕业那年就已经赚到了人生的第一桶金,在纽约买下了一套大别墅!大学的时候,他就已经成立了自己的公司,当了老板!"

葛星宜听得心中大为震撼。虽然她都能隐约感觉出来她家"大金毛"非同一般,但也没想到有那么不一般。

谁知道,重头戏还在后头。

她深吸了一口气,缓了缓,而后轻声问他们:"那他……有多有钱?"

吴瑞虽然极其容易头脑发热,但到底可能平时被俞也折腾得最狠,所以脑子深处还存着那么一根警报线。因为俞也曾再三叮嘱过他们,别在任何人面前吹他的职业和财产。所以哪怕面前坐着的是他们的老板娘,这话也不应该由他们来说。

他脑中警铃大作,刚想打个圆场说不知道,具体得问俞也自己,就听到身边的应宵张口就来:"少说都是亿万富翁!"

吴瑞:"……"

同样表情一片空白的还有葛星宜。

应宵正在兴头上,根本没察觉到气氛的古怪,只是手舞足蹈地继续滔滔不绝:"也哥虽然是个富二代,但他高中那会儿只问他爹妈要了一笔数目不多的启动资金。等赚到钱后,立刻就加倍给他爹妈还了回去,从头到尾都只靠他自己。"

"我们刚认识也哥那会儿,也哥就已经是业内最年轻的富豪了。他资产达到九位数的时候,好像才二十四岁?"应宵见吴瑞没吭声,用手肘顶了顶小伙伴,"我记得业内的人都喜欢叫也哥'小鳄鱼',是不是?"

吴瑞机械地转过头看着应宵道:"是不是叫'小鳄鱼'我不记得了,反正我知道你是完蛋了。"

应宵:"?"

葛星宜的大脑宕机了片刻,她张了张嘴,尾音有些打飘:"九位数?"

"现在早不止九位数了!"

应宵还要继续往下说,终于被忍无可忍的吴瑞捂住了嘴:"应宵,我建议你现在立刻就回去打包行李离开陆京,再晚一步你估计就得去见阎王。"

就在这时,门忽然从外被打开了。

俞也走了进来。

之前葛星宜就把主厢房的备用钥匙给了他,所以他很长一段时间都已经来去自如。

一进客厅,俞也看到餐桌边坐着的吴瑞和应宵,眉头一跳:"你俩怎么在这儿?"

吴瑞瞬间出了一身汗,他看着俞也,连腿都在打哆嗦:"也哥,那……那个……嫂子请我们吃点儿面条……"

俞也没吭声。他这时去看餐桌对面的葛星宜,发现她脸上的表情十分微妙,继而又扫了一眼吴瑞拼死捂住应宵嘴的架势。一时之间,他似乎察觉到了什么。

走到餐桌边,俞也眯了眯眼,居高临下地看着吴瑞和应宵问:"你们是不是跟她胡说什么了?"

听到问话,吴瑞干脆连剩下的一半面条也不吃了,瞬间拖着应宵下桌:"也哥!对不起!求求你千万别开除我们!"

俞也伸手一钩,轻轻拽住了应宵的后领,额头青筋跳了跳:"说了多少?"

"别逼他俩了。"葛星宜这时长吁了一口气,从餐桌边站起来,似笑非笑地望着他,"小鳄鱼?"

俞也:"……""小鳄鱼"此时连死了的心都有。

他用一言难尽的目光扫向吴瑞和应宵,苦思冥想都没想明白自己上辈子到底造了什么孽,怎么就摊上了这两个倒霉东西?就是因为知道他们可能会捅娄子,所以一直以来他都在尽量避免让他们和葛星宜多接触,生怕什么时候一个不小心上头了就嘴瓢。

287

果然，这俩今儿个不仅真嘴瓢了，还给他瓢了个底朝天。

吴瑞和应宵两人看着俞也那"天寒地冻"的脸色，抱头"痛哭"道："也哥！我们错了！我们真的知错了！"

葛星宜这时走过来，将俞也攥着应宵衣领的手拽开，轻轻晃了晃道："别为难他们了，是我故意给他们下的套。"说完这话，她冲两个傻孩子使了个眼色。

吴、应二人接收到老板娘的眼色，多一秒都不肯再在这儿待下去，屁滚尿流地就往外逃去。

等屋门合上，俞也反手便紧握住了葛星宜的手，目光一眨不眨地盯着她。他虽一字未说，但葛星宜却能感觉到他此刻浑身上下不同寻常的紧绷。

俞也在紧张，而且非常紧张。因为他不知道她在听了吴瑞和应宵突然捅出来的这些信息之后，会有什么样的反应。他很害怕她会因为自己一直以来从未吐露过这些事而感到生气，更害怕她会由此产生什么不好的想法。比如，一气之下将他甩了。

某人差点把心理活动全部写在脸上了，葛星宜看得心里一阵哭笑不得。

虽然，在听到吴瑞他们告诉她的这些爆炸信息时，她确实一度十分震惊。毕竟，任谁突然之间毫无心理准备地发现自己男朋友居然是个各方面都厉害到不行的超级大富翁，都不会毫无想法吧？

况且，这个隐形富豪，还已经窝居于沈叶迦口中四合院最差的屋子那么长时间，整天吃着稀饭、泡面，过着日夜颠倒的生活，没有半点儿流露过自己有钱，还是有钱到富可敌国的程度。

但其实当她接收完这个信息后，除了惊讶、钦佩外，她的脑海里只有一个想法——俞也是不是绝顶聪明的大富豪，于她而言，其实并没有太大的干系。

在她的眼里，俞也就是俞也。她会喜欢上他，和这些外在条件毫无关系。因为她喜欢的，从来就不是吴瑞口中的那个身上套着无数光环的"小鳄鱼"，而是在她面前奇奇怪怪、青涩笨拙、纯情黏人，还把她放在心窝里宠着的"大金毛"。

"喜欢"对他们彼此而言，都是一件十分神圣的事。他从年少时，就将他最郑重、真挚的喜欢给了她。而这份喜欢里，也从未因为年龄和环境的变化而掺杂过任何其他东西。所以，她也只想给她最爱的人最纯粹的喜欢。

只不过，看到俞也此时浑身紧绷、感觉下一秒就要以头抢地的模样，葛星宜忽然生起了玩心。她这时故意动了动手指，想将被他紧扣着的手抽走。

俞也见状慌了，立刻更用力扣了回去，低声唤她："宜宜。"

她没吭声，一副"我听你解释"的表情。

他闭了闭眼，深呼吸了一口气道："我不是故意要隐瞒你的……不，虽然确实有意隐瞒，但绝无坏心，只是一直都没想好要怎么和你说这些事。"

"说实话还需要纠结吗？直接说就行了。"葛星宜看着他，不徐不疾地回，"你总是这样，什么事都憋着，我不问，你就不说。难得愿意开金口说一些，还要问我讨奖励。"

她虽然说话时语气始终如常般轻柔温和，但这话在这个节骨眼儿上，听在俞也耳里就显得不是那么动听了。

一室的寂静中，慌张的"大金毛"委委屈屈地动了动唇，从牙缝里憋出来几个字："因为我怕说了实话，你会把我从院子里赶出去。"

"我为什么会这么做？"

"我有自己的家不住，非要挤到你这里来。"

在其他不明真相的人看来，他要住到四合院这件事本身就不符合常理。先不说沈叶迦和江挽川觉得他蓄意扮猪吃老虎，自从知道他要搬到四合院之后，吴瑞他们每天脑门上也写着"我不理解"几个大字。

他在陆京最常住的家算上地下室有整整五层，因为懒得去公司，通常都是吴瑞他们跑到他家的会议室来开会。会议室里投影、音响以及所有高端电子设备一应俱全。除此之外，卧室旁边就是他的个人工作间，既明亮又宽敞，在里面工作起来别提有多舒服。

吴瑞这小子跟着他时间最久，憋了一个星期，终于没憋住，斗胆问了一嘴："也哥，你为什么自己家好好的大房子不住，非要搬到一个大院儿里和人群租去？"

他当时刚睡醒，面无表情地冷声道："你懂什么？"

吴瑞确实没懂，他只知道，他们的好日子从此到头了……因为以前俞也在睡觉时，他们可以尽情地在偌大的会议室找张沙发躺着玩手机等他下来；但以后他们就只能站在四合院的院子里经受风吹日晒，连把椅子都没有，最后等半天可能还等来了他们老板一句"滚回去"。

这也就是为什么他们第一回来四合院，人人都臭着张脸，差点儿没跟保安干起来的缘故。

葛星宜听完这话后，幽幽地说："惠医生和布布家都有房，他们租在院子里是为了离医院近一些；川哥和甜甜在长川也有家，照你这么说，他们都是在戏弄我？"

俞也动了动唇，快要自闭了。

葛星宜看着他那绝望的表情，差点儿笑出声，强忍了下才勉强憋住。压了压已经滚到唇边的笑，她明知故问："你明明有豪华大宅子不住，来四合院当租客，就是为了近水楼台追我，是不是？"

俞也望着她，刚想点头，但又生怕承认得那么爽快不好，脑袋就这么卡在了半空中，看起来十分滑稽。

看着他这模样片刻，葛星宜终于还是没忍住，一笑破了功："这么犹豫，原来不是为了追我，只是为了微服私访体验普通老百姓的生活吗？"

"怎么可能！"俞也看到她脸上的笑，终于意识到了什么，抬手揉了揉太阳穴，"我从头至尾做的所有一切都只是为了在离你最近的地方追你和保护你……还有我自己就是个普通老百姓，哪有高人一等？宜宜，你就别再捉弄我了，我今天一大早受了气，脑袋本就不好使。"

葛星宜笑得两只眼睛都弯成了可爱的月牙形，还不忘问道："谁惹你生气了？"

"除了我自己以外，这院子里的所有男人。"俞也顿了顿，"还没缓过来，吴瑞和应宵又给我搞这出。"

"其实我很感谢他们。"葛星宜这时说，"要不是这俩小的今天一吐为快，照你这么憋下去，憋到猴年马月你都不会告诉我。"

俞也观察着她的脸色，小心翼翼地问："你真的不生气吗？"

葛星宜摇了摇头说："这有什么好生气的？"

"自己男朋友这么厉害，我可不得使劲骄傲？"她这时抬起手，安抚性地用指尖轻轻撇去了他额上因为紧张、慌乱而渗出的汗，"我只是觉得，既然我是你喜欢的人，你就应该更信任我一些。信我对你的喜欢，不会因为你身上的任何外在条件而改变，无论是好的还是坏的。你要知道，你将我的所有一切都包容、接纳了去，为什么我就不能同样这么做呢？"

俞也动了动唇。他看着面前女孩明亮温柔的笑容，再一次深深地意识到，自己这么多年最深厚的喜欢给了她，是这一生最正确的决定。

良久，他握着她的手使了下力，将她拉近自己，伸手环抱住了她的腰。而后，他低下头，在她的唇角落下一吻，哑声低语："我知道了。往后所有的事情，无论你听了会有什么想法，我都会一并全盘托出，我保证。"

比起在心里想象、预判她知道后可能的反应，他更愿意将选择权交给她。她要是听得真不高兴了，他好生去哄就是了。哪怕他哄人的本事再蹩脚，反正他有一辈子的时间可以慢慢磨，磨到她高兴为止。

葛星宜这时望着俞也，又说："俞也，丑话先说在前头。就算我现在知道了你的经济能力有多好，先前你替我还的钱，我还给你，你就必须得收下。"

俞也在心里盘算了下，轻轻点了点头。反正就算这钱他收下，也不会用，全都好好攒着，日后给她当聘礼。

葛星宜继续说："还有，家里的开销支出依旧得按照以往的来，你不许多贴。"

俞也想开口反驳什么，到最后还是没说出口。他想，以后变成一家人，你就不会有心思跟我计较得那么清楚了。

"以及，"她调皮地歪了歪头，"小鳄鱼同学，你身上还藏着什么小秘密，是我不知道的吗？"

俞也眸光一闪，薄唇轻启："职业，我现在就带你去我的屋子，你一看便知。"

葛星宜却摇了摇头："我今天不想去。"

他一怔，就看到她狡黠地冲自己眨了眨眼："有没有听过一个词，叫作'赏罚分明'？先前你每回自己主动透露一些事，都要问我讨赏，那么应该由你亲口告诉我、结果却不是你自己主动透露的事，我是不是就该惩罚你？"

俞也居然被这一圈给绕愣住了。他即便想要绕回来，最后却也听话地接受了这个逻辑："是。"

"那你看，这样如何？"葛星宜踮起脚，亲了亲他的脸颊，"就罚你从今天起暂时不能在我这里留宿，也不能把我拐去你那里留宿。"

俞也听完，瞬间瞳孔地震，感觉整个人都快要没了。一阵令人窒息的死寂过后，他连说话的嗓音都在打飘："要罚多久？"

葛星宜微微一笑道："我想想……罚到你搬来救兵为止？"

他瞬间感到生不如死。

第十二章
春鹿溪

在任谁看了都会觉得可怜的俞也，再次陷入自闭的时候，陆京也一夜入冬了。

而对于沈叶迦来说，这场寒冬来得比以往的任何一年都要让他头疼不已。因为葛星宜生日那天之后，言布布就以旋风之速从西厢房搬进了惠熠所在的倒座房，魏然则紧接着搬进了西厢房，甚至连商讨一下的机会都没留给他。

魏然带着搬家师傅进院子的当晚，他在西厢房门口戳了整整三个小时。到最后，东西搬完，他好不容易抓到要进屋的魏然，问她："你要不东西先别整了，直接搬来东厢房跟我一块儿住？"

回答他的，是一记响亮的关门声。

从那天开始，即便他和魏然身处同一个院子，只是东、西厢房之间的距离，他都再也没能有机会跟魏然说上半句话。

他出勤早，出门的时候魏然还没起；等他回来，魏然还在公司加班；直到她深夜好不容易回来了，也当没看到门口跟石狮子一样蹲守着的他。

大舅哥如此凄惨的处境，甚至让已经自闭到怀疑人生的俞也看了，都能心里勉强好受一些。毕竟他家宜宜还是愿意搭理他的，除了不能留宿，其他什么都同意他做。

至于离开四合院回到长川的江挽川和孟恬，领完证后二话不说就出去甜蜜蜜地旅行了。神奇的是，江大明星虽人不在院里，但总能得到四合院的第一手消息。于是，当他陪着孟恬去泡温泉的间隙里，还见缝插针地给俞也和沈叶迦私发了微信。

江挽川给俞也发：你真可怜，都没法在女朋友屋里留宿。

俞也回他：我永生都不可能给你的电影投资。

川：话先别说得太满，我让甜甜去找了葛星宜，她跟你说，你会不听？钱先准备好，我过几天就把银行账号发给你。

成功把"大金毛"惹毛后，江挽川又转头去招大舅哥。

川：在东厢房住得舒服吗？

沈叶迦：还行吧。

川：我当时住得确实挺舒服，毕竟甜甜和我一块儿住，温柔乡的极致罢了。你一个人住应该还是有点儿差强人意，所以我建议你可以常备把椅子坐在西厢房窗下，有时候东厢房住腻了，还可以过去睡睡冷板凳。

最后江大明星的微信都差点儿被这两个难兄难弟拉黑。

其实，沈叶迦不是不明白，魏然心中对他的怨愤一时半会儿的确很难消除。毕竟无论是他们过去在一起的时间，还是后来她回到陆京的日子，他因为一忙于工作就对她不闻不问的作为都让她伤透了心。在他不知道的时间里，都是魏然自己默默地扛下了所有的孤独、不安、无望和悲伤。所以，他从现在开始，无论怎么求、怎么追、怎么跪，都是应该的。

他欠她太多了。

那天魏然拒绝再给他一次机会后，沈叶迦在西厢房外坐着想了一整夜都没合眼，想明白了一个道理——对他有怨愤，总比已经对他毫无情绪起伏要好。

她最后拒绝他时，眼眶是通红的。如果她真的已经完全不在意，她的心中也就不会再因为他起任何波澜。

可是她有。

既然有怨，说明还有爱，说明自己还有戏。

沈大警官在除了案件之外的领域，想法一向豁达，也一向简单。他想着自己跟人家姑娘在同一屋檐下，每天这么死皮赖脸地磨，总有一天铁杵也能磨成针，却没想到，魏然那跟沈叶迦不相上下的硬脾气这回是真让他领教到了——他人都快被磨走了，她还是跟块石头一般纹丝不动。别说停下来听他说句话了，就连正眼都不带给一下的。

这天，魏然难得没有加班到太晚，早早就回到了四合院，沈叶迦蹲点成功，以迅雷不及掩耳之势在她要进西厢房前把门给堵上了。

魏然被他那阵仗吓了一跳，摘下耳机，没什么表情地扫了他一眼。

沈叶迦垂眸望着她问："吃过晚饭了吗？"

她沉默两秒，摇了下头。

他指了指东厢房说："上我屋去，我给你弄，或者我把食材拿到你这儿来做。"

魏然眸光一动，过了片刻，抬起手，用指尖杵了杵他的肩膀。

"怎么了？"

她将耳机重新戴上，扔下两个字："让开。"

沈叶迦蹙了蹙眉，依然不信邪地挡在门口："晚饭……"

"我自己弄，哪能劳烦沈大警官出马？"她轻飘飘地说，"要是传出去给人听见还得了？说我使唤、压榨人民的公仆，到时候得给我直接骂上热搜。"

沈叶迦的眉头都快打结了。

魏然这时手指更用了点儿力："让开，别耽搁我时间，要是没赶上我男神直播，我让你吃不了兜着走。"

"男神？"

因为分心听她的话，沈叶迦的身体不由自主地松了松，恰好给她找到机会，开门进屋。

"魏然，"他盯着她的背影，"你说清楚，什么男神？什么直播？"

魏然理都不理，反手就将门给合上了。

沈叶迦刚想敲门，抬起手，便听到身后隐约传来了压低的笑声。他转过头，就见从倒座房的窗户探出两个脑袋，正托着腮帮冲着他笑。

沈叶迦长吁了一口气，收回手，朝言布布和惠熠那儿走过去，没好气地说："大冬天的开窗看戏？"

惠熠冲他微微一笑，声音里还带着一丝暧昧的暗哑："我们屋里太火热了，所以需要开窗通通风。"

言布布红着脸用手肘顶了顶自家的黑心医生："别再伤害迦哥了，没看到他被折腾得都快要'破防'（网络用语，指因遇到一些事或看到一些信息后情感上受到很大冲击）了吗？"

沈叶迦揉了揉太阳穴，问言布布："她刚说赶着回家看男神直播，你知道说的是谁吗？"

"当然。"言布布这时摸出手机，在屏幕上飞快地点了几下，而后将手机递给他。

沈叶迦定睛一看："这一片花花绿绿的，什么玩意儿？"

"《王者荣耀》。"

"啥？"

"爆火的英雄竞技类手游，很多人都在玩！你不知道吗？"

沈叶迦摇了摇头："我看上去像是有时间玩游戏的？"

言布布叹道："迦哥，您这是跟我们有严重代沟。"

惠熠指了指自己说："我也没时间玩，我都知道。"

沈叶迦又问："她喜欢玩这个游戏？"

言布布点点头道："喜欢啊！所以在网上看游戏直播的时候知道了她男神。她男神是个游戏主播，声音巨好听，游戏也玩得贼溜，所以她每回都要追着看的。"

沈叶迦将言布布的手机贴在耳朵边上听了一会儿，一脸不屑："这声音好听？这么娘。"

言布布反驳道："好听！我都觉得好听！哪里娘了，多有磁性啊！"

惠熠打量了沈叶迦几秒，慢条斯理地道："我觉得你现在想的不应该是怎么阻止魏然看她男神直播，你应该想的是怎么让魏然看你。"

沈叶迦满脸的苦大仇深："扎心了，兄弟。"

他怎么不想魏然看他？可他几乎什么法子都使过了——低声下气地求了，不要脸皮地蹲了，可魏然还是把他当空气。

"给你支一招。"惠熠沉吟片刻，"可以试试苦肉计。"

沈叶迦眯了下眼问："难不成我要拿警棍把自己打瘸？"

惠熠耸了耸肩道："你要来找我用手术刀给你切了，也不是不行。"

黑心肠的惠医生这一招既损又不切实际，沈叶迦压根就没听进去。

可谁知道，人算不如天算，老天爷还真的给他送了一招顺水人情的苦肉计。

在这一年快要结束的某天下午，魏然正在办公桌前思索晚饭要吃什么，就接到了言布布给她打来的电话。还没等她开口说话，言布布就在那边心急火燎地大喊："小未，迦哥受伤了！"

她一听，握着鼠标的手一颤，差点儿把自己桌上摆着的杯子都给打翻。

下一秒，魏然就握着手机快步走到办公室外的长廊上问道："怎么回事儿？"

"四合院附近的那条商业街上突然出现了一个疯子，手里拿着把刀，见人就捅，力气又大，动作又狠。一开始在附近的几个民警上去拦，不仅没拦住，还都给捅伤了，还有个现在躺在ICU，最后是迦哥赶过去了才终于把那疯子给制住了。"

从言布布说第一句话的时候，魏然的大脑就一片空白。沈叶迦的名字和"刀"、"捅"这些字眼牵连在一块儿，直让她整个人如坠冰窟。

"迦哥联络我们将伤者送到医院来的时候，我们才发现他也受伤了。这会儿刚给他处理完伤口，想让他住院观察，他死活不肯，硬说自己没事。"

魏然连嗓音都是颤的："他现在人在哪儿？还在医院吗？"

"不听劝，已经往院子走了。"言布布深深叹了口气，"我和惠熠根本就拦不住。"

"我现在就回去。"

魏然扔下这句话，便将电话挂了。在这一刻，她心中所有对沈叶迦错综复杂的情感，都被惊涛骇浪般的担心和焦急压了下去。以至于她完全忘了，坚持了这么多天都没搭理过的男人，其实现在跟她毫无干系。她根本不应该因为听到他受伤，就那么地紧张无措。

回到办公室，魏然跟老板打了声招呼，便以最快的速度叫了辆车就往四合院飙。进了大院，她走到东厢房门口，刚想敲门，却发现门是开着的。

关心则乱。

她此时此刻根本没心思细想为什么屋门敞开着，仿佛就像是特意为谁留的门。她满脑子想的都是，他是不是伤得很重？是不是整个人虚弱到连门都不记得关？

魏然咬了咬牙，推门进屋就喊："沈叶迦。"

屋子里开着灯，却没听到什么动静。事后回想起来，她才发现，言布布其实在电话里对沈叶迦受伤的描述十分含糊不清，导致她根本不知道他伤得有多重，所以直接往最坏的方向去想。

听不到声音，就觉得他是不是疼到在家里晕了过去。

当魏然屏住呼吸，一脸煞白地穿过客厅，快步走进卧室的时候，只看到床上的被子是掀开着的状态，而他人依然不知所踪。

"沈……"

她再次开口叫他的名字,下一秒,却感觉到耳后传来了一道细微的声响。紧接着,她整个人就被人从后面重重地拥住了。

熟悉的独属于某人的味道与冷冽的风一并席卷而来,她僵立在原地,就感觉到身后的男人侧过脸,在她的下巴和脖颈处落下一个又一个吻。热切又激进,看上去丝毫没有半点儿虚弱的样子。

魏然张了张嘴,奋力从他怀里挣开来,想去看看他身上的伤。谁知刚一动,就听到沈叶迦倒抽一口凉气,从喉间传出一声闷哼:"疼。"

魏然同学完全忘记了——沈大警官皮糙肉厚,耐痛力强到非人,更不会在嘴上轻言疼痛博取同情。但她确实被这一声给唬住了,手指轻抓着他的肩膀,神情紧绷地从上到下打量着:"哪里疼?"

"哪里都疼。"沈叶迦故作痛苦地眨了眨眼,鸦羽般的睫毛低垂下来,"手疼,背疼,脚疼,心疼。"

沈叶迦这辈子见过的穷凶极恶的歹徒数不胜数。第一次见到这样的人,他的心里还曾生过一丝本能的畏惧。但第二次、第三次见时,他的心里就没有恐惧存在了,只有一定要将这些罪犯绳之以法的执着和决心。

民警的工作比起刑警,危险系数多少要小一些,但也并不是全然没有。当在商业街巡逻的同事给他打来电话,赶到现场看到一地的伤者和鲜血,尤其其中还躺着一名已经奄奄一息的同事时,先前那些他努力想要忘却的记忆又如排山倒海般涌来。

那疯子显然已经精神失常,并不知晓自己究竟在做什么,从头至尾都只是本能地将刀挥向所有素不相识的无辜人。

他冲上前将那疯子击倒在地,与对方扭打在了一起,并试图去夺刀。快要将刀夺到手的那一刻,刀尖是冲着那疯子的脖颈的。有一瞬间,他脑中的愤怒差点儿要将他吞噬,只要稍稍一使力,那刀尖就会贯穿对方的脖颈,对方也会瞬间死去。

换句话来说,他如果稍不小心,这刀尖也会捅进他的脖颈。但他知道,自己不能这么做,无论对方做了多伤天害理的事,他都不是那个可以审判、动刑的人。

就因为这一秒的犹豫,疯子挣了一下,用刀划伤了沈叶迦的肩膀。鲜血从肩膀涌出,将他身上的警服都浸湿了。

但这点儿伤,与过去遭受的相比,的确真的不算什么。

到了普安医院，惠熠和言布布为他包扎完就说，这伤稍稍养一段时间就会好。

言布布这小姑娘也是被惠熠带坏了，直接来了一句："迦哥，你背上已经有那么多疤了，也不差这一条，小未不会嫌弃你的。"

他刚翻了个白眼，就听到惠熠说："沈叶迦，你会装疼吗？"

他愣了一瞬。

惠熠眼底精光四射，收起了纱布，冲着他莞尔一笑道："虽然我们都知道是皮肉伤，还没伤及筋骨，但有的人不知道。只要你能做到在床上蜷着身子嗷嗷大叫，我是肯定不会来揭穿你的。"

言布布听懂了男朋友的话，立刻摸出手机，一脸坏笑道："我这就给小未打电话。"

被好闺密和好闺密的男朋友卖了个底朝天的魏然，此时此刻，终于后知后觉地感受到了哪里不太对劲。

她被沈叶迦抱在怀中，仰头看着他。面前的男人看上去格外神采奕奕，甚至脸色也没有她想象中的那么苍白，还带着红润的血色。他上身没穿衣服，只穿了条松松垮垮的裤子，肩膀附近则缠了几圈绷带。确实是受伤了，但轻重不知。

魏然这时眯了眯眼，从牙缝里蹦出来几个字："说实话，到底疼不疼？"

一看她风雨欲来的脸色，沈叶迦瞬间就露出了颓丧的表情，高大的身子微微折下来，要靠不靠地把自己架在她身上，嗓音也压低了："疼。"

魏然面无表情地审视着他，似乎并不相信。

"不信你去问布布和惠医生。"他半眯着眼，眉头微微蹙起，"他们说，这伤口愈合了之后，一定比我背上原来那几条疤还深。"

她看着他肩膀上缠着的绷带下隐隐约约可见的淡淡血色，拿不准真假。

沈大警官到了这个节骨眼儿上，是真的一点儿脸都不要了，这时又轻轻地拿脸庞蹭了蹭魏然的脖颈，道："因为太疼了，所以刚才故意和你开玩笑打岔，不想让你担心。"

魏然动了动唇："头一回见到那么疼了，还有力气跟人开玩笑的。另外，我并不担心你。"她想将他推开，但又怕触到他的伤口，只能僵硬地侧着脖子，"别往自己脸上贴金。"

"那你为什么来我屋找我？"

"出于人道主义和住在一个大院里的同情。"

沈叶迦还是像只树懒一样挂在魏然身上,轻飘飘地跟她磨嘴皮子:"这样啊……出于人道主义和同情心,你大可以下班回家之后再来看。据我所知,这个点你通常还没下班,你应该是跟老板请了假提前赶回来的吧?"

魏然面不改色地说:"今天老板大发慈悲,让我们提早下班。"

"那也真是太巧了。"沈叶迦笑了笑,"就恰好在我刚从医院回家的时候,你也到家了。哪怕计算好的时间,都没能那么巧合啊!"

她抬了下眼道:"放手,我要回去了。"

"你这态度叫'探望伤员'?"沈叶迦纹丝不动,一直怀抱着魏然的手此刻在她的背上轻轻地摩挲了两下,在她耳边低语道,"我肩膀连着手肘的这块儿都抬不太起来,不太方便自己洗澡。"

魏然勾了下唇,说:"我去找宜宜,让她来帮你。"

没等沈叶迦说话,她又说:"不过,估计'大金毛'是宁死都不会同意的……要不我去叫'大金毛',让他来给你洗?"

沈叶迦腿一抖,差点儿原地去世。

趁着他愣住时,魏然从他的臂弯里钻了出来,头也不回地就往门口走。沈叶迦一脸的心不甘情不愿,想把人抓回来,但刚一抬手又犹豫着放了下来。

他不敢追得太狠,一是怕会被她反感,二是又担心会被她发现自己是装疼。所以只能悄悄地在身后跟着她,目送着她。

魏然走到门口的时候,忽然停下了步子。她一动不动地在原地站了几秒,转过头。就看到沈叶迦倚在客厅的门廊旁,一脸敢怒不敢言的委屈模样盯着她,两只眼睛都恨不得在她身上戳出一个洞来。

这段时间以来,她一直都被这样的目光盯着,早已习以为常。某人脾气既硬又糙,一身傲骨,哪有可能对着谁这么低声下气又毫无怨言的?她心里对他又不是没有感情,不可能看到他这样都没一丝心软过。只是,之前林林总总加起来,实在受他的气受得太多,想再让他多吃吃苦头和闭门羹,所以才一直没搭理,等待一个比较好的台阶到来再说。眼下,这个台阶来得恰是时候,借着某人受伤的由头,自然地递到了她的脚下。

过了半晌,魏然将手里的包往沙发上一扔,关上了东厢房的门。在沈叶迦满眼的狂喜中,她卷起袖子朝他走回去,没好气地说:"速战速决。"

浴室里萦绕着蒸腾的雾气。因为怕沈叶迦着凉，魏然将浴室门合紧了，还开了浴霸。然后问题就来了——沈叶迦是不冷了，但她太热了。

他坐在小板凳上，由她用热毛巾仔仔细细地替他擦着后背和前身，很是舒坦。但魏然身上穿着毛衣和牛仔裤，在浴霸热烈的光照下待了没多会儿，就感觉自己要融化了。

而沈叶迦坐在那儿，眼睛就光长在她身上了。当看到她第三次抬手擦额上冒出来的汗时，他顺势提议道：" 要不你也把衣服脱了？"

魏然给了他一个白眼，拽起他手臂的手故意加了点儿力。

"疼！"

他这回倒是真没装，伤口的地方被她拉了一下牵扯到了，隐隐作痛。

"现在知道疼，当初逞英雄的时候怎么不想想。" 魏然弯下腰，将毛巾放在热水里浸湿，"布布说，明明更多增援很快就到了，你非要一个人先往上冲。"

沈叶迦看着她认真地说："我等不了增援赶到。我不想再在这种事情上留有遗憾，哪怕明知道很危险。"

他这话里的语气听起来和平时不太一样，有些异样的低沉。

魏然拧毛巾的手一顿，朝他看过去。就看到他目光黑漆漆的，似乎是想到了什么事，面色也跟着沉了下来。

"沈叶迦，" 她拧干毛巾，直起身，居高临下地望着他，"你从长川回到陆京还转了职，工作上的原因是什么？" 她问得直接，连一点儿弯都没打。

沈叶迦抬起眼，似笑非笑地看了她一会儿，才说："我们小未，难道是想再给我一次机会了？"

魏然没应这话，只道："爱说不说……快站起来。"

沈叶迦脸上的笑容顿时变得更大，几乎都染上了眼角、眉梢，他迅速从小板凳上直起身。

魏然原本就站在他身后，拿着毛巾，就着他的后背一路往下擦，滑过他的窄腰和臀，又落到他的腿上。某人身形精壮、人高腿长，身上没有一块赘肉。这身材常年如一日，她毛巾滑过的所有肌肤下，都隐隐透着紧绷着的力量和荷尔蒙。毕竟这是当初让她摒弃所有对男性的固有印象，为之深深着迷的身体。

魏然一边擦，一边用眼睛默默地观赏了一番，而后才要将毛巾重新放回水盆。

谁料，她刚一动身子，就被沈叶迦扣住了手。

在她的注视下，沈叶迦将身体转过来，看着她，意味深长地问："这就擦完了？前面都没擦，这么不认真啊？"

魏然自从跟着他进浴室，就知道最后大概率会变成这样。她之所以知道还是来了，就是因为觉得之前已经拿他出了那么长时间的气，到现在也算是可以暂时地告一段落。

言布布和惠熠曾偷偷地告诉过她，那天她拒绝给沈叶迦机会后，他一整夜都没合眼，一直在院子里坐到了天明。

其实她的拒绝，真心的成分有，赌气的成分有，观察的成分也有。她想看看，被自己如此难堪地拒绝之后，他口中的"对着她就从没想过要面子"还作不作数。

而沈叶迦后面持之以恒的表现，也让她渐渐感受到，他确实从来都不想失去自己。只是曾经的他，是真的不知道该怎么跟女孩子相处，脑回路也和女孩子完全不能契合上。

这些日子，魏然也不带情绪地想了很多，想了他，想了自己，想了他们。想到最后，只有一点她很确定——自己大概永远都不会再喜欢上除了沈叶迦以外的任何人，即便他那么钢铁直男，那么糙，半点儿都不会哄女孩子开心。

人生苦短，既然有了如此觉悟，那就不要再将宝贵的时间浪费了。哪怕她依然会被他气得跳脚，那还是在他身边，两人相爱相杀一辈子来得更好。

魏然这时看了这蠢货一眼，没好气地冲小凳子努了努嘴道："坐过去。"

沈叶迦惊得连下巴都要掉下来了。

她飒爽地甩了甩长长的黑发说："我自己来，你别插手。"

魏然这性子，胆大起来连沈叶迦看了都得礼让三分。听到她说这话，哪怕再不可置信，沈叶迦本能地就毫不犹豫地坐回了小板凳，等待着她网开一面的宠幸。

回头真的得好好给惠熠和言布布道个谢，结婚礼金也要包个大大的红包，沈叶迦心想。要是早知道苦肉计这么管用，他应该早几天就拿警棍把自己给打瘸了，直接赖到西厢房门口去。

…………

魏然真是服了。

等她被抱进被窝里时，已经浑身散架，甚至连骂他都骂不动了。

而终于扬眉吐气的沈叶迦神清气爽地坐在床边，连同她和被子一起抱进怀里，低下头，往她的眼睛、鼻尖、嘴唇上亲了又亲，颇有些从前从未有过的缠绵的味道。

他今早没刮胡子，长出来的胡楂扎得她有些难受。魏然最开始闭着眼睛忍了一会儿，还是没忍住，伸出手不耐烦地将他的脑袋拨开："你恶心够了没？"

"没。"沈叶迦就着她推自己的手，又啃了两下她的手掌心，"一辈子都不会恶心够。"

魏然听了这话，心中一动，睁开了眼。就见他正专注地望着她，眼眸里满是丝毫没有掩饰的浓浓温柔。她从未想过，有生之年，竟能在这没头脑的粗糙玩意儿脸上，看到这种神情。

"上哪儿偷的师？"和他对视几秒，魏然有些脸颊发烫地将手塞回被窝里，没好气地小声嘀咕。

"我可没偷师。"视力和听力俱都一流的沈大警官笑道，"天赋型选手向来自学成才，你清楚得很。"

魏然弯着唇角，没理他。

"肚子饿不饿？"他轻轻拨开她额前的碎发，"我去煮点儿馄饨，或者去便利店给你买点儿吃的？"

"还行。"魏然想了想，"在便利店随便买点儿吧，快一些。"

沈叶迦从床边起身，拿了挂在衣架上的外套就要出门。

"等下。"魏然这时又说，"要不还是叫外卖吧？"

天气这么冷，他又受了伤，她思来想去还是不想让他出门，即便只是去出院子拐个弯儿就能到的便利店。要不是实在没力气，她早就自个儿出去买了。

沈叶迦猜到她是担心自己肩膀上的伤，便说："这点儿小伤真不碍事。"

魏然看着他，挑了挑眉道："是吗？我怎么记得几个小时前有人愁眉苦脸地说，伤口疼得很，还会留很深的疤？"

他笑道："我这伤到底严不严重是有条件的，你要是把我放着不管，伤就重；你管我，伤就轻了。"

魏然一脸无语："再让你编，烂尾了吧？"

沈叶迦耸了耸肩："无所谓，连老婆都到手了，顶多就是挠我几下的事。我皮糙肉厚，能受得住。"

魏然笑骂道："谁是你老婆？"

"你啊！"他望着她，"谁还能像我这般有福气，能找到这么好的美娇妻？"

魏然忍着唇边的笑，抬起手捂住了自己的耳朵说："沈叶迦，你能不能别再恶心人了？"

"往后我每天都会这么恶心。"他走回来，把她的两只手轻轻从耳边拉开，压在枕头上，"你想听也得听，不想听也得听。"

魏然被他抓得有些痒，终于破功笑出声，正对上了他的视线。

就见沈叶迦虽然也在笑，可眉宇之间都是认真："小未，以前让你伤心、难过，是我不好，我也没法儿让时光倒流回去重来一遍，哪怕我每天都在后悔。

"所以我觉得我能做的是，未来的日子我都加倍去弥补你过去的遗憾，用多得要满溢出来的宠爱和幸福，让你不会再有空想起那些不好的时光。

"我话说得难听，你就骂我，骂到我能哄你高兴为止。我这破直脑袋，需要你一直敲打才能进步。所以，给我点儿成长空间，我往后一定能少招惹你生气，每天都让你开开心心的。"

"魏然。"他这时收紧了手掌，与她十指相扣，"一辈子跟着我，别再离开我了，成吗？"

魏然的鼻尖有些发酸。她突然觉得，自己很幸运，因为她终究是被命运善待，绕了一圈，最后还能等到她最爱的人，许下一个她最想要的承诺。他从来都是她唯一想要的，过去是，现在是，未来还是。

定定地看了男人一会儿，魏然哑声问："你这算是求婚吗？"

沈叶迦张了张嘴，虽然觉得哪里不太对，但还是硬着头皮说："是这个意思，所以你答应了之后能作数吗？我也好立刻准备动身去见我未来老丈人和丈母娘。"

"谁说作数了？"魏然瞪着他，"你见过有人求婚的时候把女主角压在床上求的？"没等他说话，她又说，"你敢拿这个当求婚糊弄过去，就一辈子别想把我娶进门。"

沈大警官动了动唇，一脸没搞懂但又不敢再继续往下说的憋屈模样："好，那我再好好想想怎么求。不过，你能不能先答应我，今晚……不，以

303

后每个晚上都跟我睡东厢房,行不行?"

魏然这时松开他的手,掀开被子道:"上来。"

沈叶迦怔了一下,随即摸了把下巴,一脸意味深长地笑说:"宝贝儿,这么邀请我,我可不能保证……"

魏然抬手就是一巴掌打在他额头上:"让你滚上来等外卖。"

挨了揍的人却满脸高兴,乐颠颠地脱了衣服翻身上床。

等两人点完外卖,沈叶迦刚想抱着魏然继续温存腻歪一会儿,就听她问:"你以后真的想一直当民警了?"

他抱着她,漫不经心地把玩着她的手:"你不希望我当民警?警局离四合院那么近,能比以前顾得上自己的生活,还能有时间陪你,工作的危险系数也小。"

"所以呢?"魏然抬眸看着他,"看看你肩上的绷带,你觉得你真的把自己当民警吗?"

此话一出,沈叶迦不作声了。

魏然继续说:"沈叶迦,我知道你做那么大决定调回陆京,有一部分原因确实是为了我和宜宜,但另一部分原因,难道连我都不能告诉吗?"

沈叶迦动了下唇:"男人哪来那么多苦水要吐,让自家姑娘担心?"

"如果从私心的角度,我确实更希望你当民警,原因你也都提到了。"魏然说,"但当刑警时的你,我真的很欣赏。"

沈叶迦眯了下眼,对上她的目光。

"沈叶迦,每个人生来都有自己的定位,你在那个岗位上绽放出来的光芒是最耀眼的,任何人都无法匹敌。我确实很想自私一点儿,但我更想你在最适合你的那个位置上,发挥出自己最大的能量,帮助到更多的人。"

他沉默片刻,说道:"我理解你想说的意思,不过,人的一生真的很短暂,我只是想尽可能地多陪伴在我爱的人身边。因为我真的很担心哪一天,突然就不能再拥有这样的机会了。"

魏然看着他问:"你是不是之前在办案的时候,曾经失去或者差点儿失去过你的战友?"

沈叶迦眸光一闪,有些惊讶地看着她。

"我只是这么猜测而已,根据你之前说话时的一些语境。"

他一动不动地看了她一会儿,挫败地叹了口气道:"爱上这么聪明的姑娘,我是真没法子了。"

她静静地等着他的后文。

"你猜得没错,"过了良久,他才低声开口,"我确实曾经失去过我的战友。"

魏然离开长川后,他接了一个案子,要去缉拿一个犯罪团伙。他带着队里的一组同事去抓人的时候,没想到对方穷途末路之际还挟持了好几个无辜的人,其中有小孩,还有老人。

他最恨这种拿老弱当挡箭牌的恶人,一看火就上来了,想要直接往上冲。但当时他最好的兄弟,和他在一个组里的同事秦彦却提醒道,说对方人比他们这支小队要多,增援马上要到了,可以等增援来的时候再冲。

可实际上,他们小队的战斗力以一敌十,要是真冲上去,也不一定会吃亏。只是当时他听秦彦的劝说犹豫了一瞬,想到增援到了之后可能会更稳妥些,还是忍了下来。

可结果,凶徒没有人性,警方的增援还未到时,已经狗急跳墙拿无辜平民开了刀。沈叶迦他们别无选择,只能在没有周密计划的前提下冲上去,结果激战中,秦彦被凶徒的枪击中了。等增援赶来,队里的兄弟伤了一半,秦彦没等被送到医院就不治身亡。

他当时一身鲜血地站在医院的长廊里,看着刚和秦彦结婚不久,还怀了孕的新婚妻子跪在地上号啕痛哭,人生第一回对自己深深热爱的职业有了退却之意。那个和他每天同进同出,给他支招、让他去找艳遇的最好的兄弟,就这样离开了人世。

他甚至还未享受多久新婚的快乐,以及未来当上爸爸的喜悦,他的身体就已经变得如此冰冷。他再也没法睁开眼,去看一看这个世界的美好和光明。

沈叶迦那天在医院里站了很久,直到护士和医生拼命把他拖进去给他疗伤的时候,才肯松开自己手里的枪。

如果是他呢?如果今天走的人是他,他最深爱的姑娘、他挚爱的妹妹,又该何去何从?他不敢想,真的不敢想。

于是,秦彦的葬礼之后,沈叶迦和局长在办公室里谈了三天,拿到了回陆京的调职许可。他终究成为了一个曾经的自己最看不上的胆小鬼。

离开长川回陆京前,沈叶迦去探望了秦彦的妻子很多回,也从自己本就不多的存款里取了一大部分出来给对方。秦彦的妻子怎么肯收这钱?她拼

305

死推阻。但他临走时,还是悄悄地将钱塞到了秦彦家玄关的花瓶底下。

其实他知道,在这种时候,抚恤金是多么苍白无力。这个家的顶梁柱都没有了,再多的钱摆在那儿,又有什么用?可除了言语上的关心,他能给到的只有经济上的帮助。

局长虽然最终批了沈叶迦的转岗申请,但其实还是万般不舍,言语之间尽是惋惜;他小队里的其他兄弟和战友,甚至是别组的同事,也都纷纷想要挽留他。

沈叶迦在这一行算是已经赫赫有名,重案组有时候办案都要来借调他,所以忽然转岗,就像是平地惊雷般让人一时难以接受。

沈叶迦面上装得无比豁达,对所有人都说是自己想要好好喘口气、捡起自己的个人生活,有缘江湖再见。但其实从做出这个决定开始,他每一天晚上都在失眠。最难受、最不舍的人,其实就是他自己。他的内心深处,直到现在,也根本就没有放下。

沈叶迦说到这里,神色不同于以往,变得消沉又暗淡。魏然被他搂在怀里,甚至都能够感觉到他说话时,扣着自己肩膀的手也越收越紧。可她却忍着那股疼,抬起手,用指尖轻抚了抚他紧蹙着的眉心道:"别老皱着眉,还嫌你脸上皱纹生得不够多吗?"

她语气格外轻描淡写。沈叶迦略有一丝愣怔,却下意识地听了她的话,将面部神情松缓下来。而后,他认真地垂着眸子去看她,说:"你有没有觉得……"

"我没有这么觉得。"魏然直接打断了他的话,"沈叶迦,我的想法跟你完全不一样。我觉得你当时的反应,就是常人最真实的应激反应,根本谈不到胆小那个层面。"

看到自己最好的兄弟兼战友死在自己面前,看到兄弟的妻子那般绝望痛苦,心里没有一丝触动和悲哀的人才不正常吧?

"刑警这份工作,真的不是每个人都能胜任的,你的魄力、果断和胆识让你能成为一名优秀的刑警。同时,你也是因为真的热爱,才会愿意去做这份工作,哪怕是牺牲自己的时间和生活。"

他有多热爱这份工作,在遇到秦彦的事时,就有多地难过和后怕。萌生出想要离开的念头,也是人之常情。

"所以,这件事对你造成了一定的创伤和影响,我非常能够理解。你想要转职成为民警,也不是什么不好的事。两者都隶属于公安机关,都是为了百姓的生活安定，并无优劣之分。你在哪一个岗位，我都会为你感到骄傲。"

沈叶迦将魏然的话一字不漏地听进耳里，眼眸里浮现起了一层淡淡的光。过了片刻，他想要开口说些什么，却听她又道："但我刚刚对你说，更希望你做刑警的想法，不会因为知道了你失去过兄弟而发生改变。"

他若有所思地眯了眯眼。

"我为秦彦的牺牲感到难过、痛心。可我想，秦彦在天堂，或许会希望你能够延续他的意志，继续发挥你最大的能量，去惩恶扬善。"

长期停留在悲伤和后怕的阴影中，并不是一个长久之计。

"这个世上，还有很多我们不知道的、被黑暗束缚着的人在等待你去解救他们。沈叶迦，"魏然用手指轻轻地抚了抚他的眉梢和眼尾，"我曾因为你终日醉心于工作对你颇有埋怨，甚至赌气离开。现在想来，或许当时还是没有足够的觉悟能够站在你身边。不过现在，我应该是已经准备好了。"

因为绕过了这一圈，她已经明白了他心中所想，他也给到了她足够的安全感和信心。

说到这儿，魏然顿了顿，又道："我做咨询这一行的，现在还处在事业的上升期，加班加点是常态，说不定以后比你还忙。往后就算住在一起了，应该也不怎么能太好地照顾到你和家里。要是你哪天，独守空房到有些按捺不住了，请记住，我随时支持你回去做刑警。"

魏然是个十分聪明的姑娘，一语点到即止。她将她的态度用幽默、洒脱的口吻明明白白地说了出来，也没有给到他任何的责备和压力，将选择权完全地交到他手里，留给他自己慢慢想清楚。

哪怕他会再次变得像以前那样忙碌不着家，哪怕他可能会遭遇比今天更危险的情况，哪怕她自己会非常担心、挂念，但她依然会支持他回去当刑警。

每个人都有私心，谁会不希望自己的爱人能够处在一个平稳安定的环境中，无风无波，能常伴在自己身边？但这个世界需要像沈叶迦这样的人来守护，所以她愿意摒弃自私，让他去帮助更多人。就让她做他最坚定忠诚的伴侣和战友，站在他后方，与他并肩作战。就让她当他一人的港湾和靠山，静静地守望他的平安归来。

沈叶迦望着魏然，沉默了很久。她从未见他这么长时间一言不发，等回应等得都有些犯困了。

两人点的夜宵这个时候恰好到了，外卖小哥在外面敲门。魏然打了个哈欠，蜷着身子，轻轻地拍了拍他的手说："快去拿，吃完睡觉了，好困。"

沈叶迦却仿若大梦初醒般终于有了动作，反手将她的手紧紧扣住，捏在自己的手心里。

"小未，"他垂着眸子，声音很低，"你真的愿意……一辈子做我的后背吗？"

魏然揉了揉眼，语气困倦又不耐："我刚刚的话，难不成是说给空气听的？"

沈叶迦喉结轻滚："可是，万一我遭遇不好的事……"

"没有万一。"她的语气很坚决，"每次出去前，你都给我写好保证书。完整地出去，完整地回来，不许给我少胳膊少腿。我不管你遇到多棘手的凶犯，都得给我做到，不然你就别想上我的床。"

沈叶迦一动不动地看了魏然片刻，低下头，去亲她的嘴唇。这个吻比起他平时一贯的风格要莫名地温柔许多，温柔得魏然都有些不习惯了。

"好。"

这么缠绵腻人地吻了好一会儿，他才恋恋不舍地退开，嗓音也有些模糊："谢谢你对我说的，给我点儿时间，我会好好考虑的。"

有些别的话，哪怕他再想说，但此时此刻，还是有些不太好意思开口。要不还是等到正式向她求婚的时候，再眼一闭，厚着脸皮说吧？沈大警官心想。

他想告诉她的是——

只要有你在我的身边，我就有了能够抵御一切困难和险阻的勇气。我愿意突破心中的桎梏，试着从过去的阴影中慢慢走出来；也愿意重新去审视我的决定，是否真的出自我的本心。但有一点，哪怕现在还未完全想清楚的我，也能够非常确定——这一生，我都想做你心中那道永远敞亮、永远所向披靡的光。

葛星宜早上起来，在厨房弄完了早餐，发现俞也竟然还没有来。往常她还在刷牙的时候，他就已经带着一身冷飕飕的起床气进屋了。进屋之后就会像只大型树懒一样挂到她身上，怎么扒都扒不下来。

自从给他定了不准留宿的惩罚后，她每天几乎一睁眼就能看到他。今儿个这是怎么了，难道不小心睡死过去了？

葛星宜心下有些奇怪，关上火，推门出去后罩房想看看人。结果走过去，就见后罩房的大门牢牢紧闭着，连半点儿动静都没有。

怕俞也睡得沉，不想打扰他，她便拢了拢身上的外套回屋去，准备发个微信，让他醒了之后自己过来趁热吃早餐。结果，快要走进主厢房时，她余光忽然瞥到有两个人正一前一后地从东厢房里推门走出来。

葛星宜脚步一顿，有些诧异地看过去。据她所知，东厢房这段日子以来都只有沈叶迦一个人住着。

冬季天亮得稍微晚一些，此时院子里还不算太敞亮。但仅凭身形，她就能判断那个走在前面一点儿、身材火辣的大美人儿正是魏然无疑。

而她那个平时总是威风凛凛的大哥沈叶迦，此刻却像只二哈一样跟在人家后头，连走个路都不安生，一会儿捏捏人家的手，一会儿揉揉人家的头发，要多腻人有多腻人。而被他缠着的魏然，则是要多嫌弃有多嫌弃。

魏然刚把沈叶迦那只招人烦的手从自己腰上撤下去，就看到葛星宜正站在不远处冲着他俩笑。她侧头瞪了沈叶迦一眼，和葛星宜打招呼："宜宜，早。"

葛星宜笑眯眯地回道："哥、小未，早上好。"

"还叫什么'小未'啊？"沈叶迦这时一脸春风得意地搂过魏然的肩膀，对葛星宜抬了抬下巴，"赶紧改口叫'大嫂'了。"

魏然翻了个白眼，反手一巴掌就朝他的下巴呼了过去："大嫂你个头。"

"宜宜，你大嫂以后就跟我住东厢房了。"被抽的人此时还是满脸堆笑，"西厢房过几天就能腾出来，你要是想，还可以继续挂牌租出去。"

"好的。"

这会儿见两个人似乎终于能把话说开后重修旧好，葛星宜心里也是非常为自己的笨蛋哥哥感到高兴。能有魏然这样的姑娘当她的大嫂，她真是做梦都能笑醒。

魏然看了眼她身后，问她："'大金毛'呢？"

"不知道。"葛星宜耸了耸肩，"平时这个点早就已经过来了，今天不知道怎么回事儿。"

沈叶迦这时在旁边插嘴道："估计是已经自闭到都不愿意出来面对这个世界了。"

一听这话，葛星宜便直觉她哥可能和俞也今天的反常脱不开干系。

果不其然，下一秒，就听到沈叶迦得意扬扬地说："今天凌晨让这欠揍东西吃了我一记重拳，没个几天缓不过来。"

凌晨他和魏然温存完，开门去拿外卖时，正好碰上俞也从主厢房出来回自己屋里。

于是，他拿了外卖，转念一想，大步走过去截了俞也的道。俞也扫了他一眼，不耐烦地停住脚步，等着看他嘴里能吐出什么花来。谁知他二话不说，直接当着俞也的面，"唰"地扯开了自己的衣服。

俞也面无表情地看了他两秒，冷冷地说："我没这个兴趣。"

"谁对你有兴趣了？"沈叶迦指了指自己身上因为和魏然温存后留下的痕迹，"我是为了让你看这个……看清楚了吗？"

"这么黑，我能看到个什么？"

"看不见算了。"沈叶迦穿上衣服，"就是来通知你一声，从今儿起，恭喜你稳坐四合院垫底小菜鸡的宝座。走了。"

原本还在最后一名和倒数第二之间拼命挣扎的"大金毛"站在原地，看着沈叶迦嘴中哼着小曲走进东厢房，石化了。

葛星宜听完这段，哭笑不得地抚了抚额。她家"大金毛"这段日子已经够可怜了，她本来就有些于心不忍，这两天都在思考着要不要提前结束惩罚期，没想到她哥昨晚非得再来一招雪上加霜。

"哥，你多大的人了，别再气俞也了。"她这么说着，抬步就要走回后罩房，"你这不是在给我添麻烦吗？"

"听见没？"魏然又是一巴掌拍在沈叶迦的脖子上，"都老大叔了，还整天跟个'小学鸡'似的。"

就在这时，四合院的大门忽然被人推开了。

自从江挽川他们走了之后，保安们也跟着离开了，大家商讨过后，决定不再锁大门。

此时晨光微亮，就见一个一身黑色大衣、身形高大挺拔的年轻男人，健步从门外走了进来。光是身材好也就罢了，男人的那张脸，更是英俊到无可挑剔，浑身上下还透着名门大少爷才有的矜贵气儿。

葛星宜被这个陌生的英俊来客引得停了步伐，她朝男人走过去，低声开口道："请问你是……"

大少爷惜字如金地开了口："柯印戚。"

葛星宜点了下头："你来找……"

柯大少爷的手里拿着一样本子状的东西，他轻晃了下手，语气冷淡里又透着丝丝嫌弃:"俞也让我来救他。"

葛星宜本身就不是"颜狗"(网络流行词,对于一切颜值高的事物毫无抵抗力的一类人),平时在四合院里也早就已经看惯了各种帅哥,她应该早就已经算是对这个种类的生物免疫了。

却不料,一大清早,天还没完全亮呢,当头就给她来了个长成这样的大帅哥,又帅又酷又跩,一身平时几乎很难见着的富家贵公子的优雅气质,还有一种很难形容出来的,就像是……从小踩着刀尖走出来的肃杀和冷冽感。太特别了,连她这样性子偏内敛的,都忍不住对着柯印戚多看了好几眼。结果视线一低,就看到了柯大少爷无名指上戴着的闪闪发亮的婚戒。果然,这个世界上的帅哥,都是别人家的。

魏然跟着沈叶迦一起出了东厢房,要回西厢房去洗漱准备上班,看到柯印戚来了,原本要动的步子也顿住了。

沈叶迦先前在纽约见过柯印戚,这时吹了声口哨,算是跟大少爷打过招呼。

柯印戚看了眼沈叶迦,冲他轻点了下头。

沈叶迦本想送自家姑娘回屋,结果偏过脸,就看到魏然正用一副"这也太赏心悦目了"的表情看着柯印戚。他瞬间不爽了。毕竟他家魏然以前哪个男的都看不上,连江挽川这样的等级都没给过几个正眼。可谁曾想过,今天居然会天降一个柯印戚来跟他争夺女王的欣赏。

幼稚的"二哈"这时侧过身,有意无意地往魏然的身前挡了挡说道:"不是要回去洗漱吗?我去给你弄早点,不然上班来不及。"

却不料,下一秒,魏然连看都不看他,就伸出两根手指不耐地杵了杵他的肩膀说:"等会儿再说,你让开点儿。"

没等沈叶迦发作,后罩房的门开了。俞也睡眼惺忪,神色疲乏地从里面走了出来。他揉了下眼,看清院子里此刻站着的人时,脸色顿时变得有些微妙。

几乎是三步并作两步走到柯印戚面前,他的目光落在柯印戚手上的东西上,连寒暄都免了,就直接摊开了掌心。

柯印戚都给他气笑了:"你当我是你的跑腿小哥?"

俞也从牙缝里蹦出来一个字:"急。"

"急有什么用?"柯大少爷将手里的东西朝他抛了过去,"我之前就想说了,就算给了你,你也不一定能看得懂;就算看懂了,也不知道具体该怎么做。"

俞也懒得跟他贫,垂着眼,快速地翻看着手里的册子。

葛星宜站在他身边,借着还未完全大亮的晨光去看他手里的东西,因为光线的缘故,实在是看不太清。

俞也翻看片刻,"啪"的一声将册子合上了。而后他仿佛一下子从连日来的自闭中解脱出来一般,连神色都轻松了不少。他这时伸手揽过葛星宜的肩膀,对她说:"这人是我朋友,我们在纽约认识的,有很多年了。"

葛星宜眨了眨眼问:"他是不是就是你之前说的那个救兵?"

俞也点了下头,语气里还有一丝完全不掩盖的嫌弃:"就没见过来得那么慢的救兵。"非要等到他已经被打击得准备悬梁自尽了,才姗姗而来。

被点名的柯印戚眼皮也不抬地道:"我很忙,你以为过来一趟很容易?"

"你忙什么?你现在又不需要飞纽约,柯氏的业务重心不是都已经转过来了?"

"忙工作,哄老婆,带孩子。"说到这,柯印戚冷冷淡淡地扫了他一眼,"你也就只能做第一个了,后面那俩,一个你不会,一个你不能。"

沈叶迦和魏然都在旁边大笑出声,丝毫没想给俞也面子。连葛星宜都忍不住捂住了嘴。

"不过,"柯印戚这时拿出手机来,飞快地回了个消息,"你做的事我现在都已经不做了,我现在只管柯氏战略层面的东西。毕竟我的生活重心是我家小公主,要是还像你这么没日没夜地工作,小公主不知道要跟我闹成什么样儿了。"

送完东西,羞辱完人,柯大少爷准备潇洒走人:"走了,小公主还在等我过去结账提东西。"

俞也似乎猜到了什么,蹙着眉头问:"难不成,你会选在今天过来……"

"因为小公主约了今天来陆京的买手店取定制的衣服,不然你可能等到下个月我都不一定会来。"

走到门口的时候,柯印戚似乎又想起了什么,回过头,用那种"你好自为之"的眼神看着俞也眼睛下的眼袋说:"每天生活作息那么不正常,你不虚谁虚?"

俞也怒道:"你赶紧滚,有多远滚多远!"

柯大少爷一心记挂着小公主,健步如飞地出了大院,上车离开了。

魏然看完了戏，一脸不舍地望着柯印戚的身影消失在门外，这才慢慢挪动步子准备回西厢房。

沈叶迦愤愤不平地拖着她的手开始发作："柯印戚不娘？你瞧他那脸，细皮嫩肉的，连一点儿瑕疵都没有！还有他那小身板……"

"胡扯，人家的身板跟你比起来可毫不逊色。"魏然打了个哈欠，甩开他的手就往西厢房走去，"你看他走路、说话的姿态，我觉得咱们院这会儿要是出现一个歹徒，他把对方撂倒在地的速度说不定比你还快。你可别因为嫉妒人家就在这瞎编派。"

确实在纽约亲眼见过柯印戚是怎么对付歹人的沈叶迦，一时竟然无法反驳。

柯大少爷大杀四方的帅样，别说女孩子看了，连他这个糙汉看了都要暗叹不已。

不敢跟老婆呛声的沈大警官只能转而把炮火轰向他曾经的难兄难弟："俞也，你没事把柯印戚弄来这里做什么？"

损人不利己，破坏别人家庭和谐，有毛病吧？

看到葛星宜也同样刚把视线从院门外收回来的俞也面如冰霜道："别提了。"

他简直就是失了智才会去找柯印戚求救，要这所谓的稀世珍宝。

当年在纽约，他正好有事儿去柯印戚家拜访，结果正好看到柯印戚家书房的书架上摆着这册子。这册子看上去和别的书全然不同，他才会有兴致拿起来一看。还没等他翻开，柯印戚就走过来把册子从他的手里抽走了："这是我爸的。"

"书里写的什么内容？"

"反正是个稀世珍宝。"

这话听起来颇有些让人摸不着头脑，他转过头，便看到柯印戚一脸意味深长地说："讲给你听你也不懂，因为你现在还用不上这个。"

俞也看着他问："你就用得上？"

柯印戚不置可否地耸了耸肩道："但我只有复印件，这本是原版，我老爹宁死都不肯给我。"

想了想，他问柯印戚："那什么时候能找你要复印件？"

"等你追到你喜欢的那个姑娘。"

俞也十分谨慎："有什么条件吗？"

"到时候再谈。"

那次和柯印戚分别后,他就回到了陆京,等后来追到葛星宜,才又想起了这件稀世珍宝。

于是,他给柯印戚打了个电话,要这稀世珍宝。

柯印戚回得很干脆:"复印可以,但有条件。"

"说。"

"投个柯氏的新项目,你还得占大头。"

一个、两个,都只惦记着他兜里的钱,前有江挽川,后有柯印戚,但俞也最不缺的也就只有钱了,他让柯印戚报了个数字和账号,当场就把钱打了过去。然后等了好久,才等到大少爷人来。来得晚也就罢了,结果大少爷不仅羞辱了他一番,还博取了他家姑娘的关注。

俞也越想越火大。他暂时压下火,揉了揉葛星宜的头发问:"你今天是不是不用去律所?"

葛星宜点了点头。因为她前一阵一直在不间断地出差,累得很,所以老板今天特意多放了她一天假。

他立刻牵起她的手就往后罩房走:"好,那跟我回屋。"

葛星宜小声提醒道:"早饭……"

"那个不急。"俞也带着她走到后罩房门口,目光幽深地看着她,"我现在最急的是,申请立刻结束惩罚期。"

她红着脸动了动唇:"本来就打算提前结束的,被你说在前头了。"

一听这话,俞也的眼里毫不掩饰地绽放出光来。他牵着她的手,指了指面前的后罩房问:"愿意进来看看吗?"

葛星宜一开始就对他的职业满怀好奇,这时毫不犹豫地自己伸手推开了后罩房的门。俞也跟着她一起进了屋,反手关上屋门。

后罩房的陈设和主厢房其实差不多,但他这里看上去却比她屋子更为整洁。或许是因为他的个人用品本来就少,现在又是整天赖在她那儿的状态,以至于整个客厅看上去都空荡荡的,跟没人住似的。

葛星宜环顾了一圈,问道:"你平时在哪儿办公?"

俞也没说话,径直带着她往书房的方向走去。打开书房的灯,她惊讶地张了张嘴。就见整个书房都被做了大改造——原本摆在墙边的书柜和衣柜都被挪去了别处,书房里只有几张椅子和一张很长很长的桌子。而这张格外长的桌子上,则摆着一个个电脑显示屏。

她粗略一算，这房间里最起码得有十多台电脑。而每个电脑屏幕上，都显示着花花绿绿的线条、文字和数字。就算她是一个外行人，也能看懂这是股市及期货市场交易中的K线图。

葛星宜张了张嘴，转过头看向俞也问："所以你……"

"我是做金融证券这一块的。"俞也冲那些电脑抬了抬下巴，"说得通俗易懂点儿，就是炒股的。"

"我跟柯印戚就是股友。"他说，"我们当时是在纽约一个证券研讨峰会上认识的。"

柯印戚原先除了柯氏的生意之外，兴趣爱好就是搞这行，所以财富积累来得相当快。再加上他本身就是天才，没过两年就已经通过证券交易攒到一大笔资金，开始投资各种项目，顺便用于柯氏的扩张。

而俞也，虽然谈不上像柯印戚这样天才，但在证券方面确实相当有天赋。如吴瑞他们所说，他高中毕业的时候就已经通过证券赚到了人生的第一桶金，在他们这一行也算是个传奇人物。

证券市场风险很大，既能一夜暴富，也能一夜倾家荡产。千万人走独木桥，最后只能留屈指可数的成功者。很幸运，他就是那个屈指可数。

桃心他们听到的坊间传言，说俞也两年赚够了一辈子的钱，也确实不是虚话。原先一直在美国，他主做美股，辅以中国A股。后来由于资金太多，他一个人实在打理不过来，因此开了公司，招了手下来帮忙打理，顺便培养了一批学生。回到陆京之后，他开始主做A股，又招了吴瑞他们，带他们入行，让他们管理自己的资金，也顺手培养他们独立操作的能力。

"生活作息颠倒，就是因为我既做A股又做美股，等于同时在过中国和美国时间。"

别人醒了，A股开盘；别人睡了，美股开盘。这也就是为什么，俞也整天一副睡不醒的困倦模样，但凡逮住机会就要补觉。

葛星宜直到这一刻，终于恍然大悟他所有稀奇古怪行径的源头——这真实答案其实绝不能说是超出想象，但多少让她有些哭笑不得。大家把他想得太离奇了，人家"小鳄鱼"充其量只是个"股神"而已，绝不是什么非人生物。

"我知道言布布他们在背后是怎么说我的。"俞也这时不动声色地将葛星宜拉近到自己身边，"他们说我这生活作息，不是吸血鬼就是通缉犯，要不就是特工。"

葛星宜张了张嘴，刚想笑，就被他一个转身，轻轻地抵在了书房的门后。下一秒,他便张口咬住了她的嘴唇。这个吻来得急切,又格外浓烈、缠绵。单单只是这么吻着,她都觉得自己整个人有点儿不对劲了。葛星宜面红耳赤地动了动腿,想要往后退一步,却被他更紧地扣在了怀里。

不知吻了多久,俞也才稍稍退开一些,呼吸灼热地抵在她的唇边,哑声问她:"怎么,要试试和'吸血鬼'睡一觉吗?"

葛星宜从来都不知道,面前的男人,可以这么地……热。他平时总是冷的,无论是神情言语,还是举止风格。不怎么爱笑,也不怎么爱多说话。对上她时,已经和对其他人截然不同,热切厮磨时常有,但也从未有一次像今天这般。

书房离卧室的距离只是一个转角,俞也在书房的门后将葛星宜亲得浑身发软,差点儿连路都走不动的时候,将她打横抱起来快步进了卧室。卧室里没有开灯,窗帘也拉着,有些暗。落入床铺的那一刻,葛星宜只觉得整个人都落入了"俞也"的地盘。

往常他们都待在她的房间里,这种感觉并不鲜明。但此时此刻,在一个长期都只有俞也一个人生活的空间里,他的存在感一下子比平时强烈了数倍。无论是鼻息之间的气味,还是空气里的温度,都是独属于他的。

这种陌生又亲昵的专属感,让她的身体软得更快。

俞也将葛星宜半压半抱地按在床上,放开了已经被他吮得通红的嘴唇,又去亲她的耳骨。

"宝宝,先跟你说声抱歉。"他这时怜爱地亲了亲她的唇角,而后慢慢撬开了她的牙关,"我今天不会停下来的。"

等葛星宜能喝上一口水的时候,外面的天色都已经暗了。

俞也抱她洗过澡,喂她喝过水,去旁边给吴瑞打了个电话。老板二话不说旷工一整天,弄得吴瑞他们如坐针毡,只能瞎操作了一番,而后战战兢兢地给老板发条汇总消息以做报备。要是等老板明儿早上起来看到账号一片绿,他们就准备集体上断头台。

却没想到,临近傍晚的时候,他们接到了老板的电话。还没等开口说话,就听老板用那副异常沙哑的嗓子低声道:"做得不错。"

吴瑞等人以为自己耳朵出问题了。他们这辈子都没听俞也表扬过他们半句,别说表扬了,能不骂是蠢驴,就已经谢天谢地了。

却没料到,老板后面竟然还跟了句:"明早所有账号全部清仓,全体放假一周。"

　　工作室那边瞬间炸开了锅,俞也扔了手机,赶紧回卧室哄人。

　　回到卧室,他看到葛星宜缩在被窝里,手里捧着个手机,在那儿慢吞吞地打字。他翻身上床,伸手把她拥进怀中,亲了亲她依旧显得很红的眼尾,问道:"在跟谁聊天?"

　　葛星宜打完最后一个字发出去,白了他一眼,将手机轻轻拍到了他的胸口。

　　俞也拿起手机,发现聊天界面是四合院的微信群聊。

　　趁着他去跟吴瑞他们打电话的时候,葛星宜先是在群里发了一个省略号。就这么一个平平无奇的省略号,整个群里的人都瞬间被炸了出来。

　　言布布:宜宜,是我想的那样吗?

　　熠:恭喜俞大富豪了。

　　草莓甜吗:宜宜,我也不知该不该说一声"恭喜"。

　　迪迦奥特曼:看我等会儿不把这混账东西的腿给打断。

　　俞也看得嘴角勾起了一抹笑。

尾声

愿你我永远

  大约是受了柯印戚的刺激，俞也这段时间大大减少了工作时间。葛星宜无意中听吴瑞和应宵说起，他现在美股基本不做了，全权交由下面的人来打理。毕竟以他的资产，其实早就没有必要再那么努力工作。到他这个资产层面，基本就完全是数字游戏，多一点儿少一点儿，就像扔了一颗小碎石进湖面，毫无波澜。

  所以，既然只做 A 股，他的工作时间便只有早上九点半到下午三点，再也用不着过之前日夜颠倒的生物钟了。也就等于，其余所有的时间，他都耗在了她的身上。

  那天之后的第二天，俞也就堂而皇之地从后罩房搬进了主厢房，从此以后牢牢驻扎其中。

  这天晚上，俞也难得没缠着葛星宜往卧室里去，两人吃过晚饭，一块儿窝到沙发上看电视剧。看到一半，葛星宜忽然偏过头，看了看搂抱着她的年轻男人。

  俞也感受到了她的目光，立刻低垂眼眸，问她："怎么了？"

  "其实，我有个问题想问你很久了，你想一直都住在四合院吗？"

  "不然呢？"他不置可否，"你在这儿，我不住这儿，去住哪儿？"

  "可是……"

  可是他明明在全国有多处房产。

先不提其他地方的，单单在陆京，他就有之前最常住的那栋大别墅。不管怎么说，住起来都要比四合院舒适无数倍。

他先前过来租房，是为了要追她。可自从两人确定恋爱关系一直到现在，他也从未提出过要带她搬离四合院。

俞也专注地看了葛星宜一会儿，似乎是理解了她想要表达的意思。他这时拿起一旁的遥控器，将正在播放的电视剧暂停下来。

室内陷入一片温馨的安静，他才开口道："我只想待在你想待的地方。"

"四合院是你的家，"他一字一句，说得很慢，"是其他任何地方都无法取代的。"

大别墅和摩登公寓，固然有它们好的地方。但是，无论有多崭新、多豪华、多舒适，它们都不是四合院，都没有她从小到大留存着的关于幸福的记忆，也没有她遇到他和其他租客朋友们后创造的欢声笑语。只有在这个院子里，才会有这样热闹的人声。

葛星宜动了动唇。她看着他的眼睛，忽然就觉得，这个看上去总是很冷感的男人，在对待她的时候总有着超出常人想象的耐心和细腻。

他爱她至深，也懂她入微。

有些话，她从未说出口，但他却全都明白。

虽然未来的日子还长，或许言布布他们之后会离开，或许在考虑是否要转回刑警的沈叶迦也会带着魏然离开，到最后，这个偌大的院子，又会变得安静起来，但现在，她有俞也了。

她知道无论世间如何变幻，俞也都会始终陪伴在她的身边。所以，她待在这里，也再不会觉得寂寞不安。

有他在，她愿意永远守在这个四合院里，为她的爱人和所有朋友敞开大门。

俞也这时偏过脸，亲了亲葛星宜的眼角道："我想和你一起在这里制造更多的回忆。"

刷新过去那些你并不太快乐的日子，用崭新的、温暖的时光来替代。从今往后直到我们终老，你回过头，就只会看到在这个院子里发生的所有与美好相关的岁月。

葛星宜眼眸一动，眼尾有些浅浅的濡湿。

俞也看到了，用指尖轻轻抚了抚，转了个话头逗她："宜宜，既然以后我们都住在主厢房，我可以把后罩房改造成工作室吗？"

"当然。"她笑了笑,"还有,你偶尔也可以带我去你那里。我们可以两头住,我看你那别墅的地理位置离律所也不是太远。"

俞也知道她是在照顾他的感受,不希望他大动干戈来回搬东西,闹得不方便。

"嗯。"他暂且应了下来,过了两秒,又意味深长地说,"确实,偶尔换个地方……应该也有不一样的感觉。"

他这语气,一听就不是在谈正经事。

葛星宜一脸无语:"亲爱的'小鳄鱼',请问您能不能想点儿别的?"

"鳄鱼是食肉动物。"俞也凑过去,亲了亲她的鼻尖,"而我这条鳄鱼,这辈子只食你一个。"

这一年春节要比往年稍早,大约是在一月底。

临近春节,俞也差人将整个院子都布置得张灯结彩。

先前为葛星宜庆生时用的那些大红灯笼再次重出江湖,惹得沈叶迦进门的时候,见一次骂一次:"我又不是刘姥姥,天天逛大观园。"

但是葛星宜却喜欢得紧,有了这些布置后,她每天晚上下班回家,都要拉着俞也在院子里待上很久,到后来索性在院子中央摆了几张椅子和桌子。言布布和惠熠立刻兴致勃勃地加入,沈叶迦起先强烈拒绝,但最后还是架不住魏然一脚朝他屁股上踹,把他踹到桌子旁边。大冬天的,一桌人围在院子里,嗑嗑瓜子、聊聊天,有时候还会打桌游、打牌,倒也不觉得冷。

大年三十那天,惠熠调休,带言布布回了家,跟父母一块儿吃团圆饭。

先前葛星宜听言布布说过,惠熠向她求了婚,两人好事将近。但他们还是决定继续住在离医院更近的四合院里,偶尔空闲的时候再回去住新房。

沈叶迦前段时间,则跟着魏然去拜访了岳父岳母。虽然他糙,但魏然的妈妈似乎格外喜欢这个英俊的未来女婿,还天天盯着魏然,让她别对沈叶迦那么呼来喝去,胳膊肘极度往外拐。沈叶迦简直这辈子没那么扬眉吐气过,连连感慨自己终于找到了救世主对付他家祖宗。

综上所述,葛星宜原本以为大年三十,四合院里就只有她和俞也两个人。

两个人其实也没什么不好,开了电视,摆上酒菜,依然能有一股过年的温馨劲儿。俞也虽然自己不会做菜,但是会花钱请人做。于是一桌年夜饭,葛星宜亲手下厨占了三分之一,其余三分之二都是他找餐厅订的。

两人看着春晚，开开心心地吃到一半时，忽然听见门口有人敲门。

"谁啊？"

葛星宜有些疑惑这个时间点谁会来，就见俞也起身走去了玄关。

门一开，俞也的脸就冻住了。

"宜宜！"孟恬从门外探进来一个脑袋，冲她招手。

江挽川无视俞也的脸，浅笑道："叨扰了。"

葛星宜惊喜万分，立刻从餐桌边站起身，迎了上去："甜甜，川哥！"

结果刚走到门口，她的眼睛顿时瞪得更大了："甜甜，你……"

面前的孟恬，虽然还是同分别时一样美丽又纤细，但现在，她的小腹却肉眼可见有些微微隆起。

"已经四个多月了。"江挽川搂着孟恬，说得不徐不疾，"之前就想来陆京找你们，但因为怀孕初期不宜旅途劳累，于是就想着等过了危险期再过来。"

孟恬有些害羞地笑道："我本来想在微信里先跟你们报告好消息，但川哥不让，说要给你们一个惊喜。"

"恭喜你们啊！"葛星宜握住孟恬的手，"真的太为你俩高兴了！来来来，快进屋，别在屋外冻着了。"

两个姑娘牵着手进了屋，就见江大明星笑出一口白牙，冲仿佛已经冻成一座冰雕的俞也抬了抬下巴说："承让。"

俞也："……"你能不能从哪儿来，给我滚回哪儿去？

江挽川他们突然到来加入这顿年夜饭，已经让葛星宜够惊喜的了，却没想到这还没算完。大约过了半个小时，言布布和惠熠也回来了。

"我跟我爸妈说，跟他们吃上半顿，"惠熠进屋的时候，手里还提着大包小包的年货，"下半顿要赶回院子吃。"

言布布笑吟吟地叫："宜宜，饭后甜点准备了吗？我从叔叔阿姨那里顺了个八宝饭，咱们可以蒸起来！"

谁知道这俩刚坐下来，连屁股都没坐热，家里的门又被敲响了。这回，来者都没等他们过去开门，就自己推门进来了。

"还是屋里暖和！"沈叶迦牵着魏然的手，大刺刺地进了屋，"开饭开饭，我在丈母娘那儿吃了个半饱，留着肚子的。"

魏然手里拿着一捆仙女棒，冲他们眨了眨眼道："我准备了饭后娱乐活动。"

在葛星宜还没反应过来的时候，原本还空荡荡的餐桌边，已经围满了人。大家伙儿其乐融融的谈笑声瞬间充满了整间屋子，仿佛都能透过窗户，扩散到院子里的冬日夜风中去。

葛星宜去厨房给他们拿碗筷，一边拿，一边忍不住一直笑着回过头往餐桌那边看。像是做梦一样，她完全没有想到，这顿年夜饭，竟然会变得如此热闹。

看到最后，倒是把俞也给看来了。他走到她身边，接过她手里抱着的那些餐具，问她讨了个吻："好好的二人世界就这么没了。"

葛星宜笑弯了眼："诚实点儿，看到他们都来了，你不也很高兴吗？"

"哪里高兴了？"俞也没好气地应，"看到这帮人吵吵闹闹我就头痛，尤其是那个姓江的。"

她忍俊不禁道："人家川哥是真的人生赢家，怎么也羡慕不来……"

"我不羡慕。"俞也用吻堵住了她的话，嗓音热切而温柔，"因为我也有……未来还会有更多。"

两人就这么站在厨房里，安静又认真地接吻。

坐在离厨房最近的魏然这时侧过头看到了，忍着笑走过来，悄悄地替他们把厨房的门给关上了。

"我忽然想到，"一吻结束，俞也用额头抵了抵她的额头，"我们应该给这间四合院取个名字。"

葛星宜兴致勃勃地问："你有什么想法吗？"

俞也浅浅一笑道："满糖屋。"

因为这间院子，跟你一样甜。

这世上最难寻觅的，便是真心。无论是真心爱人，还是真心朋友。

在葛星宜过去的人生中，她曾失去过良多，也有过不少孤独又无助的时刻。但万幸万物守恒，那些曾经的失去，都是为了今天的得到。她已然得到了这世间最难寻觅的珍宝。

年少时，她无意间撒下的一颗小小的种子，在她不知道的时候，悄然发芽生长，最终长成参天大树，枝藤蔓延，递到了她的手边。

她的真心爱人，跨越岁月的变迁来到她的身边，一如当初般爱慕她，从此都会坚定地守护着她。

而这间院子，也同样见证了她朋友们的爱情开花、结果，见证了她和朋友们之间牢固又真挚的友情。

这是一间名副其实的"满糖屋"。

葛星宜因这话,心里软极了,忍不住踮起脚,亲了亲他的脸颊,说:"谢谢你。"

谢谢你给我带来的,这所有的甜蜜与温暖。

"宜宜,"在厨房外传进来的欢声笑语的背景音里,俞也笑着对她说,"新年快乐。"

"新年快乐。"

愿年年有今朝,愿岁岁长相守。愿你我永远,愿家国万安。

世间爱情百转千回,总有一封情书只为你书写。

见字如面,见你如愿。

愿你们每个人,都能收到这封独属于你的,唯一的情书。

番外一

满糖情书

律所的同事都知道葛星宜以前是个劳模,总是十分敬业,加班到深夜时分才回家,几乎每天都是最后一个走的。只有她自己心里清楚,这样的工作模式,倒也不完全是因为热爱工作,还有她实在不愿意一个人早早回到偌大的四合院,体会那寂寞、冷清罢了。

这样的日子持续了很长一段时间,毫无波澜起伏,直到俞也他们出现。

有了朋友后,她开始减少加班,争取准时回家了。而当她和俞也确认了关系之后,她甚至会在项目允许的前提下,尽量提早回家。以前她是有假期也不休,现在是一有假期和调休就肯定不来律所。

同事们自然都发现了她的变化,在休息的时候纷纷围过来八卦她:"宜宜,快老实交代,你是不是谈恋爱了啊?"

葛星宜没应声,却笑得格外温柔。

大家自然都懂了,纷纷在那儿起哄说:"快带给我们看看!长得帅不帅啊?"

葛星宜想了想,回答得比较谦虚:"嗯,应该还算是不错的吧。"

"有多不错?"

"有照片吗?"

……

眼见这帮人不达目的不罢休,她索性耸了耸肩,告诉他们:"晚点儿下班的时候他会来接我,你们跟我一块儿下去就能见着人了。"

俞也自从不用做美股后,每天雷打不动准时去葛星宜律所楼下接她下班。

到了下班的点,葛星宜刚整理完东西,抬头就看到办公室门口戳着一排人。这帮人俱都两眼放光,等着跟她下楼看一看她那个"长得不错"的男朋友。

葛星宜无奈失笑,进电梯的时候跟他们说:"你们别抱太大期望,我男朋友的性子有点儿古怪的。"

同事问:"怎么个古怪法?"

她想了想,说:"他不太爱说话,面上看着挺冷漠,不是很热情。"

等到了一楼,电梯门一开,同事们就兴奋地问她:"是哪个啊?"

"这个小哥哥长得好帅!"一个女同事这时压低嗓音,指了指大堂左前方沙发上坐着的一个年轻男人。

"真的好帅!这大长腿真是绝了!"

葛星宜顺着他们手指的方向看过去,就看到了浑身上下一身黑色长袖、长裤,只有一张白皙英俊的脸露在外面的俞也。他依然和从前一样,不爱看手机,不爱刷社交网络,活得一点儿都不像个当代年轻人。她不在身边时,他就只会坐在那边发呆、放空。

葛星宜看得莞尔一笑,抬步就朝他走过去。

同事们见状,立刻跟在她身后:"宜宜,你别跟我说那个绝世大帅哥就是你男朋友啊!"

她没应声,却弯着嘴角开口叫了俞也一声。

下一秒,所有同事就眼睁睁地看到,那个刚刚还一脸厌色的冰山大帅哥,一瞬间就跟变了个人似的。

他从沙发上迅速起身,大步朝葛星宜走来,一边走,他的面容一边像冰霜融化开来一般,慢慢展露出了温柔的笑意。不出一会儿,他就站定在了葛星宜的身边,伸手接过她手里的包,牵起她的手,将她拉到自己的近侧。

俞也偏过脸,亲了亲她的眉心问:"累吗?"

"还好,不累。"葛星宜这时含羞带笑地捏了捏他的手指,"那个,我同事都在呢。"

俞也眼里向来只看得到她,根本没注意到身后还跟着的一帮人。

同事们被当头喂了那么一大捧"狗粮",看得又是兴奋又是酸的,都快

325

要不行了。

"这能叫长得"还算不错"？葛星宜同学，你真是好有本事，金屋藏了个这么娇的都从来没见你声张过！"

听到这话，俞也才堪堪转开视线，往她身后看去。到底顾及着这些是葛星宜朝夕相处的同事，他还是冲着大家点了点头，冷冰冰地说了声："你们好。"

"你好，你好！"

同事们心里此刻只有一个感受，既然俞也能长成这样，那性格有多古怪也不是事儿啊！再说了，单看他对着葛星宜那个双面人的态度，就知道他有多喜欢葛星宜了。

大伙儿饱足了眼福后十分识趣，立刻作鸟兽散："祝两位夜晚愉快。宜宜，我们明天再聊！"

葛星宜知道这帮人明天免不了对着她一番"严刑拷打"，这时冲着他们摆了摆手说："好走不送。"

等同事们上楼后，她笑看着俞也问："是不是被吓了一跳，突然被那么多人围观？"

"还好。"

葛星宜逗他道："大家说我这大半年每天魂不守舍、归心似箭的，想看看我男朋友究竟是何方神圣，能让我整天那么牵肠挂肚。"

这话瞬间就把"大金毛"给取悦到了，他牵着她的手，带着她走出公司大楼，脸色又变得同方才看到她时一样和煦。

"饿吗？"

葛星宜摇了摇头说："下午跟同事一起叫了点儿下午茶，不是太饿。"

"行。"俞也的眼底儿不可见地闪过一丝精光，"那我先带你去个地方，然后再去吃晚饭？"

葛星宜点了点头问："去哪儿？"

他牵着她的手紧了紧："到了你就知道了。"

葛星宜实在没有想到，俞也会将她带到陆京一中来。

自从初中毕业之后，她就没有再回过学校。她逢年过节会发消息祝福几个跟她交好的老师，也曾跟同学一块儿去老师家探望过。但随着慢慢长大以及她那不擅长与人热络的性子，她和初中同学的情分也难免变淡，再加之后来家中的变故,也就和其他人渐渐失联了。

种种原因促使下,她之后都没有机会再回陆京一中看看,直到今天。

葛星宜原本以为守门的保安不会让他们进去,结果对方看到俞也,立刻笑脸相迎,什么话都没说就让他们进去了。

葛星宜看得十分震惊:"怎么回事?这保安难不成还记得你吗?"

俞也带着她,在校园里走得分外熟门熟路。

"他当然不记得我是曾经那个小胖子,但最近我在他这儿混得已经十分脸熟了。"

"混脸熟?"

俞也的眼底含着一丝笑意,却没有立时答这话。

此时正是陆京夕阳西下时分,整个陆京一中都被笼罩在了黑夜前最耀眼的光芒之下。葛星宜跟着俞也穿过操场、小卖部、教学楼……来到了学校的体育馆。

体育馆似乎在这些年里做过翻新,外观看上去同从前有些不一样。而且这个时间点,体育馆该是已经闭馆了,但此时此刻,体育馆的门却大开着。

俞也牵着她,信步走进偌大、无人的体育馆,而后径直穿过篮球场,往后门走去。

虽然已经经历过翻新,但后门的位置却和从前一模一样。所以,当俞也带着她往后门走去的时候,葛星宜的心里忽然升腾起了一丝奇妙的预感。

这些天,他虽和从前一样黏人,但总是会抱着她发呆。说是发呆,却更像是在沉思着什么。

但要是问他是不是有什么心事,他又绝口不肯提。因为不善言辞,又不擅扯谎,被她追问了几句无果后,干脆将她"就地正法"。大约是尝到了甜头,之后只要葛星宜再问,他都会身体力行地堵住她的嘴。

俞也很快就带着葛星宜走到了后门,他停下脚步,轻轻推开了门。门外夕阳的光瞬间倾洒进体育馆,她下意识地闭了下眼,等到再睁开的时候,她的目光不由自主地颤了颤。

只见后门外那片空地上,此刻被划分出来了两个鲜明的区域。一块区域里,摆着满满当当、郁郁葱葱的锦绣鲜花,五彩缤纷的气球彩带,充满少女心的毛绒玩偶,还有一地的粉红色玫瑰花瓣,要多好看有多好看,仿佛一个公主的后花园。

而只是一道栏杆之隔的地方，却完全是另外一派景象。有一套脏兮兮的校服和一个打开的脏书包躺在地上，旁边则散落着一地的书本，后面还有几个并列着的垃圾桶。只是一眼，就让葛星宜瞬间回想起他们初次见面的那一天。面前的场景，几乎完全还原了当时。

"宜宜，"俞也这时转过头，微笑着看着她，"今天是我们相识的第十七个年头了。"

葛星宜眼睫颤动，被他牵着，沿着后门的台阶往下走，最终站到了那两片截然不同的区域之前。

他指了指左手边，那里正还原了他们初遇时的场景。

"那是我第一次见到你的地方。"

那天，也同今天一样，是个艳阳高照的晴天。他们相遇时，也同样是在如此这般的夕阳落下的傍晚时分。

"你当时就是从这扇门走出来的。"他似乎已经将当时的场景在心中反复惦念起无数回，"你走到我面前，挡在我身前，然后成为了我的无冕英雄。从此以后，我就再也没能忘记过你。"

年少时候的情感虽是最冲动无迹可寻的，但却又是最刻骨铭心的。对当时身处黑暗阴影中的俞也来说，葛星宜的出现，就像是陡然亮起的盛光。他怎么可能忘得了？

她带着风和光而来，从此在他内心最深处长久驻足，再未离开过。

"虽然校园欺凌，并不是一段值得回味的记忆，但因为是你将我从欺凌中解救出来的，我依然愿意去正视这段过往。"

俞也从来不会一口气说那么多话，听得葛星宜心口急速泛酸。

"我也将永远记得，从那一天起，我的心中有了从此想要一辈子去珍视、爱护的人。"

"我应该从来没和你说过，我们毫无联络的那段岁月确实很长，无论是从实际计数，还是从心理上看，都非常地长。但其实这看似有些漫长的十多年，对我来说并不太难熬，你知道为什么吗？"

葛星宜动了动唇，眼尾已然有些湿了："为什么？"

"因为，"他顿了顿，轻声说，"要是太早就让你再次见到我，我会嫌自己还不够好。"

如果不够好，那就还不能让你见到我。所以，与你分开的日子，我每时每刻都在想我是不是还不够优秀？无论是相貌、身材、学业，还是个人能力……要是能再多给我一点儿时间,我是不是就能做得更好一些?那样我才能有更充分的底气,可以堂堂正正地回到我喜欢的女孩身边,告诉她——你看,我已经不是从前的我了。我已经变得十分强大,能够好好地保护你、呵护你、珍惜你,而不是当初那个需要被你护在身后的人了。因为你,我才会变成如今的我。"

"其实,我现在也算不上太好。"俞也有些犹豫地动了动唇,"不会说话,脾气冷硬,不讨人喜欢,也不会什么哄女孩子的方法。"他说到这儿,看了一眼房外一边的布置,"费尽心思的东西或许还不及别人的灵光一闪,要是让江挽川他们看见,估计又得笑我……"

"我很喜欢。"没等他把话说完,葛星宜就伸出手拥抱住了他,"俞也,你给我的所有,我都会很喜欢。所以,你不用觉得自己哪里不够好。"

生怕他看到自己哭又要胡思乱想,葛星宜低头快速地抹去了眼角的湿润,才抬起脸冲着他笑道:"你在我心里就是最好的,一直以来都是。"

"小胖子的时候也是?"

葛星宜点了点头,笑得格外明媚:"嗯,小胖子的时候我也很喜欢。"

俞也笑了。他温柔而有力地回抱住她,低下头亲了亲她的眼角:"宜宜,谢谢你出现在我的生命里。"

面前被一分为二的场景,彰示着两个截然不同的时间点:一半是他们的过去,是他们生命中最重要的第一次交集;一半是他们的未来,他们往后人生要携手并进的长路。过去会被铭记,未来将会继续。唯一没有变过的,是他那颗一如初衷爱她的真心。

俞也这时将葛星宜带到公主的后花园,拿起了桌子上一个可爱的小狗玩偶。他在她的注视下,从玩偶的怀里摸出一个小锦盒打开,单膝下跪,将锦盒递到她的面前。锦盒里的钻戒华美精致,最特别的是,在钻戒的正中央,还镶嵌着一个与葛星宜生日时,他送她的手链上一模一样的小行星。

俞也屏息望着她,一字一句,说得格外缓慢而郑重:"宜宜,请问,你愿意嫁给我吗?"

我站在时光的两端,将我的过去、现在和未来一并交到你的手里,让你知道我有多么爱你。这份爱随着时间的推移,从未有过一丝一毫的减退,反而日渐浓烈。

我会成为今天的俞也,都是因为你。我愿为你改变,更愿为你倾尽所有。所以,你愿意在十七年后,嫁给当初那个被你解救的男孩儿,让他从此一生都成为你的无冕英雄吗?

葛星宜终究还是没能忍住眼泪。

长大以后,她从未这样哭过。她情绪内敛、反射弧长,本就不是那种会被情绪牵着走的人。可今天,当她看到自己最爱的男人这般笑着跪在她面前时,根本没法忍住心中的汹涌情动。

他总说,她是那个在当初解救了他、从此改变了他一生的人,却不知,她才是因为他而重获新生。

他给了她缺失的爱和温暖,更给了她想要重新变得明亮起来的信心。因为有他在身边,她才愿意走出灰暗的境地,从此变得勇敢又无畏。她知道,自己这辈子都不可能再遇到第二个如他一般爱她、宠她的人。

"我愿意。"

葛星宜很认真地回应了这三个字,将手轻轻地递到了俞也的手心里。

俞也笑得眼睛都弯了起来,他取出钻戒,将其推上她的左手无名指,而后猛然站起身,再次将她拥入怀中。

爱你这件事,要用一辈子的时间来慢慢书写。

所以,这是一封漫长又温柔的情书,里面有我所有的赤诚和真挚。

我将它认真地交予你手中,希望你热爱,希望你欢喜。

番外二

婚礼大团圆

江挽川息影后没多久,孟恬和他就已经将他们的婚礼筹划得七七八八了。无论是婚礼场地、形式、拟邀请宾客名单,他们都商议得差不多了,谁知计划终究是赶不上变化——孟恬忽然发现自己怀孕了。

两人高兴过后,孟恬转念一想,又有些担忧地问江挽川:"那咱们的婚礼还能办吗?"

江挽川搂着她,笑道:"当然能办,你想怀孕期间办也行,生完宝宝办也可以,看你喜欢。"

她眨了眨眼:"你觉得呢?"

瞧她家这个大魔王老神在在的模样,想必心中早已经有了定夺。

江挽川娓娓道来:"按照戴医生说的预产期,宝宝大约是盛夏的时候出生。不过,等你出了月子、休养恢复调理一阵,正好差不多是金秋十月。那个时候天气不是太冷,也不是太热,咱们办婚礼正合适。"

她也笑了:"跟我想的差不多。"

"还有,你的婚纱本来就是路绪设计的绝版款,尺寸也是根据你现在的身材定制的。倘若要在怀孕的时候穿,还要进行修改返工,时间上有些来不及。"

孟恬心想他是真的太懂自己的想法:"而且要是怀孕的时候穿,效果肯定没有平常好,会显得有点儿胖。"

"对我来说，你怎么样都是最美的。"江挽川亲了亲她的额头，"但我私心想等你生完宝宝后办婚礼，因为我不想你在怀孕的时候太过劳累。"

哪怕他们的婚礼一切从简，没有太过繁复、冗长的流程，但到底还是要花精力去接待宾客，誓言环节也会耗费心神。万一她婚礼途中一个不舒服，他哪里还有心思继续，直接得喊停了。

对于一肚子坏水的江大明星来说，这个宝宝来得本来就不算是意外，他其实早就有打算将他们婚礼的时间放在十月。也因此，他暗地里和婚庆司仪、婚礼场地负责人谈的时间也都是按照十月来谈的。连路绪那边，定制婚纱赶工的日期，也是给得比较宽裕。

如今这一来，正中下怀，一切顺理成章。

"那就定下十月办婚礼吧。"孟恬温柔地笑，"到时候大家坐在室外草坪上也不会觉得热，应该都会比较喜欢那个时间点。"

"好，这些我都会来安排，你什么都不需要操心。"江挽川望着她，"有劳夫人怀胎十月了。"

一眨眼，孟恬十月怀胎成功"卸货"，江家小王子江艾夯呱呱落地。

怀孕期间孟恬几乎就只增重了十五斤，除了肚子外的地方，都和平常毫无两样。出了月子，调理恢复了没多久，她就跟没生宝宝之前一样了。

孟恬和江挽川的婚礼，从创意到布置，从头到尾都是由江挽川亲自监督的。两人都比较喜欢简约风，所以整个婚礼场地的颜色都以白色与绿色为主，成片的白色鲜花搭配绿色藤蔓显得十分清新透亮，又高雅脱俗，有一种绿野仙踪的即视感。

江大明星背着手绕场地一周，十分满意地照了几张场地的美景发给老婆邀功。

草莓甜吗：好好看，我特别喜欢！

川：江夫人愿意给点奖励吗？

草莓甜吗：什么奖励？

川：我听惠医生和大舅哥说，布布和小未私底下穿过一些衣服还挺好看的，我问他们要链接买了几件。

不做人的江大明星在老婆这里讨着好了，更是春风拂面。

名扬四海的顶级婚纱设计师路绪设计的那款不出售的绝版婚纱本就是难以描绘的惊艳，她又因为看在江挽川和孟恬是朋友的面子上，在下厂定制之前，特意根据孟恬的身材和气质，在婚纱上稍稍做了些小改动。也因此，当孟恬穿着那件婚纱从林荫小道里朝他走来的时候，江挽川一时也有些看呆了。

那件婚纱完美地将孟恬身上所有的优点都展示了出来，把她衬得既高雅又迷人，路绪为她特意添加的白纱蕾丝装饰环在她纤细的手臂上方，一圈一圈，层层叠叠。成片的钻石花纹在她身上折射出耀眼的光泽，随着她的走动，慢慢散发到周围。

她美得仿佛是一个遗落于森林的仙子。每一步，都像是踩在他心口。

一直到孟恬站定在他的身前，江挽川还有些神魂颠倒。孟恬因为他这般痴迷的目光感到害羞又开心，伸出手指，轻轻地拉了拉他的衣袖。

江挽川这才如梦初醒，他眸光一动，立刻扣住了她的手，将她拉近自己。

"不能亲。"孟恬见他低头就要吻过来，抬起手在自己的面前挡了挡，羞涩地说，"一亲，妆就花了。蔻蔻说了，今天给我化的是百万妆容，让你务必要忍到婚礼结束。"

江挽川不由失笑。他停下动作，但依然紧紧地攥着她的手，将人从上到下仔仔细细地看了一遍，连一点儿细微的地方都不肯错过。

末了，他轻轻叹息了一声说："你让我想现在直接终止婚礼，带你回家。"

孟恬笑："连开都没开始，哪来的'终止'一说？"

江挽川握住她的手，放在自己的胸口。孟恬手指轻颤，感受到了指腹下他热烈的心跳。

"总觉得很奇妙。"他温柔地看着她，"已经这么多年了，我还是能在看见你时，像当初那个青春期男孩一般躁动不安。"

一晃眼十几年过去，他们经历了恋爱、结婚，如今还有了宝宝。说是年轻，但到底不比年少时代，已经不再那么地年轻了。可他依然会在看到她时，如此心动，如此热烈，如此着迷。

孟恬仰头望着面前身着白西装的男人，害羞却认真地告诉他："我也是。"

我千万次看到你，还是会如此怦然心动。

这大抵就是世间最让人羡慕的爱恋，历经岁月却一如当初，永远鲜活明亮。

333

在花园里拍完照后，江挽川和孟恬来到了花园的最前方迎客。

这对夫妇向来是人尽皆知的腻乎，这股腻乎劲儿，连在宾客面前也不会有丝毫收敛，让每个过来打招呼的宾客都吃尽了"狗粮"。

四合院的亲友们是结伴一块儿来的，惠熠和言布布走在最前头，沈叶迦和魏然走在中间，葛星宜与俞也落在最后。

男士们今儿个都正儿八经地穿了衬衣、西裤，女孩子们都穿了漂亮的小裙子。只是白衬衣和黑西裤穿在不同的男人身上，也会产生不同的效果——惠熠穿着便是翩翩公子如玉，落在沈叶迦身上就是放荡不羁的酷飒，俞也则一看就像清俊疏离的公子哥。

也因此，这三对璧人一出现，就引得其他宾客争相瞩目。

一进花园，言布布就激动得上蹿下跳，拉着惠熠连连说这个花园超好看。惠熠问她："那我们的婚礼你想做草坪花园的形式吗？"

言布布点点头，又摇摇头："这样是特别好看，但是我想要点儿不一样的。"

惠熠眨了眨眼说："那我们去海边办好不好？"

海滩于他们而言有特殊的纪念意义，他们的第一次约会和求婚都是发生在那里。如果婚礼做成海滩婚礼，也算是有始有终的浪漫。

言布布毫不犹豫地笑着点头道："好，婚礼结束，还能顺带搞个海滩派对！"

沈叶迦是个糙汉，看这些婚礼布置也不怎么上心，眼珠子倒是光长在魏然身上了。魏然今天穿了条露肩的白色礼服裙，长波浪加大红唇，美艳得不可方物，一进花园，便引来男士们的纷纷侧目。

沈叶迦搂着大美人儿，得意扬扬地贴在她耳边说："我真想把那些男人们的眼珠子都给挖出来。"

魏然对着他翻了个白眼。

"我忽然对我们俩的婚礼有了新的想法。"他眸光一闪，"宝贝儿，你到时候就穿个大红色旗袍吧，一定好看得惊天动地。"

一听"旗袍"二字，魏然的眉头就开始打结。

这也不能怪她，因为前不久，她好像才刚当着他的面穿过这玩意儿，然后某人就拉着她疯了三天。

"你做梦。"思及此，魏然看着一脸哭丧的沈叶迦，斩钉截铁地拒绝了这个不怀好意的提议。

等跟惠熠、沈叶迦他们都打过招呼聊了会儿天，江挽川目光往后一瞥，才看到俞也环着葛星宜姗姗而来。

这两个老冤家一对上就要开杠，江大明星今天是新郎官，更是春风得意、张口就来："俞小菜鸡，我的大喜日子，你怎么还飞得那么慢？"

俞也理都不想理他，连眼睛都不往他身上瞥一下。

倒是葛星宜一手抚在自己的小腹上，温婉笑道："我走得慢，他是特意迁就我的。"

孟恬一动不动地观察了葛星宜一会儿，惊喜道："宜宜，难不成……"

"快四个月了。"俞也这才舍得开金口，"宜宜孕反有点儿严重，江挽川，今天我们能来，绝对是给足你面子了。"

大约实在是被江大明星刺激得太厉害，样样都远远落后于众人的俞也这一回终于奋然反击，打了一个翻身好仗。

在求婚和领证都处于最后一名的境地下，葛星宜居然成了孟恬之后，第一个怀孕的。

惠熠和沈叶迦他们都住在四合院，葛星宜一怀孕大家就都知道了。俞也把葛星宜当心口明珠，连她皱个眉头，他都要抖三抖，整天在四合院"大闹天宫"，搞得大家不得安生。

除此之外，"大金毛"还明令禁止众人把这个消息告诉江挽川，准备在江挽川婚礼时再亲口告知，打他的此生宿敌一个措手不及。

江挽川听到这个消息，先是说了声"恭喜"，而后风度翩翩地道："没想到你这么快就要当爸爸了，以后可以随时来找我讨教经验，我一定知无不言，言无不尽。"

谁知，下一秒，俞也似笑非笑地说："不必了，你的经验对我来说没用。"

江挽川轻眯了眯眼。

"吃瓜"群众言布布唯恐天下不乱地在旁边插话："听说宜宜肚子里的宝宝，有很大概率是个女孩子。"

女孩子。

江大明星顿时感到一阵晴天霹雳。

天知道，在生了江艾叅这个调皮捣蛋的戏精男娃后，他有多么悔恨当初一心想要男宝宝的自己。如果再给他一次机会，他一定求神拜佛都要个女孩子！可现在，一直都被他远远甩在身后的俞小菜鸡，居然要生个女儿了。

风水轮流转，苍天饶过谁！

俞也看着江挽川那一言难尽的脸色，人生头一次感到那么扬眉吐气。他在众人的哄笑声中，对江大明星拱了拱手道："承让了。"

江大明星看着他那冰山脸上毫不掩饰的笑意，心中拔凉拔凉的。

人在江湖，出来混，迟早是要还的。

只是，这刚打完翻身仗的俞也并没有得意多久，因为他们在门口和江挽川、孟恬聊天时，又有两对宾客到了。

这两对宾客身上自带光环，其中一对是江挽川圈内至交好友，当红明星芮疏予、桃心夫妇，另一对则是闻名四海的当红男歌手谢修弋与他的太太柯姣。

当谢修弋一出现在花园入口，全体女士们就都疯了。

言布布跟只兔子似的，跑得最快，拽起魏然就往谢修弋那儿冲："快走，快走！跟我去问老谢要签名！我今天早有准备，特意带了小本本来的！可以的话咱俩再跟他合个影！"

沈叶迦手还没伸出去呢，他怀里的魏然就跟着言布布一块儿没了踪影。

孟恬看了眼身边的江挽川，心中一动，走上前对着俞也怀里的葛星宜递了个眼神："宜宜，我有话要跟你说，跟你传授下孕期经验。"

好姐妹之间只需要一个眼神，便能懂得对方在想什么。

于是，下一秒，葛星宜就从俞也的怀里钻了出来，温温柔柔地对着"大金毛"说："我和甜甜在一起安全得很，你别担心。"

然后，俞也和江挽川就眼睁睁地看着这俩姑娘，手牵着手，慢慢吞吞地朝谢修弋的方向头也不回地走去。

就在这时，一阵强风忽然而来，毫不留情地刮在被姑娘们撇下、委屈巴巴地站在门口的江挽川、惠熠、沈叶迦和俞也的身上。

四个男人一脸萧索，配上一段凄惨的背景音乐，简直是无敌应景。

过了半响，俞也对江挽川冷冰冰地说："我们休战吧，至少今天先暂时休战。"

江大明星一甩手，就朝前方被姑娘们团团围住的谢修弋走去："正有此意。"

这种紧要关头怎么还能起内讧，应该一致对外啊！打倒全民公敌谢修弋，把心飞了的老婆抢回来才是当务之急！

番外三

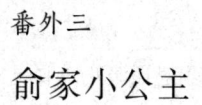

俞家小公主

众所周知，整个四合院里最扬眉吐气的一直都是江挽川。可江大明星自从生了个天天和自己抢老婆的戏精儿子后，这日子就不是那么好过了。

反观一直吊车尾的俞也，他最开始在四合院就是个大门不出、二门不迈的奇葩生物，可随着他与葛星宜恋爱、求婚成功、领证结婚，再到如今当上准爸爸，这一场翻身仗打得是要多漂亮有多漂亮。

起先人人都能踩他一脚，说他小菜鸡，说他进度慢。可现如今不一样了。人现在有妻有女，羡煞旁人，凭着葛星宜肚子里未出生的女宝宝一举篡位江挽川，成为整个四合院里最春风得意的人，还顺便得了个外号，叫"妈见打"。

为什么呢？

他现在不做美股后闲得慌，白天看盘几个小时结束后就无事可干，整天在众人跟前刷存在感。大家在工作的时候，就能看到他在群里一刻不停地发消息。

俞也性子冷、话少，也不爱发文字，就光发图片，一会儿发一张葛星宜去产检时候的 B 超单，一会儿发一张葛星宜的孕期照，要多肉麻有多肉麻，要多炫有多炫。

大家一开始还存点儿耐心迎合迎合他，到后面只要看到他发消息就直接选择性忽略。结果他反而更来劲了，不但发图，还开始配文字。

"宜宜月份大了,我看了很多宝爸宝妈的分享帖,结合宜宜孕期的状态,感觉宝宝可能是个女孩。

"所以我和宜宜买了好多女孩子用的玩具和衣服,我们家宝宝以后就是世界上最幸福的小公主。

"小公主的性格肯定随宜宜,既乖巧又温柔。

"不像某些人家的小男孩,天天搁那儿抢妈妈,抢不过还演戏博取同情,和他那个影帝爸爸一模一样。

"真是人比人,气死人。"

江挽川起先没想和他计较。想着这人着实被打压了太久,这会儿扬眉吐气后疯狂反弹,也是正常现象。

但到后面俞也实在太过分,不仅气焰嚣张,还指名道姓地阴阳怪气,江大明星一怒之下把他给拉入黑名单了。

时间飞逝,一眨眼,人见人打的"大金毛"终于等到了自己正式当爸爸的那一天。

葛星宜进产房那天,俞也全程陪同,平时那张不苟言笑的冰棍脸罕见地多出了许多表情来。有紧张,有揪心,有担忧,更有心疼。

葛星宜不太能吃痛,生孩子的苦楚更是简直要了她的命。所以她在产房里待的那十几个小时简直是生不如死,她这一辈子都不会忘记。痛得大哭,哭的时候还得用力,用力完又哭。俞也的衣袖和扣着她的手掌心都被哭湿了一遍又一遍。

其实在生产之前,他们俩讨论过究竟要不要做剖宫产,再怎么说也会比顺产的痛苦要少那么一点点。可葛星宜还是想顺产,一是不想留疤,二是顺产的话还是对母体和宝宝都好一些。

母亲的意志力总是超乎寻常人想象,就在俞也自己的衣服都吓得湿透了一次又一次后,葛星宜终于成功地诞下了俞家小公主。她一度哭叫得俞也都要吓得虚脱了,就生怕她们母女二人会出什么岔子。他甚至还动过一个念头——早知生孩子会将她折磨至此,自己当初都不应该让她怀孕。

他在这世界上,最见不得她落泪,更别提见到她痛苦了。当看到她那般难受的模样,恨不能自己可以来替她承受这些。

所以,当刚降临于世的小公主被抱起来递给俞也的时候,他低垂下眼眸看向这个皱巴巴的小婴儿,忽然觉得鼻尖一阵发酸。

他不是个轻易动情的人，喜怒哀乐的情绪都较之常人相对寡淡。但自从遇见了葛星宜，她激发了他所有对于情绪的感知力。他深爱了那么多年的姑娘如今克服了如此巨大的痛楚生下了他们爱的结晶，光是想到这件事，就足以让他胸口被汹涌的情感涨满。

这是他们爱情的见证，也是他们爱情的延续。

"宜宜，"俞也将小婴儿递给葛星宜看，而后一字一句地对她说，"谢谢你，我爱你。"

俞也的眼角，此刻浸着丝毫没有掩饰的湿润。只有心中拥有对他满腔的喜爱，才会愿意承受如此辛苦的十月怀胎为他生下他们的孩子。他没有一刻比此刻更清楚，自己是个多么幸运又幸福的男人。

得妻如此，夫复何求。

葛星宜虽然浑身脱力，但当她看到面前冷峻的男人如此动容，心中也是感慨万千。片刻后，她用尽身上的力气露出一个笑容，而后柔声对他说："恭喜你，我的宝宝爸爸。"

俞家小公主自出生后便集万千宠爱于一身，大名为俞星意。

星，取自葛星宜名中的"星"，寓意一生星光璀璨、闪闪发亮、无忧无虑。

意，则是葛星宜名中的"宜"的谐音，寓意她是爸爸妈妈心尖上的宝贝儿，自出生时就被好好珍视、保护，今后所遇之人也都会在意她、疼爱她。

星意，也可以读作"心意"，她的降临，是父母对她最深切的珍爱之心。

怎么看，这都是个饱含了祝福和期许的名字。

这个名字是俞也和葛星宜讨论了很久才定下来的，俞也本想参考江挽川给儿子江艾忝取的名，直接给自己女儿来个俞艾宜，被葛星宜斩钉截铁地制止了。

葛星宜语重心长地给他洗脑，说女孩子家家的名字很重要，取个好听的名儿，女儿今后长大了也会很高兴，还会感谢作为父母的他们。

"我知道你想把你对我的爱放进宝宝的名字里，不过，她的存在本身就已经代表了我们的爱有多么深厚，不必再格外添上这一笔。"她握着他的手，耐心地说，"她的名字也是她自己人生的一部分，不用太过刻意地打上我们俩的烙印。我们把我们的小心思悄悄藏进去，比大张旗鼓地表示出来，不是更好吗？"

俞也只听她的话，也只听得进她的话，最后两人一拍即合，定下了"俞星意"这个好名字。

取完名，俞也立刻在群里大张旗鼓地宣扬了一番。当然他还不忘指名道姓地点江挽川，说自己给女儿取的名字才是最高级的示爱方法，比江挽川那种赤裸、直接的取名方式不知要好上多少倍。

在爸爸妈妈的百般疼爱之下，俞星意一天比一天长大，生得那叫一个精致好看，晶莹剔透得像个瓷娃娃。

虽然俞也一直满腔热血地希望她能生得随葛星宜，可俞星意却剑走偏锋。每个见到她的人都说，这孩子是真的跟她妈妈连半毛钱关系都没有。

连葛星宜自己都不得不承认，俞星意的眉眼、长相，完全跟她爸爸是一个模子里刻出来的。小姑娘的五官里半点儿都没有遗传到妈妈。

当然，没有遗传到她也无所谓，因为俞也的长相更是没话说，五官的每一寸都完美无瑕。他是偏向清秀的那种，落在女孩子身上，更是能将他的五官展现到极致。

俞星意承了这副皮相，被葛星宜抱在手上出门，路人都会忍不住围上来争相感叹夸赞。

葛星宜又爱给女儿打扮得漂漂亮亮的，俞星意穿着公主裙，黑色细软的头发用蝴蝶结扎起小辫子，摆去商场的橱窗里都有人觉得这怕不是个真的洋娃娃。

俞也这个护妻狂魔，现在也是个实打实的女儿奴。虽然他嘴上不说，但是把女儿宠得去个玩具店都差点儿把整个店搬回家，恨不能将天上的星星都摘下来送给女儿。

有时候连葛星宜都看不过去了，劝他说："星意还小，她不懂那么多，她要什么你就给什么，以后等她长大了，怕是要招架不住。"

结果俞也格外气定神闲地说："我觉得，她想要什么，只要实在别太离谱，我都能招架得住。"

毕竟人家大富豪的财力摆在那里。

最开始在婴儿期看着还不明显，等俞星意逐渐长大、五官长开，会走路、会说话开始，大家发现，她与俞也相似的地方不只是外表了，连性格都如出一辙——俗称"高冷"。

小姑娘话不多，意外地沉默，总是用一双漂亮的大眼睛默默地观察着这个世界。除了基本的礼貌之外，她对着生人几乎都不怎么说话，同熟悉的人话才会稍微多一些。

但她极为冰雪聪明，有时候俞也和葛星宜给她递过去一些比较复杂的玩具，她几乎毫不费力就能解出来。

去托班把她接回来时，老师都会夸赞俞星意是个天才儿童。连同班的小朋友也都很崇拜她，无论是男孩女孩，都喜欢追着她后面要跟她玩儿。

沈叶迦和魏然喜欢这个外甥女喜欢得紧，平时有事没事都会来串门跟俞星意玩。俞星意跟舅舅、舅妈关系很好，话自然也多一些。

俞星意三岁多快四岁的时候，魏然怀孕了，俞星意看着魏然的肚子，奶声奶气地问："舅妈，我要有个弟弟还是妹妹呀？"

魏然亲了亲她的脸颊问："小星意，告诉舅妈，你想要弟弟还是妹妹？"

俞星意想了想，说："弟弟吧。"

魏然问她："为什么？"

俞星意正儿八经地回答："弟弟可以保护舅妈。"

魏然给她逗乐了："小星意为什么会觉得舅妈需要保护呢？"

俞星意看了眼旁边的沈叶迦说："因为舅舅会欺负舅妈。"

沈叶迦一脸蒙："小星意，你可别胡说啊！舅舅哪里有胆子欺负舅妈呀！就算吃了熊心豹子胆也不敢啊！"

俞星意惜字如金："舅妈总是踹你。"

言下之意就是——因为沈叶迦表现不好，老是招惹魏然，魏然才会还手反击。

魏然捧腹大笑，抱起俞星意："小星意说得好，舅妈就给你生个弟弟，往后咱们联合起来，一块儿欺负舅舅！"

沈叶迦一言难尽地转向旁边看戏看得正高兴的俞也："你家这小公主，真是惹不起，小小年纪就这么古灵精怪，长大以后那还得了啊？"

俞也臭屁得不行："你也不看看是谁生的？"

谁知，这话才刚说完没多久，"大金毛"晚上就翻车了。

吃过晚饭，葛星宜和俞也陪着俞星意在沙发边玩了会儿。临近睡觉的点，葛星宜先带着女儿洗澡，洗完后，俞也再接力抱着女儿回小卧室哄她睡觉。俞也话少，也不会讲什么睡前故事，就光握着她的手在旁边陪着她，等她入睡。

341

俞星意闭上眼睛躺了一会儿，忽然又睁开了眼看着爸爸。

俞也问她："怎么了？睡不着吗？"

俞星意冷不丁地说："爸爸，江叔叔他们什么时候会再来陆京？"

一听到江挽川的名字，俞也脑中瞬间警铃大作："你想那个混……江叔叔？"

俞星意摇了摇头。

"那你提江叔叔做什么？"

俞星意语气平静道："我知道爸爸讨厌江叔叔。"

俞也一怔，下意识地问："你怎么知道？"

"因为江叔叔一来，爸爸就叫他走开。

"妈妈一看江叔叔演的电视剧，爸爸立刻就把电视机关了。

"走在路上看到江叔叔的广告，爸爸就会翻白眼。"

俞也忍俊不禁："真不愧是我的宝贝女儿，知父莫若女。"

"可是爸爸，"下一秒，俞星意就给他迎面来了记重拳，"我想艾忝哥哥了。"

俞也一瞬间以为自己的耳朵是不是出问题了："你说啥？你想谁？"

俞星意一字一句："艾忝哥哥。"

俞也差点儿一口气没提上来："你想那臭小子做什么？"

就见俞星意那对跟他一模一样的大眼睛眨巴了两下："艾忝哥哥聪明，还好看。"

俞也："……"

"艾忝哥哥对小星意好。"

俞也差点儿从床边一跃而起，准备立刻摸出手机打电话骂江挽川，说他儿子不怀好意，这么小年纪就开始诱骗他家小公主。

结果，还没等他有动作呢，俞星意又一句话轻轻插上来："爸爸，你别再跟江叔叔吵架了。"

俞也强忍耐心，语气紧绷："为什么？"

"你跟他关系不好，小星意就见不到艾忝哥哥。"俞星意顿了顿，又仿佛像大人那样，拍了拍俞也的手，欲做安慰状，"爸爸，你是个大人了，你要成熟一点儿。"

俞也："……"

后记

我的读者都知道,在写完每本实体书的新增番外后,桑玞絮絮叨叨的后记是从不会缺席的必备节目。

每每写下后记,都是我对创作的这个故事最认真又最郑重的一场告白与道别。

从 2021 年 12 月 25 日到 2022 年 3 月 25 日,三个月的时光,从寒冬写到开春。我在此时此刻,为《满糖屋》这个故事标下了"全文完结"。

每回标注"完结"这个字眼时,我都会莫名有些伤感,因为这意味着,我又要对我写的故事道别了——对他们甜蜜的爱情道别,对这些可爱的人物道别。

那是不舍得的,就像是送别了自己珍爱的朋友。

经此一别,不知要何时才能再相见了。

这个故事,我原本其实只打算写个中篇,如同我之前创作的那本多主角故事《赤道与北极星》一样。谁料,到最后却洋洋洒洒根本停不下来,一写就写了近三十万字。

这只能说明,我有多喜欢也哥、宜宜他们,有多舍不得跟他们告别。

这本书虽说有四对主角,但绝对主角还是当属俞也和葛星宜。毕竟宜宜是这个四合院的房东,也是将所有人都聚集起来的那个中心点。如果没有四合院,就不会产生之后那么多温暖又甜蜜的相遇。

"大金毛"也哥应该算是我写过的最特别的一个男主角了，他并不像其他男主角那样似乎无所不能，反而在爱情上十分青涩、生疏，还总是被四合院其他人嘲笑、打趣。但我却很喜欢他，因为他身上有一种旁人都难以拥有的纯净，即便经过了岁月的变迁，他却还一如当初被宜宜拯救的时候那般善良又清澈。

也正是因为这样，他才会这么坚定地等到宜宜看见他、爱上他，给宜宜最炽热的爱与保护，让她不再孤独寂寞。

我总是喜爱写这种绕了一圈又回到原点的故事，分别多年，我依然爱你，无论你知不知道。

万幸，宜宜知道了；万幸，温柔的宜宜也张开双手，用力地拥抱住了这个可爱又笨拙的男人。

连载时得到最多人喜爱，甚至要超越俞也男主角位置的，当属我们江大明星江挽川。试问，这世上有哪个女孩子会不爱英俊温柔、风度翩翩、对所爱之人如此宠溺专情的川哥呢？

川哥是一个几近完美的人，但他那面不完美的偏执，却只有甜甜能够理解并接受。孟恬虽然看着柔弱，却也能够受得起这份偏执，她的身体里有自己也难以想象的坚强。因此，她才能在江挽川的帮助下，最终克服心理上的胆怯，慢慢走到阳光下与他并肩到白头终老。

"因为你的爱，我愿意永远为你朝向阳光。"

从少时起从一而终的这份爱，最终能够开花结果，是因为他们对对方超越想象的执着与情深。

可爱又逗趣的布布和成熟、稳重又腹黑的惠医生，就像是天生契合的两个半圆。

布布身上有我很喜欢的朝气和勇敢，她是个普通平凡的女孩，乍一看似乎并没有那么多的闪光点。可是事实上，她身体内的正能量却无穷无尽。也就是因为这样，具有多面性特征、一开始拒绝爱情的惠医生才会因为她，彻底改变自己对于命中注定的看法。

这个女孩强大又明亮，她能包容他的所有，接受他的所有，甚至陪他一起去做他以为常人不会接受的那些兴趣爱好。

因为有了她，他才会对这个世界的美好未来更加期待。

这个世上总有那么一个人，可以让你觉得和他/她在一起是最舒适、可以做自己的，那就是你命中注定的爱人。

至于最后登场,却在连载期间得到很多人喜爱的糙汉大舅哥沈叶迦以及酷炫未女王魏然,毋庸置疑是我的心头所爱。众所周知,我向来最爱写男强女强,他们两个虽然出现得最晚,我却真是写得欲罢不能。美丽娇艳的魏然在遇到沈叶迦之前,看哪个男人都觉得不够爷们儿,一直坚持单身。可却在去长川轮岗时,意外地对爷们儿指数爆棚的沈叶迦一见钟情。

虽然在最初相处的过程中,她被这么一个头脑不知变通的糙老爷们儿气了个半死而愤然选择不告而别,但最后,两人还是在四合院重逢后慢慢说清了曾经的误解,决定一起度过余生。

沈叶迦是个优秀的刑警,在遇到魏然之前,他的脑子里只有破案和追捕凶犯,所以他在爱情上缺根筋,总显得十分笨拙又迟钝,才会让魏然心生误解。不过,她后来也逐渐明白,这世上,大约也只有这么个蠢笨却把一颗心全部掏给她的"二哈",才能让她心甘情愿做他最坚定的后背,鼓励他去守护这世上更多人的幸福平安。

四合院的幸福还将延续,《满糖屋》的甜蜜永远不会消散,这些可爱的人们都会在他们的世界快乐地生活下去。

在正文的结尾,我特意将场景选在了春节。那是我一早就想好的,因为我要圆宜宜一个最圆满的团聚梦。她曾经在成长过程中失去了很多,但在遇到四合院的这些真心朋友和真心爱人俞也后,她变得无比富足。

从此以后,她再也不会感到孤独寂寥。她有爱人,有朋友,也有家。在这个万家灯火的热闹日子,她与她最爱的人在一起,从此以后,记忆中都只有爱。

那也是我送给所有读者朋友最真挚的祝福——希望你们能永远与所爱之人相守,平平安安、幸福美满。

今年有些特殊,刚好已经是我提笔写文的第十个年头了,算上这本,所有已经出版上市和等待上市的作品,我这十年来一共写了二十部长篇言情小说。这是我的荣耀,也是我的幸运,我无比珍惜这十年的光阴。

十年一闪而过,一如当初没有变化的是,我依然如此热爱为你们书写故事,也依然用心地想要用文字陪伴你们每个人度过每一天。

虽素未谋面,但见字如面,我珍惜与你们每一个人的这场浪漫的相逢。希望我的故事能让你们快乐,让你们宽慰,让你们温暖。

虽不知未来还会写多久,但只要我在写,我会永远记得当初写下第一个故事时的欣喜若狂,也永远记得与你们每一次相聚时的喜悦。

还是那句话，我的老朋友、新朋友们，谢谢你们一路陪伴我至今，未来我依然在这里。

我们下一个故事，不见不散。

2022 年 3 月 25 日，桑玠于上海